Elles étaient si jolies

ANDREA ELLISON

Elles étaient si jolies

Roman

MIRA

Titre original :
ALL THE PRETTY GIRLS
publié par MIRA®

Traduction de l'américain par PHILIPPE MORTIMER

Photo de couverture
Fond : © ROYALTY FREE / PHOTODISC
Chaussures : © SUZANNE WEGELE / GETTY IMAGES

83-85 boulevard Vincent-Auriol 75646 PARIS CEDEX 13.
www.harlequin.fr
ISBN 978-2-2808-1214-6 — ISSN 1765-7792

A Randy et mes parents,
avec tout mon amour.

1.

— Non. Je vous en supplie…

Elle murmura ces mots comme si elle priait Dieu.

— Non. Je vous en supplie…, répéta-t-elle tandis que de petites bulles de salive se formaient au bord de ses lèvres moites.

Même au seuil de la mort, Jessica Ann Porter restait d'une politesse sans faille. Elle ne se débattait pas, ne hurlait pas — elle implorait son bourreau de ses yeux bruns lumineux, aussi docile qu'un chiot. Il voulut repousser cette pensée. Il avait eu un chiot, autrefois. Un chiot qui lui léchait la main et sautillait à ses pieds pour le supplier de jouer avec lui. Ce n'était pas sa faute si les os de cette créature avaient été si fragiles — alors qu'il se bagarrait avec le jeune animal, un éclat de côte avait transpercé le cœur de ce dernier. Une lueur s'était éteinte dans les yeux du chiot lorsqu'il était mort sur la pelouse. A l'instant où elle rendait son dernier soupir, une lueur identique vacilla dans les yeux de Jessica et s'éteignit.

Il observa sans émotion les signes de la mort. Les lèvres bleues, cyanosées. La rupture des petits vaisseaux de l'œil, qui teintait la sclérotique d'un mouchetis cramoisi. Il lui sembla que le cadavre refroidissait déjà, même s'il savait que la chaleur corporelle n'aurait complètement disparu que dans quelques heures. La jeune fille de 18 ans, pleine d'entrain quoique timide, n'était à présent plus qu'une carcasse de viande, vouée à être ensevelie. A retourner dans le sol d'où elle avait été prise. Car poussière elle avait été, et à la poussière elle allait retourner. Le cycle biologique s'achevait une fois de plus.

Il chassa ces pensées vagabondes. Il était temps de se mettre à l'ouvrage. D'un coup d'œil circulaire, il chercha son matériel. Il ne se souvenait pas d'avoir envoyé valser ses outils. Sa mémoire lui jouait peut-être des tours. La fille s'était-elle débattue, en fait ? Il était sûr que non, mais la confusion survenait toujours dans les moments cruciaux. Il faudrait qu'il y réfléchisse plus tard, quand il serait à même de se concentrer sur la question. Il ne conservait pour l'instant à la mémoire que cette ultime lueur dans les yeux de sa victime. Il empoigna la scie égoïne et souleva la main molle de la morte.

« Non, je vous en supplie. » Cinq mots, tout simples, sans emphase. Pas de grandes phrases, ni de dilemmes moraux. « Non, je vous en supplie. Non, je vous en supplie. » Encore et toujours.

« Non, je vous en supplie. » Des mots à vous faire rêver de l'enfer.

2.

Nashville retenait son souffle en cette chaude soirée d'été. Après quatre sursis, l'attente de la mise à mort avait repris. Le lieutenant de la brigade des homicides Taylor Jackson regarda le gouverneur annoncer à la télévision qu'il n'accorderait pas d'autre sursis à l'exécution. Elle éteignit son téléviseur et alla se poster à la fenêtre de son bureau minuscule du Centre de justice criminelle. Elle contempla le ciel de Nashville en majesté, embrasé par des éclairs multicolores. La féerie pyrotechnique haut de gamme que s'offrait la ville ce soir-là était vraiment spectaculaire. On était le 4 juillet, jour de la fête nationale américaine, jour de réjouissance par excellence dans tout le pays. Les habitants de la capitale de la country music s'étaient déplacés en masse pour assister à un concert de l'orchestre symphonique de Nashville, illuminé par un feu d'artifice splendide. On arrivait au dénouement. Taylor entendait résonner les accents de l'*Ouverture 1812* de Tchaïkovski — un air russe pour commémorer l'indépendance américaine. Elle sursautait légèrement à chaque coup de canon, parfaitement synchronisé avec le lancement d'une nouvelle fusée.

Les acclamations qui saluaient chaque salve déprimaient Taylor. La fête elle-même la déprimait. Enfant, elle adorait les feux d'artifice, elle adorait l'ambiance de fête foraine, les plaisirs simples et juvéniles de la liesse populaire. Avec l'âge, elle regrettait de ne plus être cette petite fille enthousiaste. Elle essayait de plonger en elle-même pour se réapproprier cette innocence perdue. En vain.

Le ciel redevint obscur. Elle vit la foule des spectateurs qui regagnaient leurs véhicules, les gamins qui gambadaient, suivis de leurs parents fatigués, les bracelets fluo et les glow-sticks qui constellaient la nuit, guidant joyeusement ces braves gens vers leurs foyers. Ce soir, ils se coucheraient contents d'avoir fait plaisir à leurs chérubins, au moins pour une soirée. Taylor n'aurait pas cette chance. A tout instant, désormais, elle pouvait recevoir un coup de téléphone. La loi des probabilités voulait en effet que, quelque part dans la ville, un individu profite de la nuit pour tirer sur un de ses semblables. Le feu d'artifice constituait une occasion parfaite pour couvrir des détonations. C'est ce qu'elle se disait, mais il y avait une autre raison qui la retenait dans son bureau en ce jour de congé. Protéger sa ville relevait du stratagème mental. Elle attendait.

Une réminiscence biblique lui vint à l'esprit, à l'improviste, contre son gré. Banale, à sa manière, et pourtant la vérité des paroles de saint Paul la touchait au plus profond d'elle-même. « Lorsque j'étais enfant, je parlais comme un enfant, je pensais comme un enfant, je raisonnais comme un enfant; mais lorsque je suis devenu adulte, j'ai renoncé à ce qui était de l'enfant. » Pour elle, le temps de la pureté était passé.

Elle jeta un dernier coup d'œil à la nuit animée, ferma les stores et s'affala dans son fauteuil. Elle soupira. Passa les doigts dans sa longue chevelure blonde. Se demanda pourquoi elle était restée dans son bureau de la brigade des homicides au lieu d'aller de mêler aux festivités. Pourquoi elle était si consciencieuse. Elle pencha la tête vers son bureau, attendant que le téléphone sonne. Se releva et ralluma le téléviseur.

La foule était compacte à la prison de haute sécurité de Riverbend. La police avait mis en place des cordons de sécurité dans la cour de l'établissement : un premier pour contenir les activistes favorables à la peine de mort, un deuxième pour les bonnes âmes opposées à ce châtiment, et un troisième pour les nombreux journalistes présents sur les lieux. Des bannières de l'Union américaine pour les libertés civiles flottaient au vent, protestant contre l'injustice et la cruauté de l'exécution, tandis que les militants qui les brandissaient hurlaient des obscénités à l'adresse des partisans de la peine capitale. Bref, rien ne manquait au cérémonial du supplice. Personne n'était plus mis à mort, dans ce pays, sans que les militants de l'une ou l'autre cause ne viennent se confronter pour faire connaître leur opinion.

La jeune journaliste qui couvrait l'événement pour la chaîne de télévision locale Channel Two était haletante, les yeux rougis par l'excitation. Il n'y avait plus d'alternative à l'exécution. Le gouverneur du Tennessee avait rejeté la dernière demande de sursis deux heures auparavant. Ce soir, Richard Curtis allait enfin payer pour son crime.

Son regard passa de l'écran à la pendule murale — des chiffres impersonnels qui luisaient sur un fond blanc : 23:59. Un silence lugubre se fit dans la foule. Le moment était venu.

Taylor inspira profondément tandis que le cadran passait à 24:00. Elle ne se rendit pas compte qu'elle retenait son souffle jusqu'à ce qu'il affiche 24:01. C'était fini, donc. Les produits létaux avaient été administrés. Richard Curtis allait s'endormir paisiblement, le dernier battement de son cœur appartenait à l'histoire. Aux yeux de Taylor, cette mort était trop douce. Il aurait dû être écartelé, on aurait dû l'éviscérer, on aurait dû brûler ses entrailles sur son abdomen. Voilà qui aurait été de bonne justice. Pas comme ce cocktail soigneusement élaboré de substances chimiques — anesthésiantes, puis paralysantes et enfin mortelles — qui en ce moment même le livraient, avec trop de sérénité, à la Grande Faucheuse. Ensuite vint l'annonce officielle de la mort de Curtis, à 24 h 6, le 5 juillet. Morte la bête, mort le venin.

Taylor éteignit le téléviseur. Elle s'attendait à recevoir, incessamment, l'appel qu'elle redoutait. Patiente, elle pencha la tête en songeant à une fillette radieuse nommée Martha, victime d'un enlèvement brutal, d'un viol et d'un meurtre alors qu'elle n'avait que sept ans. Cela avait été la première enquête de Taylor aux homicides. Vingt-quatre heures après sa disparition, on avait retrouvé le corps sans vie de Martha fracassé et roué de coups, dans un terrain vague du nord de Nashville. Richard Curtis avait été arrêté quelques heures plus tard. La poupée de Martha se trouvait sur le siège de son 4x4. Des traces de larmes de la gamine avaient été trouvées sur la poignée d'une des portières du véhicule. Une longue mèche de ses cheveux blonds était collée à la semelle d'une des bottes de Curtis. Sa culpabilité ne faisait aucun doute. Taylor avait connu là son premier succès, elle avait eu l'occasion de prouver sa compétence. Elle s'en était bien tirée. A présent, Curtis était mort, grâce aux efforts qu'avait déployés Taylor. Elle éprouvait un sentiment de devoir accompli.

Taylor avait attendu ce moment pendant sept années. Dans son esprit, Martha était restée la même, une fillette de sept ans qui ne grandirait jamais. Elle aurait eu quatorze ans. La justice était enfin passée.

Comme par déférence pour le trépas de l'un des leurs, les criminels de Nashville restèrent silencieux cette nuit-là, ayant sans doute trouvé mieux à faire que de se tirer les uns sur les autres, à la grande satisfaction de Taylor. Elle somnolait à moitié, songeant à sa vie, avant d'être soulagée lorsque le téléphone se mit à sonner vers 1 heure du matin.

Une voix grave, bourrue, lui proposa :

— On se voit ?

— Donne-moi une heure, répondit-elle en consultant sa montre.

Elle raccrocha et sourit pour la première fois de la soirée.

3.

— Je suis vraiment content de ne pas vivre en Californie.

Les inspecteurs Pete Fitzgerald, Lincoln Ross et Marcus Wade étaient en train de tuer le temps. Les criminels de Nashville semblaient être partis en vacances. Cela faisait presque deux semaines que la brigade des homicides n'avait pas eu à enquêter sur un meurtre. La ville était étrangement paisible. Même en ce 4 juillet, aucune mort violente n'était venue mettre à l'épreuve leurs talents d'enquêteurs. Aucun d'entre eux n'avait à déposer devant le tribunal prochainement, et les dossiers encore à l'instruction concernaient des affaires de meurtres déjà résolues, quand ils n'étaient pas retenus dans les labos de la police scientifique. Ils étaient donc au chômage technique.

Les trois hommes, entassés dans le bureau de leur chef, regardaient la télé. Un passe-temps tout à fait acceptable, surtout depuis que leur service avait passé un accord avec la compagnie de télévision câblée locale. Officiellement, les téléviseurs câblés devaient être réglés sur les chaînes d'info en continu, mais les policiers ne pouvaient s'empêcher de zapper. En général pour complaire à leur habitude un peu honteuse de suivre des *soap-operas*, feuilletons à l'eau de rose auxquels ils étaient accros.

Ce jour-là, pourtant, c'était bien une chaîne d'info qu'ils suivaient avec intérêt. Une poursuite en voiture à Los Angeles, retransmise en directe. C'était excitant, clinquant, captivant. Un enlèvement, une arme semi-automatique prête à cracher le feu — et même une Jaguar rouge volée. La voiture allait d'autoroute en autoroute, roulant à toute vitesse, incitant les journalistes qui suivaient la poursuite à se demander si la victime de l'enlèvement était encore à bord du véhicule en fuite. Les inspecteurs en civil de Nashville étaient de tout cœur avec leurs collègues en uniforme de Los Angeles.

Fitz leva son bras puissant pour consulter sa montre. La poursuite se déroulait depuis deux heures.

— Les collègues ont installé une bande à pointes il y a plus de cinq minutes. Il ne va pas tarder à perdre ses pneus.

— Ça y est, dit Marcus en désignant l'écran.

Un gros lambeau de gomme noire venait de se détacher d'une des roues arrière de la Jag, et la voiture des poursuivants l'évita de justesse. Les yeux bruns de Marcus pétillaient d'excitation. Fitz adressa un sourire bienveillant au jeunot.

— T'as déjà été dans une poursuite, Marcus ? lui demanda-t-il en se calant dans son fauteuil, les bras croisés sur son impressionnante bedaine.

— Non, mais j'ai reçu tout l'entraînement nécessaire. Je sais conduire, mon pote, je sais tenir un volant.

— Rappelle-moi de ne pas te laisser les clés de la bagnole, intervint Lincoln Ross. Bon, on approche de la fin, maintenant.

Lincoln se leva et s'étira, défroissant d'imperceptibles plis sur son costume Armani gris anthracite.

— Il roule sur les jantes, ajouta-t-il. Ils vont pouvoir le doubler et le percuter. Regardez ! C'est ce qu'ils font.

La voiture des policiers rattrapa sa proie puis se mit à zigzaguer comme un serpent bicolore avant de tamponner l'aile arrière droite de la Jag. A la suite de cette manœuvre d'école, la Jag fit un tête-à-queue, heurtant la barrière de sécurité de l'autoroute, perdit une aile au passage et se retrouva dans le sens opposé de la circulation. En un instant, elle fut entourée par des véhicules de police dont les occupants braquaient fusils et armes de poing sur le conducteur de la Jag. Il était fait comme un rat.

Les journalistes de la télévision échangèrent des compliments sur la manière dont la poursuite avait été commentée. Ils promirent de ne pas interrompre la retransmission avant le dénouement, qu'ils annonçaient proche. Ils donnèrent la parole à des experts — un ex-officier de police et un spécialiste de la négociation avec les preneurs d'otages — pour tracer le profil du criminel. Leur verbiage fut brusquement interrompu par la régie, tandis que les téléspectateurs pouvaient voir sur leur écran la portière de la Jaguar s'ouvrir côté conducteur. Le suspect en sortit prestement, traînant à sa suite une femme par les cheveux.

Aussitôt le cordon des véhicules de police se resserra un peu plus autour du suspect. Ce dernier leva les yeux au ciel, afin de s'assurer que le téléobjectif de l'hélicoptère de la télévision, au-dessus de lui, était bien pointé sur son visage souriant. Il força la femme à se redresser et lui tira une balle dans la tête.

Il fut abattu par un tir nourri avant même que la femme ait touché le sol, dans un indescriptible chaos.

L'écran devint noir pendant une fraction de seconde, puis le visage choqué du présentateur apparut. Il paraissait tout vert.

— Décidément, je suis vraiment content de ne pas vivre en Californie, maugréa Fitz.

Le téléphone sonna et il décrocha, écouta attentivement en griffonnant quelques notes.

— On s'en occupe, dit-il avant de raccrocher.

— Qu'est-ce qui se passe ? demanda Marcus, vautré dans son fauteuil.

— Un cadavre à Bellevue. J'y vais. J'appellerai Taylor de la voiture.

Lincoln et Marcus se levèrent aussitôt.

— On vient avec toi, dit Marcus. J'en ai marre d'être assis dans ce bureau. Pas toi, Lincoln ?

— Ouais, carrément marre.

Ils sortirent du bureau, prenant leurs vestes et leurs clés au passage. Content de l'excursion, Lincoln était aux anges.

— Au moins, il n'y aura pas de poursuite en bagnole.

La chaleur était étouffante, poisseuse. L'orage menaçait. Alors qu'on était en pleine journée, le soleil ne brillait pas. Une brume opaque voilait le ciel, transformant le bleu en gris. Nashville en été.

Sur les lieux du crime se trouvaient des femmes et des hommes en sueur. Leurs gestes étaient lents, précis, dénués de toute urgence. Certains portaient des masques pour préserver leurs sinus fragiles de l'odeur. Un corps en décomposition, quand la chaleur ambiante dépassait les trente degrés, pouvait rendre malade le professionnel le plus endurci.

Ils étaient rassemblés dans un champ, non loin d'une bifurcation de la nationale 70, à la pointe occidentale du comté de Davidson. Le secteur, nommé Bellevue, se trouvait à un quart d'heure de route du centre-ville. Trois kilomètres plus à l'ouest et ce seraient les autorités du comté de Cheatham qui auraient hérité de l'enquête et non la brigade métropolitaine des homicides. Taylor avait éprouvé la même sensation d'ennui que ses adjoints et n'était pas fâchée d'avoir enfin de l'ouvrage.

Elle enjamba le corps, repéra soigneusement les lieux. Ses cheveux blonds étaient coiffés en une queue-de-cheval en désordre. Son corps élancé projetait une ombre déformée sur l'herbe folle. Elle ne portait pas de masque et se pinçait les narines, la bouche grande ouverte, afin de ne pas inhaler les effluves de la mort.

Une fille ordinaire, aux cheveux bruns. Un corps boursouflé, des yeux bruns ternis par la mort et cernés de paupières gercées. Les mouches avaient fait leur office, dévorant un peu de chair çà et là, pondant leurs œufs, se reproduisant en masse. Une larve blanchâtre dépassait en gigotant de la bouche de la fille.

Taylor faillit se laisser abattre, imaginant cet asticot dans sa propre bouche, et inspira profondément du nez par inadvertance. Elle grimaça et détourna la tête pendant un instant, observant l'activité qui l'entourait. D'habitude, les travailleurs de la mort s'affairaient activement autour du cadavre, tout comme les vers qui grouillaient dedans ; mais personne n'était pressé ce jour-là. Fitz se dirigeait d'un pas lent vers la zone d'accès à la scène du crime. Il avait jeté un coup d'œil hâtif au corps, avait porté sa main à sa bouche et s'était excusé poliment. Taylor aperçut Marcus et Lincoln qui conversaient un peu plus loin, auréolés d'un halo de chaleur. Les techniciens de la police scientifique transportaient de gros sacs en papier brun vers leurs véhicules. Des policiers en uniforme tournaient le dos au cadavre. La scène était au ralenti. Sans énergie et sans agitation. Tous jouaient leur rôle avec indolence.

Tous, sauf l'homme qui avançait vers elle à grands pas et avec aisance. Il était élancé, il avait les cheveux noirs, il était élégant. Il ne faisait pas partie de la même tribu que Taylor.

Il s'arrêta devant un des policiers en uniforme, lui montra son badge en se présentant d'une voix sonore, afin que Taylor puisse l'entendre :

— Agent spécial John Baldwin. FBI.

Le policier fit un pas de côté pour laisser le passage à Baldwin qui continua d'avancer vers Taylor. Il rangea son badge dans sa poche intérieure et lui tendit sa main droite. Il lui fit un clin d'œil en lui serrant la main. Elle sentit le contact tiède de sa peau contre la sienne pendant un bref instant et en fut toute troublée. Elle se redressa. Mesurant un peu plus d'un mètre quatre-vingt, elle surplombait beaucoup d'hommes. Mais celui-là la dépassait de quinze centimètres et elle devait lever les yeux pour croiser son regard. Les yeux de Baldwin étaient d'un vert étrange, plus sombre que le jade, plus clair que l'émeraude. « Des yeux de chat », songea-t-elle.

Son cœur se mit à battre un peu plus vite. D'un geste inconscient, Taylor porta la main droite à la base de son cou.

La cicatrice, longue de dix centimètres, était encore fraîche ; elle avait encore l'air d'avoir subi une strangulation. Une entaille, en fait, due au couteau d'un suspect enragé. Un souvenir de sa dernière enquête, qu'elle conserverait toute sa vie... Se ressaisissant, elle rejeta sa queue-de-cheval en arrière et adressa à Baldwin un sourire bref mais chaleureux.

— Qu'est-ce que tu fais là ? Je n'ai pas demandé le soutien du FBI. Ce n'est qu'un meurtre.

Elle s'interrompit un instant, préoccupée par l'expression qu'elle lisait sur son visage anguleux.

— S'il te plaît, reprit-elle, dis-moi que ce n'est qu'un meurtre.

— J'aimerais bien.

— Pourquoi tant de chichis ?

Taylor regarda par-dessus l'épaule de Baldwin. Rares étaient les personnes présentes qui ne connaissaient pas John Baldwin. Son équipe — Fitz, Marcus et Lincoln — avait déjà collaboré avec lui à plusieurs reprises.

— Je suis en mission officielle. Je crois que je sais qui est la victime, dit-il en désignant d'un geste nonchalant le cadavre prostré à ses pieds.

— Ah. Elle venait d'un autre Etat, sans doute. C'est vrai qu'on ne nous a pas signalé de disparition récemment.

— Oui, elle venait d'un autre Etat. Le Mississippi.

Il prononça cette phrase d'une voix distraite, comme une pensée qui lui serait venue après coup. Baldwin tourna autour du corps sans vie, prenant note du moindre détail. Les ecchymoses au cou étaient encore visibles, malgré l'état de décomposition avancée du cadavre. Baldwin fit de nouveau le tour de ce dernier, en souriant d'un air curieusement triomphant. Le corps n'avait pas de mains.

— Oui, je crois que ça pourrait bien être l'œuvre de notre gars.

— Votre gars ? dit Taylor en haussant un sourcil. Tu connais le gars qui a fait ça ?

Il ignora la question.

— On peut la toucher ?

— Oui. Les collègues de la police scientifique ont fait ce qu'ils avaient à faire pour l'instant. Là, on attend que le médecin légiste vienne la chercher. J'étais en train de l'examiner une dernière fois.

Baldwin fouilla dans sa poche et en sortit une paire de gants en latex blanc ultrafin. Il s'accroupit à côté du corps et empoigna le moignon droit, chassant quelques asticots ce faisant.

Taylor insista :

— Votre gars, tu as dit ?

— Hum... Je ne connais pas son nom, bien sûr. Mais je reconnais son ouvrage.

Taylor s'agenouilla à côté de lui.

— Il a déjà frappé ? chuchota-t-elle.

Aucun collègue n'était à portée de voix, mais elle ne voulait pas prendre le risque d'engendrer des rumeurs avant même qu'elle n'ait une idée de ce qui se passait. L'habitude lui enjoignait d'être prudente.

— Deux fois, à ma connaissance. Cela fait un mois qu'il n'a pas frappé. On l'a surnommé l'Etrangleur du Sud, faute de trouver mieux. Tu sais comment on est, au FBI : nous et l'originalité, ça fait deux.

Il essaya de sourire, mais c'est un rictus qui se forma sur ses lèvres.

— Pourquoi n'ai-je pas entendu parler de ce… de cet étrangleur ?

— Mais si, rappelle-toi, c'était dans la presse. Tu te souviens de cette affaire en Alabama, en avril ? Une jolie élève infirmière, qui avait disparu du campus de l'université d'Alabama. On a retrouvé son corps…

— En Louisiane, ça me revient.

— Exact. La deuxième fois, c'était le mois dernier, une fille enlevée à Baton Rouge, en Louisiane. Son corps a été retrouvé dans le Mississippi.

Taylor fouilla dans sa mémoire en quête de détails concernant cette affaire. Ce meurtre avait fait les gros titres des journaux télévisés dans tout le pays. Les correspondants locaux des grandes chaînes avaient déploré l'enlèvement avec emphase tout en insistant lourdement sur l'événement. Mais personne, pour autant qu'elle sache, n'avait fait le rapprochement avec la précédente affaire. Elle le dit à Baldwin.

— Il s'est écoulé trop de temps, expliqua celui-ci, entre les deux meurtres pour que les médias les relient. Et puis on n'a pas divulgué certains détails. Les mains coupées, par exemple.

— Mais pourquoi ? Vous êtes censés transmettre les infos sur les tueurs en série aux polices locales, quand même ! Je croyais que ça faisait partie de votre boulot…

Le sarcasme ne fit pas mouche. Baldwin se contenta de hocher la tête.

— Le lubrifiant, on n'en a pas parlé non plus. Nous pensons que chaque meurtre est précédé d'un rapport sexuel consenti.

Il se sert d'un préservatif lubrifié. Le médecin légiste devra en tenir compte à l'autopsie.

Taylor secoua la tête, oubliant tous les petits dangers quotidiens qui menaçaient sa belle ville du Sud. Car voilà qu'un tueur en série avait fait irruption sur son territoire. Super! Elle n'était pas disposée à garder le secret sur une affaire de cette nature.

— J'ai déjà appelé Sam. Elle saura s'en occuper.

Le Dr Samantha Owens Loughley dirigeait le service médico-légal de la région de Nashville. C'était une amie très proche de Taylor.

— Tu as dit que tu savais qui c'était, dit-elle en désignant le corps.

— Elle s'appelait Jessica. Jessica Ann Porter. Domiciliée à Jackson, dans le Mississippi. Elle avait disparu depuis trois jours.

Taylor regarda le corps. Trois jours? La décomposition semblait nettement plus avancée. Baldwin lut dans ses pensées.

— Tu sais comment ça se passe. La chaleur a accéléré le processus. Dans de telles conditions climatiques, deux semaines suffiraient à n'en laisser que les os. On a eu de la chance de la retrouver aussi vite. Une semaine de plus, et on aurait eu le plus grand mal à l'identifier.

— Donne-moi plus de détails.

— Il n'y a pas grand-chose à ajouter. Il aime les brunes. Les jeunes brunes. Les trois victimes avaient les yeux bruns. Elles avaient dans les vingt ans. On n'a pas beaucoup d'éléments sur leurs antécédents. Aucune n'avait de comportement à risques. Aucune n'avait été vue en compagnie d'inconnus.

Rien à signaler. Elles se sont juste volatilisées. Elles menaient une vie bien tranquille et, du jour au lendemain, elles ont disparu. Jusqu'à présent, je ne travaillais qu'en marge de ce dossier. J'étais informé du déroulement de l'enquête, mais sans y participer directement. Maintenant qu'on se retrouve avec une troisième victime, je vais sans doute y travailler à plein temps.

Taylor entendit des pneus crisser sur le gravier du bas-côté. Le cadavre — le corps de Jessica, se corrigea-t-elle — se trouvait à moins de dix mètres de la route. De leur camionnette, les cameramen de la télé allaient pouvoir filmer un plan très net de la victime. Trop net. Elle fit un signe à Marcus, adossé à sa voiture, lui montra la camionnette d'un geste. Elle n'eut pas besoin de dire un mot. Marcus entreprit aussitôt de les faire déguerpir. Taylor l'observait tandis qu'il les obligeait à se garer plus loin, à un endroit d'où ils ne pouvaient pas apercevoir le corps. Elle sourit. Saletés de journaleux... Qu'ils aillent se faire voir !

Baldwin avait sorti son calepin de sa poche arrière et griffonnait rageusement quelques notes, au rythme des réflexions qui se bousculaient dans sa tête.

— Vous avez trouvé... ?

La voix de Baldwin s'estompa. Un jeune policier en uniforme faisait de grands gestes en direction de Taylor. Elle jeta un bref coup d'œil à Baldwin et s'aperçut qu'il savait exactement ce qui causait cette soudaine agitation. Il se contenta de hausser les épaules et tendit la main pour lui signifier : « Toi d'abord. » Elle le dévisagea un instant puis se dirigea vers le policier qui gesticulait frénétiquement. L'expression horrifiée qui déformait le visage de ce dernier se lisait à vingt pas.

— Vous avez trouvé quelque chose ?

Taylor ne le reconnut pas. C'était sans doute un nouveau, frais émoulu de l'académie.

— Oui, lieutenant, répondit-il, la pomme d'Adam tremblante.

Taylor le rejoignit et regarda ce que le doigt tendu du policier désignait. Dans l'herbe gisait une main.

Taylor eut un geste de recul mais Baldwin se pencha sur la main avec intérêt. Elle s'efforça d'avoir l'air désinvolte et dit :

— Eh bien, agent spécial, puisqu'il lui manque les deux mains, on devrait retrouver l'autre dans les parages, hein ?

L'anxiété qui lui nouait l'estomac contrastait avec son ton de bravade. Elle avait l'impression qu'il y avait des éléments, dans cette affaire, que Baldwin lui cachait. Ce dont elle eut confirmation aussitôt, à voir la manière dont il examinait la main tranchée. D'un geste, elle congédia le jeune policier. Il s'éloigna en titubant, visiblement soulagé.

— Non, on ne retrouvera pas l'autre main ici, finit par répondre Baldwin.

Il leva les yeux vers Taylor et ajouta :

— Tu peux continuer à chercher, si tu veux, mais tu ne la trouveras pas.

— Comment ça ? Il sectionne les mains de la fille, en laisse une sur place et en emporte une ? Une sorte de trophée ?

Baldwin hocha la tête.

— Un trophée, ça, c'est sûr. Mais il y a un petit problème.

Pendant un bref moment, elle songea à ce qu'un psychopathe

pouvait bien faire avec une main sectionnée. Elle interrompit ses vaines réflexions et demanda :

— Quel problème ?

— Ce n'est pas la main de Jessica.

4.

Baldwin s'éloigna pour téléphoner à Quantico, siège du FBI en Virginie. Taylor fit signe à Fitz de la rejoindre. Il traversa le champ d'un pas assuré, tel un général menant ses troupes, son imposante bedaine en avant.

— Qu'est-ce qu'il fichait ici, le mec du FBI ? demanda-t-il d'un ton neutre.

Taylor le dévisagea un instant, essayant de déterminer s'il n'y avait pas de sous-entendu dans cette question. Le visage de Fitz était fermé et elle décida que ce n'était qu'une simple question.

— Devine.

Taylor regardait Baldwin rôder sur les lieux du crime comme un fauve qui a senti l'odeur du sang.

— Il est venu pour étudier le profil du tueur, parce qu'il y a déjà eu d'autres meurtres du même type, répondit Fitz en joignant son regard à celui de Taylor.

Il ne pouvait y avoir en effet qu'une seule raison à l'intrusion d'un profileur du FBI dans leur enquête.

— Deux autres. Pour celui-là, en tout cas, on a une identité possible : Jessica Ann porter. Une fille du Mississippi. Où est Lincoln ?

— Près de la voiture, avec Marcus.

— Il va falloir qu'il exerce ses talents sur son ordinateur. Dis-lui que je veux avoir toutes les informations que le FBI détient sur ces meurtres. Le premier, c'était celui d'une fille de l'Alabama, une étudiante portée disparue qui a été retrouvée morte en avril en Louisiane. La deuxième victime a été enlevée à Baton Rouge en juin et son corps a été découvert dans le Mississippi. Demande-lui de noter tous les détails. On verra bien ce que ça donne. Le FBI a gardé certaines informations secrètes dans ces affaires, parmi lesquelles le fait que le tueur dépose une main, prélevée sur la précédente victime, à l'endroit où il abandonne le corps de la suivante. Je suis certaine que Baldwin nous fera part de tout ce qu'il sait… Mais je veux qu'on puisse établir notre propre dossier concernant cet assassin.

— T'es sûre qu'il te dira tout ?

Taylor cligna de l'œil et adressa à Fitz un sourire radieux, ses yeux gris luisant dans la brume.

— J'en suis sûre.

Taylor était en train de terminer une sauce bolognaise. Elle la goûta, y ajouta une autre cuillerée d'origan, goûta de nouveau. Hum… Un peu plus d'ail. Elle jeta un autre clou de girofle dans la casserole et remit le couvercle après avoir humé l'arôme épicé de la vapeur.

La lumière du jour faiblissait au-dehors, l'obscurité gagnait rapidement. Taylor se mit à couper une baguette aux céréales, disposa les tranches sur une feuille de papier d'aluminium qu'elle enfourna pour en faire des toasts. Elle but une petite gorgée de vin, un excellent montepulciano de Toscane qu'elle avait découvert grâce aux conseils du caviste local. Elle surnommait cet homme « Geppetto » en raison de sa ressemblance avec le personnage du père de Pinocchio dans le dessin animé de Disney. C'était un homme doux et bienveillant, pourvu d'une grosse moustache grise et d'un goût irréprochable en matière de vins italiens. Il appréciait beaucoup ce surnom même s'il ne permettait qu'à Taylor d'en user aussi familièrement. Cette pensée la fit sourire tandis qu'elle avalait une autre gorgée du nectar.

N'ayant plus qu'à attendre que la sauce soit cuite, elle s'assit à la table de la cuisine pour siroter son vin en regardant les lucioles voltiger au-dessus de sa terrasse. Sa maison était toute simple, une cabane en rondins qu'elle avait achetée quelques années auparavant. Un nid douillet, perché sur les collines du bassin central du Tennessee. Les cerfs et les lapins venaient lui rendre visite. Elle avait même vu récemment une renarde, suivie de ses renardeaux. De l'intimité, du calme — tout ce dont pouvait avoir besoin une policière surmenée.

Ses pensées la ramenèrent, inévitablement, à la scène du crime.

Sam était arrivée pour prendre le relais et préparer le corps de Jessica pour son transfert dans les services médico-légaux. Le corps, déshydraté et tiède, avait été difficile à transporter. Le brancardier avait laissé échapper son fardeau en le hissant sur le lit à roulettes. Le haut du sac lui avait glissé des mains, et les mouches s'étaient mises à bourdonner furieusement. Taylor maudit le climat lourd et humide — la mort n'était pas plus acceptable dans le froid, mais elle était plus supportable.

A quel genre de tueur avaient-ils affaire ? Rapport sexuel consenti, strangulation, mutilation — comme un rendez-vous galant qui tournerait au cauchemar. Taylor savait que le profil que dresserait Baldwin comblerait les lacunes de ce portrait.

L'autopsie du corps de Jessica Porter devait avoir lieu le lendemain matin. Taylor y assisterait, afin de tenter de glaner quelques indices sur le tueur. Il y avait toujours des indices. Même l'assassin le plus méticuleux laissait toujours des traces. Le fait que c'était sans doute son troisième meurtre était pénible, pour ne pas dire plus.

La main manquante l'agaçait. La mort, en règle générale, n'était jamais belle. A l'évidence, le meurtrier avait prélevé les mains de sa victime afin de rendre plus difficile son identification. En l'abandonnant dans un champ isolé, par une température de plus de trente degrés, il comptait sur la nature pour achever de brouiller les pistes. Mais pourquoi donc déposait-il une main de sa précédente victime à l'endroit où il se débarrassait de la suivante ?

Taylor avait été prise de court lorsque Baldwin lui avait expliqué quelle était la signature de ce meurtrier. Elle avait posé la question qui venait aussitôt à l'esprit : « Où se trouve l'autre main ? »

Il avait répondu en riant sans joie : « C'est une bonne question. »

Ils auraient pu ne jamais découvrir le corps. En fait, ils avaient eu de la chance. L'agent immobilier qui était chargé de vendre la parcelle était passé pour modifier le numéro de téléphone sur le panneau. Il avait été intrigué par l'odeur de viande pourrie et avait appelé la police aussitôt après avoir constaté la présence du corps. Petit coup de pouce du destin, sans lequel les enquêteurs auraient pu attendre des semaines, voire davantage, avant de retrouver Jessica Porter. Assez longtemps pour que les vers et la chaleur aient fait leur œuvre, rendant l'identification presque impossible. L'assassin était loin d'être un imbécile.

Mais ils avaient retrouvé Jessica et, à présent, ils étaient sur la piste du tueur. Taylor s'interrogeait sur le rapport qu'il pouvait y avoir entre Nashville et Jackson, dans l'Etat voisin du Mississippi, lorsqu'elle entendit la porte s'ouvrir.

— Comment va ma demoiselle de bonne famille préférée ?

A l'homme qui l'interpellait de cette voix grave, elle adressa un regard mauvais, qui le fit sourire. Franchissant les quelques mètres qui le séparaient de Taylor en trois enjambées, il la prit dans ses bras avec rudesse. Elle blottit son nez dans le creux de sa clavicule et soupira. L'odeur de l'homme était fraîche et agréable. Il ne dégageait aucun relent de mort, il sentait simplement le savon parfumé au cèdre. Elle se frotta encore un peu contre lui avant de le repousser sèchement. Il recula en titubant, levant la main comme pour arrêter le torrent d'imprécations qu'il sentait monter.

— Merde, Baldwin ! Pourquoi tu ne m'as rien dit ?

— On va manger des pâtes, à ce que je sens. Quelle odeur alléchante !

Le regard de Taylor se fit meurtrier et il haussa les épaules d'un air penaud.

— Qu'est-ce qu'il fallait que je fasse, Taylor ? Comment pouvais-je savoir qu'il allait venir à Nashville ? La disparition de cette Jessica Porter a été signalée il y a trois jours, et je n'ai pas été prévenu tout de suite. La prochaine fois que ça arrive, je n'oublierai pas de mentionner, mine de rien, la disparition d'une fille dans le Mississippi, comme ça, tu pourras te mettre à remuer tout Nashville pour la retrouver. C'est ça, ce que tu aurais voulu ? Merde, Taylor, n'en fais pas tout un plat. Je n'avais pas la moindre idée de sa venue dans le coin. Je ne savais même pas que c'était un coup de l'Etrangleur du Sud avant d'examiner le corps.

Il tendit la main pour lui caresser la joue mais elle lui tourna le dos et se dirigea vers la cuisinière. Elle se mit à remuer la sauce.

— Allons, mon chou. Si j'en avais su plus long sur ce type, je te l'aurais dit. Il n'avait pas frappé depuis un mois. On est dans le brouillard, crois-moi. On a si peu d'indices… On avance au petit bonheur sur cette affaire. Il ne nous laisse pas beaucoup de grain à moudre. Des mains qui manquent et des cadavres, voilà tout ce qu'on a.

Taylor se retourna pour lui faire face. Les yeux verts de Baldwin étaient assombris par l'inquiétude. Ses cheveux noirs étaient tout décoiffés. Elle devina qu'il s'était frotté la tête en essayant de faire fonctionner ses neurones.

— Des mains qui manquent et des cadavres, ça me paraît déjà pas mal.

Elle prononça ces mots d'une voix boudeuse et se sentit idiote. Elle n'avait aucune raison d'en vouloir à Baldwin. Il faisait son boulot, voilà tout. Un boulot qu'il voulait faire avec elle. Car il semblait y avoir une bonne chance pour qu'ils travaillent ensemble sur cette enquête, comme il le souhaitait.

— Tu es en train de mettre sur pied une équipe spéciale ?

— Pour l'instant, il n'y a que moi. Je savais que je pouvais collaborer avec toi, alors je travaille en indépendant sur cette affaire. Il y a deux collègues qui enquêtent sur les meurtres précédents : Jerry Grimes et Thomas Petty. Je partage mes infos avec eux et vice versa. Tu sais comment ça se passe…

Cela faisait trois mois que Baldwin travaillait comme consultant détaché par le FBI auprès de la brigade des homicides de Nashville. Son aide s'était avérée précieuse. Evidemment, partager son lit avec lui constituait un à-côté bien agréable.

Elle lui adressa un sourire appréciateur.

— Tu n'as pas traîné. Tu as parlé avec Price, hein ?

Il s'assit à la table et hocha la tête.

— Garrett Woods m'a demandé d'appeler Price, c'est vrai.

Taylor se tourna vers la cuisinière.

— J'ai faim. On pourra en parler après le dîner ?

Baldwin lui répondit en souriant :

— Qui a dit qu'on allait parler, après le dîner ?

Taylor était sous la douche lorsque le téléphone sonna. Baldwin ne se serait pas risqué à répondre. Elle était férocement attachée à sa vie privée et détestait l'idée que quelqu'un puisse apprendre qu'elle avait avec Baldwin une liaison — c'est le terme qui lui convenait le mieux. Une liaison vraiment très intime. Elle ne tenait pas à ce que ses collègues la questionnent sur ses motifs ou sur ses intentions. Elle préférait les laisser s'interroger sur la nature exacte de cette relation. S'ils savaient qu'elle passait toutes ses nuits avec un type du FBI, ils la verraient certainement d'un autre œil. C'est du moins ce qu'elle se disait.

Sa meilleure amie et son unique confidente, Sam Loughley,

trouvait qu'elle était folle d'essayer de cacher cette relation. Elle avait essayé à plusieurs reprises de convaincre Taylor que les gens de son équipe ne seraient nullement agacés par ses amours avec Baldwin. Mais Taylor préférait séparer strictement sa vie privée et sa vie professionnelle.

Elle sortit de la douche, se sécha hâtivement avec une serviette et se dirigea vers le répondeur. Le message était bref : « Rappelle. » Elle reconnut aussitôt la voix de Fitz. Il était tard et elle était fatiguée, mais elle composa le numéro du téléphone portable de Fitz et attendit qu'il décroche.

— Allô !

— Fitz, c'est Taylor. Quoi de neuf ?

— J'ai pensé que t'aurais aimé être prévenue. On nous a signalé une disparition, il y a une demi-heure environ. Une fille nommée Shauna Davidson, domiciliée à Antioch. Je ne sais pas si c'est grave, mais elle n'a pas réapparu depuis hier. Elle n'est pas rentrée chez elle hier soir, selon sa mère. Elle a essayé de la joindre, mais Shauna ne répond pas, ni sur son fixe, ni sur son portable. La mère a vu, aux infos, le reportage sur la fille qu'on a retrouvée morte dans le champ et elle a pensé que c'était peut-être sa fille. Elle flippe à mort. Le problème, c'est que la fille du champ n'est pas Shauna Davidson et que Shauna Davidson s'est évaporée.

Taylor sentit son estomac se nouer.

— Elle est brune ?

Elle entendit Fitz feuilleter une liasse de papiers.

— Ouais. Yeux bruns, cheveux bruns. Un mètre soixante-huit. Soixante-quatre kilos. Vingt et un ans.

— D'autres infos à son sujet ? Où est-ce qu'elle travaille ? Peut-être qu'on l'a vue à son travail…

Fitz se remit à compulser son dossier.

— Ce n'est pas marqué. Une jeune de cet âge… Je parie qu'elle est vendeuse ou serveuse. Comme elle habite à Antioch, elle travaille peut-être au restaurant Hickory Hollow qu'il y a là-bas. Je vais me renseigner. Je me dirige actuellement vers chez elle. Ça ne devrait pas être trop dur de savoir de quoi il retourne. Il y a déjà des policiers sur place. Ils m'ont dit, par radio, qu'il y a du louche. C'est peut-être juste sa serrure qui a été forcée, peut-être plus grave.

— Bon, eh bien, va voir ce qui se passe là-bas. Avec un peu de chance, c'est une fausse alerte.

— Je m'en occupe. Je te rappelle si on a besoin de toi.

— Merci de m'avoir prévenue. On se voit demain matin, sauf s'il y a du nouveau pendant la nuit.

Elle raccrocha. Les télés et les journaux allaient s'en donner à cœur joie. S'il était facile d'empêcher les médias locaux d'en faire des tonnes sur les meurtres et enlèvements survenus dans d'autres Etats, un meurtre suivi d'un enlèvement, dans leur propre région, serait impossible à dissimuler. Elle consulta sa montre : il était 21 h 50.

Elle ouvrit une canette de Coca light et passa dans le salon. Baldwin s'était endormi sur le canapé en serrant un épais dossier entre ses mains. Elle reconnut les caractères : FBI-Confidentiel. Elle resta un instant à le regarder, ne voulant pas le réveiller mais sachant qu'il le fallait. Il voudrait entendre la nouvelle. Elle lui secoua doucement l'épaule et il sursauta.

— Qu'est-ce qu'il y a ?

Il se redressa brusquement, laissant échapper le dossier dont le contenu s'éparpilla sur la moquette. Taylor aperçut des photos prises sur des lieux du crime, d'horribles images de mort. Elle l'aida à ramasser les photos en se demandant pourquoi ils faisaient tout ça — côtoyer la mort au jour le jour. Cette pensée était de plus en plus fréquente, dans son esprit, ces derniers temps.

— Fitz a appelé. On vient de signaler une disparition, une fille de dix-huit ans nommée Shauna Davidson. Il se dirige vers son domicile en ce moment même. Il me rappellera s'il a besoin de moi. Je voulais voir si les journaleux parlaient de tout ça.

Le regard inquiet que lui adressa Baldwin confirma ses pires appréhensions. Il était probable que Shauna Davidson ne rentrerait pas chez elle ce soir-là non plus.

Taylor alluma le téléviseur et s'accroupit sur le canapé. La découverte d'un corps à Bellevue était à la une de l'actualité. Une chaîne locale diffusait un reportage exhaustif relatant tout ce qui s'était passé ce jour-là sur le champ où le corps de Jessica Porter avait été découvert. Nashville aimait tant sa criminalité…

Taylor changea de chaîne et constata que toutes les télés locales accordaient la première place à l'événement.

— Merde, merde et merde !

Baldwin lui adressa un faible sourire.

— On dirait que ce n'est plus un secret…

Taylor repassa sur Channel Five. Whitney Connolly, la journaliste vedette de cette chaîne locale, était sur les lieux où le corps de Jessica avait été découvert. Qu'est-ce que c'était que ce cirque ? Qu'est-ce qu'ils espéraient trouver là-bas ? Les policiers avaient entièrement nettoyé l'endroit, il ne restait plus rien à montrer aux téléspectateurs. Mais le montage vidéo était habile, faisant défiler des scènes tournées plus tôt dans la journée. Le champ désolé, les gyrophares sur la nationale, les policiers qui s'affairaient. Taylor eut un geste de mauvaise humeur quand elle s'aperçut que les caméras de Channel Five avaient saisi l'instant où le brancardier avait laissé échapper le corps ensaché au moment de le hisser sur le lit à roulettes. Le cameraman avait zoomé pour obtenir un gros plan de la nuée de mouches vertes qui voletaient autour du sac funèbre. Charmant.

Le téléphone portable de Taylor se remit à sonner. Fitz lui demandait de le rejoindre à l'appartement de Shauna Davidson. Tant pis pour la nuit de repos dont elle avait tant besoin. Elle raccrocha et enfila ses santiags. Whitney Connolly, qui n'avait plus d'horreurs à montrer, était en train de lancer un appel à d'éventuels témoins ayant des informations concernant le corps retrouvé à Bellevue, leur demandant de contacter la police locale. Son reportage avait été plus complet que ceux des autres chaînes. Elle prenait un malin plaisir à faire durer le sujet. Taylor pensait parfois que Connolly appréciait peut-être un peu trop son boulot. On aurait dit qu'elle aimait ça, décrire la mort et les désastres.

— Whitney Connolly est aussi tenace qu'un pitt-bull. C'est l'une des rares journalistes qui a l'air de s'impliquer à fond dans les faits divers locaux, de souhaiter vraiment qu'ils soient élucidés.

Baldwin avait parlé d'une voix distraite, ajoutant foi à l'opinion silencieuse de Taylor sur le personnage. Il semblait perdu dans ses pensées, les yeux fixés sur l'écran du téléviseur.

— J'étais dans la même école qu'elle.

Cette confidence retint l'attention de Baldwin, qui se tourna vers Taylor.

— Encore une demoiselle de bonne famille du lycée catholique du père Ryan ? la taquina-t-il.

— En quelque sorte… Elle et sa sœur jumelle, Quinn. Elles étaient en seconde quand on était en première, Sam et moi — l'année où toi, tu étais en terminale. Je sais que tu as commencé ta terminale en cours d'année, mais tu dois quand même t'en souvenir. Toute cette affaire…

Elle s'interrompit car le téléphone de Baldwin s'était mis à sonner.

Il répondit avec brusquerie :

— Oui ? Oui, je suis au courant… Non, non, pas du tout… C'est entendu… Pas de problème… A demain, donc.

Il raccrocha puis se mit à arpenter le salon.

— C'était Garrett. Il voulait s'assurer que j'avais été informé de la disparition d'aujourd'hui. Désormais, je suis officiellement chargé de cette enquête. A plein temps, pas seulement comme consultant. Je m'y attendais.

Taylor le gratifia d'un sourire affectueux tandis que la sonnerie de son propre téléphone retentissait. Elle était déjà debout, le pistolet à la ceinture.

— Bienvenue dans mon cauchemar, Baldwin. Allez, allons-y.

Taylor s'arrêta devant le ruban jaune qui barrait l'entrée du parking de l'immeuble abritant l'appartement de Shauna Davidson. Elle sourit au jeune policier qui souleva le ruban pour laisser le passage à sa voiture. Elle se pencha par la fenêtre, désigna la voiture qui suivait la sienne et dit à l'homme :

— Laissez-le passer. Il est avec moi.

Le policier hocha la tête et elle observa dans son rétroviseur Baldwin manœuvrer. Elle se gara à côté des véhicules de police déjà présents, coupa le contact et sortit de sa voiture pour se glisser dans la nuit. Baldwin la suivait à quelques mètres. Elle attendit qu'il la rejoigne et ils se frayèrent un chemin dans le dédale de véhicules blanc et bleu, en direction du bâtiment.

Fitz les accueillit à mi-chemin dans l'escalier. Il semblait être en train de descendre. Mais il les laissa passer et leur emboîta le pas, tout en les mettant au courant de la situation.

— Le policier qui est arrivé ici a frappé à la porte. Il n'a perçu aucun mouvement à l'intérieur de l'appartement. Aucun signe d'effraction. Le propriétaire lui a remis un double de la clé, et le collègue a ouvert la porte. Elle était verrouillée de l'intérieur. Le collègue est entré, a regardé autour de lui. Rien ne paraissait anormal. Sauf dans la chambre… Là, le lit est défait, il y a plein de taches de sang dessus. Les gars de la police scientifique sont en train de terminer leurs prélèvements. On a interrogé les voisins. Personne ne se souvient de l'avoir vue, ni hier soir ni aujourd'hui. Tout ça n'est pas très rassurant.

Ils atteignirent la porte de l'appartement et durent se faufiler sous un autre ruban jaune. Il ne restait que quelques personnes dans la pièce. Taylor leur adressa un salut du menton tout en examinant les lieux.

Shauna Davidson était bien installée. L'appartement était décoré avec goût, dans le style moderne. Un téléviseur à écran plat était accroché à l'un des murs, entouré des éléments d'une chaîne de home cinéma dernier cri. Des coussins moelleux en daim fauve étaient soigneusement disposés sur un vaste canapé en cuir brun clair. Un endroit idéal pour se détendre. Il y avait des fauteuils en daim marron et une table basse en céramique multicolore. Tout semblait bien à sa place, aux yeux de Taylor. Des magazines étaient empilés sur la table basse. Pas de verres sales, ni de canettes vides, pas de vieux journaux. Du goût et de l'ordre. Plutôt rare, pour une jeune fille.

A droite, Taylor repéra une petite cuisine et un couloir menant hors du salon. Elle s'y glissa, passa devant une chambre d'amis vide puis un bureau et parvint enfin à la chambre à coucher. Là, le rangement laissait à désirer.

La couette gisait sur la moquette, les draps étaient en boule au pied du lit. Le matelas était trempé de sang. Taylor tourna la tête vers le technicien de la police scientifique au regard déférent qui l'attendait debout, à gauche du lit.

— Vous avez des photos de cette pièce dans l'état exact où elle était quand vous êtes arrivés ?

— Oui, m'dame. On a essayé de faire les prélèvements sans altérer la disposition des objets.

— Vous les avez remis tels qu'ils sont sur les photos ?

— Oui, m'dame. La pièce est à très peu de chose près dans l'état où on l'a trouvée. On est entrés, on a vu le sang et on a tout de suite reculé pour prendre les photos. Ensuite, on a procédé aux prélèvements. Il n'y a pas tant de sang qu'on croirait à première vue. Les substances organiques étaient desséchées. Elles sont là depuis au moins vingt-quatre heures. On a aussi procédé à une recherche d'empreintes, et on en a trouvé quelques-unes. On va faire des recherches dans le fichier central. On vous fera savoir ce que ça a donné. Dès que vous nous donnez le feu vert, on finit d'emballer tout ça et on l'emporte au labo.

Taylor le remercia d'un hochement de tête et le jeune homme quitta la pièce. Elle se tourna vers Baldwin et Fitz.

— Alors ? demanda-t-elle.

Baldwin considéra le désordre de la pièce, le sang. Taylor perçut dans son regard tendu les signes de l'activité cérébrale. Elle attendit sa réponse. Il se mit à examiner la pièce, griffonnant des notes et prenant ses propres photos.

Taylor échangea un regard du coin de l'œil avec Fitz. Il s'impatientait. Elle aussi.

— Baldwin, parle-nous. Qu'est-ce qui se passe ?

Il referma son calepin, rangea son appareil photo.

— Tout cela me rappelle quelque chose. Il y a des similitudes avec ce que j'ai vu dans les appartements des autres filles. Le lit défait, le sang. Je crois qu'il les séduit, se fait inviter chez elles, couche avec elles. Ensuite, il les étrangle et leur sectionne les mains. Après cela, il transporte le corps dans les environs de l'endroit où il compte commettre son prochain crime.

Il secoua la tête et ajouta :

— Shauna Davidson… Je ne sais pas où on la retrouvera, celle-là. Mais c'est la quatrième. Il est en train d'accélérer.

Baldwin arpenta la chambre.

— Regardez, reprit-il, aucune trace d'effraction. C'était déjà le cas pour les trois précédentes victimes. Je crois qu'il les drague dans un endroit public, un bar, une bibliothèque, qui sait ? Et elles l'invitent chez elles. Peut-être qu'à un moment, ça dérape… Peut-être que la victime est consentante au début, mais il les tue très rapidement. Il n'y a pas de traces évidentes de lutte. Nous n'avons pas retrouvé de drogue dans leur organisme. Je crois qu'il doit les attacher.

Il fit le tour du lit et s'écria :

— Ho! Dites aux gars de la police scientifique de revenir.

Fitz sortit de la pièce et revint avec l'un des techniciens. Baldwin guida l'homme et lui montra la tête de lit en fer forgé.

— Quelque chose vous a échappé, dit-il d'un ton accusateur.

Le technicien rougit en se rendant compte qu'il n'avait pas remarqué un détail important : une fibre était fixée à la tête de lit. Il se hâta de la ramasser, en s'excusant. Baldwin le gratifia d'une petite tape dans le dos lorsqu'il quitta la pièce.

— Ça doit venir d'une corde. On a retrouvé le même genre de fibre dans les autres appartements. C'est pour ça qu'il n'y a pas beaucoup de traces de lutte. Oui, c'est bien ça, il doit les attacher au préalable. Vous savez, ce genre de tueur est excité par l'impuissance de ses victimes. Pour ce type, la colère, l'excitation et le plaisir ne font qu'un. Il fait une fixation sur leurs mains, que je n'arrive toujours pas à expliquer. Mais tous les ingrédients du fétichisme sont réunis, je ne crois pas qu'il leur coupe les mains pour les rendre impossibles à identifier. Il est très organisé, tout est prémédité, chaque étape du scénario est prévue. Le fait qu'il se sépare de certains de ses trophées est intéressant. C'est un indice, une mince traînée de miettes de pain qu'il nous laisse délibérément. Il veut vraiment que ses meurtres soient médiatisés. Transporter les corps d'un Etat à l'autre, les mutiler… Tout cela est destiné à rendre ses meurtres d'autant plus atroces et sensationnels. Une recette infaillible pour que le FBI s'intéresse à lui. Il veut qu'on reconnaisse son style. Qu'on soit sûrs que c'est bien lui. Il ne changera pas sa manière d'opérer, c'est devenu sa signature. Maintenant, à nous de découvrir qui il est. Le VICAP ne contient rien qui corresponde à ce mode opératoire. En dehors des prélèvements effectués par la police scientifique, nous n'avons aucun indice. Les témoignages sont minces ou inexistants. C'est un véritable fantôme, et ça fait partie de son plan.

Le VICAP, logiciel de recherche des criminels violents mis au point par le FBI, aurait conduit les enquêteurs à d'autres meurtres similaires, s'il s'en était commis. Jusqu'à présent, Baldwin l'avait consulté en vain.

Il arrêta de tourner en rond, l'œil brillant.

— C'est un défi. Il prend plaisir à savoir qu'on est dans le brouillard. On ne peut pas prévoir où il va frapper la prochaine fois. Il sait qu'on est en état d'alerte. Croyez-moi, il tient plus que tout à ce qu'on essaie de lui mettre la main dessus.

5.

Whitney Connolly était chez elle, assise devant son ordinateur, envoyant des courriels à des connaissances dans tout le pays. C'était un rituel matinal auquel elle ne dérogeait pas. Tous les jours, elle sortait de son lit solitaire, courait chez Starbucks pour acheter un café au lait à emporter, saluant les habitués et les inconnus d'un sourire modeste, revenait chez elle et allumait son ordinateur.

Elle communiquait ainsi avec toutes sortes de gens et les courriels étaient triés par ordre de priorité. Les amis venaient d'abord, car cette catégorie était la moins nombreuse à correspondre avec elle. Et comme leurs courriels étaient les plus sympathiques, elle était de bonne humeur au moment de passer à la liste suivante, celle des fans. Il y en avait de toutes les couleurs, de toutes les tailles et de toutes les formes. Des hommes et des femmes, des jeunes et des vieux. Des gentils et des pas gentils. Ces messages étaient difficiles à éviter : la chaîne pour laquelle elle travaillait affichait les adresses électroniques de ses journalistes pendant qu'ils étaient à l'antenne, et on trouvait également ces adresses sur le site internet de la chaîne en face de leurs photos, afin qu'ils soient accessibles au grand public.

Whitney trouvait que c'était important de leur répondre.

Remercier ceux qui avaient apprécié son reportage de la veille… Se montrer courtoise auprès de ceux qui l'avaient trouvé nulle. Son statut de journaliste la plus en vue de Nashville avait des avantages, évidemment. Mais, inévitablement, elle s'attirait l'hostilité de certains téléspectateurs, et elle se sentait obligée de tenir compte de leurs critiques et de tenter d'améliorer son image, au nom des bonnes relations de la presse avec le public.

Ce matin-là, en tout cas, tout allait bien. Elle avait reçu une quarantaine de courriels de ses fans, et seuls cinq d'entre eux se montraient critiques à l'égard de sa prestation de la veille. Elle lut les commentaires attentivement, répondant aux reproches les plus délirants d'un sobre : « Je suis navrée d'apprendre que le reportage ne vous a pas plu. Je ferai mon possible pour que cela n'arrive plus. » Elle se confondait en remerciements auprès de ceux qui envoyaient des commentaires élogieux, et répondait avec application aux questions de ceux qui pensaient connaître mieux qu'elle le monde dans lequel ils vivaient. Cela étant fait, elle buvait une longue gorgée de son café tiédissant et passait à la catégorie suivante. La plus importante. Celle qui comptait vraiment. Les informateurs.

Whitney entretenait un vaste réseau de correspondants qui étaient autant de sources d'information. Cela faisait des années qu'elle cultivait ces relations et en enrichissait la liste, y ajoutant régulièrement de nouveaux contacts, fiables ou moins fiables. Car elle nourrissait des ambitions, de grandes ambitions. Et elle savait qu'elle était à deux doigts de percer au niveau national, qu'une affaire retentissante la propulserait vers les sommets de sa profession. Etre journaliste vedette à Nashville, c'était déjà un bon job. Sa chaîne dominait le marché local, dépassant toutes les autres filiales locales des grands réseaux nationaux. Elle effectuait les reportages les plus importants pendant la semaine et officiait le week-end comme présentatrice du journal du soir. Mais, au fond d'elle-même, elle sentait qu'elle valait mieux. Cela faisait longtemps qu'elle était dans le métier et, à trente-quatre ans, il était temps pour elle d'entrer au service des grands médias. Elle visait un poste à New York. Pas à Atlanta, où tout le monde se ressemblait et où les journalistes n'étaient pas autorisés à exprimer leur opinion. Non. New York, voilà l'endroit où il fallait être — et il lui suffisait d'un scoop pour y arriver.

Elle présentait bien, incontestablement. Grande et pourvue de longues jambes, elle était fière de son nez parfait qui n'avait pas eu besoin d'être modifié par la chirurgie, de ses lèvres charnues, qui n'avaient été que très peu refaites, et d'une paire de seins sans défaut — qui lui avait coûté une fortune. Des sourcils finement dessinés, deux tons plus foncés que ses cheveux, mettaient en valeur des yeux bleus dont on lui avait toujours envié la beauté. Oui, elle présentait bien, pas de doute. Et elle était intelligente. Sans parler de sa ténacité et de son énergie. Elle avait juste besoin d'un reportage choc qui fasse sensation.

En faisant défiler la liste des courriels reçus, à la recherche de l'adresse qui ferait d'elle une star du journalisme, elle s'accorda un bref répit en allumant le téléviseur, choisissant la chaîne d'info pour laquelle elle tenait tant à travailler.

La bande rouge annonçant une nouvelle de dernière minute défilait en clignotant dans le bas de l'écran, et Whitney sentit son cœur battre plus vite. Elle était une journaliste dans l'âme, après tout. Que s'était-il passé ? Un attentat à la bombe ? La mise en examen d'une personnalité ? Un politicien pris en flagrant délit avec une fille morte ou un garçon vivant ? Les mauvaises nouvelles sont toujours bonnes pour les journalistes, quel que soit le préjudice subi par la société. Tandis que le visage inquiet du présentateur emplissait l'écran, elle sentit une douce chaleur se répandre dans son corps. Elle se cala dans son fauteuil en cuir souple et sourit. Il avait encore frappé.

6.

Taylor se réveilla tôt et alluma la télé. Malgré les prévisions de Baldwin, persuadé qu'on ne retrouverait pas le corps de Shauna dans la région, des recherches avaient été entreprises. Les infos du matin retransmettaient des images de femmes et d'hommes en cargo pants et T-shirts bleus, brandissant de longues perches et avançant d'un pas décidé dans un terrain vague proche de l'immeuble de Shauna.

Ayant constaté avec satisfaction que l'enquête se déroulait selon la procédure habituelle, elle se doucha, enfila son jean et ses bottes, fixa son holster à la hanche et partit assister à l'autopsie de Jessica Porter.

Elle roulait sur la nationale, se faufilant entre les poids lourds lancés à toute allure, remarquant au passage que la journée était belle et ensoleillée. Enchantée par le bleu du ciel, elle ouvrit sa vitre et fut assaillie par les vapeurs d'essence. Elle plissa le nez et la referma vite en pensant à la conversation qu'elle avait eue avec Baldwin avant de se coucher. Il croyait dur comme fer que l'Etrangleur du Sud allait intensifier le rythme de ses meurtres ; il était certain que les traces recueillies dans l'appartement de Shauna Davidson permettraient de relier sa disparition tragique aux trois précédents meurtres imputés à ce dernier. Baldwin semblait doté d'un sixième sens quand il travaillait sur un dossier — aptitude qui était nécessaire, et hautement appréciée, dans sa profession. Etre profileur, c'était pouvoir se mettre dans la peau d'un criminel. Il avait le don pour comprendre ce que recelait l'esprit des tueurs qu'il traquait. Cette intensité, cette détermination effrayaient Taylor, parfois. Mais il obtenait des résultats. Elle voulait espérer que l'intervention de Baldwin à plein temps dans cette enquête puisse mener à une issue heureuse pour Shauna Davidson. Mais sans trop y croire. Elle avait vu trop de sang dans la chambre de la fille.

Sa « demoiselle de bonne famille »... Elle émit un petit grognement. Elle le détestait quand il l'appelait ainsi, et il le savait. Il ne pouvait pas s'empêcher de la taquiner, de temps en temps. Pourtant, elle aurait donné n'importe quoi pour effacer ses origines sociales. Mais c'était impossible, quoi qu'elle fasse. Taylor venait d'une famille aisée et avait grandi dans un quartier chic de Nashville, Forrest Hills. Elle avait profité dans son enfance de tous les petits luxes qui vont de pair avec une éducation bourgeoise. Elle s'était même pliée à contrecœur au rituel du bal des débutantes, au cours duquel les demoiselles de bonne famille étaient présentées solennellement à la haute société de Nashville. C'était la veille du jour de l'an, juste après son dix-huitième anniversaire. Elle se demanda brièvement si Shauna Davidson avait participé à de si vaines mondanités — mais chassa bien vite cette pensée de son esprit.

Elle riait encore de la colère qu'avaient piquée ses parents lorsqu'elle leur avait annoncé qu'elle allait entrer dans la police. Ses géniteurs estimaient qu'elle n'avait que deux options acceptables. Celle qui avait leur préférence était qu'elle entre à l'université, où elle pourrait rencontrer son futur époux — un brillant jeune homme faisant des études de médecine ou de droit. Une fois son mari établi à Nashville comme interne dans un grand hôpital ou comme associé dans un cabinet d'avocats, elle aurait pu se consacrer à l'éducation de ses enfants. Elle aurait pu diriger une association féminine de quartier ou la section locale d'une organisation caritative et peut-être ouvrir un petit magasin d'antiquités ou de mode — une fois que les enfants seraient scolarisés, bien sûr.

L'autre option, à laquelle ils étaient moins favorables, aurait consisté à faire elle-même carrière dans la médecine, le droit ou les affaires, avant de fonder plus tardivement un foyer et de se consacrer à la procréation.

Mais Taylor était Taylor, et elle refusa net de suivre l'une ou l'autre de ces voies. Elle n'était pas attirée par la vie que menait sa mère : déjeuners mondains, goûters avec ses amies, bonnes œuvres et ventes de charité, toutes choses qui permettaient à sa petite bande de copines de prolonger la vie qu'elles menaient dans leur adolescence, sans mûrir ni se départir de la futilité qui caractérisait leur existence. Taylor n'ignorait pas que leurs activités pouvaient être utiles et que leurs bonnes œuvres apportaient quelque chose à la société, mais elle n'imaginait pas un instant qu'elle-même puisse en faire autant.

Une telle vie n'était tout simplement pas pour elle. Taylor avait soif d'émotions fortes, de danger même. Elle voulait vivre intensément, acquérir une expérience de la réalité ; elle refusait de se cloîtrer dans un petit monde artificiel et sans substance. Elle avait besoin d'une activité qui lui permette d'être, modestement, elle-même. Nashville n'était pas une grande métropole et sa révolte contre les projets que sa mère nourrissait à son égard l'avait menée à fréquenter des gens de tous les horizons sociaux. Y compris des flics. Beaucoup de flics. Ayant eu maille à partir avec les représentants de l'ordre, non seulement elle avait su se tirer de ces petits ennuis grâce à sa bonne mine, mais cela lui avait donné l'occasion de se lier d'amitié avec des policiers. Lesquels avaient fortement influencé sa décision de rejoindre leurs rangs.

Ce boulot lui allait comme un gant. Il lui donnait l'occasion de rendre service à sa ville sans avoir à vendre son âme. Et puis elle appréciait le sentiment de puissance qu'il lui apportait lorsqu'elle rôdait dans les rues de la ville pour traquer délinquants et criminels. Elle vivait enfin dans le monde réel, pas dans celui des salons de thé et des arrivistes qui se déchiraient pour parvenir. Bien sûr, la vision idéaliste que Taylor avait de son métier — le désir de protéger et d'aider les citoyens — n'avait pas tardé à se heurter à ce constat : alors que les flics protégeaient la société, la société ne les protégeait guère. Cette prise de conscience avait été douloureuse et lui avait permis de comprendre pourquoi tant de flics menaient des vies si compliquées — des divorces à répétition à l'usage illicite de drogues, en passant par l'alcoolisme et autres problèmes psychologiques, sans parler des bavures. Mais Taylor s'était accrochée à sa vision utopique d'une police au service des gens. Elle ne s'était jamais sentie glisser sur la pente où s'étaient laissé emporter plusieurs de ses collègues. Elle croyait en elle et estimait qu'elle avait assez de force de caractère pour éviter les dérives.

C'est ainsi que, contre la volonté de sa mère, elle s'était inscrite à l'université du Tennessee, avait passé sa capacité en droit et s'était présentée au concours d'entrée dans la police dès l'obtention de son diplôme. L'ayant réussi du premier coup, elle avait ensuite suivi des cours à l'académie de police, où elle avait forgé des liens durables avec ses futurs collègues. Elle était appréciée des autres élèves, même si son officier formateur avait tendance à lui savonner la planche. Taylor était jeune et jolie et cet officier ne voyait pas l'intérêt d'enrôler des femmes dans la police : les dinosaures avaient encore leur mot à dire. Mais cela ne l'avait pas découragée, cela n'avait servi qu'à la rendre d'autant plus forte, plus attachée à sa vocation.

Son premier contact brutal avec la réalité n'avait pas tardé à survenir. Elle patrouillait au volant de sa voiture dans le centre-ville, parcourant la 2e Avenue à l'affût de quelque méfait, lorsqu'elle avait vu apparaître sur l'écran de son ordinateur un message signalant une agression au couteau dans un grand ensemble. Actionnant sa sirène et son gyrophare, elle était arrivée en trombe sur les lieux pour y découvrir un jeune noir étendu sur le sol d'une entrée d'immeuble crasseuse. Il était entouré par ses amis et des membres de sa famille qui tentaient d'empêcher le sang de gicler de son abdomen. Ils essayaient vainement de remettre en place ses intestins dans une plaie béante. Mais rien n'y fit et la victime s'était vidée de son sang entre leurs bras. Le SAMU était arrivé quelques instants plus tard — trop tard pour éviter à Taylor de perdre sa candeur dans une rue sombre du quartier le plus sordide de la ville. Après avoir accompli les tâches inhérentes à la situation, elle était rentrée au commissariat où elle s'était aperçue, dans le vestiaire, que ses bottes étaient copieusement maculées du sang de l'homme. La sensation de désespoir qu'elle avait éprouvée à ce moment était indicible — mais elle avait rapidement appris à maîtriser de telles émotions.

Elle en riait presque en y repensant, se moquant de cette jeune femme choquée par un peu de sang sur ses bottes. Elle en avait vu d'autres depuis… Et l'idéalisme de ses débuts dans la police avait fait place à une vision plus désabusée de son métier. A présent, alors qu'elle atteignait ses trente-cinq ans, elle était le lieutenant de police le plus jeune des forces de l'ordre locales. Elle dirigeait une équipe d'élite de policiers spécialisés dans les homicides. Et elle en avait vu, du sang… Elle en avait fait couler avec son arme de service, elle en avait perdu elle-même. Oui, son idéalisme appartenait vraiment à un passé révolu.

Elle se gara devant l'institut médico-légal de Glass Street, en se disant qu'elle ne regrettait rien et savait avec certitude quelle femme elle était devenue — et elle s'en trouvait relativement contente. Relativement.

Baldwin lui avait suggéré d'entrer au FBI, mais elle l'avait rembarré aussitôt. Elle appartenait corps et âme à Nashville.

Le Dr Sam Loughley, meilleure amie de Taylor et anatomiste de son état, était en train de recoudre l'incision en Y qu'elle avait pratiquée sur la poitrine avachie de Jessica Porter lorsque Taylor fit son entrée dans la salle d'autopsie.

— Ça alors ! Tu as fait vite. Je ne pensais pas que tu aurais déjà fini.

Sam leva les yeux et sourit derrière son masque en plastique.

— Ce n'est pas moi qui suis en avance, c'est toi qui es

en retard. Il est déjà 7 heures et demie. Tim, vous pouvez terminer à ma place ?

— Pas de problème, docteur.

Sam remit ses instruments à son assistant et se dirigea vers la salle de décontamination en se débarrassant de sa blouse et de ses gants. Taylor lui emboîta le pas.

Une fois que Sam se fut débarbouillée, elles s'installèrent dans le bureau de cette dernière pour commenter l'autopsie en buvant une tasse de thé.

— Elle n'a pas été trop brutalisée.

— Pardon, Sam, mais se faire étrangler et couper les mains, c'est déjà pas mal, non ?

Sam hocha la tête.

— Tu as raison, bien sûr. Je voulais juste dire qu'elle n'a pas été horriblement tabassée ou ce genre de truc. Les mains ont été sectionnées après le décès. La strangulation a été pratiquée à mains nues. Il n'y a pas de traces de viol. J'ai vu bien pire. Elle n'était pas déchirée, elle avait juste le genre de contusions légères qui correspondent à un acte sexuel fougueux mais consenti. Il s'est servi d'un préservatif lubrifié et je n'ai rien retrouvé qui puisse contenir de l'ADN. J'ai prélevé divers échantillons et je les ai transmis au labo du FBI, comme me l'a demandé John Baldwin, cet agent fédéral hors du commun. C'est vrai que ça ira plus vite s'ils s'en chargent.

Malgré tous les efforts déployés pour que la police de Nashville dispose de son propre laboratoire, celle-ci n'était pas équipée pour ce genre d'analyses. Baldwin leur avait épargné à toutes les deux un sérieux casse-tête.

— Tu as d'autres infos pouvant m'intéresser ?

— Pas vraiment, Taylor. On ne recevra les résultats d'analyses que dans quarante-huit heures. La cause du décès est sans le moindre doute la strangulation à mains nues. Pour le reste, il faudra attendre après-demain. Baldwin t'a parlé du dossier ?

— Il a l'air de penser que ce meurtre est l'œuvre d'un tueur en série que le FBI a surnommé l'Etrangleur du Sud. Au vu du mode opératoire, Jessica Porter serait sa troisième victime.

Elle s'interrompit un instant, songeuse, et reprit :

— Je me demande ce qu'il fabrique avec les mains qu'il prélève... Et pourquoi il en laisse une traîner à l'endroit où il dépose les corps de ses victimes.

Sam sourit.

— C'est sans doute un acrotomophile.

Taylor fronça les sourcils.

— Merde, qu'est-ce que ça veut dire, ça ? Ça a l'air dégoûtant.

— Ça veut dire qu'il est sexuellement attiré par les femmes amputées.

— Oh ! Sam, c'est vraiment...

— Du calme, ce n'était qu'une plaisanterie. La main qu'on a retrouvée hier n'avait pas atteint le niveau de décomposition d'un membre sectionné depuis un mois. Il faut donc penser qu'elle a été congelée. Là aussi, les analyses sont en cours. Allez, sortons d'ici et allons manger un morceau. Je suis affamée.

Elles prirent leur petit déjeuner en échangeant quelques potins, tout en évitant d'évoquer l'affaire. Sam était enceinte et parlait avec exubérance de la naissance imminente de son premier enfant. Leurs conversations, ces derniers temps, tournaient toutes autour du petit être qu'abritaient les entrailles de Sam. Lorsqu'elles eurent achevé pour la énième fois de passer en revue les prénoms possibles, Taylor déposa Sam à son bureau et regagna le sien.

Lincoln avait rassemblé les informations concernant les meurtres précédents, et qui lui venaient forcément de Baldwin, car les photos qu'il avait trouvées étaient des copies estampillées FBI en bas à droite. Le dossier attendait Taylor sur son bureau et elle se mit à l'étudier.

Il ne contenait guère plus d'éléments que ceux que Baldwin lui avait déjà révélés. Le premier meurtre, celui de Susan Palmer, avait eu lieu le 27 avril. Dès que sa disparition avait été signalée, les policiers s'étaient précipités chez elle et avaient découvert une réplique presque identique de ce que Taylor avait vu dans l'appartement de Shauna Davidson. Il n'y avait aucune trace d'effraction, et tous les indices étaient concentrés dans la chambre à coucher. Taylor examina la photo, le lit défait, les taches de sang de part et d'autre du matelas. Les analyses avaient confirmé qu'il s'agissait du sang de Susan Palmer, et on avait trouvé des fibres provenant d'une corde fabriquée industriellement et vendue sous une marque très répandue. Les photos de l'endroit où on avait retrouvé son corps avaient aussi, sinistrement, quelque chose de familier. L'herbe haute dissimulait le cadavre sur les premiers clichés. Des photos en gros plan de ses bras mutilés étaient accompagnées d'agrandissements détaillant les blessures subies. Elle ne put s'empêcher de songer que le photographe gaspillait son talent en travaillant pour la police, tant était impressionnante son habileté à rendre toute l'horreur de la scène.

Elle remarqua un détail troublant sur l'un des clichés.

Elle sortit une loupe pour mieux l'examiner. En consultant le rapport, elle trouva le paragraphe qui correspondait à la photo. « Numéro 38, vomi non identifié. » Hum. Elle prit bonne note de cette information et poursuivit son examen.

Elle ouvrit la chemise suivante et son regard fut immédiatement attiré par un portrait de la victime. Jeanette Lernier arborait un grand sourire, elle avait des yeux malicieux. Taylor se dit qu'elle avait l'air d'une fille avec qui elle aurait pu échanger des histoires salaces. Elle semblait pleine de vie. Taylor sortit de sa rêverie et acheva de lire le reste du rapport. Les similitudes avec le précédent étaient stupéfiantes, jusque dans les photos des moignons sanguinolents.

Elle lut attentivement les déclarations des témoins. Les amis et les proches de Jeanette adoraient la jeune femme, aucun doute là-dessus. Mais d'autres personnes interrogées avaient tenu des propos plus désobligeants à son égard, l'accusant de mener une vie trop libre. L'une d'elles avait déclaré qu'elle pensait que Jeanette avait une liaison avec l'un de ses collègues, mais le reste du rapport était silencieux sur ce sujet. Elle se dit qu'il faudrait interroger Baldwin pour savoir pourquoi.

Ayant terminé sa lecture, elle se mit à écrire son rapport sur le meurtre de Jessica Ann Porter. Elle établit une compilation exhaustive des rapports rédigés par les collègues présents à l'endroit où on avait retrouvé le corps de cette dernière. C'était un travail ennuyeux, fastidieux mais nécessaire. Même si le FBI s'emparait de l'affaire et lui ôtait le dossier, elle tenait à faire les choses dans les règles et avec zèle.

Elle passa le gros de la journée à travailler toute seule. Lincoln et Marcus étaient en vadrouille, et Fitz était en train de diriger les recherches entreprises pour retrouver Shauna Davidson, tout en essayant de récolter davantage d'informations sur la disparue. A 17 heures, elle décida qu'elle en avait fait assez pour la journée. Baldwin n'avait pas donné de ses nouvelles mais elle pensait qu'il se manifesterait dans la soirée. Il ne fallait pas qu'elle entrave l'enquête qu'il menait de son côté et qui allait certainement l'occuper à plein temps. Elle emporta son rapport sur le meurtre — au cas où.

7.

Taylor sentit une main glisser lentement vers le haut de sa cuisse. Elle s'étira langoureusement, enfouissant sa tête sous l'oreiller. La main se rapprochait de sa petite culotte et elle inspira profondément, pantelante.

La stridence de la sonnerie du téléphone acheva de la réveiller, ainsi que le juron marmonné par l'homme à qui appartenait la main.

— Merde, qui peut bien appeler aussi tôt ? grommela Baldwin.

— A mon avis, c'est pour le boulot. Personne ne m'appelle aussi tôt le matin, sauf s'il y a eu un meurtre dans cette ville.

Elle lui claqua doucement le dos de la main pour qu'il la retire de sa cuisse car, malgré le téléphone, ses doigts n'avaient pas dévié de leur trajectoire. Elle tendit le bras pour décrocher en jetant un coup d'œil au numéro de son correspondant. Elle avait vu juste.

— Lieutenant Jackson à l'appareil.

— Taylor, c'est Price.

Le capitaine Mitchell Price ne l'appelait chez elle qu'en cas d'urgence absolue. Elle se redressa, cala un oreiller derrière son dos pour mieux faire semblant d'être fraîche et dispose.

— Bonjour, capitaine. Je peux vous aider ?

— On a un problème, répondit-il d'une voix bourrue.

Elle ne connaissait pas la cause de ce ton cassant, qui ne lui ressemblait pas. Elle regarda par la fenêtre et s'aperçut qu'il pleuvait doucement.

— Une nouvelle agression du Violeur de la Pluie.

Elle perçut la tension qui imprégnait la voix du capitaine.

— C'est le choix de sa dernière victime qui nous oblige à intervenir. Je veux que vous vous rendiez dare-dare chez Betsy Garrison.

— Il a violé la policière qui enquête sur lui ? C'est une blague, ou quoi ?

Price soupira, et Taylor compatit à ses malheurs.

— Il a failli la tuer, ce con. On l'a emmenée à l'Hôpital Baptiste… Le chef a demandé que ce soit vous qui alliez chez elle faire les constatations d'usage.

— Oh, oh ! C'est mauvais signe.

Les services de la police métropolitaine de Nashville venaient de changer de direction, et la base n'était pas contente de son nouveau patron.

— Il veut que ce soit une femme, une gradée, qui s'occupe de cette affaire. Et vous dirigez la brigade des homicides. Si elle meurt, ce sera à vous de superviser l'enquête, de toute façon. Il fait peut-être preuve de prévoyance, ou bien il veut soigner les apparences, vis-à-vis des médias. Je ne sais pas. Ce matin, on est un peu débordés ici. L'équipe de nuit a deux tentatives de meurtre sur les bras. A cela s'ajoute la disparition de cette Shauna Davidson. En tout cas, si vous pouviez vous arracher à ce que vous êtes en train de faire, même si ça doit être passionnant... J'aimerais beaucoup que vous alliez là-bas et que vous me rappeliez ensuite pour faire le point.

Taylor fut un bref instant gagnée par la panique. Il ne pouvait quand même pas savoir ce qu'elle était vraiment en train de faire quand il avait appelé. Elle y réfléchit un instant, décida que c'était impossible, qu'il plaisantait. Price était ainsi. Moitié flic misogyne de la vieille école, moitié policier humain et sensible. Elle se prêta au jeu.

— Vous faites de drôles de suppositions, capitaine.

— Je me disais simplement que vous essayiez peut-être de mener une vie normale de temps en temps, lieutenant. Bon, maintenant, filez là-bas et montrez-vous digne de votre mission.

Il raccrocha, et Taylor ressentit une étrange satisfaction. Elle était sûre que c'était Price qui avait conseillé de la charger de cette affaire.

Elle remit le téléphone en place et jeta un coup d'œil à Baldwin qui se trouvait à l'autre bout de la chambre. Sans qu'elle s'en rende compte, le téléphone de ce dernier avait dû sonner pendant qu'elle s'entretenait avec Price. Tandis que Baldwin parlait d'un ton calme, ses traits s'assombrissaient. Cela ne lui disait rien qui vaille.

Il lui adressa un vague sourire et dit au revoir à son interlocuteur, celui qui avait décidé de gâcher sa matinée à lui. Il revint sur le lit, se glissa entre les draps et lui donna un petit baiser.

Taylor passa les doigts dans les cheveux de Baldwin, trop longs selon les critères du FBI, mais qui lui plaisaient, à elle. Des fils argentés parcouraient ses tempes, et frisottaient sur sa nuque. Elle baissa la main pour lui frotter le cou affectueusement.

— Mauvaises nouvelles, chéri ? demanda-t-elle.

— Il faut que j'aille en Géorgie. On a retrouvé Shauna Davidson.

Et ces cinq mots anéantirent la douceur de leur matinée.

8.

Taylor était parfaitement réveillée lorsqu'elle arriva chez Betsy Garrison. Betsy vivait dans un quartier de l'est de Nashville, jadis repaire de trafiquants de drogue et de putains défoncées au crack. Mais le voisinage s'améliorait, comme disaient les habitants du quartier. De nouveaux restaurants branchés avaient ouvert leurs portes, abrités dans de vieilles demeures qui avaient retrouvé leur ancienne splendeur. Les jeunes cadres exerçaient leur suprématie dans les parages. On voyait dans chaque allée briller les carrosseries des BMW et des 4x4 Lexus, achetés avec de l'argent honnêtement gagné et non par des moyens illégaux. Les arbres s'élevaient vers les cieux avec nonchalance — même les oiseaux et les écureuils semblaient désormais prospérer.

Cependant la rue où vivait Betsy paraissait endeuillée en ce jour pluvieux. Quand Taylor la remonta dans son 4x4 Nissan Xterra noir, elle n'aperçut qu'une seule voiture garée stratégiquement, un vieux pick-up Ford F-150 tout cabossé. Elle soupira. Pas de véhicules de police bicolores. On pouvait dire que les flics agissaient dans la plus grande discrétion pour protéger l'une des leurs. Il n'y avait pas de ruban jaune pour délimiter les lieux. Pas de camionnettes de journalistes. Le secret avait été bien gardé. Aucune fuite vers les médias.

Tous les appels concernant l'événement avaient été effectués sur des téléphones privés. On n'avait même pas fait venir d'ambulance dans ces rues étroites. Betsy avait été emmenée par la porte de derrière et embarquée dans le véhicule privé d'un de ses collègues de la brigade des agressions sexuelles pour être transportée à l'hôpital.

Taylor secoua la tête en voyant le pick-up miteux. Fitz avait vraiment besoin de s'acheter une nouvelle bagnole. Mais il refusait obstinément, jurant de rester fidèle à ce tas de ferraille jusqu'à la fin. A en juger par les apparences, cette fin était proche. Taylor se gara juste derrière, collant au plus près du trottoir pour éviter la boue du caniveau, et ouvrit son parapluie. Elle parcourut rapidement l'allée, contourna la maison et parvint à la porte de derrière. Fitz l'attendait là, son éternel mégot collé à la lèvre. Il était allumé et, même si Taylor en éprouva de l'agacement, car Fitz avait essayé maintes fois d'arrêter de fumer, elle fouilla immédiatement dans sa poche pour en extirper son propre paquet. Elle s'arrêta à côté de lui, alluma une cigarette et avala la fumée. Un léger chatouillement dans la gorge lui rappela que les médecins seraient furieux d'apprendre qu'elle fumait. Mais elle repoussa cette idée au loin d'un geste de la main. Fitz lut dans ses pensées et sourit.

— T'es encore en train de justifier mentalement ton accoutumance à l'herbe du diable ?

Taylor lui adressa un sourire bienveillant. Fitz la connaissait trop bien. Ils travaillaient ensemble depuis des années et, bien qu'elle ait presque vingt ans de moins — et que ce soit une femme, par-dessus le marché —, il n'avait jamais trouvé problématique qu'elle soit sa supérieure. Tout au contraire, il avait appuyé sa promotion au grade de lieutenant l'année précédente, alors que nombre de ses collègues s'en étaient bien gardés. D'ailleurs, il était l'un des rares flics de base qui n'étaient pas hostiles au nouveau patron de la police. Car enfin, c'était Fitz : toujours disponible, proche de la retraite et ne se souciant pas de politique. En outre, le nouveau patron avait procédé à une restructuration des services qui avait permis à Fitz d'obtenir une promotion ainsi qu'une augmentation de ses appointements — ce qui n'était pas pour lui attirer la rancœur de Fitz. Le montant de sa retraite n'en serait que plus élevé, comme il aimait à le répéter. A présent, la brigade des homicides était organisée de telle façon que Fitz, devenu sergent de police, dirigeait une équipe de six inspecteurs, tandis que Taylor n'avait à répondre qu'à Mitchell Price. Le nouvel encadrement des services de police était pléthorique, mais les membres de la brigade des homicides avaient échappé à un contrôle hiérarchique trop lourd — leur marge de manœuvre s'était même accrue. Le capitaine Price dirigeait la division des affaires criminelles, et les lieutenants de chaque brigade étaient sous ses seuls ordres. Cela lui donnait davantage d'autorité, mais moins de contrôle sur ses troupes, et sa gestion de la division reposait donc largement sur ses lieutenants. Lui-même n'avait à répondre qu'au grand patron, et les problèmes politiques inhérents à sa position étaient compensés par le fait qu'ils étaient épargnés à ses subordonnés.

Taylor tirait sur sa cigarette en palpant sa cicatrice à la gorge, s'efforçant de chasser l'image du regard désapprobateur de son médecin. Elle étreignit brièvement Fitz en guise de salut, écrasa la cigarette à demi consumée sous la semelle de ses santiags et glissa le mégot dans sa poche. Il ne s'agissait pas de laisser traîner un élément étranger sur les lieux d'un viol.

— Bon, dis-moi où on en est. Tu as trouvé des infos sur Shauna Davidson ?

— Ouais. Ce n'était pas une petite vendeuse, comme je le croyais. Elle ne travaillait pas. Elle suivait des cours d'été, un séminaire. Rien d'autre. La bourgeoisie oisive…

Il prononça ces dernières paroles en souriant ironiquement. Elle le fusilla du regard et il éclata de rire.

— Elle sortait avec des amies après les cours, reprit-il. On n'a pas encore pu recueillir beaucoup de détails. Mais ça viendra, ne t'en fais pas.

— Très bien. Il faudra qu'on transmette toutes ces infos à l'agent spécial Baldwin qui va diriger cette enquête.

— Taylor, à propos de Baldwin…

— Quoi ? Qu'est-ce qu'il y a, à propos de Baldwin ?

Il la dévisagea, et elle se rendit compte qu'il connaissait la nature exacte de ses relations avec Baldwin. Fitz avait toujours su la percer à jour.

Elle rougit.

— Euh… Ne nous occupons pas de ça, pour l'instant. Concentrons-nous sur ce qui nous amène ici. Ensuite, on passera en revue les infos que tu as obtenues sur Shauna Davidson. Mais d'abord, une question : comment va Betsy ?

Fitz tira une dernière fois sur sa cigarette, inspira profondément et l'éteignit. Il sortit un paquet de chewing-gums de sa poche et en offrit un poliment à Taylor. Elle en prit un et le regarda, dans l'expectative. Il prit son temps en retirant le papier d'argent, comme pour rassembler ses pensées avant de se lancer. Elle se demanda s'il hésitait à passer outre la répugnance qu'elle venait d'exprimer à discuter de ses relations personnelles avec Baldwin. Mais il reprit sa contenance professionnelle.

— Je ne connais pas tous les détails de l'histoire, mais j'ai reçu un appel juste avant ton arrivée. Elle va s'en sortir, mais on a dû l'emmener au bloc opératoire pour nettoyer quelque chose, une poche de sang dans la cavité oculaire. Il lui a cassé une pommette, ce salaud. Il l'a tabassée sauvagement.

— Ça ne correspond pas à son mode opératoire habituel.

— Ben non. Normalement, il les attache et les viole, et puis il se barre. Mais là, c'était personnel. Il l'a attachée, il l'a violée et puis il l'a passée à tabac. Elle a réussi à libérer un de ses bras après une heure d'efforts et a appelé son collègue de la brigade des agressions sexuelles, Brian Post. Il est venu la chercher et l'a emmenée à l'hôpital. Ce n'est qu'une fois là-bas qu'ils ont appelé Price. Ils ne voulaient pas que ça s'ébruite. Faut surtout pas que la presse s'empare de cette histoire. « Le Violeur de la Pluie agresse la policière qui le traque », tu te rends compte… Les journalistes s'en donneraient à cœur joie.

— Elle a fait preuve de courage, de sang-froid…

— Ça, tu peux le dire. J'ai causé avec Post, il m'a dit qu'elle était parfaitement calme, presque sereine. La seule chose qui a eu l'air de la chagriner, c'est quand elle a appris qu'elle devrait passer sur le billard pour qu'on lui rafistole son, comment on dit…

— Son globe occipital ? devina Taylor.

— Ouais, c'est ça. Ça n'avait pas l'air de lui plaire d'être en arrêt de travail et de ne pas pouvoir participer à l'enquête.

Elle vient de se faire casser la gueule et elle veut s'y remettre tout de suite. Elle a du cran, cette petite.

Taylor approuva cette opinion. Elle était loin d'être sûre qu'elle aurait réagi elle-même avec une telle fermeté, dans une situation similaire. Elle savait qu'il en était allé tout autrement lorsqu'elle s'était retrouvée à l'hôpital après avoir reçu un coup de couteau.

— Alors, qu'est-ce qu'ils veulent qu'on fasse ?

— Ils veulent qu'on passe la maison au peigne fin. Ils ne veulent même pas faire appel à la police scientifique. C'est dire combien ils veulent que ça reste secret… Jusqu'à présent, il n'y a que Price, le grand patron, toi et moi à être au courant. Ils aimeraient que personne d'autre ne l'apprenne.

— Tu as de quoi prélever des empreintes ? Un appareil photo ?

Il désigna, à ses pieds, une valise qui ressemblait à un coffret de pêche.

— Je me suis arrêté à la brigade pour prendre ça en chemin.

— Bien vu. Tu crois que le Violeur de la Pluie sera furieux de ne pas voir l'histoire dans la presse ?

— Je crois que Betsy voudra s'occuper elle-même de cet aspect des choses, plus tard.

— D'accord, ça me va. Mais il faut quand même recueillir sa déposition.

— Post s'en est chargé. Quand on en aura fini ici, on passera à l'Hôpital Baptiste pour qu'il nous la remette. Si Betsy est sortie de la salle d'opération, on pourra aussi lui parler.

Taylor observa la porte noire, la serrure forcée. Ils avaient un boulot à faire — autant s'y mettre tout de suite.

— Allons-y.

Ils enfilèrent des gants en latex, glissèrent leurs bottes dans des chaussons propres et se mirent à l'ouvrage. Taylor commença par la serrure forcée, l'aspergeant de poudre à relever les empreintes digitales. Grâce à la marquise qui surmontait la porte, la poignée était restée sèche. Elle put ainsi relever une belle empreinte sur le montant. Elle prit plusieurs photos de la porte avant qu'ils ne pénètrent dans la maison.

On aurait dit qu'un ouragan avait dévasté l'endroit. La table de la cuisine était renversée, et la plaque de verre qui la recouvrait était fracassée. Il y avait du sang sur certains éclats et une piste sanglante menait hors de la cuisine. Taylor la suivit, prit des photos du salon. Un coin du canapé était trempé de sang et une lampe gisait à terre, mais le reste de la pièce n'était pas trop en désordre. Taylor aperçut une corde sur le sol, au pied du canapé.

— Voyons comment ça s'est passé. Il entre par la porte de derrière, la surprend dans la cuisine. Il y a vraiment beaucoup de sang. Il lui a cassé le nez aussi ?

Fitz hocha la tête.

— Ouais, il lui a collé son poing dans la gueule d'emblée, avant qu'elle ait le temps de se défendre.

— D'accord. Bon, donc, il la tape dans la cuisine, la traîne dans le salon et la viole sur le canapé. A quel moment est-ce qu'il la ligote ?

— D'après ce que Post m'a dit au téléphone, il l'a assommée dans la cuisine et elle s'est réveillée sur le canapé, ficelée comme un saucisson. Quand il a eu fini de la violer, il lui a ligoté les jambes.

— On dirait qu'il a fixé la corde au dossier du canapé.

Taylor arpentait la pièce en prenant des photos.

— Tu vois l'endroit où la traînée de sang s'arrête ? Ça doit être là qu'elle s'est détachée. Bon, finissons-en avec cette pièce.

Et ils se remirent au travail, relevant des empreintes, prélevant les maigres indices que le violeur avait laissés derrière lui. Ils ensachèrent la corde — il apportait toujours sa propre corde, de la corde en Nylon qu'on pouvait acheter dans n'importe quel magasin de bricolage, presque impossible à tracer. Il n'y avait pas d'autres indices matériels. Ils avaient l'empreinte sur la porte, mais cela aussi faisait partie du mode opératoire de ce violeur. Ils remirent de l'ordre dans la maison au fur et à mesure qu'ils avançaient dans leur besogne. Ils travaillèrent vite, mais n'omirent aucun détail. Quand ils eurent fini, ils échangèrent un regard. Pauvre Betsy. Elle avait beau prendre la chose avec beaucoup de courage, elle avait connu un véritable enfer.

Son violeur présumé, surnommé le « Violeur de la Pluie » terrorisait les femmes de Nashville depuis cinq ans. Il devait son surnom au fait qu'il ne frappait que lorsqu'il pleuvait. Il avait déjà agressé sept femmes — Betsy était sa huitième victime — après avoir pénétré chez elles en forçant la porte de derrière. Il les attachait et les violait. Des agressions simples et brutales. Il ne parlait jamais, portait un masque de ski de verre fumé et utilisait toujours un préservatif. Ses victimes avaient déclaré qu'il paraissait presque se désintéresser de ce qu'il leur faisait subir. Il les ligotait, enfilait un préservatif, les pénétrait de force et repartait par la porte de derrière. Voilà tout, rien de plus. Il n'avait jusqu'alors jamais frappé une de ses proies. Il se contentait de les menacer en plaquant un couteau contre leur gorge ou un pistolet contre leurs côtes. Son mode opératoire était unique mais relativement inoffensif, et certains experts le qualifiaient de « gentleman-violeur ». Jusqu'alors, aucune de ses victimes n'avait subi d'autre dommage physique que le viol.

Taylor et Fitz se dirigèrent vers la cour arrière où ils fumèrent en silence pendant quelques minutes, jusqu'à ce que Taylor éprouve le besoin d'évoquer ce qui leur trottait dans la tête à tous deux.

— Tu crois que c'est un imitateur ?

— Je crois qu'il ne faut pas écarter cette possibilité, vu ce nouveau mode opératoire. On sera bientôt fixés. Si l'empreinte qu'on a relevée sur la porte de derrière est bien la sienne, les collègues pourront vérifier qu'elle est identique à celles qu'il a laissées lors de ses précédents viols. Quel cinglé ! Laisser la corde et une empreinte. Et pourtant, on n'a jamais réussi à identifier l'empreinte. Il n'a sans doute jamais eu affaire à la police. Mais comment un bon citoyen au casier vierge peut-il se transformer en violeur ?

— Fitz, si je connaissais la réponse à cette question, je serais en train de colporter la nouvelle à la télé et je me ferais une fortune. Allons à l'hôpital pour voir si Betsy est sortie du bloc opératoire.

9.

Baldwin se cala dans son siège autant que le lui permettaient ses longues jambes et attacha sa ceinture au moment de s'envoler vers Atlanta. Dès que l'avion eut atteint les trois mille cinq cents mètres d'altitude et que le pilote eut fini de souhaiter la bienvenue à ses passagers, Baldwin sortit son ordinateur portable pour consulter ses courriels. La fiche de la disparue apparut sur l'écran.

L'appel avait été passé par Jerry Grimes, l'agent local du FBI qui supervisait l'enquête sur les meurtres survenus en Louisiane et en Alabama. Il avait reçu pour consigne de collaborer pleinement avec Baldwin, afin d'accélérer l'enquête, et s'y était prêté, quoiqu'avec quelques réticences au début. Transmettre un dossier au profileur le plus en vue du FBI n'était pas pour lui plaire. Mais, lorsqu'il avait appelé, la panique imprégnait sa voix.

— Baldwin, on vient d'identifier le corps de Shauna Davidson en Géorgie. Il a été retrouvé dans un champ près d'Adairsville, à la sortie de l'autoroute I-75. Ça a l'air d'être notre homme qui a fait le coup. Le corps abandonné dans un champ, étranglé… Et les deux mains ont été sectionnées. A quoi il joue, ce type ?

— Grimes, tu leur as dit ce qu'il fallait chercher ? Il faut qu'ils la retrouvent…

— Et merde, je sais bien. A l'heure où je te parle, ils sont en train de rechercher la main. Je suis en route vers ce bled en ce moment même. Tu m'y rejoins ?

Le ton accusateur n'avait pas échappé à Baldwin, mais il décida de ne pas en tenir compte.

— J'arrive, mec. Attends-moi sur place.

Baldwin jeta un coup d'œil à sa montre et constata qu'il était trop tôt pour commander une boisson. Cela aurait pu être une belle journée, tranquille, savourée en compagnie de la femme qu'il aimait. Au lieu d'une journée passée à courir après la mort. Et pourtant il se retrouvait dans un avion à destination d'Atlanta, en train de traquer l'Etrangleur.

Etre profileur, cela voulait dire passer de longues heures dans des endroits étranges, mais plus il travaillait pour le FBI, plus il était frappé par les similitudes entre les différentes situations auxquelles il était confronté. Un dingue tuait un innocent, puis il recommençait. On définissait un mode opératoire, le FBI était appelé à la rescousse et Baldwin se retrouvait dans un avion. Il avait choisi cette existence, cet univers. Il était doué de cette aptitude peu commune à ne pas se sentir affecté par les détails horribles de ce genre d'affaires. Mais cette capacité commençait à s'atténuer. Il ne savait pas exactement ce qu'il devait faire — rester au FBI ou se mettre à son compte. Il aurait aimé convaincre Taylor de quitter la police, mais il savait au plus profond de lui-même que ce n'était pas pour demain.

Il chassa ces pensées. Il avait besoin de rester concentré,

et penser à Taylor Jackson pouvait perturber le plus solide des hommes.

Les enquêteurs de Louisiane et d'Alabama avaient fait ce qu'il fallait dans leur traitement de ces affaires. Les autorités d'Alabama travaillaient en étroite coopération avec celles de Baton Rouge. Elles avaient procédé aux analyses idoines, avaient mené les recherches d'usage, mais elles n'avaient toujours aucun indice quant à l'identité du meurtrier de Susan Palmer, dix-huit ans. Elles n'avaient trouvé aucune piste pouvant mener à celui qui l'avait étranglée avant de lui sectionner les deux mains et de l'abandonner dans un champ près de Baton Rouge. Les crimes semblaient liés, les similitudes étaient évidentes — strangulation à mains nues, mains manquantes. C'était le cas de Jeanette Lernier qui avait attiré l'attention du FBI. Lors de l'examen de son corps dans le champ où on l'avait retrouvée, le médecin légiste, en déplaçant le cadavre, avait trouvé une main. Tout le monde avait pensé que c'était celle de Jeanette. Lorsque l'ADN avait révélé que c'était celle de Susan Palmer, les gens du FBI avaient commencé à s'intéresser au dossier. Grimes et son partenaire, Thomas Petty, avaient été appelés en renfort dans le cadre de la coopération entre services de police et du soutien aux autorités locales. Rien ne s'étant passé pendant un mois, la traque avait été ralentie ; Grimes et Petty étaient revenus à d'autres dossiers et les meurtres semblaient destinés à rester dans les annales criminelles des petites villes qu'ils avaient endeuillées. Grimes continuait cependant à s'intéresser à ces crimes étranges, procédant à des interrogatoires parmi les proches des victimes. Quant à Petty, la disparition d'un garçon de neuf ans l'occupait désormais à plein temps. Les semaines passaient, de nouveaux crimes étaient commis par d'autres meurtriers. Le dossier n'était pas oublié, il était mis en veilleuse.

Les circonstances exactes des deux meurtres avaient été tenues secrètes, dans l'espoir d'une solution. Deux familles avaient enterré les corps amputés de leurs filles adorées. A présent, deux autres familles allaient récupérer des corps incomplets pour de telles obsèques. Baldwin pria pour que cela s'arrête là.

Il avait été mis au courant de ces crimes mais, jusqu'alors, il n'avait pas été impliqué activement dans l'enquête. L'appel de ce matin, qui lui confiait la responsabilité de l'enquête, allait changer tout cela. Le FBI pouvait s'approprier entièrement l'enquête si cela était jugé nécessaire, parce que les enlèvements et meurtres dépassaient les frontières des Etats, mais jusqu'à présent les polices locales avaient pleinement coopéré et leur aide s'était avérée précieuse, sans créer le moindre obstacle au bon déroulement de l'enquête.

Les deux agents qui s'en occupaient au départ, Grimes et Petty, étaient intelligents et expérimentés. Lorsque la disparition de Jessica Porter avait été signalée et qu'on avait retrouvé des traces de sang dans sa chambre, la police locale avait chargé les données de l'enquête dans le logiciel VICAP. Et quand on s'était aperçu de la concordance entre les modes opératoires, Grimes et Petty avaient été immédiatement appelés pour examiner la scène du crime. En passant l'appartement au peigne fin, ils avaient aussitôt songé à l'Etrangleur du Sud. Grimes avait appelé Baldwin pour le mettre au courant. Il lui avait transmis les informations dont il disposait, ce qui n'était pas grand-chose. Baldwin sortit ce mince dossier de sa serviette et entreprit de se rafraîchir la mémoire. Il était rédigé dans le style impersonnel et froid d'un rapport de police, qui s'interdisait toute émotion susceptible de nuire à l'objectivité de l'agent.

COMPTE RENDU DE L'AFFAIRE JESSICA ANN PORTER.

La victime est blanche et âgée de 18 ans. Elle mesure 1 m 63 et pèse 55 kilos. Elle a de longs cheveux bruns et des yeux bruns. Elle est née le 27 avril 1986 à Jackson, dans le Mississippi. Elle a une tache de naissance sur le biceps gauche, un anneau dans le nombril avec un petit diamant, les oreilles percées. La victime a disparu en rentrant chez elle de son travail de standardiste dans un hôpital communautaire de Jackson. La victime…

— Et merde, marmonna-t-il. Je n'y arriverai pas comme ça.

Trop impersonnel. Baldwin referma le dossier et revint en pensée à la discussion qu'il avait eue avec Grimes. L'homme avait semblé bouleversé, trop bouleversé. Après avoir quitté l'appartement de Jessica Porter, il avait appelé Baldwin aussitôt après avoir interrogé les proches de la victime. Baldwin se remémora la conversation. Il avait le don d'enregistrer mentalement les propos qu'il entendait pour en extraire plus tard ce dont il avait besoin, dans les moindres détails. Taylor détestait ces prouesses mnémotechniques, car elles permettaient à Baldwin de retenir chacun de ses petits manquements. Cette pensée le fit sourire, puis il se plongea dans sa base de données cérébrale.

La nuit avait été calme. Au cours des mois précédents, Baldwin avait été affecté à l'antenne du FBI pour le Tennessee central, officiellement chargé du profilage. Baldwin avait travaillé parallèlement sur des affaires pour le compte du Service des sciences du comportement du FBI à Quantico, qui avait recours ponctuellement à ses services de consultant. Il n'était pas officiellement à la retraite, mais était censé bénéficier d'une année sabbatique, ce qui lui permettait de vivre à Nashville avec Taylor. Cet arrangement lui convenait parfaitement et fonctionnait sans anicroche. Jusqu'à ce coup de téléphone — cette voix familière qui lui retentissait dans l'oreille.

— L'honorable docteur John Baldwin, je présume ?

Baldwin ne put ignorer la pointe de sarcasme dans la voix de son interlocuteur. Nombreux étaient les agents locaux du FBI qui préféraient ne pas avoir affaire à un profileur.

— Jerry Grimes à l'appareil. Je suis dans le Mississippi, sur une enquête.

Baldwin se souvint de l'accélération de son rythme cardiaque, de son appréhension soudaine. Ses sens étaient en alerte. Grimes ne l'appelait pas de son plein gré. L'un de ses supérieurs lui avait ordonné de contacter Baldwin. Il en avait oublié d'être courtois.

— On est sur une disparition. Une fille. Jeune, brune. Tout porte à croire qu'il s'agit de l'œuvre de…

— … l'Etrangleur du Sud, avait complété Baldwin tandis que l'effroi mêlé à l'adrénaline lui nouait l'estomac.

— Comment t'as deviné, Baldwin ?

— J'ai juste deviné.

— Bien deviné, bravo. Elle s'appelle Jessica Ann Porter. Ils en ont parlé aux infos, tu as dû voir ça.

— Je ne regarde pas trop la télé ces derniers temps. Elle est morte, hein ? Sinon tu ne m'appellerais pas.

Grimes demeura silencieux un instant avant de répondre d'une voix cassée :

— Non, elle a juste disparu. On a trouvé du sang sur les draps, mais pas de traces de lutte. On dirait qu'elle s'est évaporée. Personne ne l'a vue depuis qu'elle a quitté son lieu de travail.

Dans sa tête, Baldwin revint à un fragment ultérieur de la conversation, la description que Grimes avait faite de la fille.

« C'était une bien jolie môme. Elle avait une longue chevelure brune, de grands yeux bruns. Le genre qui accroche les regards. D'après les photos, elle avait tout pour être une reine de beauté, mec. Elle s'apprêtait à retourner à la fac à l'automne. Elle voulait être infirmière ou médecin, elle voulait faire un métier utile, aider les autres. Elle travaillait bénévolement au foyer pour SDF de la ville et livrait des repas gratuits au domicile des invalides. Cette môme était une sainte. Aucune des personnes qui la connaissaient et qu'on a interrogées ne nous a dit du mal d'elle. »

Baldwin se souvint d'avoir songé : « Oh, oh ! Jerry prend cette affaire un peu trop à cœur. »

Grimes avait dit ensuite :

« Je me suis dit qu'il y avait quelque chose de louche et que je devrais te faire un topo, au cas où… »

Baldwin ne pouvait rien faire de plus qu'écouter ce que l'homme avait à lui dire. Les affaires impliquant des enfants ou des adolescents étaient douloureuses, même pour les enquêteurs aguerris. Il suffisait parfois de les laisser vider leur sac pour les décharger de ce fardeau moral. La conversation s'était conclue après que Baldwin eut promis d'entreprendre des recherches sur d'autres cas de mains manquantes et la signification de ces mutilations. Puis on avait retrouvé le corps de Jessica Porter dans un champ près de Nashville, ainsi que ce qui devait s'avérer être la main de Jeanette Lernier.

Le téléphone avait sonné de nouveau ce matin. Baldwin avait tout de suite compris que c'était Jerry Grimes qui l'appelait au sujet de Shauna Davidson.

« On a trouvé un autre corps, Baldwin. Je suis à peu près certain que c'est la disparue de Nashville. »

C'est cet appel qui était cause de sa présence dans l'avion. Il se le rejouait dans sa tête encore et encore, comme un enfant qui chante une comptine.

Susan Palmer, vivant en Alabama. Retrouvée morte en Louisiane. Jeanette Lernier, de Baton Rouge en Louisiane. Retrouvée morte dans un champ du Mississippi. Jessica Porter, une fille du Mississippi, retrouvée morte dans un champ à la périphérie de Nashville. Shauna Davidson, habitante de Nashville, en partance pour la Géorgie…

Même s'il était seul dans sa rangée, une femme assise dans un siège juste de l'autre côté du couloir le regarda d'un air consterné, moitié pitié, moitié dégoût. Il avait dû parler à haute voix. Il lui adressa un sourire aussi rassurant que possible avant de ranger précipitamment ses documents dans sa serviette. Tandis que le pilote annonçait aux passagers que l'avion s'apprêtait à atterrir à Atlanta, il se rendit compte qu'il était excité par le défi.

10.

Whitney Connolly détourna les yeux de son téléviseur pour fixer l'écran de son ordinateur. Pas de doute, le message qu'elle attendait était arrivé. Elle s'humecta les lèvres et cliqua sur l'en-tête du message. Il était anodin, comme les précédents. « Un poème pour S.W. », sans plus de précision. L'adresse de l'expéditeur était une suite confuse de chiffres : cm1855195c@yahoo.com. Une adresse générique renvoyant à un énorme serveur. Elle avait demandé à un ami, qui était parfois un peu plus qu'un ami, de tenter de découvrir l'identité de l'expéditeur, mais il lui avait dit que l'adresse renvoyait en cascade à d'autres serveurs, de sorte qu'elle n'avait pas d'existence répertoriée. Celui qui lui envoyait ces messages était indécelable, et il était assez calé pour effacer toute trace. Cela n'inquiétait pas Whitney outre mesure. Le moment venu, son correspondant anonyme se démasquerait. Ils finissaient tous par le faire.

Elle ouvrit le courriel et trouva les vers suivants :

Comment ces vagues doigts terrifiés pourraient-ils
Des cuisses affaiblies repousser tant de gloire ?
Comment un corps, sous cette ruée blanche,
Ne sentirait-il pas battre l'étrange cœur ?

P.-S. : De ton jardin.

Hum, hum, songea-t-elle. Celui-là avait une connotation sexuelle. Mais bien sûr, s'il assassinait des jeunes femmes, pourquoi n'écrirait-il pas des poèmes licencieux ? Il avait l'air d'avoir du talent, du moins aux yeux de Whitney.

Elle sentit le duvet de son avant-bras se hérisser. Elle recevait des messages de celui que son contact au FBI appelait l'Etrangleur du Sud. Pourquoi l'avait-il choisie ? Elle l'ignorait, mais elle ne voulait pas prévenir la police tout de suite. Que leur aurait-elle dit, d'ailleurs ? « Au fait, inspecteur, je reçois des messages de l'homme qui tue toutes ces pauvres filles… » Elle n'était même pas sûre que ce type était bien le tueur. Elle n'avait rien de plus que les messages. Mais tout cela allait changer aujourd'hui.

Elle imprimait les courriels avant de les archiver sur trois disques durs différents, pour le cas de panne intempestive de son ordinateur. Elle copia et colla le poème dans le fichier où elle prenait des notes sur cette affaire. Elle relut ensuite les trois précédents messages reçus, en commençant par le premier.

Une femme parfaite, noblement disposée
A prévenir, consoler et commander ;
Et pourtant pleine d'esprit, brillante
Avec une sorte de lumière angélique.
P.-S. : On a retrouvé ces vers sur les lieux du crime

Sous le poème, elle avait rédigé une foultitude de notes, afin d'essayer de le décrypter. De quels lieux du crime s'agissait-il ? Elle avait compulsé les articles concernant tous les crimes récemment survenus à Nashville, elle avait harcelé ses contacts dans la police locale, mis ses sources habituelles à contribution. Personne n'avait entendu parler d'un poème ayant été retrouvé sur une scène de crime. Elle en avait déduit que c'était un cinglé et avait laissé tomber. Ce n'était rien, juste un petit poème d'amour envoyé à son adresse électronique personnelle. Elle imagina même un moment que c'était un admirateur anonyme, quelqu'un qu'elle connaissait mais qui ne voulait pas lui déclarer ouvertement sa flamme.

Mais quand elle avait reçu le deuxième courriel, elle s'était rendu compte que le message ne s'adressait pas à elle.

Un être ne goûtant guère les nourritures
Ordinaires de la nature humaine :
Les chagrins éphémères et les artifices grossiers,
L'éloge et le blâme, l'amour et les baisers, les pleurs et les sourires.

P.-S. : Cela vient de LA.

Cela l'avait mise en éveil. LA pouvait signifier deux choses : Los Angeles ou Louisiane — dont le code postal était LA. Une recherche rapide lui apprit qu'une jeune fille avait été enlevée à Baton Rouge, en Louisiane. Elle vérifia l'information, suivit l'affaire de près et, lorsque le corps de Jeanette Lernier finit par être découvert, elle réunit le nom de la victime et le poème dans un même fichier. Mais elle n'avait vu aucune mention, dans les médias, d'un poème ou de tout autre message écrit en rapport avec le crime. Or, elle savait que, dans toute enquête, les policiers ne révélaient pas tout ce qu'ils savaient aux médias — ne serait-ce que pour éviter que des détraqués ne les appellent par centaines pour avouer un crime qu'ils n'avaient pas commis. Malgré de nombreuses investigations, aucune de ses sources n'avait la moindre idée au sujet de messages laissés sur des scènes de crime.

Puis arriva le troisième poème, juste après la découverte d'un cadavre à Nashville. Celui-ci était plus alarmant.

Un bruit soudain : un grand battement d'ailes
Au-dessus de la fille chancelante, lui caressant les cuisses
Entre ses pieds palmés, la nuque dans son bec,
Impuissante il la tient, fragile contre sa gorge.

P.-S. : As-tu enfin compris ?

De quoi frémir... Et pourtant elle se sentit gagnée par une troublante euphorie.

A présent que les médias avaient révélé que l'Etrangleur du Sud était dans la nature et qu'il avait déjà tué trois filles, elle était certaine que les messages laissés auprès des corps devaient correspondre à ces poèmes. Après avoir compris le scénario, elle était revenue dans le fichier où elle avait copié les poèmes et avait inscrit le nom de Susan Palmer face au premier et celui de Jessica Porter face au troisième. Elle se demanda brièvement pourquoi elle recevait ces messages. Mais elle ne s'attarda pas sur cette question — quelle importance ? Elle allait l'avoir, son scoop.

Voilà pourquoi son cœur s'emballa lorsqu'elle reçut ce dernier message. Ce quatrième poème pouvait se référer à la fille qui venait de disparaître à Nashville, Shauna Davidson. Elle allait évoquer l'affaire ce soir à la télévision — juste après la découverte du corps de Jessica Porter à Nashville, la disparition d'une fille du coin allait faire la une du journal du soir.

Whitney s'aperçut qu'elle ne disposait pas encore d'informations lui permettant, ainsi qu'aux autres médias, d'affirmer que Shauna Davidson avait été assassinée. Dans le cas des trois autres filles, elle n'avait reçu le poème qu'après la découverte du corps de la victime. Peut-être que Shauna avait été retrouvée morte mais que la police attendait pour divulguer l'information.

P.-S. : De ton jardin. Cela lui rappelait quelque chose. « Mon jardin… » Mais pas au sens littéral. Il avait trop d'élégance littéraire pour cela. Les deux post-scriptum précédents évoquaient des lieux. Son jardin, c'était sa ville : Nashville.

Cela signifiait qu'elle, Whitney Connolly, et elle seule, savait que Shauna Davidson était morte.

Elle se dirigea vers la salle de bains. Elle avait l'intention de passer un peu plus de temps que d'habitude à se pomponner pour le journal du soir. Elle était persuadée que toute la ville serait devant son poste de télévision pour l'écouter annoncer la nouvelle la plus sensationnelle de la soirée.

11.

Jerry Grimes accueillit Baldwin à sa sortie de la zone de sécurité de l'aéroport international de Heartsfield. Baldwin remarqua les cheveux gris, la pâleur du visage, les rides autour des lèvres et comprit aussitôt que Grimes avait du mal à encaisser la dernière disparition. Il lui tendit la main en souriant, s'efforçant d'être cordial.

— Grimes, tu as de plus en plus de cheveux blancs.

Grimes eut l'air vaguement inquiet pendant un instant, comme s'il ne s'était pas rendu compte des effets de l'âge sur la teinte de sa chevelure. Puis il se reprit et passa une main dans ses cheveux argentés.

— Eh ben, au moins, j'en ai encore quelques-uns. C'est déjà pas mal, quand on fait ce boulot.

Ils sortirent de l'aéroport et marchèrent jusqu'à la voiture de Grimes. Il l'avait garée au bord du trottoir de la zone des départs. Le FBI bénéficiait de privilèges dans les aéroports depuis les attentats du 11 septembre. Un policier en uniforme les observa avec curiosité tandis qu'ils s'engouffraient dans la berline. Grimes ôta du pare-brise la plaque du FBI. En démarrant, il entra tout de suite dans le vif du sujet.

— Bon, voilà le tableau : les médias sont au courant, les flics du coin n'ont pas su la boucler. Ils ont trouvé la main, elle a été transmise au médecin légiste. On va direct à la morgue de cette petite ville, Adairsville. On est pressés, alors je te conseille de boucler ta ceinture de sécurité.

Pure bravade, songea Baldwin. Mais bon… Le trajet fut rapide, la conversation un tant soit peu décousue. Grimes avait échafaudé des théories au sujet des meurtres, et Baldwin le laissa les lui exposer, même si elles étaient toutes plus invraisemblables les unes que les autres. Les sectes sataniques semblaient constituer sa piste préférée. Il s'arrêta enfin de parler et le silence se fit dans la voiture, chacun des deux hommes semblant perdu dans ses propres pensées.

Ils atteignirent Adairsville en un peu moins de une heure. Par miracle, la circulation avait été relativement fluide dans le centre d'Atlanta et ils avaient emprunté l'autoroute I-75, sur laquelle ils n'avaient eu aucun mal à trouver la sortie pour Adairsville. Grimes fonça tout droit vers le centre-ville, et montra en passant la scène du crime. Baldwin n'aurait d'ailleurs pas pu la rater : les camionnettes des chaînes de télévision étaient garées en ligne à droite de la bretelle d'autoroute, leurs caméras pointées sur une tente de fortune.

Baldwin secoua la tête en voyant les véhicules des médias. Le FBI avait réussi à étouffer un tant soit peu les affaires d'Alabama et de Louisiane, mais il semblait bien que ce ne serait plus possible, désormais. Il se mit à élaborer une stratégie pour se servir des médias à bon escient.

Grimes déposa Baldwin devant un petit bâtiment public anonyme, promettant de revenir dès qu'il aurait trouvé un hôtel où ils puissent passer la nuit. Baldwin ne lui en voulut pas : rares sont les gens qui aiment assister à une autopsie.

Un jeune homme qui paraissait à peine sorti de l'adolescence l'accueillit dans le hall d'entrée. Il se présenta comme étant Arie et conduisit Baldwin à la salle d'autopsie. Arie lui tendit une blouse et des gants et s'assit sur un tabouret à côté de la table, un carnet de notes à la main. Baldwin pénétra dans la salle et vit la morte.

Shauna Lynn Davidson n'avait pas plongé sereinement dans la grande nuit.

Son corps était étendu sur une table d'autopsie en Inox, la tête enserrée dans une coupole en plastique rigide. Son visage et son corps étaient couverts d'ecchymoses. Une grosse touffe de cheveux manquait sur le côté droit de son crâne. Son nez était difforme, ses lèvres fendues. Tout indiquait qu'il y avait eu lutte. Shauna avait été sauvagement frappée, ce qui différait des meurtres précédents. Il s'interrogea un instant — un mode opératoire différent pouvait signifier un assassin différent. Baldwin regarda les mains pour voir dans quel état elles étaient. C'étaient des moignons sanglants. Oui, il s'agissait bien du même suspect.

Le médecin légiste était un homme jovial qui avait dépassé d'au moins dix ans l'âge de la retraite. Les efforts avaient rougi son visage couronné de cheveux blancs hirsutes ; son pantalon faisait deux tailles de moins que son tour de taille. Il ne semblait pas sauter beaucoup de repas. Il enleva un gant et tendit la main. Baldwin fut surpris par la vigueur de sa poignée de main.

— Je suis le Dr Allen. Désolé de vous avoir fait venir de si loin. Je suis prêt à procéder à l'examen, si vous l'êtes aussi. En fait, j'ai déjà commencé, je vous attendais pour l'incision. Vous êtes prêt ? Bien… Arie, tu transcris ?

Le jeune homme hocha la tête. Il était temps de rendre hommage aux morts.

Les autopsies constituaient la partie de son activité que Baldwin aimait le moins. Mais il la suivit consciencieusement, écoutant d'une oreille distraite le babillage du Dr Allen. Seule une phrase sur trois avait un rapport avec le corps sur lequel il travaillait.

— Alors, comme ça, vous venez du Tennessee ? Ça vous plaît, là-bas ? Je suis allé à Nashville, une fois. J'ai été au Grand Ole Opry, le temple de la country music… Tiens, regardez-moi ça, l'os hyoïde est sévèrement fracturé, faut de grosses paluches pour faire ça. En tout cas, je suis allé à l'Opry, j'ai vu chanter Marty Stuart. Je ne savais pas que c'était un nabot. Ça ne me surprend pas, d'ailleurs. La plupart de ces chanteurs sont plus petits qu'ils n'en ont l'air sur les photos… Des traces de scie, bien nettes, sur le cubitus et le radius. Une lame droite, à première vue, un scalpel peut-être. Lésion de l'articulation radio-carpienne… Ensuite on est allés dans une boîte qui s'appelle le Loveless Café…

Baldwin fit la sourde oreille. Il songea qu'il aurait besoin d'informations sur les antécédents de Shauna. Essayer de déterminer une raison pour qu'elle ait été la quatrième victime de l'Etrangleur du Sud.

Le Dr Allen était en train d'achever sa besogne. Le cerveau de Shauna avait été ôté de la calotte crânienne pour être conservé dans une cuvette de formol. La cause du décès était évidente. La raclée qu'elle avait reçue avait été extrêmement brutale, mais elle avait été étranglée avec une telle force que l'os hyoïde en avait été brisé en deux. Il fallait une pression énorme pour parvenir à cela. Baldwin imagina le tueur, furieux, excité, serrant de plus en plus fort, pendant que Shauna se débattait. Observant dans les yeux de sa victime la vie qui l'abandonnait lentement. Prenant son pied à ce spectacle. Baldwin commençait à en avoir marre de ce type. Sérieusement marre.

Le Dr Allen semblait vouloir continuer à causer, mais Baldwin le coupa net en désignant l'autre table, où un autre objet était recouvert d'un simple mouchoir. « Préservez-moi des autopsies bon marché », songea Baldwin. Le médecin se mit à s'activer autour de cette table et ôta le bout d'étoffe d'un geste souple, avec la prestance d'un serveur qui soulève le couvercle d'un plat de choix dans un restaurant chic.

— Voilà, votre main… Enfin, ce n'est pas la vôtre, bien sûr. La rumeur dit qu'il y a un détraqué qui transporte des reliques humaines d'un Etat à l'autre. Je présume que cette main appartient à la victime de Nashville, à moins que ce ne soit à celle du Mississippi… Avec tous ces tueurs, j'ai du mal à suivre, de nos jours, sans parler des pauvres victimes. Est-ce que je vous ai parlé de la fois où…

— Docteur Allen, excusez-moi de vous interrompre, mais j'aimerais beaucoup que vous releviez les empreintes de cette main et que vous préleviez des échantillons pour les analyses ADN. On ne saura pas à qui appartient cette main tant qu'on n'aura pas les résultats des analyses comparatives. Je ne veux pas vous presser, mais il faut que je me rende à l'endroit où le corps de Shauna Davidson a été retrouvé. Et j'aimerais y arriver avant la tombée de la nuit… Merci.

Il détourna la tête, ignorant les récriminations du vieux médecin. Il passa une main dans ses cheveux. Il aurait donné n'importe quoi pour être loin de là, le plus vite possible. Il n'avait rien d'autre à y apprendre.

Grimes et Baldwin revinrent sur le site où le corps de Shauna avait été découvert. Le soleil s'apprêtait à se coucher, la horde médiatique avait décampé et ils se retrouvèrent seuls dans le champ. Baldwin arpenta la parcelle, à la recherche de tout détail susceptible de lui en apprendre davantage sur l'homme qui l'avait précédé sur cette tombe anonyme pour y abandonner le corps de Shauna. Il ne trouva rien.

Il fallait s'y prendre autrement. Ce tueur n'était pas négligent, il était même exceptionnellement méticuleux. Jusqu'à présent, chacune de ses initiatives avait été si rigoureusement délibérée que Baldwin n'était pas loin de penser qu'elles suivaient un scénario, une chorégraphie bien précise. Mais il agissait de telle manière pour faire croire qu'il improvisait et se débarrassait des corps dans la nature comme de vulgaires déchets.

Il repassa sous le ruban jaune qui délimitait la scène du crime. Deux filles amputées des mains en aussi peu de temps, il y avait de quoi mettre à rude épreuve son flegme habituel. Cela faisait un certain temps qu'il n'avait pas travaillé sur un cas aussi effroyable. Il s'amollissait. Ou, plutôt, non… Il avait choisi de s'amollir.

Ils se dirigèrent vers un motel, prêts à se coucher tôt. Grimes proposa de dîner quelque part, mais Baldwin était épuisé. Ayant refusé l'invitation, il avait promis de prendre son petit déjeuner avec son collègue le lendemain matin, et ils se séparèrent. Baldwin avait juste besoin d'une douche et d'un peu de sommeil qui lui donnerait le recul nécessaire pour réfléchir aux événements de la journée. Ce tueur allait vite, et il n'avait aucune idée de la manière de l'arrêter.

Avant de se coucher, il rédigea plusieurs pages de notes, dans lesquelles il détaillait ses réflexions concernant l'Etrangleur. Ce n'étaient que de premières impressions et, même si son cerveau fonctionnait bien, il n'avait pas encore atteint son rythme maximal. Baldwin aurait aimé trouver un moyen de prévoir ce qui allait se passer ensuite. Il dut se contenter de relire, plus attentivement, le dossier. Une image commençait à s'esquisser dans son esprit — un aperçu global de ces meurtres, de la psychologie de cet assassin. Il finit par laisser tomber, espérant dormir quelques heures d'un sommeil réparateur.

Baldwin rêva de loups déguisés en moutons, et se réveilla, intrigué. Quel drôle de rêve! Il se doucha, se rasa, appela brièvement Taylor et sortit de sa chambre. En refermant la porte derrière lui, il vit Grimes qui marchait à grands pas vers lui en gesticulant. Baldwin vint à sa rencontre en haussant les sourcils.

— Qu'est-ce qui se passe?

— Nouvelle disparition signalée. A Noble, une petite ville tout près d'ici.

Des loups déguisés en moutons, en effet.

12.

Grimes parlait à toute vitesse.

— On se dirige vers l'endroit où Marni Fischer a été vue pour la dernière fois. Je vais te la décrire. Elle ne correspond pas entièrement au profil des autres victimes, mais il y a des similitudes.

» Marni est âgée de vingt-huit ans, elle mesure un mètre soixante-quinze, pèse soixante-deux kilos. Cheveux mi-longs châtain clair et yeux bruns. Elle est née à Orlando, en Floride. Cette môme a une histoire intéressante, du genre de ce qu'on voit à la télé. Ses parents sont morts dans un accident de voiture alors qu'elle n'avait que trois ans. Elle a été élevée par sa tante, mais cette tante est morte quand Marni avait seize ans. Elle est entrée à l'université de Floride centrale à l'âge de dix-sept ans, grâce à une bourse prenant en charge tous ses frais. A vingt et un ans, elle en est sortie avec deux diplômes, en microbiologie et en chimie. Elle est aussitôt entrée à l'Ecole de médecine de Géorgie. Elle a obtenu son doctorat à vingt-cinq ans et est interne en gynécologie-obstétrique depuis trois ans... »

Baldwin dévisageait Grimes. Le contexte correspondait en effet au profil des autres filles. Grimes capta son regard.

— Oui, elle est médecin. Encore un rapport avec le monde

médical. Tu crois que ce tueur est un toubib fou, assoiffé de vengeance ?

Baldwin secoua la tête.

— Je ne sais pas, Grimes. Je ne vois pas du tout quel genre de type il pourrait être. Il est trop tôt pour déduire son mobile à partir du choix de ses victimes. Continue.

— D'accord. Elle travaille comme stagiaire interne à l'hôpital communautaire de Noble. Un médecin qu'elle a connu à la fac de médecine lui a conseillé d'y travailler pour y acquérir de l'expérience avec les femmes pauvres qui n'ont pas les moyens de recevoir des soins corrects, notamment prénataux.

Il s'interrompit un instant.

— Au fait, elle est fiancée. Avec un certain Greg Talbot, interne en gynécologie depuis quatre ans. Ils veulent se marier et emménager dans une petite ville du Sud rural pour dispenser des soins prénataux et aider les femmes pauvres à accoucher.

Grimes venait de lui confier cette information avec un sourire en coin. Baldwin savait ce que pensait Grimes. Le fiancé était la première personne à interroger. Mais il ne fit aucun commentaire, il ne voulait pas tirer de conclusions hâtives. Grimes n'insista pas et poursuivit son récit.

— Bon, où en étais-je ? Ah oui, Marni était censée aller chez son amie Sharon Baker à Augusta après avoir fini sa journée de travail à l'hôpital de Noble. Son stage était terminé pour le mois et elles devaient fêter ça. Elle était attendue à Augusta à 19 heures. Il y a à peu près deux heures de route entre Noble et Augusta. Inquiète de ne pas voir Marni arriver, Sharon essaie de la joindre sur son téléphone portable. Elle tombe sur la messagerie. Sharon s'inquiète de plus en plus. Marni n'est pas du genre à ne pas prévenir en cas de retard. Sharon finit par appeler Greg, le fiancé, qui devait passer le week-end à Atlanta avec des copains. Il monte dans sa voiture aussitôt, se rend à Augusta. Le dimanche matin, ils se mettent à chercher Marni dans le coin. Ils refont le chemin qu'elle aurait dû prendre pour venir de Noble. Ils s'arrêtent dans toutes les aires routières et toutes les stations-service qui bordent la route. Ils se rendent chez elle et ne trouvent rien de louche. Arrivés à Noble, ils se rendent à l'hôpital et tombent sur sa voiture dans le parking. Les clés sont sous la voiture, son sac à main et son téléphone portable sont posés sur le siège avant. Ils appellent la police de Noble qui a eu la présence d'esprit de nous prévenir. Et nous voilà.

Baldwin regarda par la vitre le paysage qui défilait sur le bord de la route. Son esprit bouillonnait, essayant d'y voir clair. Le scénario était simple : enlever une fille, la zigouiller et abandonner son corps dans une autre ville, puis enlever une fille dans cette dernière ville, et ainsi de suite. Dans quelle ville allait-on retrouver Marni Fischer ?

De l'Alabama à la Louisiane, de la Louisiane au Mississippi, du Mississippi au Tennessee, du Tennessee à la Géorgie, et de la Géorgie à…

— Hé ! Grimes, tu as une carte dans cette voiture ?

— Ouais, sous ton siège. J'ai acheté une carte du Sud-Est quand j'ai quitté la Virginie.

Baldwin fouilla sous le siège et en extirpa un atlas routier. Il le feuilleta jusqu'à ce qu'il trouve une page où figurait une carte de l'ensemble des Etats du Sud-Est. Voyons cela. Huntsville, Baton Rouge, Jackson, Nashville, Noble. Le tueur allait-il se diriger vers un Etat à l'ouest de l'Alabama, en une sorte de cercle concentrique ? Ou bien irait-il vers le nord, en Caroline du Nord ? Baldwin secoua la tête. Ce n'était pas ainsi qu'il fallait raisonner. Il rangea l'atlas routier sous le siège. Non, il lui fallait examiner les points communs entre les victimes s'il voulait précéder cet assassin à l'esprit tordu.

— Grimes, parle-moi du profil des victimes. Fais comme si je ne savais rien d'elles. Commence au tout début.

Baldwin fouilla dans sa serviette et en sortit un calepin, qu'il ouvrit à une page blanche.

— Bon. Comme tu voudras. Je vais commencer par Susan Palmer. Une fille tranquille, selon sa famille. Elle venait d'obtenir son diplôme d'infirmière et avait trouvé un emploi à l'hôpital communautaire de Huntsville. Elle était un peu terne, pas une beauté comme Jessica Porter. Elle habitait un appartement au-dessus du garage de ses parents. Sa mère souffre d'une maladie invalidante et Susan préférait ne pas trop s'éloigner d'elle. Il y avait aussi une infirmière à plein temps qui s'occupait d'elle. Pas de père, il est mort quand Susan était enfant. Il n'y avait qu'elle et sa mère. On a retrouvé son corps près d'un canal dans un quartier ancien et miteux de Baton Rouge. Elle n'avait aucune raison de se trouver là. C'est pourquoi on a estimé qu'il l'avait transportée jusque-là et écarté la possibilité qu'elle s'était rendue à Baton Rouge d'elle-même et qu'elle y avait été tuée. Le rapport du médecin légiste mentionne des signes d'hésitation dans l'amputation de sa main droite. En précisant qu'on aurait dit qu'il essayait de rassembler son courage pour lui couper la main. Mais la main gauche ne portait pas d'autres traces que celle d'une scie, sans cafouillage.

Grimes se racla la gorge, regarda par la vitre comme pour chasser de son esprit la scène de l'autopsie vers les massifs qui couvraient les collines environnantes.

— C'est bizarre. Personne ne se souvient de l'avoir vue quitter l'hôpital. Elle n'y avait pas beaucoup d'amis. Elle venait le matin, remplissait ses fonctions et rentrait chez elle. Nous n'avons pas pu déterminer comment elle a pu croiser le chemin de notre tueur. Elle évitait les ennuis et ne faisait pas de vagues.

— Une invisible, murmura Baldwin.

— Comment tu dis ? Ouais, je pense qu'on peut dire ça, elle était invisible. Un choix sans risque, pour le tueur. Mais Jeanette Lernier, elle, n'était pas du tout invisible. Un peu effrontée, pleine de vie, culottée : voilà les mots qui revenaient dans les témoignages à son sujet. Elle suivait un stage en entreprise, dans une société de marketing de Baton Rouge, elle essayait d'acquérir un peu d'expérience professionnelle après la fac, avant d'entrer en second cycle. Elle avait beaucoup de copines, des copains aussi, si tu vois ce que je veux dire. Elle sortait beaucoup le soir. La rumeur dit qu'elle venait d'avoir une liaison avec un ponte de la société pour laquelle elle travaillait, et qu'elle avait du chagrin après avoir été plaquée par ce personnage. Elle venait d'une bonne famille, avait deux frères et une sœur qui sont encore sous le choc. C'était elle qui apportait de la vie dans la famille et, quand elle a disparu, la gaieté s'en est allée avec elle. Une affaire vraiment triste, quand on y pense. Elle avait tout pour réussir et elle a fini étranglée sur le bord de la route. Franchement, si on n'avait pas trouvé la main de Susan Palmer sur la scène du crime, on n'aurait sans doute pas fait le rapprochement entre les deux crimes. Même si le mode opératoire était similaire, les deux victimes étaient si différentes... A mes yeux, en tout cas.

— Je vois ce que tu veux dire. Mais c'est le même tueur, aucun doute là-dessus.

— Dans ce cas, pourquoi a-t-il pris un mois de congé? On dirait qu'il était parti pour tuer à un rythme rapide et qu'il s'est arrêté en plein élan.

— Bonne question. Je commence à avoir une idée de la personnalité de notre tueur, mais j'aimerais découvrir le mobile exact de ces meurtres. Il doit y avoir une sorte de motivation. Bon, continue... Jessica Porter?

— Jessica Ann Porter, dix-huit ans, un mètre soixante, cinquante-cinq kilos. Née à Jackson. Elle partageait un appartement avec une amie. Elle cherchait vraiment à être indépendante. Ses parents étaient contre, mais elle a réussi à les convaincre. Tina et Steve Porter. Le papa est mécanicien, la maman institutrice. Une famille d'Américains moyens. Jessica avait deux frères : Joseph, âgé de seize ans, et James, treize ans. Ils sont brisés, ils la vénéraient. Elle suivait des cours à l'université du Mississippi, elle voulait être infirmière ou exercer une profession paramédicale, elle n'avait pas encore décidé exactement. Elle travaillait comme standardiste à l'hôpital communautaire du Mississippi, dans le but de se familiariser avec le milieu hospitalier. Je t'ai dit qu'elle travaillait bénévolement dans un foyer de SDF et livrait de la nourriture à domicile aux handicapés... Comment ça s'appelle, ce service?

— Plats chez soi?

— Ouais, c'est ça. Plats chez soi. Elle faisait ça deux soirs par semaine. Elle habitait avec une môme sympa, Amanda

Potter. Elles ont été voisines et meilleures amies toute leur vie. C'est Amanda qui m'a parlé des cheveux.

— Grimes, je veux que tu me dises tout ce que tu sais, même s'il s'agit d'infos que tu m'as déjà transmises, d'accord ?

Grimes serra le volant très fort.

— Ouais, je sais… Où en étais-je ?

— Les cheveux.

— D'accord. Donc sa copine Amanda m'a confié qu'elle avait de longs cheveux bouclés, du genre que toutes les femmes aimeraient avoir, mais elle, elle détestait ça et elle les faisait lisser. Elle m'a aussi raconté qu'elles avaient fait quelques expériences, avec l'alcool et d'autres produits… Mais Jessica n'a jamais vraiment aimé ça. Ce n'était pas une fêtarde. Elle fumait en cachette, ses parents n'étaient pas au courant. C'était une fille souriante et douce, qui n'élevait jamais la voix et ne manquait pas de jugeote. Sa copine m'a dit qu'elle était un peu naïve, surtout avec les garçons. Elle était vierge, aucun doute là-dessus. Jusqu'à ce que ce salaud lui mette la main dessus.

— Bon. Dis-moi comment elle a disparu.

— Elle rentrait chez elle du travail à pied, vêtue d'une blouse verte comme tous ses collègues. C'est un petit hôpital, au service des indigents qui n'ont pas les moyens de se payer une assurance-maladie. Bon, quoi qu'il en soit, elle avait pour habitude de rentrer chez elle pour se changer puis de filer à la salle de gym. Amanda a précisé que Jessica angoissait sur son corps, qu'elle passait pas mal de temps à faire de la gym. Bien sûr, Amanda trouvait que Jessica avait un corps parfait, mais tu connais les jeunes filles… Elles ne se voient pas comme les voient leurs amies. Du moins, c'est ce que ma fille me dit. Tu as des enfants, toi ?

— Non. Continue, je t'en prie.

— Bon, bon, ne sois pas si susceptible… Elle a quitté l'hôpital à 17 h 15 et n'est jamais arrivée chez elle. Ses parents ont signalé sa disparition vers 21 heures, et les autorités locales ont tout de suite donné l'alerte et commencé les recherches. Ça n'a servi à rien, elle devait déjà être morte.

— Qu'est-ce qui te fait dire ça?

— Quand vous avez trouvé son corps à Nashville, elle était morte depuis un bon moment. Trois jours s'étaient écoulés entre son enlèvement et la découverte du corps. Le médecin légiste a dit qu'elle était morte depuis au moins vingt-quatre heures.

— Aucune idée de l'endroit où il l'a séquestrée ? Je suppose qu'il n'est pas resté dans l'appartement avec le cadavre.

— Pas la moindre idée. On a vérifié autant qu'on a pu les motels sur la route de Jackson à Nashville. On a montré sa photo un peu partout. Merde, mec, il y a plein d'hôtels, de motels et de chambres d'hôtes entre Jackson et Nashville. Trop, pour qu'on puisse tout contrôler en aussi peu de temps. En plus, l'assassin est peut-être un mec du coin, qui dispose d'un local discret où il peut séquestrer ses victimes.

Baldwin réfléchit un instant et dit :

— Je ne suis pas d'accord avec cette hypothèse. Ce mec a un plan. Je n'arrive pas à imaginer qu'il ait choisi un motel au hasard. Il doit bien connaître les régions où il frappe, mais il ne peut pas avoir un pied-à-terre dans chacune d'elles.

Il se tut, réfléchit de nouveau. Le tueur était déjà passé dans cinq Etats. Baldwin songea qu'il faudrait procéder à des recoupements géographiques, déterminer s'il y avait un point équidistant d'où le tueur pouvait opérer. Il nota ce détail dans son calepin.

— Je vais donner un coup de fil, dit-il. Je veux savoir ce que la police de Nashville a glané sur Shauna Davidson.

Il appela Taylor sur son téléphone portable, content de l'entendre décrocher à la première sonnerie.

— Agent Baldwin à l'appareil, dit-il en s'efforçant de prendre un ton officiel.

— Salut, agent spécial, répondit-elle d'une voix taquine.

Baldwin jugea qu'elle devait être seule. Il aurait aimé être avec elle.

— Je vais mettre le téléphone en fonction haut-parleur. Je suis dans une voiture avec l'agent spécial Jerry Grimes, qui enquête sur les meurtres de Louisiane et d'Alabama. Il a besoin d'entendre ce que vous avez à dire. Vous avez trouvé des éléments contextuels sur Shauna Davidson ?

La voix de Taylor résonna dans le haut-parleur, claire et professionnelle.

— Oui, voilà ce qu'on a trouvé : vingt et un ans, un mètre soixante-huit, soixante-quatre kilos, yeux bruns, cheveux bruns. Elle suivait des cours à l'université d'Etat du Tennessee central, en prépa de médecine. Nom des parents : Carol et Roger Davidson, tous les deux comptables de profession, plutôt aisés — ce qui explique le luxe relatif de l'appartement de leur fille. Fille unique, un peu gâtée selon ses amies.

» Elle faisait partie d'une bande de copines qui se nommaient elles-mêmes le Gang. Leurs noms : Megan, Kimber et Tiffany. Elles ne se quittaient pas. Elles étaient toutes les quatre de sortie le soir où Shauna a disparu. Elles ont fait la tournée des bars, se sont un peu soûlées. Elles ont terminé la soirée dans un bar nommé Jungle Jim. Megan et Kimber ont été abordées par deux gars, ont essayé de se faire payer à boire. Tiffany s'est séparée d'elles à ce moment-là. Son petit ami est arrivé pendant qu'elle dansait avec un autre garçon. Elle était éméchée, il était furieux. Elle s'est assise avec lui à une autre table et ils se sont mis à causer dans leur coin, absorbés par leur conversation. Shauna était avec Megan et Kimber pendant qu'elles bavardaient avec les deux autres garçons. Apparemment, la situation ne lui plaisait pas trop. Et quand l'un des garçons a essayé de la draguer, elle l'a rembarré. Selon Megan, elle lui a adressé un doigt d'honneur, ce qui a fait rire Kimber et Megan. Kimber a précisé que Shauna n'était pas un ange mais qu'elle ne s'amourachait pas du premier venu. Et c'est la dernière fois qu'elles l'ont vue.

» Elles se sentent terriblement coupables. Elles étaient ivres et ne faisaient pas trop attention à leur amie. Megan et Kimber ont vu Tiffany partir du bar avec son petit ami et, quand elles ont décidé de quitter les lieux, Shauna n'était plus là et elles ont pensé qu'elle s'était fait raccompagner par Tiffany.

— Quelqu'un l'a vue quitter le bar ?

— Oui, un videur croit se souvenir l'avoir vue partir toute seule. Il dit qu'il l'a vue marcher vers le nord sur Front Street, c'est-à-dire vers chez elle. Depuis, plus rien. Jusqu'à ce qu'elle réapparaisse en Géorgie. C'est le même type ?

— Oui, c'est le même type. On a retrouvé une main dont on pense que c'était celle de Jessica Porter près du cadavre. Elle est au labo. Mais on a un nouveau problème…

— Je préfère ne pas savoir…

— Une nouvelle disparition. Une femme médecin de Noble, en Géorgie. On est en route vers cette ville pour en savoir plus. Ne vous éloignez pas de votre téléphone, on devrait pouvoir vous transmettre de nouvelles informations sous peu.

— D'accord. Merci de me tenir au courant. A bientôt.

Baldwin raccrocha et dit à Grimes :

— Parle-moi des lieux de crime. Qu'est-ce que vous avez trouvé comme indices aux endroits où les corps ont été retrouvés ?

— Rien. Que dalle. Zéro. Les victimes étaient étendues sur le dos, les bras en croix, les jambes croisées au niveau des chevilles. Mais rien n'indique qu'elles n'ont pas été juste abandonnées là, sans mise en scène. On n'a même pas vu de traces de pneus. On a seulement ramassé des détritus, des boîtes de conserve, des bouteilles vides, des vieux journaux, ce genre de trucs. C'était la même chose à Nashville ?

Baldwin inspira profondément.

— Non, rien d'intéressant pour l'enquête. Juste le corps de Jessica et ce qui est sans doute la main de Jeanette. Il faut attendre les résultats des analyses ADN pour en être certain.

— Même chose, ici, en Géorgie. Mec, c'est vraiment un truc de dingue.

— Il ne nous laisse pas grand-chose à nous mettre sous la dent, hein ? Et maintenant voilà que cette Marni Fischer a disparu à son tour. Elle n'a pas été vue depuis quand ?

— Depuis hier, à la fin de sa journée de travail, vers 17 heures.

— S'il les garde pendant trois jours, cela nous laisse jusqu'à demain soir, je me trompe ?

— Non, c'est bien ça. Et ce mec se déplace en roulant sur l'autoroute. Il pourrait être n'importe où à l'heure qu'il est.

Baldwin consulta le dossier qui était posé sur ses cuisses. Marni Marie Fischer, âgée de vingt-huit ans. Un visage ravissant le fixait d'un œil rieur. Il examina soigneusement ses traits, notant au passage les différences avec les autres victimes. Elle était plus âgée, cela sautait aux yeux. Les trois premières victimes sortaient à peine de l'adolescence. Et Marni avait les cheveux châtain clair, alors que les trois précédentes étaient toutes brunes. Il se surprit à prier au plus profond de lui-même pour que Marni Fischer ait simplement disparu et qu'elle soit encore en vie, quelque part. Pour qu'elle ne soit pas la nouvelle victime de l'Etrangleur du Sud.

Le téléphone de Grimes se mit à sonner. Il décrocha et écouta attentivement les propos de son correspondant. Il raccrocha et secoua la tête, comme pour se remettre les idées en place. Puis son regard revint à Baldwin.

— Bon, voilà, je vais te dire en deux mots ce qu'ils ont trouvé. Presque rien… Le shérif souhaite qu'on le rejoigne à l'hôpital. Les flics du coin voulaient mettre sa voiture à la fourrière, mais finalement ils sont d'accord pour nous attendre. Je sais que tu aimes examiner toi-même les scènes de crime telles qu'elles sont.

Baldwin hocha la tête.

— Très bien, ça va nous faciliter le travail.

— Il apporte aussi des photos de la scène, afin que tu puisses avoir un aperçu des choses dans l'état où ils les ont trouvées.

— Il n'y a plus qu'à espérer qu'on y dégotera un détail qui puisse nous éclairer un peu.

Baldwin se cala dans son siège en se mordillant la lèvre inférieure. Il avait un mauvais pressentiment, redoutant de ne rien trouver qui puisse leur permettre de sauver Marni Fischer.

13.

Taylor et Fitz se garèrent devant l'entrée de l'Hôpital Baptiste. La traversée du service des urgences, en pleine cohue, fut épique. Taylor ne décompta pas moins de six patients qui perdaient leur sang à grands flots. L'éclairage fluorescent donnait à ce sang une teinte orangée. Elle fit un effort pour surmonter sa nausée. La dernière fois qu'elle avait franchi les portes de ce service, c'était sur une civière, et c'était son propre sang qui maculait le linoléum du couloir.

Sa dernière grosse affaire lui revint brusquement à l'esprit. Ces moments difficiles étaient inscrits de manière indélébile dans sa mémoire, toujours prêts à resurgir.

C'est à l'occasion de cette affaire qu'elle avait rencontré Baldwin, quatre mois auparavant. La police de Nashville avait eu besoin de recourir aux services d'un profileur. Cette collaboration avait été bénéfique pour l'un comme pour l'autre, et les avait rapprochés en les confrontant à des situations tendues et conflictuelles. Une inévitable attraction était née entre ces deux fortes personnalités qui travaillaient en symbiose. Ils étaient alors sur la piste d'un suspect armé. A la fin, le suspect acculé s'était retrouvé face à Taylor — et il avait perdu.

Mais non sans qu'elle en paye le prix.

Les mois avaient passé mais elle revivait encore cet affrontement, le coup de couteau que l'homme lui avait porté, la sensation de morsure dans sa chair. Elle l'avait abattu, mais pas avant qu'il ne lui laisse un souvenir permanent, une profonde entaille au niveau de la jugulaire.

Elle passa la main sur sa balafre. Elle ne regrettait rien — elle faisait avec Baldwin une belle équipe. Alors qu'elle était entre la vie et la mort, Baldwin était demeuré à ses côtés, et il ne l'avait plus quittée. En tout cas, se retrouver dans la salle des urgences lui fit naître un frisson. Elle chassa cette pensée de son esprit.

— Fitz, tu sais où elle est ?

— Sans doute en chirurgie. Le patron a demandé au médecin chef des urgences de la faire admettre sous un nom d'emprunt, pour éviter que les médias ne s'en mêlent. On va voir si ça a marché.

Il se rendit à l'accueil, présenta son badge de policier à l'hôtesse et demanda où il pouvait trouver une certaine « Jane Doe ». Ayant obtenu le renseignement, il sourit à Taylor en désignant la porte de l'ascenseur, avant de tourner le dos à l'hôtesse sans lui donner le temps de s'enquérir du motif de cette visite. Jusqu'à présent, le subterfuge semblait être efficace et l'identité de Betsy préservée.

Taylor s'engouffra avec lui dans l'ascenseur et ils montèrent à l'étage du service de chirurgie sans échanger un mot. Une odeur d'antiseptique envahit la cabine au moment où la porte se mit à coulisser. Taylor se souvint du temps qu'elle avait passé à l'hôpital. Elle était navrée pour Betsy et regrettait que celle-ci vive l'une des expériences les plus douloureuses de son métier de policière — récupérer après avoir subi une agression. Taylor n'eut pas le temps de revivre sa douleur. La porte s'ouvrit et ils allèrent tout droit au bureau des infirmières.

— On cherche Jane Doe, elle est ici ? demanda Taylor d'un ton évasif à l'infirmière de service.

La femme la dévisagea de telle façon que Taylor comprit aussitôt que tout le monde savait, à cet étage, que Jane Doe n'était autre que Betsy Garrison. Mais l'infirmière joua le jeu.

— Elle vient d'émerger de l'anesthésie. Le médecin est avec elle en ce moment. Au fond du couloir à gauche, chambre 320.

Ils la remercièrent et se dirigèrent vers la chambre. Avant d'y entrer, ils aperçurent par la porte entrouverte deux hommes : le médecin en blouse verte et Brian Post, l'équipier de Betsy. Ce dernier avait l'air affligé, mais au bout d'un moment ils le virent éclater de rire et s'asseoir à côté du lit de la patiente. Taylor frappa doucement à la porte. Betsy lui fit signe d'entrer.

Betsy Garrison la bagarreuse, la responsable endurcie de la brigade des agressions sexuelles de Nashville, était assise dans son lit, la tête ornée d'un énorme pansement. Elle avait l'air épuisée mais elle s'efforça de leur sourire le plus gracieusement possible.

— Taylor, Fitz, venez donc vous joindre à nous. Plus on est de fous…

Taylor s'installa de l'autre côté du lit, en face de Post, qui considérait Betsy d'un air à la fois crispé et possessif. « Intéressant », nota-t-elle. Elle s'aperçut que l'inquiétude de Post à l'égard de Betsy semblait dépasser le cadre strictement professionnel.

Elle se pencha pour embrasser avec précaution Betsy. Fitz resta debout, s'appuyant contre la porte du cabinet de toilette. L'embarras se lisait sur son visage. C'était un homme de la vieille école, il n'aimait pas voir de gentes dames en détresse. Betsy remarqua sa gêne immédiatement et dit d'une voix rendue rauque par les effets secondaires de l'anesthésie :

— Fitz, je vois que ton esprit chevaleresque est mis à rude épreuve. Tu devrais aller boire un café avec Brian. Je commence à en avoir marre d'être maternée par ce type.

Fitz ne se le fit pas dire deux fois. Il fit un geste à Post, qui se leva à contrecœur pour l'inviter à venir avec lui. Ce dernier déposa un petit baiser sur une des parties non pansées du front de son équipière puis suivit Fitz et le médecin hors de la chambre.

Taylor se cala dans son siège et regarda Betsy, le visage plein d'attente. Cela faisait plusieurs années qu'elles se connaissaient, elles avaient même patrouillé ensemble dans les rues de Nashville. Elles étaient aussi amies que pouvaient l'être deux fliquettes et se respectaient mutuellement.

Betsy parla la première.

— Ça a l'air pire que ça ne l'est réellement. Il m'a cassé le nez et la pommette. Mais les toubibs ont tout réparé et je serai plus belle qu'avant. Cet amour de docteur m'a refait le nez pendant que j'étais endormie. Il sera plus droit !

Taylor esquissa un sourire.

— Tu ne te laisses pas abattre. Mais comment ça va, vraiment ?

Betsy se rembrunit légèrement, tenta de sourire mais ne parvint qu'à grimacer.

— La douleur est encore insupportable, en fait. Mon

embarras est insupportable, lui aussi. Je me sens complètement idiote. Le violeur que je traque parvient à me violer... Ecoute, si les collègues apprennent ça, il faudra que je démissionne. Aucun d'eux ne me regarderait de la même manière. Déjà que Brian est dans les affres en me voyant dans cet état.

— Oui, mais le regard de Brian n'est pas uniquement professionnel... ou je me trompe?

Betsy bougea inconfortablement, faisant craquer les draps fraîchement amidonnés.

— Bien vu. Ça fait six mois qu'on sort ensemble. C'est un mec bien. Je sais qu'on dit toujours qu'il ne faut pas avoir de liaison intime avec un collègue...

Sa voix s'estompa tandis qu'elle détournait le regard.

Avant l'affaire tragique qui avait failli coûter la vie à Taylor, elle avait participé à une fusillade au cours de laquelle l'un de ses collègues de la brigade des homicides avait perdu la vie. Le fait qu'elle avait couché avec lui n'était connu de personne ou presque. Taylor regarda Betsy droit dans les yeux, se demandant si son intuition féminine ne l'avait pas éclairée sur cette liaison éphémère. Décidant que cette hypothèse ne reposait sur rien, elle la chassa de son esprit.

— Maintenant, raconte-moi ce qui s'est passé la nuit dernière.

Une petite lueur s'éteignit dans le regard de Betsy, mais elle répondit :

— Je m'étais endormie sur le canapé. Je me suis réveillée en entendant un bruit dehors. Je suis allée dans la cuisine et il était là. Le Violeur de la Pluie, avec son masque de ski, tout dégoulinant. J'ai essayé de gérer la situation, tu sais.

— Où était ton arme de service?

— Ah, bien sûr, elle était à l'étage, dans mon coffre. Je fais attention, avec les armes. Ma sœur vient souvent me voir avec ses gosses, je ne veux pas qu'il y ait d'accident.

» Alors j'ai tenté de lui parler. Je lui ai demandé ce qu'il faisait chez moi. Il n'a pas dit un mot, il m'a foncé dessus comme un taureau. D'emblée, il m'a mis un coup de poing dans la figure qui m'a laissée K.-O. Quand je me suis réveillée, il en avait fini avec moi et était déjà parti. Je n'étais même pas consciente quand il m'a violée. Je ne sais pas si c'est préférable, mais je suis contente de ne pas m'en souvenir. En tout cas pour l'instant. Comme ça, l'affront moral ne vient pas s'ajouter à la douleur physique, tu vois ce que je veux dire ?

Taylor savait très bien ce qu'elle entendait par là. Et remercia la Providence de lui avoir épargné ce genre d'épreuve.

— Ce qui m'a étonnée, reprit Betsy, c'est qu'il n'est resté que vingt cinq minutes. J'avais noté qu'il était 3 heures et quart. Quand j'ai repris conscience, il était 4 heures moins vingt, et il était parti. Ce qui ne lui a pas laissé beaucoup de temps pour prendre son pied, tu ne crois pas ?

Taylor se leva et se colla à la fenêtre.

— Mais il ne traîne jamais longtemps sur les lieux où il commet ses agressions, pas vrai ? Les autres femmes qu'il a violées disent toutes qu'il agit sans passion. C'est l'impression que tu as eue ?

— Après ou avant qu'il m'ait assommée ?

— Oh ! au temps pour moi.

— Taylor, tu sais comme moi que ce type n'est pas motivé par une pulsion sexuelle. C'est juste un petit détraqué qui essaie de prouver quelque chose, de faire parler de lui. Il n'avait jamais commis de violence avant de s'en prendre à moi.

— Tu crois qu'il va recommencer ?

— Franchement, je n'en ai aucune idée.

— Une question : comment tu sais que c'est bien le Violeur de la Pluie ?

— On ne t'a pas dit ? Les prélèvements ont permis de récupérer son ADN.

— Bonne nouvelle. Vous n'aviez jamais pu en trouver dans les cas précédents, si je ne me trompe ?

Betsy secoua la tête lentement, grimaçant de douleur.

— En fait, on a déjà recueilli de l'ADN après les autres viols. Il se sert d'une capote, mais il est négligent. En enlevant sa capote, il fait toujours tomber une ou deux gouttes de sperme. On n'a pas voulu rendre ce détail public, parce qu'on n'arrive pas à obtenir des résultats rapides de la CODIS *via* le Bureau d'investigation du Tennessee. Ça va prendre encore du temps.

La banque de données CODIS, qui répertorie les profils ADN, était saturée de demandes et il fallait compter plus de un an pour obtenir une réponse. Ce système rencontrait un tel succès que les labos de police scientifique étaient débordés par l'affluence d'échantillons destinés à l'alimenter. Peut-être cette affaire allait-elle les inciter à faire preuve de plus de diligence.

— Ils ont déjà procédé à des comparaisons après les viols de 2002. Rien ne concordait, mais cette banque de données en était encore à ses débuts. Les gens qui ont accès à la CODIS sont en possession des échantillons recueillis après les viols de 2004, mais ils n'ont toujours pas fait la recherche nécessaire. S'il est dans cette base de données, on le retrouvera. Il s'agit simplement d'effectuer les recherches avant qu'on soit morts de vieillesse.

Taylor secoua la tête.

— Il faudrait qu'on ait notre propre labo. Peut-être que ton affaire va inciter les autorités à accélérer sa création.

— Pas question. Il ne faut surtout pas les mettre au courant. Je t'en prie, Taylor, essaie de trouver un autre moyen.

— D'accord, je vais faire tout ce que je peux pour que le secret soit gardé.

Elle se massa la nuque afin de dénouer les articulations du cou. Elle se sentait fatiguée, subitement. Ce n'était jamais bon signe. Quand son esprit croyait fonctionner à 100 %, son corps lui envoyait des signes contraires.

Betsy poursuivit son analyse.

— Le Violeur de la Pluie ne laisse jamais son préservatif derrière lui, pas vrai ? Mais on a recueilli des traces de spermicide. Le labo a donc une signature chimique du produit, et on connaît la marque utilisée. A chaque viol, c'est la même.

Elle adressa à Taylor un petit sourire qui signifiait : « Tu vois qu'on n'est pas complètement incompétents à la brigade des agressions sexuelles. »

Taylor remarqua que les paupières de Betsy s'affaissaient et voulut connaître le fond de sa pensée avant de mettre un terme à l'entretien.

— Tu crois qu'il savait qui tu étais ?

— Absolument. On a donné une conférence de presse il y a une quinzaine de jours, après son dernier viol. Donc, il sait que je suis chargée de l'enquête. Ce qu'il ne sait pas, c'est que l'étau est en train de se refermer sur lui.

— Ou peut-être qu'il le sait et qu'il a voulu t'intimider. Pourquoi penses-tu que l'étau se resserre ?

Les yeux de Betsy se remirent à briller. Elle se cala contre son oreiller d'un air triomphant.

— Sa dernière victime croit savoir de qui il s'agit.

14.

Lorsque Grimes et Baldwin arrivèrent sur le parking de l'hôpital communautaire, ils aperçurent un groupe d'hommes à l'angle nord-est du bâtiment. Une brume de chaleur émanait du bitume noir. Grimes se gara à quelques emplacements de là et sortit de la voiture pour se diriger vers un homme à la peau sombre, aux larges épaules et au crâne rasé. Il se tenait droit comme un piquet et Baldwin le catalogua à dix mètres comme un ancien militaire. Il emboîta le pas à Grimes et tendit la main pour procéder aux salutations d'usage. A sa grande surprise, le shérif lui adressa un large sourire. Il était plus jeune que Baldwin ne l'avait cru à première vue et Baldwin laissa échapper un soupir de soulagement. Il était rare que les policiers locaux voient d'un bon œil le FBI intervenir dans les enquêtes dont ils avaient la charge.

— Shérif Terence Pascoe, fit l'homme. Vous devez être John Baldwin. J'ai lu votre article sur les meurtriers excités par la colère dans le *Law Enforcement Bulletin* l'année dernière. Brillante analyse. Merci d'être venu. Dommage qu'il fasse si chaud.

— Merci, shérif. Il fait à peu près le même temps à Nashville, en cette saison. L'agent Grimes m'a dit que vous vouliez faire enlever la voiture. Merci de l'avoir laissée ici pour que je l'examine.

— Pas de problème. Les serrures du véhicule sont déverrouillées.

Il tendit une chemise en papier kraft à Baldwin et ajouta :

— Voici les photos de la voiture telle qu'on l'a trouvée. Rien n'a beaucoup changé depuis, sauf qu'on a ramassé les clés qui se trouvaient dessous. On a conservé son téléphone portable, au cas où il se mette à sonner.

Il brandit un sac contenant le téléphone.

— On l'a déjà poudré pour le relevé d'empreintes, alors je le garde jusqu'à ce qu'on le transmette à la police scientifique. Les seules empreintes qu'on a trouvées sont celles de la disparue. Pareil pour la voiture. Aucune empreinte, sauf celles de la fille et de son fiancé, ce qui n'est pas étonnant. On a recueilli sa déposition et on l'a laissé rentrer chez lui. Il est en train de prier pour qu'elle l'appelle. Un petit gars réglo. Il me semble impossible qu'il soit impliqué dans cette disparition.

Noble était peut-être une petite ville pas très prospère, mais elle pouvait s'enorgueillir d'avoir un shérif de première classe. Baldwin hocha la tête en signe de gratitude, prit le dossier et jeta un coup d'œil aux photos qu'il contenait. Le shérif avait dit vrai : en dehors des clés retrouvées sous la voiture, la scène était identique.

Baldwin sortit une paire de gants de sa poche et pénétra dans la BMW. Heureusement qu'ils avaient laissé la portière ouverte : il devait faire plus de cinquante degrés dans l'habitacle. Il palpa les sièges, remarqua l'absence de ce fatras que tant de femmes accumulent quand elles passent beaucoup de temps dans leur voiture. Celle-ci était très propre et parfaitement rangée, ce qui en disait long sur Marni Fischer.

Elle se maintenait en forme. Il y avait un sac de sport sur le siège arrière. Baldwin farfouilla dedans et trouva un short en Lycra, un sweat-shirt, des chaussettes et des chaussures de jogging de marque. S'y trouvaient également une brosse, un sèche-cheveux et de petits flacons de gel de douche. Il y avait des manuels de médecine empilés à côté du sac. Un tube de rouge à lèvres, des bandeaux à cheveux et des lunettes d'aviateur Ray-Ban se trouvaient dans le vide-poches. Rien d'extraordinaire.

Baldwin ne trouva rien d'autre qui ne soit à sa place. Lorsqu'il ouvrit la boîte à gants, une feuille de papier s'en échappa et vint atterrir sur le plancher. Il la ramassa précautionneusement par le bord et adressa un regard interrogatif au shérif.

— Vous avez vu ça ?

— On n'a pas relevé les empreintes, si c'est ça que vous voulez savoir. Je l'ai lu, c'est juste un poème d'amour. J'ai pensé que c'était son petit ami qui le lui avait offert.

Baldwin s'extirpa du véhicule et examina attentivement le feuillet. C'était un poème, en effet. Un poème d'amour. Tapé à la machine sur une feuille blanche, sans rien d'autre. Il ne fut pas étonné que le shérif y ait accordé peu d'attention. Dans des circonstances normales, personne ne s'en serait soucié. Mais Baldwin était un profileur et son esprit se mit en alerte tandis qu'il en lisait le contenu.

« De la sorte saisie,
Domptée ainsi par le sang brut des airs,
Prit-elle au moins sa science avec sa force
Avant qu'indifférent le bec l'eût laissée choir ? »

— Yeats, murmura-t-il.

Grimes et le shérif le dévisagèrent avec perplexité.

— Tu crois vraiment qu'un poème peut être un indice dans une affaire comme celle-là ? demanda Grimes en se dandinant.

Il se rendait compte avec anxiété qu'il se pouvait bien qu'ils aient un premier indice, et que ce n'était pas lui qui l'avait trouvé.

— Grimes, tu n'aurais pas trouvé des poèmes sur les autres scènes de crime ?

— Pas aux endroits où on a découvert les corps. Je ne sais pas si les collègues ont fait l'inventaire des effets personnels des victimes. Merde !

Il sortit son téléphone portable et composa un numéro.

— Thomas, c'est Grimes.

Baldwin comprit qu'il appelait Thomas Petty, l'équipier de Grimes qui s'était chargé d'une partie des investigations. Il avait été présent sur la scène de deux des précédents crimes.

Grimes tournait en rond tout en parlant à son correspondant.

— Tu es toujours en Alabama, à travailler sur cette affaire de petit garçon qui a disparu ? Tu as des contacts sur place qui pourraient faire quelque chose pour nous ? Parfait. Bon, voilà ce dont on a besoin. Il faut que tu joignes la police de l'Alabama, celle de Louisiane et celle du Mississippi. Demande-leur de refaire l'inventaire des effets personnels des victimes. S'il faut pour ça qu'ils appellent les familles, vas-y en personne et examine bien les logements de ces filles. On cherche des feuilles de papier, avec des poèmes dessus… Oui, j'ai bien dit, des poèmes. Il faut regarder dans les véhicules des victimes aussi.

Baldwin vit dans son regard que Grimes se demandait s'il n'avait pas négligé un indice essentiel. Grimes se racla la gorge et reprit d'une voix nerveuse :

— Surtout les boîtes à gants. Rappelle-moi dès que tu as du nouveau.

Il raccrocha en secouant la tête.

— Tu crois vraiment que c'est le tueur qui a laissé ces poèmes ?

Baldwin hocha la tête.

— Ce type nous mène en bateau. Ça l'amuse de nous taquiner. L'échange de mains tranchées est un indice en soi. Peut-être que les poèmes en sont un autre.

Il sortit son calepin et recopia les vers, même s'il les connaissait par cœur. Des nombreux poèmes qu'il connaissait, celui-ci comptait parmi les plus fascinants. Il tendit la feuille de papier au shérif.

— Vous pouvez faire relever les empreintes ?

— Absolument. Je suis désolé d'avoir négligé cet indice.

— Je me trompe peut-être. Mais je n'ai pas l'impression que ce poème appartenait à Marni.

— Pourquoi ? demanda Grimes d'un ton perplexe.

— Une fille aussi soigneuse… Une feuille de papier volante, ce n'est pas forcément inhabituel dans une voiture, mais elle, j'ai du mal à imaginer qu'elle laisse traîner ça dans sa boîte à gants. Elle range tout, il n'y a pas de factures qui traînent, pas de fouillis.

Il dévisagea Grimes. D'accord, ce dernier n'était pas profileur, mais il ne fallait pas être un génie pour comprendre que Marni Fischer était une maniaque du rangement.

— Tout le reste était bien à sa place, ajouta-t-il.

Le shérif alla chercher une pochette en plastique dans le coffre de sa voiture et y glissa la feuille, puis remit le tout à l'un de ses adjoints. L'homme monta dans sa voiture et quitta les lieux.

— On sera vite fixés. Le collègue qui s'occupe de notre labo est un bon. S'il y a des empreintes, il nous le dira vite.

— Merci, ça va nous aider.

Baldwin plissa les yeux et considéra la façade de l'hôpital. Jusqu'à présent, le seul rapport entre les victimes était leur lien avec les professions médicales. S'ils trouvaient d'autres traces écrites du tueur, une piste sérieuse pouvait bien se dégager.

— Il n'y avait pas de traces de violence chez Marni ? demanda Baldwin.

— Pas le moins du monde. Je sais que dans les précédentes affaires, elles avaient été kidnappées chez elles. Là, on dirait qu'elle a été enlevée ici, au moment où elle montait dans sa voiture. Voilà de quoi gamberger. Quoi d'autre ? Il faut entreprendre des recherches dans la campagne environnante. Je sais que tu penses qu'il va l'emmener hors de l'Etat, mais il faut quand même s'assurer que son corps n'est pas dans le coin.

Le shérif Pascoe s'apprêtait à prendre congé pour mener sa part de l'enquête. Il n'y avait rien de plus à faire sur place. Baldwin lui serra la main en le remerciant pour son aide.

Grimes et Baldwin revinrent en silence vers le centre-ville. Grimes se gara devant le motel et ils allèrent à pied, sous un soleil de plomb, chercher un endroit où se sustenter et faire le point. Mal rasé et les yeux rougis par l'insomnie, Grimes avait l'air de tomber du lit. Il prenait décidément cette affaire trop à cœur. Si Baldwin avait eu à évaluer son état psychologique, il en aurait déduit que Grimes était sur le point de craquer.

Ils allèrent prendre leur petit déjeuner chez Jo's Diner, un petit établissement érodé par les ans, qui aurait pu tenir dans le hall d'entrée de leur motel. Des photos de gens du coin ornaient les murs, certaines récentes et d'autres abîmées par le temps, si indistinctes qu'on aurait été bien en peine de discerner les traits des visages exposés. Les murs étaient jaunis par la nicotine accumulée au fil des décennies. Des voilages grisâtres pendaient lamentablement aux fenêtres crasseuses.

En pénétrant dans le restaurant, Baldwin et Grimes s'attirèrent les regards de vieux bonshommes fatigués qui semblaient vissés aux tabourets qui longeaient le bar. L'odeur qui venait de la cuisine était alléchante et Baldwin s'aperçut qu'il était affamé.

Ils s'assirent à une table métallique couverte d'une couche de Formica fissuré et taché. Une grosse bonne femme dont les nattes balayaient les épaules s'approcha d'eux d'un air enjoué. Baldwin avait du mal à comprendre comment elle pouvait se déplacer avec tant de grâce malgré sa corpulence. Son uniforme de serveuse était immaculé et son prénom, « Lurene », était brodé en noir au-dessus de son sein gauche. Elle posa vivement deux tasses sur la table, les remplit de café bien noir et considéra les deux hommes.

— Bonjour, dit Baldwin. On aimerait…

— Laisse-moi deviner, mon chou. La totale.

Elle se tourna vers un homme noir aux yeux chassieux et aux cheveux grisonnants, qui officiait dans la cuisine, et cria :

— Eugene, deux complètes !

Elle revint à ses clients et ajouta en gloussant :

— Si vous avez encore faim, après ça, vous me le dites.

Elle éclata d'un grand rire rauque qui fit sourire Baldwin. Elle lui rendit son sourire et retourna derrière son comptoir. Tous les yeux étaient braqués sur elle, et elle le savait. Elle était peut-être grosse mais il se dégageait d'elle une troublante sensualité.

Baldwin se tourna vers Grimes et constata avec amusement que les yeux de celui-ci brillaient d'un air lubrique.

— Ça, c'est une bonne femme, pas vrai ?

Il eut le plaisir de voir rosir les joues de Grimes.

La serveuse revint avec deux assiettes débordant de nourriture. Pancakes, œufs brouillés, bacon, saucisses… Plus un bol de gruau de maïs et plein de petits biscuits. Bref, de quoi nourrir un régiment.

Baldwin ne put s'empêcher d'éclater de rire.

— C'est donc ça, la totale ?

— Oui, mon chou, et si tu finis pas ton assiette, gare à tes fesses ! Vous autres, vous avez vraiment l'air mal nourris.

Elle posa les assiettes d'un geste ample, sortit un assortiment de petites barquettes de confitures de la poche de son tablier, remplit de nouveau leurs tasses de café, tout cela sans quitter Baldwin des yeux. Ses nattes bruissaient légèrement tandis qu'elle s'affairait. Il sentit qu'elle attendait quelque chose et resta silencieux sans toucher à son assiette. Il avait raison.

— Mon chou, tu es venu pour cette jeune doctoresse qui a disparu ?

— Oui, m'dame, on est là pour ça.

Grimes regarda Baldwin, les yeux luisants d'espoir et d'excitation. Sous ces cieux, donner du « m'dame » à une serveuse signifiait : « Dites-moi tout ce que vous savez. » Elle s'y prêta de bonne grâce.

— Vous savez, elle venait souvent ici. Elle adorait les pancakes de mon Eugene. Elle disait que c'étaient les meilleurs.

Elle leva un sourcil désapprobateur et remarqua :

— Toi, tu ne touches pas aux tiens…

Baldwin planta sa fourchette dans une galette moelleuse et en préleva une bouchée qu'il mastiqua avec délectation. C'était divin. Cette Marni s'y connaissait en pancakes et Baldwin en fit compliment à Lurene.

Elle hocha la tête d'un air solennel.

— Eugene a un secret… Il ne le dit à personne, pas même à moi. Ça fait vingt ans qu'on tient ce resto et il ne veut toujours pas me révéler sa recette.

Grimes assistait à ce dialogue d'un air absent, tout en dévorant le contenu de son assiette. Il essaya d'articuler une question, mais Lurene lui adressa un regard sévère.

— Ne parle pas la bouche pleine, toi.

Grimes se couvrit la bouche d'un air penaud, se ravisa et adressa, d'un regard implorant, un message mental à Baldwin : « Fais-la causer… C'est peut-être une source précieuse d'informations et on n'en a pas d'autre. »

— Lurene, vous disiez que Marni Fischer venait souvent ici. Quand est-ce que vous l'avez vue pour la dernière fois ?

— Vendredi matin. Elle vient tous les vendredis matin, avant d'aller bosser. Elle dit que c'est son petit plaisir de la semaine. Mince, cette fille a un sacré coup de fourchette. Elle prend toujours des complètes, comme celles que je vous ai servies. Elle n'en laisse pas une miette et réclame du rab de biscuits. C'est moi qui les fais, vous savez.

Baldwin capta le message et en croqua un. Il fut agréablement surpris, il n'avait jamais rien mangé d'aussi bon. Pour un garçon qui avait grandi dans le Sud, c'était tout dire. Il en fit compliment à Lurene, ce qui la fit ronronner d'aise. Baldwin se dit qu'Eugene devait être un homme comblé.

— Donc vous avez vu Marni vendredi. Elle n'est pas venue samedi ?

— Non, mon chou.

— Et vous n'avez pas vu de tête inconnue ce vendredi ? Un homme, peut-être ?

Elle fit la moue et se mit à creuser sa mémoire, laissant échapper entre ses lèvres un infime sifflement.

— Mon chou, il y a tout le temps des étrangers ici. Je me souviens d'un garçon, un petit mignon que je n'avais jamais vu avant. Il n'avait pas l'âge de boire de l'alcool, à mon avis. Dix-sept ans, dix-huit maximum… J'ai pensé qu'il était venu ici pour tuer le temps pendant que sa maman avait un rendez-vous ou quelque chose dans ce genre.

— A quoi ressemblait-il ?

Dix-huit ans, c'était plus jeune que l'âge que Baldwin aurait attribué au tueur, mais cela ne coûtait rien de demander.

— Joli garçon, cheveux bruns comme les vôtres. Je ne me souviens pas trop de ses traits. Un beau garçon, juvénile. Il s'est assis, a mangé et il est reparti. Il a dû rester vingt minutes, pas plus. Pas le genre à traîner comme vous autres.

Elle lui adressa un clin d'œil et ajouta :

— Je suis désolée pour cette fille, je l'aimais beaucoup. Finissez-moi votre petit déjeuner, allez.

Elle remplit à ras bord leurs tasses et alla vaquer à d'autres occupations, les laissant à leurs pensées. Ils mangèrent ce qu'ils purent et Grimes sauça même les derniers bouts d'œufs avec son ultime biscuit. Ils se levèrent et se rendirent à la caisse pour payer, mais Lurene refusa d'un geste.

— Retrouvez cette fille, les gars, et on sera quittes.

— On fera de notre mieux, m'dame. Merci pour ce merveilleux petit déjeuner.

Baldwin glissa subrepticement un billet de vingt dollars sous une salière posée sur le comptoir et ils sortirent de l'établissement, plongeant dans la lumière d'une rue tranquille.

Ils attendaient, assis dans la chambre d'hôtel de Baldwin. Du moins Baldwin était-il assis. Il réfléchissait à l'âge que pouvait avoir le tueur. Un adolescent, c'était impossible. Ça ne cadrait pas. Ce type était trop bien organisé, trop mobile pour être aussi jeune. Il avait besoin de disposer de son propre logis, de sa propre voiture et de pas mal d'argent pour circuler ainsi dans les Etats du Sud. Non, ça ne collait pas.

Grimes arpentait la pièce à deux mètres de Baldwin. Un membre de son équipe venait de l'appeler. L'appartement de Shauna Davidson avait été fouillé et on y avait trouvé un poème dans le tiroir de son bureau. Baldwin lisait et relisait les vers que Grimes lui avait dictés.

« Comment ces vagues doigts terrifiés pourraient-ils
Des cuisses affaiblies repousser tant de gloire ?
Comment un corps, sous cette ruée blanche,

Ne sentirait-il pas battre l'étrange cœur ? »

Cela ne lui disait vraiment rien de bon. Baldwin ferma les yeux pour ne plus voir Grimes arpenter sans répit la petite chambre. Mais il pouvait encore entendre le bruissement des pas de son collègue sur la moquette en synthétique.

Alors que Grimes s'apprêtait à tourner une nouvelle fois, son téléphone se mit à sonner. Il regarda Baldwin.

— Enfin…

Il ouvrit le téléphone d'un claquement.

— Grimes à l'appareil.

Il écouta, prit un stylo et un carnet pour prendre des notes. Il griffonna furieusement, en hochant la tête et en soupirant, pendant quelques minutes. Puis il raccrocha et se tourna vers Baldwin.

— J'ai vraiment merdé, hein ?

Que Grimes admette son erreur était en soi étonnant. Une animosité sous-jacente avait empoisonné leurs rapports depuis le début de leur collaboration. Et pourtant, voilà qu'il se montrait prêt à avouer ses torts, cherchant à être absous par l'homme dont il ne voulait surtout pas dans cette enquête. Il était aux abois. Baldwin ne pouvait excuser la gaffe de Grimes, mais il pouvait la comprendre.

— Grimes, dans cette affaire, tu as travaillé avec trois polices locales dans trois Etats différents. Ça fait beaucoup d'interlocuteurs. Pas mal de stress aussi. Une faute d'inattention comme ça aurait pu arriver à n'importe qui.

— Mais pas à toi, hein ? dit Grimes d'un ton accablé. En fait, je ne me suis pas assez donné dans cette enquête. J'ai des problèmes à la maison. Je pense à prendre ma retraite. Rendre mon badge et vivre une vraie vie…

Sa détresse avait quelque chose d'inquiétant.

— Je devrais me retirer de cette enquête. J'ai failli tout faire foirer. On aurait peut-être pu sauver une de ces filles si je n'avais pas merdé.

Baldwin le gratifia d'une tape amicale dans le dos.

— Allons, souviens-toi que je n'ai pas trouvé le poème dans l'appartement de Shauna Davidson non plus.

Il attendit que le regard de Grimes croise le sien pour ajouter :

— Ecoute, j'ai besoin que tu restes dans la partie. Eh oui, on a fait une erreur. Une grosse erreur. Mais maintenant, il faut aller de l'avant, d'accord ? Je veux que tu continues à enquêter avec moi. Lis-moi ce qu'ils ont trouvé.

Grimes secoua la tête, se racla la gorge, tenta de se donner une contenance, de recouvrer un air de dignité.

— D'accord. Voyons ce que t'inspire cette poésie.

— Encore de la poésie ?

Baldwin sentit son cœur battre un peu plus fort. Son instinct ne l'avait pas trompé.

— Ouais. Les feuilles étaient là depuis le début. Chaque fille y a eu droit, la feuille étant placée parmi ses effets personnels. Selon Petty, celles de Lernier et de Palmer se trouvaient dans leur sac de sport. Celle de Jessica Porter a été trouvée dans son agenda. Et on ne les a pas repérées. Merde, comment on a fait pour passer à côté ? Les policiers les ont emportées et ont procédé à un relevé d'empreintes. Ils n'en ont pas trouvé. Merde, j'ai vraiment tout fait foirer.

Grimes était revenu à son numéro d'autoflagellation, et Baldwin se faisait impatient.

— Grimes, les poèmes ?

— Ouais, ouais… Je vais te les lire. T'es prêt ?
— Vas-y.
— On a trouvé celui-là dans la voiture de Susan Palmer.
Il se mit à lire à haute voix :

« Une femme parfaite, noblement disposée
A prévenir, consoler et commander ;
Et pourtant pleine d'esprit, brillante
Avec une sorte de lumière angélique. »

Baldwin griffonnait en hochant la tête et en se murmurant à lui-même :
— Wordsworth. Bon, ensuite ?
— Jeanette Lernier. C'est parti :

« Un être ne goûtant guère les nourritures
Ordinaires de la nature humaine :
Les chagrins éphémères et les artifices grossiers,
L'éloge et le blâme, l'amour et les baisers, les pleurs et les sourires. »

Baldwin sourit.
— Une autre strophe du même poème. Qu'est-ce qu'on a trouvé dans l'agenda de Jessica ?
Grimes feuilleta les pages de son carnet.
— Jessica… Jessica. Voilà :

« Un bruit soudain : un grand battement d'ailes
Au-dessus de la fille chancelante, lui caressant les cuisses
Entre ses pieds palmés, la nuque dans son bec,
Impuissante il la tient, fragile contre sa gorge. »

— Même poème ? demanda Grimes.

— Non, celui-ci est de Yeats. Excellent poète, Yeats.

Il tendit la main vers le carnet de Grimes.

— Je peux voir ?

Grimes le lui tendit et Baldwin se mit à relire les poèmes.

— Les vers laissés dans les affaires de Jessica, de Shauna et de Marni sont tirés de *Léda et le Cygne* de William Butler Yeats. Ceux de Jeanette et de Susan sont extraits d'un poème de William Wordsworth, *Elle était une vision délicieuse*. Notre tueur connaît ses classiques.

Grimes se gratta la tête.

— Toi aussi, apparemment. Mais qu'est-ce que ça signifie ?

— C'est ça le problème. Ça peut signifier quelque chose de différent pour chaque lecteur. Ce qui m'inquiète le plus, c'est cette strophe laissée dans la boîte à gants de Marni… *De la sorte saisie, domptée ainsi par le sang brut des airs… Avant qu'indifférent le bec l'eût laissée choir ?* Quand il a commencé… avec Susan et Jeanette, puis avec Jessica… il a été méticuleux. Il a pris son temps, il les a filées, il les a séduites. Maintenant, on dirait qu'il accélère… Là, il va trop vite pour s'impliquer émotionnellement. Ses victimes ne sont plus pour lui que des moyens de réaliser son but, ce ne sont plus des objets dignes d'être adorés et désirés. Et s'il devient indifférent à leur malheur, alors on va assister à une escalade de la violence de sa part. *Léda et le Cygne* est généralement considéré comme un poème sur le viol, une métaphore bestiale. La strophe qu'il a laissée après l'enlèvement de Marni parle de « sang ». Je ne serais pas surpris s'il lui infligeait d'atroces brutalités, beaucoup plus atroces que ce qu'il a fait aux autres filles. Mais ce n'est qu'une hypothèse, Jerry.

Les mains de Grimes étaient enfoncées au plus profond de ses poches, sa tête était courbée.

— Je n'aurais pas pu déduire tout ça. Je n'ai jamais été très bon en littérature, à l'école.

Baldwin inspira.

— Je crois qu'on ferait mieux de prendre un peu de recul. Le temps que tu te ressaisisses. Et que je réfléchisse à fond à tout ça.

15.

Il consulta sa montre. Le moment était venu. Il était assis silencieusement dans sa voiture sur l'aire de repos, en attendant le bon moment. La circulation sur l'autoroute était presque nulle. Il restait deux heures avant les lumières de l'aube. Il avait conduit toute la nuit et il avait atteint sa destination à l'heure prévue. Juste assez de temps devant lui pour faire une pause et réfléchir quelques instants. C'était parfait. Tout était parfait.

Il regarda par-dessus son épaule vers le siège arrière. Des yeux bruns lumineux le fixaient. Elle n'était pas effrayée. Pas celle-là. C'était une battante. « On verra bien sa réaction quand elle subira mon étreinte, quand elle sentira la vie l'abandonner, souffle par souffle. » Il sentit son membre durcir et se passa la langue sur les lèvres.

Une demi-heure plus tard, les yeux hostiles ne luisaient plus, le regard farouche ne lui transperçait plus le cerveau. Il enclencha la première et se mit à filer, silencieux comme un requin, sur la bretelle d'accès à l'autoroute.

16.

Taylor traversa le parking brûlant du Centre de justice criminelle de Nashville, en songeant à ce qu'elle allait faire de sa journée. Elle mit ses mains en visière, face au soleil, pour contempler ce bâtiment où elle se sentait chez elle. Le CJC était un petit immeuble sans charme qui hébergeait les principaux services de police de Nashville. Lors de la dernière restructuration des services, certains bureaux avaient dû être transférés dans d'autres locaux. Le nouveau patron avait aboli la division en cinq services sectoriels et il n'en restait que trois : Sud, Ouest et Nord. Des inspecteurs qui dépendaient précédemment de services spécialisés, comme celui des homicides ou celui des vols, travaillaient à présent dans des commissariats de quartier. Ceux qui étaient restés à la brigade des homicides avaient obtenu de demeurer au CJC pour enquêter sur les cas les plus difficiles. S'il n'y avait pas de suspect ou pas d'indices, ou si l'enquête s'avérait ardue, l'enquête était confiée à Taylor et à ses subordonnés. Cela signifiait moins de travail de routine pour eux. Les autres inspecteurs avaient été dispersés dans la région et expédiaient les affaires courantes, remplissant des fonctions de base.

Le rythme des crimes de l'Etrangleur du Sud s'emballait et les médias donnaient de la voix, exigeant des progrès dans l'enquête. Les chaînes d'info s'étaient emparées du sujet et entretenaient la panique, informant les téléspectateurs toutes les demi-heures des développements de l'enquête, soulignant les échecs de la police dans les cinq Etats où avaient eu lieu les meurtres. Jessica Porter était à la morgue de Nashville et les parents de Shauna Davidson imploraient les autorités de leur restituer le corps de leur fille. Cet aspect des choses échappait complètement à Taylor. Le FBI coopérait pleinement avec les polices locales mais, dans le fond, il avait fait main basse sur le dossier. Elle laissait Price se débrouiller avec la dimension politique de l'affaire et les problèmes juridiques qu'elle posait. Personne ne pouvait nier que le FBI disposait de meilleurs labos et de tous les moyens nécessaires ; au moins le travail de la police scientifique serait-il ainsi accompli avec plus de promptitude et d'efficacité.

Elle gravit les marches de l'escalier de service, évitant l'énorme cendrier qui trônait sur le palier. Elle ressentit une brève envie d'en griller une, mais se contrôla et glissa sa carte d'accès dans la fente du boîtier. La porte s'ouvrit en grinçant et elle pénétra dans le hall d'entrée aux murs ternes, en foula le linoléum. Suivant la flèche verte, elle se dirigea vers le bureau des homicides.

L'ambiance était calme, ce matin-là. D'abord parce que la plupart des briefings hebdomadaires avaient lieu au même moment, ce qui signifiait que tous les pontes étaient en réunion. Elle se demanda brièvement si quelqu'un avait appris la mésaventure de Betsy, mais décida de ne pas y penser. Ce n'était pas son boulot de s'en préoccuper. Son boulot consistait à étudier le dossier du Violeur de la Pluie.

En atteignant le bureau des homicides, elle ressentit une

pointe d'amertume à l'encontre de Baldwin qui lui avait soufflé son meurtre le plus intéressant depuis des semaines — encore une grosse affaire qui était passée dans les mains du FBI. Elle en admettait la nécessité mais ne pouvait s'empêcher d'éprouver de la déception. D'ailleurs, enquêter sur un violeur en série était loin d'être méprisable. Au contraire, le Violeur de la Pluie s'étant montré insaisissable depuis tant d'années, elle était heureuse d'avoir l'occasion de consulter son dossier, d'y dénicher peut-être quelque indice qui aurait échappé aux autres enquêteurs.

Mais elle regretta un instant de ne pas être sur la route en train de traquer l'Etrangleur du Sud.

Elle traversa le bureau des homicides, plein à craquer d'objets divers. Même si plusieurs inspecteurs de la brigade avaient été mutés dans d'autres services, ils avaient laissé derrière eux tout un bric-à-brac. Il restait seize minuscules postes de travail que les ouvriers chargés de la rénovation des locaux avaient commencé à démonter, pour réaménager l'espace disponible. Une fois les travaux achevés, il ne devait subsister qu'une dizaine de postes de travail, ce qui devait procurer aux inspecteurs davantage d'intimité et une meilleure ergonomie. Mais Taylor avait hâte que se termine ce chantier.

Avec la restructuration, Taylor était montée en grade. Elle avait récupéré le bureau du capitaine Price, lequel avait hérité d'un nouveau local au deuxième étage où il avait rejoint le reste de l'encadrement. La table de travail et les fauteuils du capitaine — et, plus important, la porte qui la séparait de ses subordonnés — étaient à présent siens. Elle avait proposé à Fitz de partager ce privilège, d'occuper ce bureau quand elle n'y était pas, mais il avait repoussé l'offre. Il tenait à être au plus près de l'équipe. Même si elle n'était qu'à quelques petits mètres de celle-ci, elle comprenait les raisons du refus de Fitz. La séparation était palpable, et Taylor mettait du temps à s'y habituer. Il lui arrivait encore de sursauter lorsqu'on frappait à la porte, qu'elle ne fermait que rarement — elle aurait préféré partager la promiscuité de ses hommes.

Le local principal de la brigade, habituellement très animé, était silencieux et paisible. Elle savait que deux de ses inspecteurs, Marcus Wade et Lincoln Ross, étaient en train de déposer devant le tribunal ce matin-là. Elle avait renvoyé Fitz chez lui afin qu'il se repose un peu. Les autres membres de l'équipe de nuit avaient regagné leur logis. Elle était seule sur place.

Taylor avait l'habitude des heures de solitude, elle les appréciait, même. Depuis sa rencontre avec Baldwin, cette disposition d'esprit était néanmoins en train de changer. Il passait une bonne partie de son temps à travailler chez elle. Son transfert à Nashville en tant que profileur lui permettait d'écourter ses déplacements et de fixer son propre emploi du temps, de participer à des enquêtes qui l'intéressaient. Si une grosse affaire survenait, comme celle de l'Etrangleur du Sud, c'est à lui qu'on faisait appel. Il demeurait le principal psychologue du FBI, même s'il ne travaillait plus qu'à temps partiel.

Ils ne vivaient pas officiellement ensemble, mais Baldwin avait envahi le petit bureau du domicile de Taylor, et elle était secrètement contente du fouillis qui en résultait. Elle avait l'impression d'appartenir à quelqu'un pour la première fois — et si cela entraînait un peu de désordre, eh bien tant pis. Il semait également la pagaille dans la cuisine, mais elle lui pardonnait volontiers tant qu'il lui faisait de bons petits plats pour le dîner. Nombreuses étaient les nuits où elle rentrait épuisée du travail et peu disposée à accomplir cet effort supplémentaire.

Depuis « l'accident », comme elle se plaisait à nommer sa mésaventure — c'était moins dramatique que de dire : « la fois où je me suis fait égorger » —, elle se sentait plus fatiguée qu'auparavant. Les médecins trouvaient cela normal. Le coup de couteau avait atteint une artère et elle avait perdu une grande quantité de sang. « Vous avez failli y passer, avaient-ils affirmé. Vous devriez vous reposer un bon moment. Le corps met du temps à se rétablir après un tel choc. » Sa voix n'était redevenue normale qu'au bout de trois mois. Elle avait toujours été rauque et, depuis l'accident, elle était carrément éraillée, ce que Baldwin adorait. Il la taquinait en lui affirmant qu'elle ferait une excellente animatrice de radio en nocturne ou une spécialiste du téléphone rose. Elle ignorait ses moqueries et suivait assidûment des séances de rééducation vocale. Au début de sa convalescence, les médecins estimaient qu'elle ne pourrait plus jamais parler, mais elle les avait stupéfaits en coassant trois jours après son opération du larynx. En s'appliquant, elle était redevenue elle-même et se sentait chaque jour un peu plus robuste.

D'avoir frôlé la mort avait cimenté sa relation avec Baldwin d'une manière étonnante. Pendant longtemps, Taylor avait craint qu'il ne reste avec elle que par pitié. A présent, elle savait qu'il n'en était rien.

Souriant à cette pensée, elle emprunta le couloir qui menait au bureau des agressions sexuelles. La pièce n'était pas vide, mais les quelques policiers présents semblaient préoccupés.

Elle savait que Brian Post avait dit à tout le monde que Betsy avait eu un accident de voiture et se trouvait à l'hôpital. C'était l'explication la plus plausible à son absence et cela expliquerait ses blessures. Il avait prévenu ses collègues que le lieutenant Taylor Jackson, de la brigade des homicides, allait reprendre le dossier du Violeur de la Pluie, pendant que Betsy était en arrêt de travail. Lorsqu'elle pénétra dans le bureau, elle fut accueillie par quelques gestes amicaux. Rendant leurs saluts aux collègues, elle se dirigea vers le bureau de Betsy, où une bonne âme avait rassemblé les pièces du dossier, attachées avec un élastique et prêtes à être emportées.

Elle s'en empara et fila avant que quelqu'un n'essaie d'engager une conversation à ce sujet. En revenant à son propre bureau, elle put constater que les couloirs se remplissaient d'hommes et de femmes en uniforme ou en civil qui allaient en petits groupes reprendre leur service. La vie revenait dans l'immeuble. Elle soupira. La douce tranquillité des premiers instants de la matinée était passée.

Elle entra dans son bureau, alluma la lumière et referma la porte derrière elle. Elle avait besoin d'un peu d'intimité pour étudier ces documents. Sept femmes agressées, sans compter Betsy. Même si elles n'avaient pas subi de dommages physiques, elles étaient traumatisées à vie. Taylor entendait les aider à se reconstruire.

Elle s'assit à sa table de travail, inspira profondément et ouvrit le rapport de synthèse. Un résumé aseptisé — pas de conclusions, juste les faits. Elle se mit à lire et se perdit bientôt dans la masse des différents rapports.

*
* *

Taylor sursauta lorsqu'elle entendit frapper à la porte. Elle plaça une feuille par-dessus le dossier ouvert, au cas où ce serait une personne à qui elle ne faisait pas confiance, avant de crier :

— Entrez !

La porte s'ouvrit, laissant le passage à Lincoln Ross dont les larges épaules et le costume Armani emplissaient l'embrasure de la porte. Lincoln, qui se souciait beaucoup de son élégance vestimentaire, s'habillait avec sobriété et bon goût. C'était surtout l'un des meilleurs spécialistes en informatique de la police. Il pouvait retrouver la plus infime trace d'un passage dans le cyberespace. Il lui adressa un large sourire, creusant les rides qui parsemaient sa peau café au lait.

— Vous travaillez sur quoi, lieutenant ?

— Une nouvelle… Non, en fait une vieille affaire, mais nouvelle pour nous, qu'on vient de nous refiler. Où est Marcus ?

— Il est allé chercher un soda, il arrive. C'est quoi, cette affaire ?

— Attendons qu'il soit là, je n'ai pas envie de me répéter. Ça s'est bien passé, au tribunal ?

— Très bien. On a ruiné sa défense, à ce salaud. Il ne pourra plus jamais pratiquer, sauf en prison.

Lincoln et Marcus avaient enquêté pendant deux mois sur la mort prétendument accidentelle d'une habitante du quartier huppé de Belle Meade. L'instinct leur avait soufflé que c'était un meurtre, alors qu'une mise en scène pouvait faire croire, de manière très convaincante, à un suicide. Ils avaient eu raison. Le mari de la victime avait versé un cocktail mortel à base de cyanure dans l'apéritif de sa moitié avant de lui placer un pistolet dans la main et d'appuyer sur la détente. Lincoln avait découvert la vérité avant les médecins légistes en récupérant un brouillon du prétendu mot d'adieu de la victime qui avait été effacé du disque dur de l'ordinateur du mari.

Lincoln était encore sur un nuage.

— Il a été condamné pour meurtre avec préméditation. Ces pauvres jurés sont restés enfermés là-dedans pendant deux semaines, mais ils n'ont pas traîné, ce matin, pour rendre leur verdict.

Taylor le remercia d'un hochement de tête.

— C'est du bon boulot. Salut, Marcus.

Marcus Wade venait de faire son entrée dans le bureau, fier comme un chat qui vient d'occire un canari.

— Vous avez l'air content de vous, ce matin, dit-elle en souriant.

Marcus était un jeune et beau garçon qui n'était jamais aussi heureux que lorsqu'il arrêtait les malfaiteurs. Il y avait tant de flics qui s'en fichaient, qui se souciaient seulement de clore un dossier. Marcus et Lincoln étaient fiers de leurs capacités, et Taylor était contente d'avoir de tels adjoints, ce qui les motivait d'autant plus.

— Je suis tout simplement le meilleur policier du monde, se vanta-t-il. Après vous, bien sûr, lieutenant.

Il cligna de l'œil et elle lui envoya un baiser. Lincoln toussa en se couvrant la bouche, mais Taylor crut l'entendre dire en même temps : « Quelles conneries… »

— Vous avez raison, vous êtes fantastique. Vous aussi, Linc. Fermez la porte et installez-vous.

Ils la regardèrent d'un air perplexe mais obéirent. Ils s'assirent dans les fauteuils au confort douteux qui faisaient face à la table de travail. Lincoln repoussa la porte d'un coup de pied. A trois dans une si petite pièce fermée, ils auraient pu avoir l'impression d'être dans une cellule plutôt que dans un bureau. Même s'ils étaient à l'abri des oreilles indiscrètes, l'endroit était vraiment minuscule.

— On va travailler sur une nouvelle affaire. Vous avez entendu parler du Violeur de la Pluie ?

Lincoln écarquilla les yeux.

— Le pervers ? Il a tué quelqu'un ?

— Non, il n'a tué personne. Mais il a violé Betsy Garrison la nuit dernière.

Elle leur laissa le temps de digérer la nouvelle. Lincoln ouvrit la bouche puis la referma en secouant fugitivement la tête. Marcus prit la parole le premier.

— Je pense que vous voulez que ça ne s'ébruite pas ?

— Bien vu, jeune homme. Il faut absolument passer le nom de Betsy sous silence. Elle ne veut pas que les collègues de sa brigade sachent qu'elle a été violée. Elle a été sévèrement brutalisée aussi, et Brian répand le bruit qu'elle a eu un accident de voiture. Dieu merci, elle n'est pas traumatisée par le viol. Je suis allée la voir à l'hôpital et elle a l'air de tenir le coup. Mieux que moi, si ça m'était arrivé.

— Est-ce qu'elle a parlé d'indices qui pourraient nous être utiles ?

Marcus s'était déjà mis en mode « enquêteur ».

— Je suis allée avec Fitz faire les constatations d'usage sur les lieux du crime. Mais on n'a rien trouvé d'intéressant. Il y avait une empreinte sur la porte de derrière, et on va la comparer avec d'autres empreintes relevées à la suite de ses précédents viols. Il y a de bonnes et de mauvaises nouvelles, de ce côté-là. La police scientifique dispose de traces d'ADN retrouvées après chacun des viols. Elle n'en a pas fait part publiquement, ni aux services de police, pour éviter les fuites tant que le Bureau d'investigation du Tennessee n'a pas obtenu les résultats d'analyse du CODIS. On a trouvé de l'ADN sur Betsy, et du spermicide qui correspond à la marque de préservatifs dont le violeur se sert. On a la corde aussi, mais c'est une marque courante, la même qu'il utilise depuis le début.

» Voilà ce que j'attends de vous : vous allez vous pencher sur cette agression comme si c'était la première. On n'a pas d'indices, pas de pistes. Je vous demande simplement de trouver son identité. Commencez par lire ça. »

Elle leur tendit à chacun une copie du rapport de synthèse.

Alors que les indices le concernant étaient maigres, le Violeur de la Pluie usait d'un mode opératoire extrêmement original. Il ne violait que pendant les mois qui se terminaient en « é » — janvier, février, mai et juillet. Il ne passait à l'action que lorsqu'il pleuvait, parfois pendant de violents orages. Chacune de ses agressions avait eu lieu le troisième jeudi du mois. Et il n'avait commis que deux viols par an. Il avait frappé deux fois en 2000, 2002 et 2004.

— Et voilà le nom et l'adresse de sa dernière victime. Elle pense avoir une idée de son identité.

— Vous plaisantez ? dirent-ils en chœur.

— Non, c'est sérieux. Betsy l'a interrogée après le viol. Elle m'a dit que cette victime avait de fortes réticences à revivre l'agression et qu'elle avait eu du mal à en tirer des informations valables. Le problème, c'est qu'elle est incapable d'identifier son agresseur précisément. Elle ne connaît pas son nom, ne se rappelle pas l'endroit où elle l'a croisé. Elle a juste une vague impression de familiarité. Allez lui parler et essayez de lui rafraîchir la mémoire.

Marcus était en train de lire le rapport de synthèse.

— Il y a deux ou trois détails qui clochent là-dedans. D'abord, le viol n'a pas été commis un jeudi. Il faut attendre les résultats des analyses ADN. Taylor, vous êtes sûre qu'on n'a pas affaire à un imitateur ?

— Je ne suis sûre de rien. Betsy avait l'air d'être certaine que c'était bien le Violeur de la Pluie. Mais vous avez raison de poser la question. Quand vous aurez ses empreintes, vous saurez ce qu'il en est. Il arrive que les criminels changent d'habitudes. Basez-vous sur les indices, ça vous évitera de vous égarer sur de fausses pistes.

— D'accord, lieutenant. On vous tiendra au courant.

Marcus se leva et s'étira.

— Ouais, ne vous en faites pas, chef. On s'en occupe.

Lincoln adressa un sourire en coin à Taylor et ils sortirent du bureau en parlant de la manière dont ils allaient procéder dans cette enquête.

« Bon, se dit-elle, voilà une chose de faite. » Ce qui était bien avec son nouveau poste, c'est qu'elle donnait des ordres. Elle sourit à cette pensée. En fait, elle avait l'intention de joindre au plus vite ses efforts aux leurs. Mais elle avait quelque chose d'important à faire au préalable.

Elle décrocha le téléphone et composa le numéro de son médecin. La batterie de tests et le contrôle médical permanent, si pénible, étaient derrière elle. Mais certains des médicaments qu'on lui avait prescrits après son accident avaient provoqué des dégâts hépatiques ; et les médecins, les ayant supprimés du traitement postopératoire, avaient insisté pour vérifier par des analyses mensuelles le bon fonctionnement de son foie. Une voix enjouée lui répondit :

— Cabinet du Dr Gregory, je peux vous aider ?

— Shelby, Taylor Jackson à l'appareil. Je voudrais avoir les résultats de mes tests.

La jovialité de son interlocutrice monta d'un cran.

— Ah, Taylor ! Salut ! Le Dr Gregory allait vous appeler. Attendez une seconde, je vais lui demander de vous prendre sur sa ligne.

Taylor fixa une trace d'humidité dans un coin du plafond. Il était temps qu'elle appelle le service de la maintenance pour faire remplacer une tuile manquante. Cette tache brunâtre l'agaçait prodigieusement. Alors qu'elle tripotait un crayon, la voix de baryton du Dr Gregory se fit entendre dans l'écouteur.

— Comment va ma fliquette préférée ?

— Je vais très bien, docteur. Annoncez-moi une bonne nouvelle : dites-moi que je n'aurai plus besoin de vos services.

Le médecin resta silencieux pendant une seconde ou deux, puis se racla la gorge. Le cœur de Taylor chavira. Et merde, elle s'était pliée à tout ce que la faculté lui avait prescrit, et elle se sentait en pleine forme. Enfin, dans la meilleure forme possible après un tel choc.

— Je vous en prie, docteur Gregory, je croyais que tout était réglé.

Elle capta le ton gémissant de sa voix et se redressa sur

sa chaise. Elle avait eu l'impression de parler comme une adolescente irascible.

— Ce n'est pas ça, Taylor. Votre foie fonctionne de nouveau très bien. Vous vous sentez bien, sinon ?

— Eh bien, oui. Un peu fatiguée peut-être, mais ce n'est pas nouveau.

Il lâcha un petit rire dans l'émetteur.

— Eh bien, ma chère, vous allez sans doute vous sentir fatiguée pendant un petit moment, encore.

Et pendant qu'il précisait son propos, Taylor sentit le monde vaciller autour d'elle.

17.

Un rayon de soleil pénétrait subrepticement dans la pièce, éclairant le petit espace où Whitney Connolly travaillait sur son ordinateur. Elle avait fait une entorse à ses habitudes ce matin-là. Elle avait parcouru ses nouveaux courriels mais ne leur avait pas répondu. Le seul qui comptait, le seul qu'elle avait ouvert venait de son mystérieux ami au compte Yahoo impossible à localiser. Le message était simple.

> De la sorte saisie,
> Domptée ainsi par le sang brut des airs,
> Prit-elle au moins sa science avec sa force
> Avant qu'indifférent le bec l'eût laissée choir ?

Il n'y avait pas de post-scriptum. Elle n'avait plus besoin de post-scriptum, à présent. Elle était contente de voir qu'il avait compris qu'elle n'en avait plus besoin pour établir le rapport entre les messages et les meurtres. Elle ne voyait pas comment il l'avait compris, mais cela n'avait aucune importance.

Après avoir lu le message et sachant ce qui avait dû se passer, Whitney se mit au travail. Une autre fille était morte. Whitney faisait donc des recherches. Comme tout bon journaliste l'aurait fait, n'est-ce pas ? Si ces messages émanaient bien de l'Etrangleur du Sud, sa première tâche consistait à rassembler des éléments contextuels. Il lui fallait recenser ces diverses données, comme un flic l'aurait fait. Bien préparer son coup, examiner les tenants et les aboutissants... De façon à ce que lorsqu'elle révélerait toute l'histoire et publierait sa première interview du tueur, tout soit bien en place. Pourquoi lui envoyait-il ces messages, sinon parce qu'il avait l'intention de se confier à elle ?

Elle parcourait le cyberespace, les doigts pianotant à tout-va sur le clavier. Elle choisit de visiter le site internet, très riche en informations, que Court TV consacrait aux tueurs en série. Ayant soumis les uns après les autres les critères de recherche, elle n'avait plus qu'à attendre que la machine sorte des réponses. L'objet de sa recherche portait sur des cas connus de tueurs en série ayant laissé des poèmes sur les lieux de leurs crimes.

Elle s'arrêta une seconde. Les médias n'avaient rien dit des poèmes. Elle pensait pourtant qu'ils avaient été trouvés sur les lieux des crimes. Du moins, c'était ce que sa source en Louisiane lui avait assuré. Le poème avait été découvert là-bas, dans le sac de sport de Jeanette Lernier, mais personne n'avait pensé que ça pouvait constituer un indice. Elle avait appris, de la même source, que les gens du FBI disposaient à présent de tous les poèmes et qu'ils avaient fait le rapprochement avec les crimes. Cela signifiait simplement qu'elle devait travailler plus vite, plus intensément.

Shauna Davidson avait été retrouvée en Géorgie, mais la scène du crime se trouvait à Nashville. Whitney donna un coup de fil pour tenter d'obtenir confirmation de ce qu'il y avait bien un poème du tueur dans les effets personnels de Shauna, mais elle se heurta à un mur. Personne ne voulait lui parler. Cela en soi confirmait l'importance de l'indice — elle était très proche de sa source dans la police de Nashville et, comme même ce grand bavard ne voulait rien lui dire, elle en déduisait que les enquêteurs tenaient une piste sérieuse.

Elle revint à son ordinateur. Les résultats de sa recherche étaient divers et variés — apparemment, les tueurs étaient nombreux à apprécier la poésie. Certains en écrivaient eux-mêmes, d'autres recopiaient des poèmes de leur choix. D'autres encore mêlaient des fragments de poèmes connus à leurs propres œuvres. Elle plaça un signet dans un article sur le tueur de Whichita, au fin fond du Kansas, pour faire bonne mesure. Peut-être que certains détails sur ce tueur en série, appartenant à la catégorie « ligoter, torturer et tuer », lui seraient-ils utiles pour en savoir plus sur l'Etrangleur du Sud.

Elle se cala dans sa chaise et réfléchit pendant un moment. Elle pouvait au moins déterminer, grâce à internet, si les poèmes étaient des originaux ou des copies. Elle lança Google et saisit dans la fenêtre du moteur de recherche l'un des vers du poème trouvé chez Susan Palmer. *Une femme parfaite, noblement disposée*... Bingo!

Apparemment, cet Etrangleur du Sud n'était pas un créatif, après tout. Le poème avait été écrit par William Wordsworth. Il avait été consulté 4 950 fois, selon le moteur de recherche. La strophe était tirée d'un poème intitulé *Elle était une vision délicieuse*. Quel sens de l'à-propos...

Whitney sentait qu'elle était sur la bonne piste. Elle procéda de même pour le poème de Jeanette Lernier. *Un être ne goûtant guère les nourritures*... Incroyable! Cette phrase avait 304 000 occurrences. Elle fit apparaître le poème et se rendit compte que les deux strophes étaient tirées du même poème. Elle l'imprima, arracha la feuille de papier aussitôt sortie de la machine et se mit à lire à haute voix :

— « Elle était une vision délicieuse
Quand je la vis briller pour la première fois :
Une apparition merveilleuse,
L'ornement d'un moment,
Ses yeux étaient étoiles au crépuscule
Et ses sombres cheveux de crépuscule aussi.
Mais tout le reste en elle
Evoquait le printemps et l'aube allègre ;
Une silhouette dansante, une image de joie,
A vous hanter, bouleversante et saisissante.

Je la vis de plus près et découvris
Un esprit, et pourtant femme !
En sa maison, libre et gracieuse
Marchant d'un pas libre, indompté ;
Un regard où se lisaient de doux souvenirs
Et des promesses tout aussi douces ;
Un être ne goûtant guère les nourritures
Ordinaires de la nature humaine :
Les chagrins éphémères et les artifices grossiers,
L'éloge et le blâme, l'amour et les baisers, les pleurs et les sourires.

Et maintenant je vois d'un œil serein
Les battements mêmes de son cœur ;
Un être exhalant la pensée,
Une voyageuse entre vie et trépas ;
La raison ferme, la volonté tempérée,
L'endurance, la perspicacité, la force et le talent ;

Une femme parfaite, noblement disposée
A prévenir, consoler et commander ;
Et pourtant pleine d'esprit, brillante
Avec une sorte de lumière angélique. »

Quand elle eut fini, elle se mit à réfléchir et passa un long moment à se creuser la tête. Quelque chose clochait. En le relisant, elle s'aperçut qu'elle ne voyait pas les vers du dernier poème qu'elle avait reçu. Elle recommença sa recherche. L'auteur du fragment de poème était William Butler Yeats. Elle l'imprima à son tour et se mit à lire à haute voix :

— « Léda et le cygne

Un bruit soudain : un grand battement d'ailes
Au-dessus de la fille chancelante, lui caressant les cuisses
Entre ses pieds palmés, la nuque dans son bec,
Impuissante il la tient, fragile contre sa gorge.

Comment ces vagues doigts terrifiés pourraient-ils
Des cuisses affaiblies repousser tant de gloire ?
Comment un corps, sous cette ruée blanche,
Ne sentirait-il pas battre l'étrange cœur ?

Un frisson dans les reins engendre là
Le mur brisé, la tour et la voûte qui brûlent
Et Agamemnon mort.

De la sorte saisie,
Domptée ainsi par le sang brut des airs,
Prit-elle au moins sa science avec sa force
Avant qu'indifférent le bec l'eût laissée choir ? »

Et ce poème couvrait les cas de Jessica Porter, Shauna Davidson et de la dernière disparue en date, qui restait encore à être retrouvée mais qui était très probablement déjà morte, Marni Fischer. « Mince, quel langage imagé ! » s'étonna-t-elle. Mais Whitney n'était pas experte en littérature.

Elle revint à sa table de travail et se cala dans le cuir souple de son fauteuil qui grinça sous son poids. Non, Whitney n'était pas une spécialiste de la poésie. Sa sœur jumelle Quinn, en revanche, s'y connaissait bien. Sa vraie jumelle, son double. Ashley Quinn Connolly Buckley, pour être précis. Mariée à Jonathan, dit Jake, Buckley III. Elle était la parfaite maîtresse de maison de Belle Meade. Une dame de charité exemplaire. Mère de deux des plus adorables enfants du monde, les jumeaux Jillian et Jake Junior.

Whitney sentit une brève pointe de remords lui percer le cœur. Cela faisait deux semaines qu'elle n'avait pas appelé ses neveux. Elle avait beau essayer de garder ses distances avec sa sœur, elle ne s'en intéressait pas moins aux jumeaux. Quinn n'aurait pas pu être plus différente de Whitney. On le leur avait toujours dit et répété, tout au long de leur enfance et plus encore pendant leur adolescence. C'est à ce moment-là qu'elles avaient vraiment trouvé leur identité propre.

Leur mère les avait toujours appelées par leurs doubles prénoms, en leur parlant et en parlant d'elles. « Sarah Whitney et Ashley Quinn sont allées à l'école aujourd'hui. Sarah Whitney et Ashley Quinn vont en colonie de vacances, cet été. Sarah Whitney et Ashley Quinn, venez ici immédiatement. » Sarah Whitney avait fini par se rebeller, demandant avec insistance qu'on l'appelle tout simplement Whitney. Ashley Quinn s'y était mise et avait obtenu qu'on ne la désigne plus que sous le nom, peu courant, de Quinn. Il avait fallu plusieurs mois de dispute, mais les filles avaient fini par l'emporter. Elles étaient devenues Whitney et Quinn : dès lors leurs personnalités commencèrent à diverger.

Une pensée menant à l'autre, Whitney se souvint qu'elle n'avait pas eu de nouvelles de son petit frère depuis longtemps. Reese Connolly gravitait si loin de la sphère d'activité de Whitney qu'elle en oubliait jusqu'à son existence. Elle avait toujours préféré qu'il en soit ainsi. Pourquoi les familles seraient-elles forcément unies ?

Pour surmonter ce moment de trouble, Whitney ouvrit son réfrigérateur en Inox et en sortit une canette de Red Bull sans sucre. Le café et les sodas à la caféine, tel était le secret de sa silhouette. C'est ce qu'elle nommait en blaguant le régime mannequin. En ouvrant la canette, elle resta un instant face à l'évier, regardant par la fenêtre de la cuisine l'immense bouleau qui se dressait dans son jardin. Un cardinal rouge s'était installé sur la mangeoire à oiseaux et gazouillait en picorant son petit déjeuner. Deux écureuils jouaient à se pourchasser de branche en branche et la brise faisait frissonner le feuillage. La vigne vierge qui étouffait les petits cris des écureuils lui rappelait son enfance.

Whitney ne s'était jamais vraiment remise de la mort de ses parents. En un instant, tout le confort et la stabilité qu'elle avait connus s'étaient évaporés. Les Connolly revenaient d'une soirée au théâtre, empruntant un trajet qu'ils connaissaient par cœur. Une collision brutale, provoquée par un conducteur ivre, vint ravir à leurs proches ces deux personnes énergiques et pleines de vie qui s'aimaient tendrement. Même si cela s'était passé huit ans auparavant, le temps n'avait pas atténué chez Whitney la sensation de perte qu'elle avait éprouvée.

La paix précaire que les parents étaient parvenus à maintenir entre leurs rejetons n'avait pas duré. Les trois enfants s'étaient partagé la fortune de leurs parents, mais le fossé qui les séparait n'avait cessé de s'élargir.

Whitney resta célibataire, se livrant entièrement à son métier, construisant sa carrière. Il revint à Quinn de materner leur frère cadet, Reese, de l'accompagner tout au long de sa dernière année de lycée puis de l'aider à s'installer à l'université Vanderbilt de Nashville. Quinn avait rencontré Jake Buckley entre-temps et était follement éprise de lui, mais Jake avait une bonne nature. Attendre que Reese quitte le foyer pour épouser Quinn ne le rebutait pas. L'argent de Quinn allait lui permettre de consolider sa place au soleil.

A l'évocation importune de Reese, Whitney sentit son estomac se serrer. Même après tant d'années, elle le rejetait encore. Reese avait toujours été un enfant doué, pourvu de talents que Whitney savait qu'elle n'aurait jamais. Il était d'une intelligence exceptionnelle et d'une grande culture. Il avait été accepté à Vanderbilt à quinze ans et avait obtenu sa licence en deux ans seulement, avant de se lancer dans des études de médecine. A présent, Reese achevait sa dernière année de spécialisation en psychiatrie.

Whitney songea à la dernière fois qu'elle l'avait vu. Ils s'étaient rencontrés par hasard chez Quinn. Il avait annoncé son départ pour un coin paumé d'Amérique du Sud afin d'y travailler avec une ONG se consacrant à aider les pauvres. Ce garçon avait de bien nobles aspirations. En apprenant cela, Quinn avait paru émue jusqu'aux larmes, s'extasiant à n'en plus finir : quelle magnifique occasion pour lui, il est si jeune, et patati et patata… Certaines rancœurs durent toute la vie,

Whitney le savait mieux que quiconque. Quinn comprenait. Elle n'approuvait pas, elle comprenait, voilà tout.

Whitney se dit qu'il fallait peut-être appeler sa sœur. Elle consulta la pendule. A cette heure, Quinn avait certainement déjà accompagné les jumeaux à l'école, fini sa partie de tennis ou toute autre activité que sa fortune lui permettait de s'offrir en guise de passe-temps.

Après un dernier coup d'œil au grand bouleau, Whitney cessa de penser au passé.

Elle décrocha le téléphone et composa nerveusement le numéro de portable de sa sœur. Elle tomba sur la messagerie, entendit Quinn prier ses correspondants, avec son accent du Sud parfaitement cultivé, de laisser un message. Whitney raccrocha sans rien dire, immédiatement soulagée. Elle rappellerait plus tard.

Jetant au passage la canette vide dans l'évier, elle revint dans son bureau. Elle poussa son fauteuil vers sa table de travail et sortit son dossier sur l'Etrangleur du Sud. Elle avait encore pas mal de recherches à faire sur le contexte de l'affaire. Elle formulait des hypothèses sur les caractéristiques du meurtier, se servant des notes sur les tueurs en série qu'elle avait accumulées au fil des ans.

Elle travailla calmement, laissant le temps filer. En refermant son dossier, elle s'étira et fut prise d'une soudaine envie de descendre au Starbucks pour boire un café. Elle demandait toujours des bons d'achat Starbucks en guise de cadeau, elle était accro à leur espresso. Elle se rendit dans le salon, ramassa son sac à main lorsqu'elle aperçut quelque chose sur l'écran du téléviseur qui retint son attention.

Une bande rouge défilait, annonçant une nouvelle de dernière minute : on avait retrouvé le corps de Marni Fischer.

Elle s'assit et augmenta le volume. Le présentateur relatait sur un ton dramatique que le cadavre avait été découvert près de l'autoroute 81 à Roanoke, en Virginie. Roanoke. Une vague réminiscence vint titiller l'esprit de Whitney. Elle retourna dans son bureau et sortit une nouvelle fois son dossier sur l'Etrangleur, lisant le nom des villes où le tueur avait fait étape.

« Huntsville, Baton Rouge, Jackson, Nashville, Noble, Roanoke. Huntsville, Baton Rouge, Jackson, Nashville, Noble, Roanoke… »

Son cœur se mit à battre un peu plus vite. Les mains tremblantes, elle posa sur la table les copies des poèmes qu'elle avait imprimées à partir de ses courriels. Elle les relut, haletante. Et les relut de nouveau. Puis encore une fois. C'est alors qu'elle eut une révélation. Elle savait qui était l'Etrangleur du Sud.

Elle lâcha le dossier et extirpa précipitamment son téléphone portable de son sac. Au diable le journalisme ! Et puis merde, tant pis pour le poste de présentatrice vedette à New York. Il fallait qu'elle avertisse sa sœur.

18.

Taylor se cala dans son fauteuil, les mains fouillant dans sa longue chevelure blonde. Un rayon de soleil se faufilait dans les interstices du store auquel elle tournait le dos. Les paroles du médecin rebondissaient dans son esprit comme une boule de flipper incontrôlable. Enceinte. Enceinte. Enceinte.

Elle se rejouait la conversation avec le Dr Gregory, comme si elle pouvait en modifier le dialogue ou changer le sens des mots.

— C'est impossible. Je n'ai pas de retard. Je n'ai jamais eu de retard, d'ailleurs. Et je prends la pilule. Croyez-moi, je ne suis pas du genre à oublier de la prendre. Vous devez forcément vous tromper.

— Taylor, ça arrive. Les tests qu'on a pratiqués sont très pointus. Avec cette méthode, on peut détecter les hormones de la grossesse presque immédiatement. Il faut que vous vous détendiez. Je vais vous prescrire une vitamine prénatale, et je veux que vous preniez un milligramme d'acide folique tous les jours. Pas d'alcool, bien sûr. Et je n'ai pas besoin de vous dire qu'il ne faut surtout pas fumer.

Taylor crut qu'elle allait vomir. « C'est psychosomatique », se dit-elle. Elle ne pouvait quand même pas avoir des nausées matinales simplement parce que son médecin venait de lui annoncer qu'elle était enceinte !

— Mais je vous le répète, docteur, c'est impossible… Je n'ai jamais…

— C'est tout à fait possible, et c'est ce qui est arrivé, avait-il dit doucement. Maintenant, je veux que vous preniez rendez-vous avec votre gynéco, et ce sera à elle de vous fournir davantage de précisions.

Sa voix s'était faite plus douce encore lorsqu'il avait ajouté :

— C'est une bénédiction, Taylor. Avec les blessures corporelles que vous avez subies, vous devriez sauter de joie… Avoir récupéré aussi vite, être en état d'enfanter. Tout va bien se passer, je vous le promets. Bon, je dois vous quitter maintenant… Mais on se rappelle bientôt, hein ?

Il avait raccroché juste après qu'elle avait murmuré un « d'accord… ». Elle était restée un moment les yeux rivés sur le téléphone avant de le projeter au loin comme si c'était un serpent prêt à la mordre. Merde ! Ce n'était pas qu'elle ne désirait pas avoir un enfant. Mais elle n'en voulait pas tout de suite, pas si vite. Du moins pas avant de savoir si Baldwin était branché sur ce genre de choses. Ils avaient été trop occupés à faire ce qu'il faut pour en avoir et n'avaient jamais parlé des conséquences. Les conséquences… Merde, voilà qu'elle réagissait comme une adolescente qui avait fauté. Qu'est-ce qu'elle allait faire, à présent ?

Elle ramassa son téléphone portable et composa le numéro de Baldwin. Mais dès qu'elle eut appuyé sur la touche « envoi », elle coupa le contact et reposa l'appareil sur la table de travail.

Les larmes commençaient à monter et elle se sentit encore plus misérable. En tant que trentenaire, elle aurait dû être ravie à la simple pensée d'avoir un enfant. Presque toutes les femmes qu'elle connaissait en avaient déjà fait au moins un. Et celles à qui cela n'arrivait pas faisaient tout leur possible pour y parvenir — les flacons de Clomid dans l'armoire de toilette, les prières ferventes pour que le bâtonnet tourne au rose et pour que les règles ne surviennent pas. Puis le moment de grâce quand cela advenait. Les injections quotidiennes d'Ovidrel, la femme courbée devant le miroir pour vérifier que son homme s'y prenait correctement… Les prières de nouveau, pour que la maturation du follicule ovarien produise l'œuf magique. Le thermomètre basal, les kits d'ovulation, les maris qui éjaculent dans de petits récipients en plastique, avec une lassitude et une gêne presque aussi fortes que le désir de leurs femmes de donner la vie. La fécondation *in vitro*, les ponctions sur le compte en banque — tout cela au nom de cette quête acharnée de la naissance, d'un prolongement d'elles-mêmes. La plupart de ces femmes avaient passé des années à éviter les grossesses ; et soudain, quand elles se retrouvaient dans l'incapacité d'accomplir ce qui faisait d'elles des femmes, elles ne pouvaient l'admettre et remuaient ciel et terre pour être enceintes.

Le sentiment de culpabilité de Taylor ne cessait de s'accroître. Elle, elle ne cherchait pas à être enceinte. Elle ne voulait pas être enceinte. Car enfin Baldwin et elle en étaient encore à se découvrir mutuellement. Comment une union aussi fragile survivrait-elle à la venue d'un nourrisson ? Elle n'avait jamais abordé le sujet. Leurs vies ne semblaient pas leur offrir la disponibilité nécessaire pour ce genre de projet. Pas encore.

On frappa à la porte et elle se redressa. Elle essuya hâtivement ses larmes, se racla la gorge, se recoiffa et dit :

— Entrez.

La porte s'ouvrit et la substitut Julia Page pénétra dans la pièce. Après avoir jeté un coup d'œil par-dessus son épaule, elle referma derrière elle et s'appuya contre la porte. Elle considéra Taylor d'un œil attentif.

— Mauvaises nouvelles ?

— Non, non. Pas du tout… J'étais juste en train…

Taylor haussa les épaules tandis que sa voix s'estompait. Pas besoin de se justifier. Julia ne s'intéresserait pas à ses petits malheurs.

Julia Page était l'une des substituts du procureur chargés du comté de Davidson. Maligne comme un singe et pas plus haute que trois pommes, elle ressemblait plus à un loulou de Poméranie ébouriffé qu'à la magistrate impitoyable qu'elle était. Les boucles châtaines qui encadraient son minois lui donnaient un air d'innocence et de pureté — une apparence angélique qui avait bluffé plus d'un criminel endurci. Quand les malfrats entraient dans le box des accusés, et qu'ils voyaient ses grands yeux bleus et ses lèvres gracieuses, ils pensaient n'avoir rien à craindre d'une créature aussi délicieuse et juvénile. Comme ils se trompaient !

— Tant mieux, parce que je dois te parler.

Page resta debout, les yeux fixés sur Taylor, vissée sur son fauteuil.

— Je crois qu'on a un problème, reprit-elle.

Taylor grogna. Si Julia Page prenait la peine de venir la voir pour lui exposer un « problème », cela devait être grave. Une migraine naquit derrière son œil droit. Elle fouilla dans un tiroir et en extirpa un flacon d'Excedrin, ôta le bouchon et versa trois comprimés dans sa main. Elle les porta à sa bouche et fit glisser le tout avec une gorgée de Coca Light tiède. Une pensée lui vint brutalement à l'esprit tandis qu'elle avalait l'antalgique — la caféine… Elle ne devrait sans doute pas prendre ce médicament, ni le soda. Elle repoussa cette pensée importune.

— Quel est le problème, Page ?

Page inspira profondément et cracha sa réponse :

— Terence Norton.

— Qu'est-ce que cette petite merde a encore fait ?

— Il vient de sortir libre du tribunal présidé par le juge Hamilton.

La nouvelle étonna Taylor.

— Comment ça, libre ? On l'a arrêté en flagrant délit de meurtre, il est cuit.

— Il était cuit. Le jury l'a acquitté, en quarante-cinq foutues minutes. Quarante-cinq foutues minutes, Taylor ! Toutes les preuves, tous les témoignages, rien n'y a fait. On a perdu ce procès, et c'est un vrai gâchis. Tu as entendu parler de ce meurtre à l'arme à feu qui a eu lieu dans les grands ensembles, il y a quelques jours ?

Taylor hocha la tête.

— C'est la brigade des homicides du secteur Est qui a été chargée de l'enquête. Ils ont arrêté le tireur avant la fin de la nuit.

— Eh bien, la victime devait témoigner contre Terence au procès. Il y a quelques semaines, l'homme a changé d'avis et modifié son témoignage. Il a décidé qu'il n'avait pas vu ce qu'il avait cru voir. Et a refusé de témoigner. On l'a rayé de la liste des témoins, on en avait d'autres. Pourtant, on dirait bien que c'est une exécution, juste au cas où il change d'avis de nouveau. Le meurtrier est venu d'Atlanta. Il prétend qu'il est venu à Nashville pour voir un ami qui habite dans l'appartement voisin de celui du témoin. Il dit que lui et son « ami » se sont disputés au sujet du prix d'un paquet d'héroïne, que le témoin traînait dans le coin et qu'il a été abattu par erreur. Comme par hasard... Ça arrange un peu trop les affaires de Terence, si tu veux mon avis.

— Je suis d'accord avec toi. C'est vraiment cousu de fil blanc. Alors, comme ça, Terence fait venir de la drogue d'Atlanta, maintenant ?

Page grogna.

— En ce moment, Terence se la joue caïd. Il a réussi à se tailler une vraie réputation. Tu sais qu'il se déplace en ville avec quatre gardes du corps, quand il n'est pas en taule ? Ça sent le trafic d'héroïne à plein nez. On n'a rien pour le coincer là-dessus, malheureusement.

— Alors le procès s'est terminé en eau de boudin ?

— Ouais. Ses concitoyens ont trouvé que les faits n'étaient pas établis, je cite l'un des jurés. Il est sur les marches du palais de justice, en train d'en parler aux journalistes de Channel Four. Et de toutes les télés qui veulent bien lui prêter l'oreille.

— Tu ne peux pas leur opposer une injonction de garder le silence ?

— Non. Le procès est terminé et ils sont libres de dire ce qu'ils veulent. Terence est sorti de là comme Michael Jackson, sous les acclamations de ses fans. On a un gros problème, là, Taylor. Un foutu gros problème.

Soudain vidée de son énergie, Page s'affala dans le fauteuil face à la table de travail, la tête courbée.

— On le tenait. Je n'arrive toujours pas à croire qu'ils l'ont acquitté, ce salaud. C'est la troisième fois en quelques mois. Je te le dis, on est dans la merde.

Page parlait plus bas à présent, et Taylor percevait toute la frustration qui imprégnait sa voix.

Terence Norton était un petit voyou surgi de nulle part, un gosse des cités qui avait déjà un casier judiciaire long comme le bras — agressions, cambriolages, meurtres, drogues. Il s'était fait un nom dans les milieux criminels de la ville et son prestige s'était accru à chaque nouvelle arrestation. Acquittement après acquittement, il avait pris de l'envergure et acquis une sorte d'importance au sein de la communauté noire. Il était en train de devenir une légende, ce qui en faisait une menace majeure pour Nashville. S'il était devenu assez sûr de ses arrières pour y importer de la drogue en provenance des grands centres urbains du pays, il représentait un danger jusqu'alors insoupçonné.

Taylor comprenait pourquoi Page était venue la voir. Il se trouvait que Fitz avait établi une sorte de relation privilégiée avec Terence, après que le meilleur ami de ce dernier eut été abattu par un autre voyou des cités. Fitz avait essayé de convaincre Terence d'admettre que le voyou, connu sous le nom de Petit-Mec Graft, avait tué l'ami de Terence. Tandis que l'enquête suivait son cours, Terence avait été arrêté pour avoir abattu un SDF. Quand il avait été amené dans les locaux de la police, Terence avait tout de suite demandé à parler à Fitz. Il lui avait offert de dénoncer Petit-Mec en échange d'une certaine indulgence dans son affaire de meurtre. Son témoignage avait valu à Petit-Mec une cellule dans le quartier des condamnés à mort.

Fitz avait fait mine de passer un accord avec cette petite crapule, sachant parfaitement que les policiers qui étaient intervenus après le meurtre du SDF avaient retrouvé une arme qui correspondait à la description de celle que Terence portait ce jour-là. Un relevé d'empreintes avait prouvé que Terence avait manipulé cette arme. Et les expertises balistiques avaient démontré que les balles qui avaient causé la mort du SDF avaient été tirées par cette arme. Et pourtant le jury avait trouvé judicieux de le laisser s'en tirer. Page avait raison. Le problème était de taille.

Taylor dévisagea la magistrate.

— Ton avis sur ce qui se passe ?

Page la regarda droit dans les yeux.

— A toi de choisir. Jurés soudoyés... Témoins intimidés... Juge corrompu...

Taylor éclata de rire.

— C'est ça ! Et puis quoi, encore ? Terence Norton a soudoyé le juge Hamilton ! Mais enfin, Page, cet homme est une icône dans cette ville. Il a fait enfermer plus de criminels que toi ou moi n'en avons jamais vu. Il est impossible que le juge Hamilton soit un ripou.

— Ah bon. Tu ne crois pas ça possible ?

Page la fixait d'un œil dur et Taylor sentit son estomac se nouer. Le père de Taylor avait lui-même été condamné pour être intervenu frauduleusement dans l'élection d'un juge fédéral, et il avait même passé un peu de temps en prison à cause de cela. Taylor n'était pas certaine que Page n'était pas en train d'insinuer que les juges pouvaient s'acheter avec de l'argent. Mais Terence Norton n'était pas assez riche pour s'offrir un juge. Pas encore.

— Non, je ne le crois pas.

Taylor lui renvoya un regard gris acier.

— Subornation de témoins ou de jurés, d'accord, c'est possible. Mais pas le juge Hamilton. Et je te conseille de ne pas insister dans cette voie. On a vu des carrières de substituts brisées pour moins que ça.

Page prit la mouche et se leva, véhémente.

— Mais qu'est-ce que tu racontes, Taylor ? Tu vas faire un rapport sur les doutes que j'ai sur la façon dont le criminel le plus réputé de la ville se débrouille pour être acquitté chaque fois qu'on l'arrête, malgré une avalanche de preuves ?

— Rassieds-toi. Tu sais bien que je ne vais pas le faire. Merde, Page, je croyais que tu me connaissais mieux que ça, depuis le temps.

Page était toujours remontée, prête à la bagarre.

— Je suis venue te voir parce que j'ai confiance en toi, Taylor. S'il y a quelqu'un dans cette ville qui peut m'aider, c'est bien toi. Tu n'es pas une trouillarde, hein ?

Taylor détourna son regard de celui de Page. Elle remua la nuque pour évacuer la tension. Pas trouillarde. Page avait raison, sur ce point. Taylor avait tué, et plus d'une fois. Elle avait dû se tirer, par la force au besoin, de situations désespérées. Et elle pouvait exhiber ses blessures de guerre pour le prouver. Elle n'était pas violente, non. Jamais de disputes hystériques ni de vaisselle brisée, pas de bagarre avec ses amants. Et pourtant, dans un recoin de son esprit, il y avait cette tendance à l'affrontement. Quelle femme au service de la loi pouvait se targuer de ne pas receler en elle un soupçon de brutalité ? Elle se massa la nuque du bout des doigts et dit doucement :

— Julia, assieds-toi. Causons un peu.

La combativité avait déserté le substitut et elle se rassit, ayant soudain l'air d'une étudiante en droit qui cherchait à se faire pardonner quelque transgression. Elle tripota une boucle de cheveux au-dessus de son oreille et Taylor se rendit compte de sa jeunesse. Il était facile d'oublier combien elles étaient jeunes, toutes les deux. Le spectacle de la mort et du malheur au quotidien, la vie au contact du crime les avaient fait vieillir prématurément.

— Je crois qu'on ferait bien de se pencher sur les jurés et les témoins, plutôt que de soupçonner le juge Hamilton. Terence a beaucoup plus de facilité à intimider les voyous de son espèce ou les membres de la communauté noire qui sont en contact avec lui qu'un président de tribunal.

Page voulut dire quelque chose mais Taylor leva la main et ajouta :

— Ce qui ne veut pas dire que je ne vais pas me renseigner sur Hamilton. Je crois simplement qu'il est beaucoup plus vraisemblable que Terence exerce des pressions sur des gens auxquels il a facilement accès, c'est tout.

Apaisée, Page hocha la tête.

— Bon, voilà ce que je vais faire, poursuivit Taylor. Pete Fitzgerald, mon adjoint, tu lui fais confiance, non ?

— Bien sûr. C'est Fitz qui m'a aidée à monter mon dossier contre Terence. On m'a dit qu'il avait établi une sorte de relation de confiance, ou plutôt de méfiance, avec Terence. Ce n'est pas Fitz qui m'inquiète.

— Bon, alors je vais lui demander de t'assister dans

tes recherches. Je vais faire en sorte qu'il fasse avancer ton enquête. Je te l'envoie cet après-midi. A vous, les gens du bureau du procureur, de déterminer une approche. Et puis c'est tout, Page. Je ne veux plus t'entendre parler de Hamilton. Je m'occuperai de cet aspect des choses moi-même. Tu ne vas pas te faire virer maintenant, alors qu'on a tant besoin de toi, hein ?

Taylor se leva, indiquant par là que la conversation était terminée. Page se leva également, tourna les yeux vers Taylor et haussa les sourcils.

— Je suis dans une situation délicate, Taylor. Ne me laisse pas tomber.

Elle ouvrit la porte en grand et sortit. Un courant d'air frais s'engouffra dans le bureau. Tandis que Taylor observait le substitut s'éloigner, elle se délecta de cette brise, s'y baignant comme pour se purifier. Un bébé dans le ventre et un système judiciaire corrompu, que demander de plus ?

Il ne lui restait plus qu'une chose à faire. Elle téléphona à son amie Sam pour lui demander de dîner avec elle. Taylor avait besoin de se confier à une amie, le plus vite possible.

Taylor sortit du bureau du CJC, perdue dans ses pensées, absorbée par ses soucis. Si elle avait pris le temps de regarder de l'autre côté de la porte vitrée avant de se glisser dans la pénombre du crépuscule, sa vie aurait peut-être été plus facile. Au lieu de cela, elle fit l'objet d'une véritable agression.

— Lieutenant Jackson ! cria une voix stridente.

Les oreilles de Taylor se dressèrent. Une équipe de la chaîne locale de CBS, Channel Five, avait élu domicile dans le parking du CJC, dans le but de lui tendre une embuscade. Avec succès.

— Lieutenant, nous aimerions connaître votre avis sur l'affaire du Violeur de la Pluie. Est-il exact que le suspect a violé et passé à tabac l'inspecteur Betsy Garrison de la brigade des agressions sexuelles ?

Taylor fut prise complètement au dépourvu. Elle s'immobilisa, faisant marcher ses méninges à toute allure. Putain de merde ! Comment savaient-ils ? Elle reprit contenance, se redressa.

— C'est exact, lieutenant ?

Taylor dévisagea sa jeune interlocutrice, cherchant à la situer.

— Nous n'avons pas été présentées.

— Edith Conrad, du service de l'information de Channel Five. Je débute aujourd'hui, annonça-t-elle fièrement. Alors, c'est vrai ou pas ? L'inspecteur Garrison serait la dernière victime du célèbre violeur en série qu'on appelle le Violeur de la Pluie ? Ce même violeur en série qui terrorise les femmes de Nashville serait allé jusqu'à agresser un membre des forces de l'ordre ?

— Arrête ton baratin, Edith. Je ne ferai aucun commentaire concernant l'enquête sur le Violeur de la Pluie. C'est une enquête menée par la brigade des agressions sexuelles de Nashville. Nous ne commentons jamais les enquêtes en cours. Mais comme c'est ton premier reportage, je te pardonne cette bévue.

Elle passa rapidement devant les caméras en détournant la tête.

— Lieutenant, cria la fille, je vais diffuser la nouvelle au journal du soir. Je voulais juste être sûre que tout était exact dans mon récit.

Taylor l'ignora et continua de marcher vers sa voiture.

— Lieutenant, nous avons également appris qu'il y avait des analyses ADN en cours en rapport avec cette enquête. Vous êtes sûre que vous ne voulez pas commenter cette information ?

Taylor se tourna brusquement vers la journaliste.

— Qui vous a dit ça ?

Edith sourit d'un air de sainte-nitouche.

— Une source sûre. Voulez-vous confirmer ou démentir cette information ? Nous savons toutes les deux qu'elle est parfaitement exacte.

Taylor l'examina brièvement. La fille était petite, blonde et imbue d'elle-même. Taylor fit la seule chose qu'elle savait faire.

— Pas de commentaire.

Elle traversa la rue en hâte en entendant la voix triomphante de la fille derrière elle.

— Tu as filmé ça ? demandait-elle au cameraman. J'espère que tu n'as pas loupé ça.

— Merde, fit Taylor.

Elle atteignit son 4x4, monta dedans et démarra avant d'ouvrir son téléphone portable. Elle composa promptement le numéro de Mitchell Price. Celui-ci répondit dès la première sonnerie.

— Price, c'est Taylor. On a un problème. Channel Five est au courant, pour le viol de Garrison.

La bordée de jurons qu'elle entendit dans l'écouteur aurait fait la fierté d'un vieux loup de mer. Lorsque Price eut fini par se calmer, Taylor lui relata dans le détail l'incident avec la journaliste.

— Qu'attendez-vous de moi ? demanda-t-elle.

— Rien. Ne faites rien, répondit-il. Je vais essayer d'arranger ça, voir ce qu'on peut faire pour éviter le grand déballage. Merde, Taylor, vous étiez censée ne pas ébruiter la nouvelle !

— Mais enfin, capitaine, je n'y suis pour rien ! Seuls Marcus et Lincoln étaient au courant. La fuite vient d'ailleurs. Peut-être de l'hôpital, ou du labo. Il aurait été difficile de garder le secret longtemps.

— Les médias n'ont pas le droit de donner le nom des victimes de viol, sans leur autorisation. Que ce soit sur les ondes ou sur le papier. Il y a donc une chance pour que le nom de Betsy ne soit pas prononcé. S'ils le font, on ne les loupera pas.

— C'était le premier reportage de cette petite. Je ne peux donc pas faire de pronostic sur son sens des responsabilités. Mais vous devriez trouver un moyen d'étouffer cette histoire.

— On ne pourra pas l'étouffer entièrement, mais je vais m'assurer qu'ils ne publient pas son nom. Et merde !

— Désolée, capitaine. En tout cas, je peux vous assurer que ça ne vient pas de moi ou de mes hommes. Bonne chance.

— Pas un mot là-dessus, lieutenant. Vous m'avez bien compris ? Faites en sorte qu'on n'entende que des « pas de commentaire » à la sortie de nos bureaux.

— Entendu. On se voit demain.

Elle raccrocha, désemparée. Décidément, rien ne tournait rond, ce jour-là.

19.

Toujours perdue dans ses pensées, Taylor arriva sur le parking de son bar favori. Elle se débarrassa momentanément de ses inquiétudes à l'égard de l'indiscrétion dans l'affaire du viol de Betsy Garrison. Elle ne pouvait rien faire pour empêcher l'information de se répandre. Mieux valait laisser Price s'en occuper. Elle avait assez de ses soucis personnels. Sa conversation avec le substitut Page était encore fraîche dans son esprit, et elle y avait repensé en roulant du centre-ville à Bellevue. Malheureusement, elle n'avait pas de réponses.

Elle fut accueillie chaleureusement en pénétrant dans le bar. L'endroit était sombre et enfumé mais vaste et spacieux. Des écrans plasma larges étaient suspendus au-dessus du comptoir, permettant aux amateurs de sport de regarder les matchs de leurs équipes favorites. Des habitués sirotaient leur whisky au bord du comptoir en fer à cheval, glissant inlassablement des pièces de monnaie dans les machines à parier qui ne crachaient que rarement des gains. Quelques très jeunes étudiants en goguette s'esclaffaient à une table, regardant par-dessus leurs épaules pour voir si personne ne les épiait. Des panneaux publicitaires vantant telle ou telle marque de bière étaient accrochés aux murs, à la lumière des néons. C'était un endroit agréable et serein.

Avant même que Taylor ne se soit installée sur son tabouret préféré, une pinte de Guinness bien frappée se trouvait devant sa place. Elle avait été conquise par la boisson favorite de Baldwin et avait commandé la plus brune des bières tant de fois que la serveuse ne se donnait plus la peine de lui demander ce qu'elle souhaitait consommer. Elle regarda son verre avec convoitise. Elle avait la présence d'esprit de savoir qu'elle ne devrait pas boire, mais l'échappatoire que l'ivresse lui offrait était trop tentante. Elle essaya de raisonner. Elle avait bu trois bières la veille. Si elle n'avait pas parlé à son médecin ce matin-là, si elle n'avait pas appris la nouvelle fatidique, elle en aurait bu trois autres dans la soirée. Peut-être pouvait-elle faire comme si elle n'était pas encore au courant et satisfaire quand même sa soif de bière. Elle trouva que c'était une bonne idée. Comme par magie, le verre vint à ses lèvres et elle prit avidement une longue gorgée, comme si elle n'avait rien bu depuis plusieurs jours. Elle avala la deuxième pinte plus lentement que la première.

Sam fit irruption dans la pièce comme une bourrasque, faisant tourner les têtes tandis qu'elle traversait le bar d'un pas lent et chaloupé. Sam était ravissante. Des mèches de ses cheveux noirs, rassemblés en queue-de-cheval au sommet du crâne, ornaient son front comme arrangées par les doigts experts d'un grand coiffeur. Même après une journée passée à découper les cadavres de Nashville, elle avait l'air aussi fraîche que si elle sortait de sa douche. En embrassant sa meilleure amie, Taylor sentit la douce odeur du talc et faillit s'étrangler en la humant.

Sam la dévisagea et Taylor perçut dans son regard qu'elle sentait que quelque chose ne tournait pas rond. Taylor s'était déjà soûlée une ou deux fois dans le passé, et elle savait que Sam pouvait capter les signes annonciateurs d'une cuite, comme s'ils étaient inscrits en lettres fluo sur son front. En bonne amie qu'elle était, Sam se contenta de sourire.

— Alors, qu'est-ce qui se passe, ma belle ?

Puis elle ajouta à l'adresse de la serveuse :

— Salut, Kat.

Elle sourit à l'employée, une femme à moitié coréenne à la peau mate, qui avait un petit air hawaiien.

— Je peux avoir un verre d'eau ? Et un autre pour mon amie ? reprit Sam.

Elle se tourna vers Taylor et, ne souriant plus du tout, lui demanda sans ménagement :

— Qu'est-ce qui ne va pas ?

Taylor inspira profondément, l'air perdu. Le ventre de Sam fut la première chose qu'elle remarqua ; elle n'en était qu'à trois mois de grossesse, et ce ventre était déjà proéminent. La manière dont elle avait réussi à tomber enceinte dès sa lune de miel avait jusqu'alors constitué un sujet de plaisanterie pour Taylor. A présent, elle trouvait cela déprimant.

— Je ne sais pas par où commencer. Tu as entendu parler de l'affaire du Violeur de la Pluie ?

— Ouais. Pourquoi tu t'en soucies ? C'est du ressort de la brigade des agressions sexuelles, pas vrai ?

— Je les aide dans cette enquête. Et ça va être dans le journal du soir. Une nouvelle victime, et j'ai peur que les médias ne citent son nom. Je ne peux pas t'en dire plus, compris ?

Sam hocha la tête. Elle était familière des rouages internes des enquêtes policières et respectait leur confidentialité.

— Et puis, il y a Julia Page qui se pointe dans mon bureau,

dans tous ses états à cause d'un procès qu'elle vient de perdre. Elle pense qu'il y a eu corruption de jurés et elle est venue me confier ça cet après-midi. Sans parler des galères de Baldwin dans son enquête sur l'Etrangleur du Sud. Tu crois que ça ne suffit pas à me déprimer ?

— Arrête, Taylor. Tout ça, c'est de la routine pour toi. Des broutilles. Dis-moi plutôt ce qui se passe vraiment ?

Taylor la regarda soudain avec intérêt. Rien à faire, elle ne pouvait pas bluffer Sam. Autant tout lui raconter pour se décharger un peu de son fardeau. Elle inspira profondément.

— J'ai eu le docteur au téléphone, aujourd'hui.

— Oh non, ma douce ! Ne me dis pas que c'est ton foie qui fait des siennes.

Taylor éclata d'un rire sans joie et but une longue gorgée de bière.

— Non, mon foie va très bien. Mais il y a un nouveau problème.

Elle essaya de regarder Sam dans les yeux mais n'y parvint pas. Elle savait que Sam la comprendrait. Taylor n'était pas prête à avoir un enfant. Elle en avait parlé à maintes reprises avec Sam, surtout depuis que Sam elle-même était enceinte. Mais quelque chose en elle la pressait de partager la nouvelle. Elle décida de se lancer tant qu'elle en avait le courage.

— Je suis enceinte, chuchota-t-elle.

Sam répondit sans se démonter :

— Et donc tu viens ici pour noyer tout ça dans l'alcool. Excellente manière de gérer ton stress, Taylor.

Taylor se mit à secouer sa tête d'avant en arrière comme un balancier, en proie à la plus grande détresse.

— Non, ce n'est pas ça, je…

— Tu es complètement paumée. Tu n'es pas prête à avoir un enfant. Tu n'en as pas parlé à Baldwin, parce que tu ne sais pas comment il va réagir. Tu ne sais pas quoi penser, ni comment réagir. J'ai bien résumé la situation ?

Taylor lui adressa un regard mauvais.

— Je croyais que tu me soutiendrais, dans une telle galère… Pas que tu…

— Pas que je… quoi ? Qu'est-ce que tu veux que je te dise ? Tu es une grande fille. Tu peux prendre des décisions toute seule. Tu voulais que je renverse la bière par terre et que je te fasse un sermon ? Je peux faire ça, si tu veux, tu sais. Mais je ne crois pas que ce soit pour ça que tu voulais parler avec moi. Alors, vas-y, soûle-toi et vide ton sac.

Taylor se redressa sur son tabouret en soupirant. Merde. C'était ça le problème, avec les vraies amies. Elles ne vous blâmaient jamais, ne perdaient jamais leur sang-froid. Elle se rendit compte qu'elle aurait voulu se quereller, un peu comme Julia Page dans l'après-midi. Tandis qu'elle cherchait une réplique cinglante, elle vit Sam faire un geste à Kat. Un paquet de Camel Light tout neuf apparut devant Taylor. Sam ouvrit le paquet, en sortit une cigarette, la tendit à Taylor et craqua une allumette.

— Et pourquoi tu ne t'en grillerais pas une, pendant que tu y es ? Prends du bon temps ce soir, ma belle, parce que demain tout ça va devoir changer. Mais ce soir, eh bien… au diable les précautions !

L'allumette s'était consumée jusqu'à brûler les doigts de Sam. Elle jeta la pochette sur le comptoir et se suça le doigt.

Quartier libre. C'était exactement ce que Taylor désirait que

Sam lui accorde ce soir. Sam était médecin, après tout, elle connaissait les risques. Si elle n'y voyait pas d'inconvénients, c'est qu'il n'y en avait pas. Elle alluma la cigarette, avala la fumée et recracha une volute bleutée, faisant attention à ne pas diriger le petit nuage toxique vers Sam et son bébé.

Sam se remit à parler, plus doucement cette fois.

— Mon cœur, je sais que tu flippes complètement et que tu n'y vois pas clair. La situation n'est pas désespérée, tu vas t'en sortir. Tout va bien se passer.

Taylor laissa échapper ses larmes.

20.

Whitney était au volant de sa voiture, complètement paniquée. La veille et le matin, elle avait essayé de joindre Quinn sur son téléphone portable, chez elle, ou au country club. Il n'y avait pas plus de réponse sur son téléphone fixe que sur le portable et, au country club, on lui avait indiqué qu'on ne l'avait pas vue depuis lundi, après qu'elle avait achevé son entraînement matinal sur le court de tennis. Whitney n'avait cessé d'appuyer sur la touche bis toute la soirée précédente. Elle avait commencé à s'affoler au huitième rappel du numéro composé, le matin même. Elle avait laissé un message pour annoncer à sa sœur qu'elle se mettait en route vers chez elle et lui demander de l'attendre sur place au cas elle serait rentrée entre-temps. Elle avait prié Quinn de la rappeler dès que possible. Elle laissa un message similaire sur la messagerie du téléphone portable de sa sœur. Elle se rendit compte qu'elle s'exprimait d'une manière un peu hystérique. Il fallait qu'elle se reprenne. Elle se trompait peut-être. Il n'était pas impossible qu'il ne s'agisse que d'une coïncidence. Mais elle devait en discuter avec sa sœur, seule à seule. Elles n'étaient peut-être pas très proches l'une de l'autre mais Whitney aimait vraiment sa jumelle et aurait fait n'importe quoi pour la protéger.

La chaîne l'avait appelée pour qu'elle vienne travailler sur une nouvelle choc concernant un violeur en série mais, même pour cela, elle préféra se faire remplacer. En agissant ainsi, elle mettait en danger sa carrière. Elle s'en occuperait plus tard. Il fallait d'abord et avant tout qu'elle voie Quinn.

Au volant de sa BMW X5 flambant neuve, elle se faufilait vivement entre les nombreuses voitures qui se traînaient sur la nationale 70. Cela roulait toujours lentement sur cette partie de la route, qui bordait Nine Mile Hill, entre Bellevue et West Meade. Tous les habitants de la ville savaient qu'un radar guettait les conducteurs qui dépassaient les 70 km à l'heure dans la longue descente qui débouchait sur Belle Meade. En passant devant le collège St. Henry, elle effleura la pédale de frein en apercevant le panneau lumineux destiné à rappeler aux automobilistes qu'ils devaient réduire leur vitesse à 40 km à l'heure afin de ne pas risquer de renverser un enfant sortant de l'école. Elle ralentit à 105 km à l'heure avant d'appuyer sur l'accélérateur dès qu'elle eut passé l'intersection. Elle vit un agent chargé du passage pour piétons dresser le poing vers elle, mais ne ralentit pas pour autant.

Son 4x4 étincelait sous le soleil, aveuglant furtivement les autres conducteurs tandis qu'il fonçait en évitant de peu les pare-chocs et autres rétroviseurs latéraux mais en provoquant de furieux coups de Klaxon et des doigts d'honneur vengeurs. Mais Whitney ignorait les risques qu'elle prenait comme ceux qu'elle faisait prendre aux autres usagers de la route. La bifurcation entre la nationale 70 et la nationale 100, à la hauteur de West Meade, était encombrée, comme d'habitude. La disposition des voies se prêtait à merveille à un carambolage aux proportions gigantesques, mais elle passa tous les feux au vert. Elle emprunta une quatre-voies qui prolongeait la nationale sous le nom de route Memphis-Bristol et longeait un quartier où les prix du foncier étaient dix fois plus élevés qu'à Bellevue. Le panneau indiquant la direction du manoir de Belle Meade brillait à sa gauche, blanc et flou, et elle se rendit compte qu'elle avait raté le chemin qui menait à Leake Avenue. Ce n'était pas grave, elle pouvait atteindre la maison de Quinn en passant par l'entrée principale de la plantation transformée en résidence privée. Elle aperçut la voie ferrée sur sa gauche et vit trop tard l'entrée.

Elle savait qu'elle allait trop vite en essayant de prendre quand même le virage. Elle freina brusquement et la X5 fit un tête-à-queue sur le Belle Meade Boulevard. Alors qu'elle essayait désespérément de manœuvrer la BMW, elle perdit le contrôle du véhicule et vint percuter les deux pur-sang en bronze qui ornaient l'entrée de Belle Meade.

Les statues grandeur nature bondirent sous le choc et vinrent s'écraser sur la chaussée. L'impact n'avait toutefois pas suffi à arrêter la BMW, qui poursuivit sa course folle dans le sens inverse de la circulation sur le boulevard. Les conducteurs qui arrivaient face à elle parvinrent tous à l'éviter, sauf un break Audi qui la heurta de front. La BMW défonça l'avant de l'Audi avant de s'encastrer dans le pare-brise, écrabouillant les trois occupants de celle-ci.

Dans son affolement, Whitney avait oublié d'attacher sa ceinture de sécurité. Le choc la propulsa comme une fusée à travers le pare-brise de la BMW. Son pied gauche accrocha l'essuie-glace et son corps brisé et sanglant vint s'écraser sur le capot vernis, se mêlant à jamais dans la mort aux débris d'un colifichet qui décorait son pare-brise.

21.

Baldwin venait d'arriver à l'aéroport ; il avait fait enregistrer ses bagages et attendait dans le hall d'avoir bu sa tasse de café avant de prendre un avion pour Nashville lorsque son téléphone portable se mit à sonner. Il regarda le numéro de son correspondant s'afficher sur l'écran et sourit. Taylor avait essayé de le joindre la nuit dernière, ou plutôt le matin vers 3 h 30. Elle n'avait pas laissé de message. Il devait dormir profondément quand elle avait appelé. Il détestait rater les appels de Taylor et se demandait pourquoi elle avait essayé de le contacter au beau milieu de la nuit. Parfois, ils passaient une journée entière à ne communiquer que par messageries interposées.

— Salut, mon cœur. Tout va bien ?

— Je vais bien. Quand est-ce que tu rentres à la maison ?

La voix de Taylor était un peu chevrotante, mais elle lui parut pourtant normale.

— Je suis à l'aéroport en ce moment même. Mon vol décolle dans une demi-heure.

— Bien. Je, euh…

Baldwin entendit un signal sonore dans l'écouteur, jeta un coup d'œil sur le numéro qui s'affichait sur l'écran et interrompit Taylor.

— Attends une seconde, Grimes m'appelle sur mon autre ligne.

Il appuya sur la touche flash.

— Alors, Grimes ?

— Baldwin, tu n'es pas déjà dans l'avion, j'espère ?

— Oh, non… Ne me dis pas que…

— Eh oui ! Et les médias sont déjà en train de diffuser la nouvelle.

— Attends une seconde, tu veux bien ? Il faut que je raccroche sur l'autre ligne.

Il revint à Taylor et lui dit :

— Il faut que j'y aille. Je te rappelle dès que possible.

Il raccrocha avant d'entendre la réponse et revint à Grimes.

— Elle est où ?

— Son corps a été retrouvé près de la nationale 81, juste à la sortie de Roanoke, en Virginie. Le mec qui l'a trouvé a appelé sa petite amie pour lui dire de prévenir la chaîne Fox locale avant d'appeler la police. Encore un qui voulait son quart d'heure de célébrité. Et avant que tu ne me le demandes, non il ne correspond pas au profil du tueur. Mais il faut qu'on se pointe là-bas dare-dare. J'ai trouvé deux places dans un charter, sur l'aéroport privé. Prends un taxi et rapplique en vitesse, entendu ?

La tension dans la voix de Grimes était palpable. Baldwin se mit à marcher vers la sortie d'un pas décidé, bombardant Grimes de questions tout en se frayant un passage dans la foule.

— Rien d'autre ?

— En dehors du fait que la nouvelle est passée aux infos avant qu'on soit sur les lieux ? Elle a été étranglée. Ça, c'est certain. Mais le collègue de la police locale à qui j'ai parlé n'avait pas l'air très amical. Ça va être différent d'avec les flics de Noble. Voilà tout ce que je peux te dire, pour l'instant.

Baldwin atteignit le trottoir et monta dans un taxi à l'arrêt. Il informa le chauffeur de sa destination sans interrompre sa conversation avec Grimes.

— Bon, je suis dans un taxi. Je devrais être là dans cinq minutes. On se parlera dans l'avion.

Il raccrocha, puis appuya sur la touche du numéro mémorisé de Taylor. Elle décrocha avant même la fin de la première sonnerie.

— Merci de m'avoir raccroché au nez.

Elle avait l'air fâchée et Baldwin ne put réprimer une grimace. Il n'avait pas voulu être grossier et il lui demanda de l'excuser.

— Je sais bien que tu n'es pas un goujat, le rassura Taylor. Qu'est-ce qu'il voulait, Grimes ?

— Le corps de Marni Fischer a été retrouvé à Roanoke. Je m'apprête à prendre un avion pour me rendre sur place. En fait, ma chérie, je ne crois pas pouvoir rentrer ce soir. Je suis vraiment désolé.

Et en effet, il était sincèrement affligé, il détestait passer trop de temps loin d'elle.

— Euh, c'est pas grave. Appelle-moi dès que tu en auras l'occasion. Moi aussi, je suis désolée, mon chéri. Je sais que tu aurais préféré une autre issue pour cette Marni.

— En fait, je m'y attendais. Le temps écoulé depuis sa disparition correspond au délai séparant les meurtres précédents de la découverte des cadavres. Tu voulais me demander quelque chose, tout à l'heure ?

— Oh ! rien d'important ! Ça peut attendre. D'ailleurs, il faut que je me sauve. J'ai rendez-vous avec Sam. Rappelle-moi un peu plus tard, d'accord ?

— Je n'y manquerai pas, ma chérie. Je t'aime, dit-il d'un ton absent.

Une fois certain que Taylor allait bien et n'avait pas besoin de lui, son esprit revint immédiatement à l'affaire de l'Etrangleur du Sud. Il raccrocha et glissa le téléphone dans son étui.

Roanoke, en Virginie… Le tueur avait débuté en Alabama, s'était rendu en Louisiane, dans le Mississippi, dans le Tennessee, puis en Géorgie et, à présent, il venait de se signaler en Virginie. Il ouvrit son téléphone et appela brièvement Quantico. Son patron, Garrett Woods, répondit à la première sonnerie.

— Baldwin, vous êtes en route pour la Virginie ?

— Oui, je suis sur le point d'arriver à l'aéroport privé d'Atlanta. Grimes a trouvé un avion qui s'apprête à décoller. Vous pouvez me rendre un service ? J'aimerais que vous rentriez les lieux d'enlèvement des victimes et de découverte de leurs corps dans la base de données géographiques du FBI. On verra ce qu'il en sort. Je veux savoir si ce type se déplace en fonction de ses caprices ou s'il suit un schéma géographique. Essayez de demander aux informaticiens de déterminer un lieu central d'où le tueur pourrait opérer, en partant du principe qu'il ne réside dans aucun des lieux listés.

— Pas de problème. Quoi d'autre ?

— Je vous rappellerai de Virginie. J'attends d'être sur le terrain pour tirer de nouvelles conclusions.

— Bon, d'accord, mais ne tardez pas à me joindre pour me dire ce que vous en pensez.

— Ne vous en faites pas, Garrett. Merci.

Il raccrocha au moment où le taxi se garait devant le terminal privé. Il bondit hors du véhicule en jonglant avec son téléphone et sa serviette. Le téléphone se remit à sonner : un numéro inconnu, commençant par l'indicatif de la Géorgie, s'afficha sur l'écran de l'appareil. Il se réinstalla tant bien que mal dans le taxi et répondit au bout de la troisième sonnerie.

— John Baldwin à l'appareil.

— Monsieur Baldwin, c'est le shérif Pascoe. J'ai reçu le rapport du labo au sujet de la feuille de papier retrouvée dans la voiture de Marni Fischer. Pas d'empreintes identifiables, juste une ou deux taches… qui pourraient provenir de la victime, mais je ne peux pas vous l'assurer. Il n'y a pas de quoi tirer des conclusions.

— Eh bien, ç'aurait été étonnant. Il n'a pas fait beaucoup d'erreurs jusqu'à présent, et il n'y a aucune raison pour qu'il s'y mette maintenant. Ce garçon est méticuleux et précis, ça, c'est sûr. Merci, shérif. J'apprécie beaucoup votre diligence dans cette affaire.

— Vous me tenez au courant, hein ?

— Absolument. Vous avez mon numéro. N'hésitez pas à me contacter si nécessaire. Là, je dois filer. Je suis à l'aéroport. A plus tard.

Il referma son téléphone, gratifia le chauffeur d'un énorme pourboire et franchit la porte vitrée. Grimes était debout au milieu du vaste hall et parut soulagé de voir arriver Baldwin.

— L'avion va décoller dès qu'on sera à bord. Tu es en forme ?

— Allons-y, répondit Baldwin.

22.

Jamais Taylor ne s'était réveillée avec une telle gueule de bois. Elle se souvenait vaguement de la soirée de la veille, passée à pleurer dans sa bière, et plus tard dans son verre de whisky. Le whisky avait été une erreur. Elle détestait ce breuvage qui avait un goût de bois de chauffage trempé dans de l'alcool à brûler et lui donnait l'impression de mâcher des copeaux. Elle avait vomi presque aussitôt après en avoir bu. C'est là que Sam avait décidé que Kat les suivrait jusque chez Taylor dans la voiture de cette dernière. Le trajet avait été court et Sam avait mis Taylor au lit. Elle s'était réveillée avec un mal de crâne terrible, nauséeuse et tenaillée par un sentiment de danger qui obscurcissait toutes ses pensées. Puis elle se souvint de sa situation et vomit de nouveau.

Après sa brève conversation avec Baldwin, elle avait réussi à se doucher et à se préparer pour aller travailler. Elle couvrit ses yeux d'une paire de Maui Jim à verres fumés pour les protéger de l'éclat insoutenable du soleil. Pourquoi la lumière du soleil était-elle aussi intense, en ce début de matinée, qu'il l'était habituellement à son zénith ? Elle était sûre de ne l'avoir jamais vu briller avec tant de cruauté.

Elle ouvrit la porte de sa Xterra et se hissa à l'intérieur en grimaçant. Elle se cala dans son siège, alluma la radio et choisit

Lucy, sa station de rock alternatif préférée. Elle régla le volume à un niveau supportable et se perdit dans la musique.

Elle avait maintes fois essayé de déterminer le moment exact où elle était devenue amoureuse de Baldwin. C'était la vulnérabilité du personnage qui l'avait séduite, au début. Elle avait senti sa détresse intérieure au premier instant où elle l'avait vu. Elle en avait perçu le reflet dans son propre cœur. Etait-ce un coup de foudre ? Etait-ce depuis que leurs mains s'étaient frôlées pour la première fois ? Elle avait été attirée par cette âme tourmentée, y cherchant son propre salut en tentant d'aider Baldwin à trouver le sien.

Elle se reprit, laissant là sa rêverie. Sa migraine commençait à s'atténuer. Baldwin… C'était son homme, à présent. Il l'étreignait entre ses bras puissants, passait la main dans ses cheveux, lui chuchotait dans l'oreille en caressant son corps. Et elle se laissait faire. Mais voilà qu'elle allait, en plein bonheur, tout gâcher. Elle porta ses mains à son front tandis qu'une vague de nausée l'envahissait. Et merde…

Elle mit la voiture en prise et roula vers West End, en essayant de se concentrer sur les nouvelles qu'elle avait reçues, mais n'y parvint pas. Elle se sentait différente, ce matin-là, mais elle attribua cette étrange sensation à sa gueule de bois phénoménale. Elle jeta un coup d'œil au rétroviseur intérieur et s'adressa à elle-même un sourire en coin. Elle se pencherait sur sa vie plus tard. Quand elle n'aurait plus l'impression que sa tête allait exploser.

Elle se faufila dans le flot des voitures de West End et arriva aux abords de Belle Meade. Avant d'être complètement ivre, elle avait promis à Sam de la retrouver au Starbucks.

Taylor pénétra dans le parking et gara son 4x4. Se frayant

un chemin parmi les lycéennes en jupes vertes, socquettes blanches et chaussures Birkenstock qui peuplaient la terrasse, elle parvint jusqu'à la porte. Un vieux monsieur, porteur d'un plateau de tasses de café, lui tint gentiment la porte avec son derrière. Son éducation sudiste remonta à la surface et elle lui adressa un large sourire. Il lui rendit son sourire d'un air un peu gêné. Taylor, quand elle souriait ainsi, pouvait attendrir l'homme le plus endurci. Elle repéra Sam qui s'était installée dans un coin douillet dans un fauteuil bien rembourré, devant une petite table de verre chargée de boissons, de petits pains à la cannelle, d'une tranche de gâteau au citron nappé de sucre et d'un unique muffin au son. Taylor lâcha un petit rire. La grossesse de Sam l'avait transformée en une incorrigible gourmande — elle avalait goulûment toutes les sucreries qui passaient à sa portée.

— Voilà la femme que tous les hommes désirent et que toutes les femmes voudraient être. Assieds-toi avant que ton café au lait ne refroidisse, ma fille.

— Je ne me sens pas très désirable, ce matin. Je ne me sens vraiment pas bien.

— Ouais, tu n'as pas l'air dans ton assiette, ce matin. Jolies lunettes de soleil, quoique.

Taylor se pencha pour embrasser Sam. Elle dévisagea son amie, se demandant jusqu'où elle avait pu aller la veille. Sam n'avait pas l'air troublée et Taylor se détendit avant de s'affaler dans un fauteuil en velours vert.

Elle tendit la main vers son café au lait et entendit des sirènes retentir non loin de là. Elles devenaient de plus en plus fortes et elle se demanda, avec une pointe d'anxiété, si ce vacarme signifiait qu'elle allait être appelée sur les lieux d'un crime.

— Tu entends ça ? J'espère que ce n'est rien de grave.

— Ouais, sans doute une riche bonne femme de Belle Meade qui a vu une souris dans sa cuisine.

Elles éclatèrent toutes deux de rire — c'était si facile pour elles de se moquer de l'élite sociale de Nashville et de faire semblant de ne pas venir, elles aussi, d'un quartier résidentiel huppé. Après avoir bien ri, Taylor s'aperçut que Sam était sur le point de lui annoncer une nouvelle. Elle comprit tout de suite de quoi il retournait.

— Je suis allée chez le médecin ce matin, pour l'échographie.

— Oooh ! Alors, ils t'ont dit ce qui t'attendait ?

L'excitation de Sam était contagieuse depuis qu'elle attendait de passer cette échographie pour connaître le sexe de son bébé. Simon, le mari de Sam, avait refusé de le connaître à l'avance mais Sam avait fini par le faire fléchir.

— Eh bien, d'une certaine façon. Il y a toutes les chances pour que ce soit une fille.

Taylor ne put contenir un sourire, se demandant si cette enfant allait être un garçon manqué comme sa mère. Elle faillit ne pas entendre la phrase que prononça Sam ensuite :

— Et il y a aussi une bonne chance pour que ce soit aussi un garçon.

Taylor resta silencieuse un instant, le temps de comprendre le sens de cette précision.

— Des jumeaux ? Des jumeaux ! Oh ! mon Dieu, Sam, tu ne perds pas de temps, toi ! Une famille complète du premier coup ! Simon doit être dans tous ses états…

— En effet, mais il est content. Il m'a dit qu'on pouvait arrêter de se creuser la tête à propos du prénom. Selon lui, on n'a qu'à les appeler numéro un et numéro deux, et qu'on n'en parle plus ! Je lui ai fait remarquer que ça avait un petit côté bébé éprouvette, mais il m'a ri au nez.

Simon Loughley possédait l'unique laboratoire de police scientifique de Nashville, Private Match. Les services qu'il proposait étaient en effet très discrets. Très chers aussi. La police de Nashville avait eu recours à l'expertise de cette société dans le cadre d'affaires complexes ou urgentes.

Sam continua à babiller, au grand plaisir de Taylor. Elle savait que Sam voulait un enfant et qu'elle était encore plus contente d'en attendre deux d'un coup. Il était trop tôt pour que les médecins soient certains du sexe des bébés, mais le second battement de cœur avait été exceptionnellement sonore. Taylor pouvait aussi discerner de l'appréhension dans le regard de Sam. S'occuper de deux nouveau-nés plutôt que d'un seul allait constituer un défi plus difficile. Mais Taylor savait que Sam allait être une mère merveilleuse. Elle se demanda si elle aussi pourrait l'être, mais repoussa bien vite cette pensée.

— … Alors j'ai dit au médecin que c'était bien fait pour moi, à force d'utiliser la pilule du lendemain depuis tant d'années. Quand les ovules ont vu qu'ils pouvaient enfin sortir, ils sont venus en masse. C'est bizarre, mais je sens que j'attends à la fois un garçon et une fille.

Taylor se pencha vers Sam pour l'embrasser doucement.

— Tout va bien se passer, ma belle. On va faire une de ces noubas pour fêter ça.

Sam la regarda dans les yeux, cherchant à y découvrir

que Taylor avait bien pris la mesure de sa propre situation. A point nommé, le téléphone de Taylor se mit à sonner, lui donnant un prétexte pour détourner son regard. Elle ouvrit le téléphone en grand et fixa un point à gauche de l'épaule de Sam.

— Taylor Jackson à l'appareil.

Elle commença immédiatement à se dandiner dans son fauteuil.

— Bonjour, docteur Gregory. Non, tout va bien.

Elle resta silencieuse un moment. Puis un autre.

— Vous êtes sûr ?

La légèreté qui imprégnait sa voix attira l'attention de Sam. Taylor arborait un large sourire.

— Merci. Pas vraiment. Merci.

Elle raccrocha en se mordillant la lèvre.

— Bonnes nouvelles ? demanda Sam.

Taylor se cala dans son fauteuil.

— Apparemment, l'infirmière avait mélangé des résultats d'analyse. C'est une femme dont le nom de famille est Taylor qui est enceinte. Pas moi.

— Je me disais bien que tu n'avais pas l'air enceinte.

— Et tu ne me l'as pas dit ? J'aurais volontiers entendu ce genre de doutes hier soir.

Taylor ne savait pas si elle devait en rire ou en pleurer. Mais le soulagement qu'elle ressentait était immense. Le moment n'était pas encore venu pour elle et Baldwin de fonder une famille. Plus tard, peut-être, qui aurait su le dire ?

Sam, à sa manière très apaisante, se mit à caresser le bras de Taylor. Elle n'avait pas besoin de prononcer le moindre mot.

Au bout d'un long moment, Taylor voulut dire quelque chose, mais à l'instant où elle ouvrit la bouche, le bipeur de Sam se mit à sonner. Elle le décrocha de la bandoulière de son sac, lut ce qui venait de s'y inscrire et sortit vivement son téléphone portable. En pianotant sur les touches pour composer un numéro, elle cessa d'être la future maman enthousiaste et retrouva vite les manières du médecin légiste. Elle raccrocha en secouant la tête.

— Merde, il faut que je file. Un accident de la circulation mortel à l'entrée du Belle Meade Boulevard. C'était pour ça, les sirènes. Tu veux venir ?

— Oui, pourquoi pas ? Je n'ai rien d'autre à faire en attendant d'être contactée par Lincoln et Marcus.

Les deux femmes se levèrent promptement et jetèrent leurs détritus dans la grande poubelle en acier qui trônait à l'entrée du café. Elles se dirigèrent vers leurs véhicules respectifs. Sam cria :

— Suis-moi !

Puis elle s'engouffra dans sa BMW 330Ci argentée, flambant neuve — le cadeau de mariage que venait de lui offrir Simon.

La scène de l'accident était aussi épouvantable que l'avait laissé prévoir la frénésie des sirènes. Des draps recouvraient les victimes, le sang coulait sur le trottoir, des débris épars de verre et d'accessoires automobiles jonchaient la chaussée. Une poupée gisait misérablement au milieu de la rue sous un amas de verre Securit.

Taylor était émerveillée par la capacité qu'avait Sam à passer de sa vie normale à son travail. Elle aboyait des ordres, regardait sous les draps, se mouvait dans ce chaos comme un cygne sur un lac paisible. En tant que médecin légiste, son boulot consistait à faire face au chaos et au carnage, mais elle agissait avec une telle douceur que tout parut maîtrisé moins d'une minute après son arrivée sur place. Taylor s'assit sur le capot d'une voiture de patrouille, tâchant de ne pas gêner les opérations de secours. Ce n'était pas son affaire et le grand nombre de secouristes qui s'activaient rendait superflue son intervention.

Sam vint la rejoindre, le visage un peu livide.

— Ça va bien ? demanda Taylor, inquiète.

Sam secoua la tête et haussa les épaules.

— Moi, ça va. Mais cet accident est terrible. La femme au volant de la X5 a percuté l'Audi comme un char d'assaut. Les occupants de l'Audi ont été tués sur le coup. Le permis de conduire nous apprend que le nom de la mère était Tina Young. On a trouvé les prénoms des enfants en fouillant dans leurs cartables. Meredith et Jason. En âge d'aller à l'école primaire… C'est vraiment horrible. La mère a été décapitée. Au moins, je pourrai dire à la famille qu'elle n'a pas souffert. Je crois qu'elle ne s'est même pas rendu compte de ce qui lui arrivait.

— Et la fille de la X5, c'est qui ? Je me demande pourquoi tout le monde veut rouler en BMW dans cette ville. On dirait que je suis la seule personne à ne pas en avoir une.

— T'as fini ? Bien. La conductrice de la X5 était Whitney Connolly. Pas de ceinture de sécurité. Elle a été projetée au-dessus de l'airbag et à travers le pare-brise.

Taylor était sous le choc.

— Whitney Connolly, la journaliste de Channel Five ?

— Ouais.

— Oh ! Sam, cet endroit va bientôt grouiller de journalistes. Je peux me rendre utile ?

— Essaie de détourner leur attention pendant que je m'occupe de la faire évacuer, d'accord ? Si les gens de Channel Five se pointent ici, ils vont certainement reconnaître sa voiture.

— Tu veux que je me taise ou tu préfères que je leur confirme que c'est bien elle ?

Sam regarda la scène un instant avant de répondre :

— Tu peux révéler son identité, mais seulement aux gens de Channel Five. Ils ont besoin de le savoir le plus vite possible. Mais sois discrète.

Elle revint vers le lieu de l'accident pour faire couvrir les corps de bâches jaunes.

Taylor traversa la rue. Des policiers en uniforme avaient déjà bouclé les accès. Personne ne pouvait passer, sauf les camionnettes des télés. Et elles étaient déjà en vue. Taylor fut soulagée de constater que la première était celle de Channel Five, avant de se souvenir que c'étaient les journalistes de cette chaîne de télé qui étaient au courant de l'identité de la dernière victime du Violeur de la Pluie. Eh bien, il valait mieux pour eux qu'ils ne l'interrogent pas là-dessus. Au pire, elle leur ferait un brin de causette pour tenter de les convaincre de ne pas divulguer cette information. Elle leur fit signe de la rejoindre sur le bord de la route.

Elle reconnut la reporter et son cameraman. Heureusement, ce n'était pas la petite Edith. Mais Taylor avait déjà eu affaire à cette journaliste, laquelle s'était montrée presque aussi odieuse. Elle savait qu'elle devait agir vite pour les empêcher de se précipiter vers les victimes sans faire attention à elle.

Elle fit signe au conducteur d'ouvrir sa vitre et glissa sa tête dans l'habitacle de la camionnette.

— Tommy, Stacy, ça fait plaisir de vous voir.

— Depuis quand ça vous fait plaisir de nous voir, lieutenant ? Et pourquoi êtes-vous ici ? Je croyais que ce n'était qu'un simple accident de voiture.

Stacy Harper était une fausse blonde à lunettes en écaille carrées, qui parlait avec un accent du Nord prononcé. C'était une transfuge de Channel Two, qui avait rejoint Channel Five depuis un an. Elle connaissait bien Nashville, mais Taylor la trouvait désagréable. Selon certaines rumeurs, elle avait une liaison avec un membre de l'équipe de football américain des Tennessee Titans, ce qui ne surprenait personne. Elle avait suffisamment de piquant pour faire tomber tous les mâles à ses pieds.

— C'est bien un accident de voiture, mais il faut que je vous dise quelque chose...

Stacy et son cameraman commençaient à s'impatienter, prêts à dégainer leur caméra et à se mettre à filmer les séquences destinées à illustrer le reportage. Plus ils pouvaient filmer d'horreurs, plus ils seraient contents.

— Quoi donc, lieutenant ? Il faut qu'on se mette à filmer au plus vite pour que ça passe aux infos de midi. Vous avez quelque chose à dire sur le Violeur de la Pluie ?

— Laisse tomber, Stacy. Ne te disperse pas. Whitney Connolly est impliquée dans cet accident. Sa X5 a percuté une autre voiture, tuant ses trois occupants.

Les yeux de Stacy se mirent à luire un instant. L'immédiateté était le principe actif du jeu médiatique. Et rien ne valait un scandale pour accroître les taux d'audience.

— Alors vous allez l'arrêter pour homicide involontaire ? Elle était ivre ? Il faut que j'appelle mon producteur, il va sauter au plafond.

Elle entreprit de sortir son téléphone portable, mais elle lut quelque chose dans le regard de Taylor et interrompit son geste. Elle comprenait enfin la situation.

— Non, c'est une blague, elle n'est pas…

— Si, elle est morte. Je crois donc qu'il faut que vous appeliez votre producteur. Nous vous disons ça pour que vous puissiez prévenir les responsables de la chaîne avant de faire ce pour quoi vous êtes venus.

Tommy et Stacy échangèrent un long regard. La journée s'annonçait compliquée. Ils réagirent enfin, passèrent à l'arrière de leur camionnette et se mirent à donner des coups de fil.

Taylor s'éloigna de la camionnette au moment où celle de Channel Four s'approchait à son tour du lieu de l'accident. Elle aperçut un autre véhicule du même type qui arrivait de West End. Elle fit signe à Stacy et à Tommy de se dépêcher et se dirigea vers la camionnette de Channel Four.

Dès que celle-ci fut garée, Taylor comprit que ses occupants étaient au courant de ce qui se passait. Laura McPherson, la jolie brunette dotée de ce que Taylor estimait être un des plus hauts quotients intellectuels de sa profession, sortit de son véhicule et alla droit sur elle. Taylor rassembla ses forces pour l'affrontement.

— Est-il vrai que Whitney Connolly a trouvé la mort dans cet accident ?

Taylor n'en revenait toujours pas de voir à quelle vitesse les nouvelles circulaient dans cette ville. Elle commença à former un « pas de commentaire » avec ses lèvres lorsque Laura lui tendit une main grande ouverte.

— On n'est pas là pour filmer. Détendez-vous, lieutenant. On a entendu dire que Whitney était morte ainsi que trois autres personnes. C'est une des secouristes qui m'a tuyautée en me disant qu'elle avait cru reconnaître Whitney avant qu'elle soit couverte d'une bâche.

Taylor examina Laura. Jeune, intelligente, aussi ambitieuse que pouvait l'être une journaliste — et pourtant cette fille ne l'avait encore jamais doublée. C'était un cas rare et, même si Taylor ne poussait pas la naïveté jusqu'à croire qu'elle ne la trahirait jamais, elle la respectait pour n'avoir jamais déformé une de ses déclarations ou saboté une de ses enquêtes. Taylor savait que ses collègues partageaient son opinion. Les policiers savaient distinguer les journalistes dignes de confiance de ceux à qui il fallait éviter de donner trop de détails. Laura avait toujours été correcte dans ses reportages et n'avait jamais mis de flic en mauvaise posture.

— Bon, d'accord. C'est bien parce que c'est vous. Whitney Connolly est morte, en effet. Qu'est-ce que vous allez faire, maintenant ?

Laura la dévisagea.

— Parler à mon producteur, bien sûr. Whitney était une icône, à Nashville. Nous allons faire une compilation de ses meilleurs reportages pour lui rendre hommage. Je ne m'en ferais pas trop, si j'étais vous, à propos des autres journalistes. Les caméras vont rester éteintes. Par respect pour notre consœur, vous voyez le genre ?

— Pourquoi ne vous comportez-vous pas toujours comme ça, vous autres ?

— Allez, lieutenant, vous savez bien ce qu'il en est. Nous ne voulons pas choquer les téléspectateurs. En outre, ce n'est pas bien de vouloir capitaliser sur la mort de Whitney. Je l'admirais, figurez-vous.

Sur ces mots, Laura disparut dans sa camionnette. D'autres arrivaient, toute la cohorte des chaînes locales d'ABC, de CBS, de NBC et de Fox. Mais tous ces journalistes ne faisaient montre d'aucune activité. Pas d'antennes satellites qui se dressaient vers le ciel, ni de câbles qu'on déroulait. Personne n'était en train d'écrire un article. Ils faisaient corps, oublieux des rivalités professionnelles, pleurant la perte de l'une des leurs. Une sorte de cortège funèbre imprévu à West End. « C'est comme nous, songea Taylor. Quand un flic se fait descendre, c'est ce qu'on fait. On oublie toutes les animosités, les peurs et les haines. On porte le deuil tous ensemble. La plupart du temps. » Elle n'aurait jamais imaginé que les gens des médias puissent réagir de la même façon.

Dieu merci, aucun de ces journalistes ne réclamait d'informations sur le Violeur de la Pluie. Ils étaient trop choqués pour tirer profit de l'opportunité, pour une fois. Taylor s'éloigna de ce groupe endeuillé et revint vers Sam. Elle trouva que son amie avait encore l'air pâle et se dit qu'elle-même ne devait pas être très pimpante non plus. La montée d'adrénaline était passée et la gueule de bois reprenait ses droits. Elle se sentit soudain très fatiguée. En arrivant à hauteur de Sam, elle voulut poser un bras sur l'épaule de son amie, pour la réconforter, mais recula promptement en découvrant une tache de sang sur la manche de Sam.

— Tu as du sang sur ta veste.

Sam regarda sa manche d'un air surpris.

— Hum. Je suis vraiment maladroite. Bon, ben, ça se lave. Comment ça se passe, avec les journaleux ?

— Ils sont effondrés. Pas de photos, pas de films. Ils sont sous le choc. La plupart d'entre eux se demandent comment traiter le sujet sans se mettre toute la ville à dos. En fait, ils ne se comportent pas comme des vautours, ce qui n'est déjà pas mal. Pas besoin de s'inquiéter pour eux.

Sam lui adressa un sourire.

— Merci, Taylor. Tu es vraiment épatante. Il faut que j'aille à l'institut médico-légal. Toi, ça va mieux ?

— Bof... Il faut que je file au bureau. Et que je prenne un ou deux cachets d'aspirine. J'espère que mes adjoints auront résolu tous les problèmes du jour, que je puisse piquer un petit somme.

— Tous les hommes sont à tes pieds et tu as si peu de temps à leur accorder. Embrasse Baldwin de ma part.

Sam lui pressa le bras doucement avant de s'éloigner.

23.

Baldwin mit ses mains en visière face au soleil éblouissant pour observer le déploiement d'activité autour du corps sans vie. Chaque intervenant sur la scène du crime remplissait une tâche bien précise, et pourtant on aurait dit des fourmis s'activant de façon chaotique. La similitude avec les précédentes scènes avait quelque chose de déroutant. Il mit de côté cette remarque, se promettant d'y revenir plus tard. Il se glissa sous le ruban jaune et constata que Marni Fischer bénéficiait de toutes les attentions que requiert un cadavre.

Il se rendit auprès de ce dernier, chaussant ses Ray-Ban pour filtrer la lumière aveuglante. Fasciné par ce qui avait été une superbe jeune femme, il s'accroupit pour l'examiner de plus près, chassant les mouches qui voletaient autour de son visage. Marni Fischer était nue, allongée sur le dos dans l'herbe, les bras en croix. Ses bras étaient amputés au niveau du poignet, ses mains avaient disparu. C'est là que s'arrêtaient les similitudes. Il ne s'était pas trompé dans ses prévisions. Le tueur était bien en train de monter en puissance, de devenir plus violent.

Baldwin porta son regard sur ce qui avait été le visage de Marni. De profondes entailles le quadrillaient du front au menton. Des coups de couteau portés avec rage. Baldwin se demanda ce qu'elle avait bien pu faire pour provoquer la colère de son bourreau.

Il songea qu'il ne faudrait pas oublier de vérifier les traces d'une activité sexuelle : la séduction avait caractérisé les modes opératoires précédents, mais il en allait peut-être tout autrement dans ce cas-là.

Les jambes de la victime étaient pudiquement croisées au niveau des genoux; une fine chaîne en or était enroulée de façon incongrue autour de sa frêle cheville droite. Baldwin se dit que cette chaînette évoquait davantage une entrave qu'un bijou.

A quelques mètres du corps de Marni, un autre emplacement, plus petit, avait été délimité. Une main blême, paume vers le ciel comme en une supplique, était posée dans l'herbe. Les policiers avaient maintenant bien compris qu'il fallait systématiquement fouiller les alentours en quête d'une main. Ainsi instruits, ceux de Roanoke n'avaient pas tardé à retrouver ce trophée abandonné. Pourquoi le tueur laissait-il ainsi une des mains de sa précédente victime non loin du corps? Encore une particularité à ajouter à la liste déjà longue de ses bizarreries, à l'ensemble des éléments qui constituaient le psychisme de ce tueur en série.

Le vent se leva et Baldwin eut la surprise de voir arriver un amoncellement menaçant de nuages noirs en provenance de l'ouest, qui enveloppait déjà les montagnes environnantes. Il s'interrogea sur le temps qu'il venait de passer là, à examiner ce corps. Il valait mieux lever le camp avant qu'il ne se mette à pleuvoir. Dans le Sud, après un après-midi aussi lourd et ensoleillé, il fallait s'attendre à ce qu'un orage survienne.

Il se tourna vers Grimes. L'homme était au bout du rouleau.

Il dépérissait à vue d'œil depuis qu'il avait été avisé que le corps de Marni avait été retrouvé. A présent, il essayait d'éviter le projecteur d'une camionnette de télévision, au lieu d'assister Baldwin dans son examen du cadavre. Il allait falloir trouver un moyen de procurer un peu de repos à Grimes. Or, tant que ce tueur était dans la nature, il y avait peu de chances pour que Grimes obtienne un congé.

Après avoir examiné une dernière fois le corps, Baldwin s'apprêtait à rejoindre Grimes lorsqu'il entendit quelqu'un l'interpeller dans son dos :

— On peut l'évacuer, maintenant, agent Baldwin ?

Le ton de l'homme était légèrement sarcastique. Baldwin se tourna et vit un jeune sergent bien en chair, taches de rousseur et cheveux roux, dont les gros poings étaient serrés. Un de ces flics locaux qui n'appréciaient pas les intrusions du FBI sur leur territoire. Baldwin comprenait leur frustration. Le FBI intervenait pour leur souffler les plus belles affaires — ainsi qu'il l'avait fait au détriment de Taylor. Il se tourna et adressa un geste interrogateur à Grimes, et celui-ci secoua la tête. Baldwin sentit quelqu'un lui donner une tape dans le dos. C'était d'ailleurs presque un vrai coup. Il se tourna vers le rouquin qui lui faisait face d'un air hostile, les mains sur les hanches.

Baldwin recula d'un ou deux mètres et se frotta le crâne, ébouriffant son épaisse chevelure. Il sentit l'agacement le gagner. Un sergent de la police locale qui jouait les durs, cela posait problème. Il entendait le bourdonnement implacable d'un hélicoptère de la télévision, qui filmait la scène avec ses téléobjectifs et transmettait des informations en direct aux journalistes des studios.

— Je vous ai demandé si je pouvais l'évacuer.

Ce n'était pas une requête, mais un défi.

— J'aimerais savoir quelque chose, sergent, dit Baldwin calmement.

L'homme le dévisagea comme si Baldwin venait d'assassiner la fille qui gisait à ses pieds.

— Vous croyez qu'elle a été juste balancée là ou bien que c'est une mise en scène ?

L'homme se gratta l'occiput.

— Ben, ça crève les yeux que c'est une mise en scène. On vous apprend pas ce genre de trucs dans vos écoles, monsieur l'agent du FBI ?

Baldwin adressa un sourire contrit à l'homme.

— Vous avez déjà vu un corps jeté d'une voiture, sergent ?

— Bien sûr. Beaucoup, même. Ils dégringolent et atterrissent sur le dos, les bras en croix et les jambes croisées… Euh…

— Vous l'avez dit. Regardez-la mieux.

Le sergent prit son temps, tourna autour du corps, dans un sens puis dans l'autre, en suçotant un cure-dents qui était apparu comme par enchantement au coin de sa bouche. Il fit un autre tour et cracha, en prenant soin de se détourner du cadavre.

— Ben, je dirais qu'il y a une bonne chance pour qu'elle ait été jetée hors d'une voiture.

— Et vous avez trouvé des traces de pneus pour étayer cette théorie ? demanda Baldwin en fixant le jeune homme d'un air impatient.

— On n'en a pas vu, m'sieu.

Baldwin prit note du « m'sieu » et décida d'arrêter d'embêter le jeunot.

— Il y a donc une bonne chance pour que le meurtrier se soit garé au bord de la route avant de porter le corps jusqu'ici pour le placer dans cette position, plutôt que de rouler sur l'herbe, de se débarrasser du cadavre et de se tirer en vitesse.

Le sergent le regarda en louchant.

— Vous m'avez mené en bateau, hein ?

— Non, jeune homme. Je ne plaisante jamais quand il s'agit de la mort. Je voulais juste vous amener à envisager une autre possibilité. Rien n'est jamais évident sur une scène de crime.

Il aperçut Grimes qui lui faisait de grands gestes. Il était temps d'aller à la morgue.

— Faites venir vos hommes. Vous pouvez emporter le corps, maintenant. En plus, il va pleuvoir.

Il tourna les talons et s'éloigna du corps de la fille. Peut-être le sergent retiendrait-il la leçon. Ne jamais tirer de conclusions hâtives, surtout dans une enquête aussi complexe. Il décrocha son téléphone portable de sa ceinture et sélectionna un numéro en accès rapide. Une voix répondit dans l'écouteur une sorte de salutation.

— Oui ?

— Garrett, c'est Baldwin. Je suis à Roanoke.

— C'est le même tueur ?

— On dirait bien.

Baldwin sentit plus qu'il n'entendit le profond soupir de son correspondant. Il comprenait ce que ressentait Garrett ;

lui-même, quand il avait vu la fille, il s'était senti vidé de toute volonté.

— Du nouveau, à propos du profil géographique ? demanda-t-il.

— Non, la recherche n'est pas terminée. Mais j'ai regardé la carte, et je crois qu'il y a en effet une piste de ce côté-là. Le problème, avec ce logiciel, c'est qu'il faut au moins huit localisations pour qu'il soit fiable. Donc, les résultats seront forcément incomplets. Je ne compterais donc pas trop dessus, si j'étais vous.

— Bon. Mais quand même, s'il y a des résultats, faites-le-moi savoir. Ce sera mieux que ce dont on dispose pour l'instant, c'est-à-dire rien. Ce type est en train de monter en puissance, c'est sûr, Garrett. Il a sectionné les mains de la dernière victime, comme dans les cas précédents, mais il lui a aussi sérieusement tailladé le visage. Si c'était un simple meurtrier, je dirais qu'il essaie de gagner du temps, de retarder l'identification. Mais grâce aux médias, tout le pays savait que Marni Fischer avait disparu. Il ne cherche pas à nous mener sur une fausse piste en prélevant les mains. Ce n'est pas une question d'identification. Les mains, il les collectionne. Je ne sais pas, Garrett, mais il y a quelque chose qui cloche dans cette affaire. Comme dans les autres cas, il y a préméditation, et il y a mise en scène… Aucun doute là-dessus. Mais je n'arrive pas à percer ses motivations. Il va trop vite, il se déplace dans trop d'Etats. Je ne sais pas si on va pouvoir l'arrêter sur le fait. Il est en train de construire un scénario dont nous ignorons tout, et dont nous n'aurons le fin mot qu'au moment qu'il aura choisi. Mais combien de filles vont y passer d'ici là ?

Il soupira et se passa la main dans les cheveux de nouveau. A ce train, il aurait une crête de punk avant la fin de l'après-midi.

— Dans ce cas, Baldwin, je vous conseille d'essayer de prévoir ce qu'il prépare maintenant.

— Je fais de mon mieux. Là, je dois accompagner le corps à la morgue, pour assister à l'autopsie. Il faut que je voie si…

— Je sais, l'interrompit Garrett. Allez-y.

Baldwin rangea le téléphone et s'adossa contre une voiture de patrouille. Il plaça ses doigts devant sa bouche et laissa échapper un sourire. Avec tout ça, il avait oublié d'appeler Taylor. Elle l'avait sauvé de lui-même, du monde de la mort et de l'agonie. Elle avait sauvé son âme, ce qui était plus important pour sa survie que les battements de son cœur. Cette pensée le fit sourire. Un moment en tête à tête avec elle lui ferait le plus grand bien. Il en était ainsi depuis qu'il la connaissait. Il l'imaginait en train de s'affairer dans la cuisine, à Nashville, égrenant quelques commentaires par-dessus son épaule tout en préparant le dîner. Il vit son sourire, ses yeux gris taquins, l'un légèrement plus foncé que l'autre… Et ses lèvres pleines, sa longue chevelure blonde qui tombait en cascade dans son dos. Il songea à la nuit où ils avaient fait l'amour pour la première fois, et éprouva une certaine gêne en sentant naître une érection. Il se tourna pour faire face au véhicule et se prit la tête à deux mains. Merde, voilà qu'il était excité rien qu'en pensant à elle, envahi par un désir presque douloureux. C'étaient les petits riens qui l'attachaient le plus à elle. Son rire rauque, sa voix grave. Le corps plein d'énergie. La peau soyeuse de sa nuque, non loin de la balafre — la cicatrice de cette entaille à la gorge qui avait failli lui coûter la vie. Il se languissait d'elle, de sa douceur, de ses baisers, de sa voix, de son étreinte chaude et sensuelle, de tout ce qui aurait pu l'extraire un instant de ce champ désolé. Il avait toujours été frappé par les liens intimes entre la mort et le sexe. Il supposait que c'était ce qui expliquait pourquoi certains hommes en arrivent à tuer par amour.

Il regarda autour de lui, vit les brins d'herbe qui se dressaient dans l'attente de la pluie prochaine, le pollen qui se collait à tous les objets inanimés en vue. Le soleil commençait à se voiler, l'orage était imminent, et Baldwin était entouré de gyrophares et assailli par l'odeur de la mort. Des voix se faisaient entendre autour de lui, impatientes ou grincheuses. Pourtant les criquets continuaient à chanter, imperturbables et indifférents à la menace de la pluie, donnant à la scène un petit air d'excursion de campeurs. Il se demanda pour la centième fois ce qu'il faisait là. Toujours aux trousses d'un tueur, alors qu'il aurait pu rester à la maison dans les bras protecteurs de Taylor, loin des tristes réalités de sa vie. Il était temps qu'il démissionne définitivement, il le savait. Taylor avait pansé les plaies de son cœur, mais des meurtriers à l'affût hantaient encore son esprit. Il aurait voulu rentrer chez lui, mais il se détacha de la voiture de patrouille. Il fallait qu'il se rende à la morgue pour assister à l'autopsie. Pas le temps de penser à l'amour. Il se durcit, mit en sourdine ses états d'âme et se dirigea vers Grimes.

— Tu es prêt ? On va à l'institut médico-légal. Ils nous ont promis de procéder rapidement à l'autopsie en notre honneur.

— Baldwin, vas-y tout seul. Je reste ici avec les collègues

qui s'occupent de la scène du crime. Je vais voir si on ne trouve rien d'autre, avant que la pluie ne vienne effacer les traces.

Baldwin hocha la tête d'un air dubitatif et chercha le sergent roux du regard. Moins de une heure plus tard, il avait enfilé la blouse et les gants fournis par le médecin légiste.

Il ouvrit la bouche pour dire quelque chose mais fut interrompu par ce dernier, un jeune médecin cordial nommé Rusty Sampson.

— Eh ben !

— Eh ben quoi, docteur ?

— Elle s'est bien débattue. Vous voyez les ecchymoses sur les avant-bras ? Des blessures défensives, aucun doute là-dessus. Elle a une bosse sur le crâne, aussi. On va peut-être tomber sur un hématome subdural intercrânien quand on examinera le cerveau. Elle s'est fait sérieusement tabasser. Elle a peut-être perdu connaissance. Et regardez ça, une fracture de l'os hyoïde. On distinguait déjà bien les traces de strangulation dans le champ, tout à l'heure, mais là c'est flagrant.

— Il l'a étranglée avant ou après l'avoir tailladée ?

— Il y a des traces de sang coagulé dans les entailles qu'il a faites au couteau sur son visage. On peut donc en déduire que ces blessures ont été infligées avant le décès. Mais les mains ont été sectionnées après, ça, c'est certain. N'empêche qu'il lui a vraiment lacéré le visage, la pauvre.

— Elle a été violée ?

— Je ne sais pas si je peux parler avec certitude de viol, mais regardez ce que j'ai trouvé dans son vagin.

Le médecin tendit à Baldwin un récipient contenant un petit fragment de ce qui semblait être un lambeau de peau translucide.

— Un bout de préservatif qui s'est détaché du bord enroulé. Je ne vois pas de traces de sperme, même si, bien sûr, on va l'envoyer au labo pour l'analyser. Elle a des plaies aux parties génitales, aussi. Je n'aime pas formuler des hypothèses, mais il se peut qu'il ait perdu sa capote et qu'il l'ait récupérée avec les doigts, vous voyez ce que je veux dire ? Ces préservatifs ne sont pas aussi solides qu'ils en ont l'air, on peut les déchirer facilement d'un coup d'ongle.

— Je me demande…

Baldwin fit un pas de côté, les yeux dans le vague. Le tueur, s'étant rendu compte que le préservatif avait glissé, avait-il voulu la punir cruellement ? C'était une possibilité. Il avait peut-être essayé de récupérer le préservatif rapidement mais avait eu du mal à y parvenir. Un incident banal pour un couple normal. Mais pour un tueur cherchant à dissimuler son identité, il en allait tout autrement. Le moindre échec était susceptible de le mettre en fureur, le poussant derechef à franchir un autre échelon dans la violence.

— Vous pouvez me donner une estimation de l'heure du décès ?

— Eh bien, le vide-ordures est ouvert depuis au moins une journée.

Baldwin secoua la tête d'un air dégoûté.

— Je ne la connaissais pas, celle-là. Le vide-ordures ? Pour parler du relâchement des sphincters ? Où est-ce que vous allez chercher tout ça, vous autres ?

— Je crois que je l'ai entendue dans une série télé, *Law and Order*. Plus sérieusement, elle était morte depuis au moins dix-huit, vingt-quatre heures quand la police l'a trouvée. Des vers dans les moignons, davantage encore dans ses orifices, pas mal de larves de mouches à viande. Le corps était en pleine nature et les mouches s'en sont donné à cœur joie. Ajoutez-y le soleil et vous pouvez imaginer comment ça grouillait là-dedans.

— Elle n'a disparu que depuis deux jours et…

Baldwin ne termina pas sa phrase. Le meurtrier n'avait pas perdu de temps avant de la tuer. Celle-là, il l'avait enlevée au hasard, massacrée sauvagement, transportée et abandonnée sans tarder. Il avait encore pris de l'avance.

— Rien d'autre ? demanda-t-il.

— Non. J'en saurai plus après les résultats des analyses toxicologiques.

— Bon. Merci, docteur. Si vous avez du nouveau, tenez-moi au courant.

Une autre victime au tableau de chasse de l'Etrangleur du Sud, songea-t-il en quittant les lieux. Il fallait qu'il retrouve Grimes pour l'informer de ce que le médecin lui avait dit.

24.

Les policiers de Nashville serraient les rangs autour de Betsy Garrison. La rumeur atteignait des proportions épiques. De nombreux policiers ne connaissaient pas l'identité de la dernière victime du Violeur de la Pluie, mais ils savaient presque tous qu'elle appartenait aux services de police, et le nom de Betsy revenait souvent. A la suite de pressions insistantes, les médias avaient accepté de ne pas divulguer l'identité de Betsy, mais ils ne s'en déchaînaient pas moins dans leurs articles et reportages. Les chaînes câblées nationales étaient entrées dans la danse, elles aussi, et tous les grands réseaux de télévision en faisaient des tonnes sur cette affaire, et se répandaient en hypothèses et en insinuations. Les journalistes spécialisés dans les faits divers appelaient sans répit pour obtenir des interviews des responsables policiers et tous les services fonctionnaient au ralenti. Jamais on n'avait autant parlé du Violeur de la Pluie, qui devait s'en délecter. Et c'était tout le travail des policiers qui en pâtissait.

Ayant reçu la consigne d'accélérer la marche de l'enquête, Lincoln Ross et Marcus Wade vérifiaient chaque indice, chaque rumeur avec la plus grande diligence. La piste la plus sérieuse consistait à interroger de nouveau la victime précédente du violeur, celle qui avait laissé entendre à Betsy qu'elle avait reconnu son agresseur.

Lincoln gara la voiture banalisée devant un petit bungalow datant des années 1940. La peinture était écaillée, les moustiquaires étaient déchirées, pas un brin d'herbe ne poussait dans le jardin poussiéreux.

Dans ce quartier, où les maisons les moins chères coûtaient déjà une fortune, ce bungalow était l'un des derniers à subsister. La tendance sur le marché de l'immobilier de Nashville consistait à racheter les logis modestes situés sur des parcelles convoitées, à les démolir et à construire à leur place de hideuses demeures modernes. La course à la plus-value immobilière avait gagné la population locale.

Marcus regarda autour de lui et exprima à haute voix ce que Lincoln était en train de penser.

— Elle n'a pas vraiment le même profil que les autres victimes, hein ?

Lincoln secoua la tête en silence, sans quitter la petite maison du regard. Six des victimes du Violeur de la Pluie habitaient dans de belles demeures bien entretenues, dans des quartiers résidentiels protégés. Même la maison de Betsy était située dans un quartier qui commençait à être recherché. Cela contribuait à accroître la terreur qu'inspirait le Violeur de la Pluie : s'il était capable d'éviter les vigiles et de franchir les grilles en acier qui entouraient ces quartiers huppés, il pouvait donc frapper où bon lui semblait. Il avait visiblement une préférence pour les femmes des classes supérieures. Or, cette victime-là, à en juger par les apparences de son logis miteux, ne correspondait pas au profil de ses proies habituelles.

Ils sortirent de la voiture au moment même où un beagle

atteint de surcharge pondérale surgissait de l'arrière de la maison pour les accueillir. Prenant un air beaucoup plus méchant qu'il ne pouvait se le permettre, il fonça droit sur Lincoln, aboyant comme un véritable chien de garde. Les battements de sa queue contredisaient son air farouche et lorsque Lincoln lui caressa le crâne, l'animal devint aussi docile qu'un chiot. Il cessa d'aboyer et se mit à pousser de petits cris de plaisir, ravi d'obtenir un peu d'attention.

Une voix se fit entendre de l'intérieur :

— Wally! Waalllyy! C'est fini, ce boucan?

Lincoln et Marcus échangèrent un regard. Lincoln haussa les épaules, gratifia le chien d'une dernière caresse et se dirigea vers le porche affaissé et grisâtre. Les marches du perron grincèrent sous son poids. Une vague odeur de marijuana vint lui chatouiller les narines. Il frappa énergiquement à la porte.

— Police de Nashville, annonça-t-il d'un ton autoritaire.

Il entendait Marcus ricaner derrière lui, n'y prêta aucune attention et se remit à frapper. Il entendit un cliquetis de l'autre côté, puis une femme aux traits tirés et aux cheveux filasse apparut sur le pas de la porte. Ses yeux étaient injectés de sang, mais elle ne manifestait aucun signe évident d'ivresse.

— Ouais? Quesse vous voulez?

Lincoln fit sa tête de flic.

— Lucy Johnson?

— J'ai rien fait de mal.

— On est venus vous parler de l'incident que vous avez signalé. Le, euh… le viol.

Lincoln tourna les yeux vers Marcus, en quête de soutien,

mais ce dernier était occupé à gratter le ventre de Wally. Lincoln fit la moue et se tourna vers la femme. Ce n'était pas par hasard qu'il travaillait à la brigade des homicides et qu'il adorait les ordinateurs. Il savait s'y prendre avec la mort et avec les objets inanimés beaucoup mieux qu'avec les vivants.

Lucy Johnson fit une grimace comme si elle allait fondre en larmes. Lincoln se tourna vers Marcus, l'implorant du regard de venir à sa rescousse. Marcus délaissa le chien et vint à son tour à la porte.

— Madame Johnson, nous voulons simplement…

— Mademoiselle.

— Pardon ?

— C'est Mademoiselle Johnson.

La menace des pleurs passée, elle se mit à sourire d'un air enjôleur à Marcus. Il regarda Lincoln du coin de l'œil. Peut-être n'aimait-elle pas les grands noirs en costume de marque. Il contourna Lincoln et fit un geste en direction de la porte.

— On peut entrer, mademoiselle Johnson ?

Elle jeta un bref coup d'œil inquiet par-dessus son épaule.

— Non, restons dehors. C'est le fouillis à l'intérieur.

Elle ouvrit en grand la porte à moustiquaire et Lincoln dut se pousser vivement pour éviter que le battant crasseux n'entre en contact avec son beau costume. Marcus réprima un rire en se couvrant la bouche d'une main.

A la lumière du jour, Lucy Johnson n'avait pas l'air aussi rebutante que dans la pénombre. Sa coiffure n'était pas de la première fraîcheur, mais ses longues jambes et son minishort étaient des attributs dignes d'intéresser les deux policiers.

Elle glissa ses pieds dans une paire de tongs en plastique et sortit dans le jardin en ondulant des hanches de manière outrancière. Le beagle se recroquevilla un instant avant de rejoindre sa maîtresse, la langue pendante.

Marcus haussa un sourcil, consulta du regard Lincoln qui hocha la tête doucement. Puisqu'elle se sentait plus à l'aise avec Marcus, c'était à lui de mener l'interrogatoire. Lincoln se croisa les bras et se redressa, soucieux de ne pas s'appuyer contre le pilier crasseux du porche. Marcus suivit la femme dans le jardin à l'abandon.

— J'ai déjà tout raconté à cette nana de la brigade des agressions sexuelles, dit-elle. Ch'crois pas qu'elle m'a crue.

— Pourquoi donc ?

— Elle me regardait d'un drôle d'air. Comme si elle valait mieux que les autres. Où qu'elle est, d'ailleurs, celle-là ?

— L'inspecteur Garrison a eu un accident de voiture, m'dame. On assure l'intérim pendant qu'elle se remet.

Lucy détourna le regard et demanda :

— C'est grave ?

— Non, elle s'en remettra, m'dame. Je lui dirai que vous avez demandé de ses nouvelles. Aujourd'hui, on voudrait que vous nous donniez plus de détails sur votre affaire. L'inspecteur Garrison nous a dit que vous seriez en mesure d'identifier votre agresseur.

Lucy enfonça un orteil dans une touffe d'herbe fanée.

— Ben, ouais. Je lui ai peut-être bien dit un truc comme ça.

— Ça veut dire que vous pouvez l'identifier, ou pas ?

Marcus sentit plus qu'il ne vit Lincoln se dandiner sur le perron. Ils étaient en train de perdre leur temps.

Lucy resta silencieuse un moment, comme si elle n'arrivait pas à se décider à dire la vérité. Elle rappelait à Marcus une gamine prise en train de voler dans une confiserie, se demandant si elle devait admettre la présence d'un bonbon dans sa poche ou nier jusqu'à la mort. La conscience finit par l'emporter.

— Je pourrais pas l'identifier à coup sûr. C'est juste que… il avait quelque chose de… familier.

Elle prononça ce dernier mot lentement, comme si elle ne l'avait jamais employé auparavant et qu'elle n'était pas sûre de savoir le prononcer.

Marcus se frotta le menton, essayant de se donner une contenance.

— D'accord, je comprends ce que vous voulez dire. Vous ne voulez pas dénoncer un innocent. Cela vous honore. Mais en quoi vous a-t-il paru… familier ? Vous l'avez déjà vu quelque part ?

— Ben… partout. C'est comme s'il était toujours dans le coin. Partout où je vais. A la station-service, à la salle de sport, à l'épicerie.

— Vous pensez qu'il vous suit partout ?

— Non. Il se rend pas compte que je le reconnais. On dirait juste que je le croise partout où je vais, ce mec. C'est ses bras. C'est tout ce qu'en j'en ai vu, ses bras. Il était masqué, mais il avait de ces bras ! Epais et noueux. Et il me serrait fort avec ! C'est ses bras que j'arrête pas de voir partout.

Sa voix tremblait un peu mais ses yeux restaient secs.

— Vous connaissez son nom, m'dame ?

Elle secoua la tête d'un air misérable, s'efforçant de ne pas pleurer.

— Non.
— Vous en savez plus sur lui ? Son odeur ? Une expression spéciale qu'il employait ?

Lucy secoua la tête de nouveau.

— Non, non. Rien de ce genre.
— Mais vous pensez quand même le connaître ?
— Non, j'ai pas dit ça. Je ne sais pas comment il s'appelle. Mais je reconnaîtrais sa voiture, répondit-elle en esquissant un sourire.

Marcus adressa un regard plein d'espoir à Lincoln qui s'était subitement mis à tendre l'oreille. Ils étaient peut-être sur le point d'obtenir une information décisive. Ils allaient peut-être résoudre l'affaire du Violeur de la Pluie en une journée, alors que la brigade des agressions sexuelles enquêtait en vain depuis des années sur ce dossier.

Marcus se rapprocha de Lucy, lui posa la main sur le bras. Elle ne sursauta pas, elle se contenta de fixer sa main comme si personne ne l'avait jamais touchée auparavant. Marcus eut le sentiment qu'elle n'était surtout pas habituée à être touchée de manière aussi innocente. Elle leva la tête vers lui et le fixa droit dans les yeux.

— C'est une voiture banalisée. L'homme qui m'a violée, c'est un flic.

25.

Christina Dale s'éveilla tranquillement, dans une sorte de tiédeur embrumée. Elle s'accrocha aux derniers restes de son rêve, des images de son enfance, un parc ou bien était-ce son jardin ? L'endroit était verdoyant et chaleureux, et elle pouvait encore sentir l'odeur d'oignon qu'exhalait la pelouse fraîchement tondue. Le ciel était d'un bleu pâle et intense à la fois, parsemé de nuages cotonneux. Elle se sentait heureuse, c'était un rêve charmant, de ceux où l'on se dit au réveil que la journée va être magnifique. Un vague sourire se forma sur ses lèvres, et elle commença à émerger, les images s'éloignèrent, emportées par la brise.

Elle voulut se retourner et se rendit compte que son corps n'obéissait pas à son cerveau. C'était bizarre. Elle était peut-être encore ivre. Cela lui arrivait parfois — elle se réveillait en sentant encore les effets de l'alcool ingurgité la veille. Surtout quand s'y ajoutaient ceux des sédatifs que les étudiants appréciaient tant. Le Rohypnol la rendait toujours molle le lendemain.

Elle tenta de tendre le bras pour se masser la jambe et tester sa sensibilité. Ses yeux s'ouvrirent en grand et elle comprit que quelque chose d'affreux était en train de se passer. Ses bras et ses jambes étaient ligotés. Elle se réveilla tout à fait, prise de panique, et une fulgurante montée d'adrénaline lui fit prendre conscience de la situation. Une corde lui serrait cruellement les côtes. Ses bras étendus au-dessus de sa tête tiraient douloureusement les articulations de ses épaules. Elle essaya de se tortiller mais ne parvint qu'à resserrer ses liens, au point d'en perdre le souffle.

— Oh ! mon Dieu ! gémit-elle.

Tout lui revint alors à la mémoire. Le sourire nonchalant, la masse de cheveux noirs qui balayaient le front, les yeux d'un bleu intense et métallique. Sa mère lui avait tant de fois répété qu'elle était trop ouverte, trop confiante. Elle l'avait mise en garde, prédisant que si elle continuait à coucher avec tous les garçons qu'elle rencontrait, il finirait par lui arriver de graves ennuis, qu'elle en mourrait peut-être. Mais qui n'aurait pas été séduite par ce type charmant en compagnie duquel elle avait quitté le bar, la veille ?

Elle regarda autour d'elle, essaya de se remémorer dans le détail comment elle avait pu se retrouver dans une telle situation. Etait-elle allée trop loin, cette fois ? Avait-elle demandé à être attachée ? Elle l'avait déjà fait, en petite provinciale qui essaie des plaisirs inconnus, mais sans jamais en pâtir. Peut-être ce type — comment s'appelait-il, déjà ? — s'était-il simplement endormi après leurs ébats. Elle regarda de part et d'autre et ne vit qu'une chambre de motel vide aux murs blancs et mornes, un téléviseur bon marché surplombé d'un tableau hideux représentant un paysage dans les jaunes et les orange. Elle était seule.

Soudain, elle entendit la chasse d'eau et se détendit un peu. Une ombre longea le mur et l'homme fit son apparition.

C'était bien lui, nu et échevelé, l'air encore plus sexy que la veille.

— Bonjour, mon chéri. Bon, tu me détaches, qu'on puisse s'y remettre ?

Il sourit mais ne s'approcha pas ; il se contenta de la regarder comme un chat sauvage en rut.

— Sérieux, détache-moi. Ça commence à me faire mal, ces cordes.

Elle comprit, avant même de voir le couteau, qu'il n'avait aucune intention de la libérer. Qu'il ne la laisserait jamais partir. Elle ouvrit la bouche pour hurler mais il ne lui en laissa pas le temps, et lui scella les lèvres avec de la bande adhésive ultra-résistante, étouffant ses cris au fond de sa gorge.

Tandis que son mystérieux amant traçait lentement un sillon dans le visage de Christina à la pointe de son couteau, il cessa de sourire et ne dit qu'un seul mot, le dernier qu'elle devait entendre :

— Adieu.

26.

Taylor était dans son bureau, attendant le retour de Lincoln et Marcus, partis interroger l'avant-dernière victime présumée du Violeur de la Pluie. Elle venait de rater un appel de Baldwin, ce qui la rendait maussade. Elle aurait voulu lui parler, mais il était dans les cadavres jusqu'au cou.

Tandis qu'elle parcourait des rapports qui nécessitaient d'être complétés, Fitz fit irruption dans la pièce, suivi de Marcus et de Lincoln. Il arriva le premier sur le pas de la porte.

— Tout va bien ? demanda-t-il d'un ton bourru.

Taylor lui adressa un regard étonné.

— Tout va bien. Pourquoi ?

— Tu as l'air un peu malade, c'est tout. Tu ne couves pas quelque chose, au moins ?

Taylor balaya ses inquiétudes du revers de la main.

— Je me suis couchée tard. Sinon, je vais très bien.

— Tu es prête à entendre ce que les petits jeunes ont à te dire sur le Violeur de la Pluie ?

Elle hocha la tête.

— Ouais, allons-y. Allons dans la salle de réunion. On étouffe ici.

Elle les conduisit jusqu'à la salle en question, puis ferma

la porte derrière elle à double tour, afin d'éviter qu'ils soient interrompus par des importuns.

— Bon, dites-moi tout. Marcus et Lincoln, à vous de commencer.

Lincoln se cala dans son fauteuil, posa une chemise sur ses cuisses et l'ouvrit en grand.

— Nous avons recueilli les déclarations de la dernière victime du Violeur de la Pluie, Lucy Johnson. Il s'agit de la septième victime, celle qui avait confié à Betsy Garrison qu'elle croyait avoir reconnu son agresseur, vous vous souvenez ? Bon, après y avoir réfléchi pendant quelques jours, elle n'en était pas assez sûre pour le dénoncer. Marcus lui a fait du charme, en quelque sorte, et l'a convaincue que c'était ce qu'il fallait faire. C'est là qu'il y a un problème. Elle pense que c'est un type qui fait ses exercices de musculation dans la même salle de sport qu'elle. Elle le croise souvent en ville, aussi. Et à la station-service quand elle va faire le plein. Et aussi au supermarché quand elle va faire ses courses. Bref, c'est un habitant du quartier. Et c'est ça qui est un peu étrange.

— Tu crois qu'elle est sincère ?

Lincoln secoua la tête.

— Nous savons que le violeur opère dans un périmètre géographique bien précis. Il n'en est sorti que pour aller agresser Betsy, dans l'est de Nashville. Tous les autres viols ont eu lieu dans l'ouest ou le sud de la ville : Bellevue, Forrest Hills, Franklin et Brentwood.

— Où habite cette Lucy Johnson ? l'interrompit Taylor.

— Dans la partie sud du comté de Davidson, à proximité de la nationale 100, à la limite du comté de Williamson.

— Et quelle salle de sport fréquente-t-elle ?

— Celle de la YMCA à Maryland Farms.

Lincoln sortit d'autres notes de son dossier.

— Au moins trois des précédentes victimes vont faire de la gym dans cette salle de sport. Il y a donc un rapport. C'est pour ça que Betsy a cru tenir le bon bout quand Mlle Johnson lui a déclaré qu'elle pensait que c'était un type qui venait y faire de la musculation.

— Tout cela est bel et bon, mais l'a-t-elle identifié ?

Marcus esquissa un sourire.

— C'est ça le problème. Elle fait du tapis de jogging et du vélo fixe. Apparemment le type, lui, fait des haltères. Elle n'a pas vu son visage pendant le viol, elle ne reconnaît que ses bras.

Taylor feuilleta son propre dossier, parcourant les déclarations des victimes.

— Des haltères ? Je croyais qu'il était censé être de frêle constitution.

— Mince, pas très grand, mais musclé et robuste. C'est ce que Lucy Johnson en dit, en tout cas.

Fitz était resté silencieux tout au long de cet échange.

— Est-ce qu'elle pourrait le reconnaître parmi d'autres types au cours d'une séance d'identification de suspect ? demanda-t-il.

C'était du Fitz tout craché, pragmatique et soucieux d'efficacité.

— Elle ne se souvient pas du visage. Mais des bras, du corps, de sa manière de marcher. Elle a ajouté que ça faisait longtemps qu'elle ne l'avait pas vu à la salle de sport. Donc, à moins de faire une recherche sur tous les usagers de cette salle et d'organiser ensuite une séance d'identification où ils montreraient tous leurs bras, c'est une impasse.

Taylor se mordilla la lèvre.

— Je croyais vous avoir entendus dire qu'elle le croisait dans son quartier, en train de faire ses courses par exemple.

Marcus consulta Lincoln du coin de l'œil et ils se regardèrent en silence.

— Allez, les gars, crachez le morceau. Il y a quelque chose d'autre, je le sens. C'est quoi ?

Lincoln hocha la tête sèchement vers Marcus.

— Quand elle le voit en ville, il n'est pas habillé en survêtement. Elle pense qu'il conduit une voiture banalisée. Et que c'est l'un des nôtres…

Taylor posa le dossier sur la table et haussa les sourcils.

— Une voiture banalisée, comme les véhicules de service de nos inspecteurs ? Ou juste la voiture d'un policier en civil ?

— Elle ne sait pas. Elle ne semble pas savoir grand-chose, mais elle est certaine de l'avoir vu monter dans une Caprice blanche. Elle a reconnu la manière dont un flic marchait au supermarché. Elle pense qu'il fait de la musculation dans la même salle de sport qu'elle. Et qu'il s'est introduit chez elle un jour et l'a violée. C'est un peu mince.

— Est-ce qu'elle connaît le nom de ce flic ?

— Non, mais elle nous a donné une description de l'individu pas vraiment précise. Une dégaine de militaire, apparemment. Je ne sais pas, Taylor, je ne pense pas qu'on puisse arrêter quelqu'un en se basant sur sa manière de marcher. Et cette Lucy Johnson ne m'a pas paru vraiment claire, si tu vois ce que je veux dire. Il se pourrait bien qu'elle ait eu des hallucinations. Un viol, ça peut être très traumatisant.

— Merci pour le renseignement, Marcus, lui répondit Taylor en souriant. Mais il ne faut négliger aucune piste. Il faudrait en parler à Betsy pour voir ce qu'elle en pense. Vous pouvez vous en occuper ? Je crois qu'elle sort de l'hôpital aujourd'hui. Vous pourriez aller chez elle pour lui demander son avis. Et puis, les gars, je suis sûre que je n'ai pas besoin de vous rappeler d'être discrets. Nous ne voulons pas que la presse vienne camper sur son perron, compris ?

— C'est compris, lieutenant, pas de problème.

Marcus se cala dans son fauteuil et ajouta :

— Je me demande pourquoi il ne frappe que quand il pleut…

Taylor attendit en vain que quelqu'un réponde à cette question avant d'expliquer :

— Parce que la pluie le purifie de ses péchés et qu'elle lave les traces de ses forfaits.

Les trois hommes la regardèrent en hochant lentement la tête. Bon, c'était une explication logique, après tout.

Tandis que Marcus et Lincoln prenaient congé pour aller s'entretenir avec Betsy Garrison, Taylor fit signe à Fitz de rester.

— Qu'est-ce qu'il y a ? demanda-t-il en tripotant un crayon entre ses doigts boudinés.

— Julia Page est venue me voir. On dirait qu'elle s'inquiète au sujet de notre ami Terence Norton et de son aptitude à se tirer des mailles de la justice avec tant de facilité.

— Ouais, j'ai entendu parler de ce témoin récalcitrant qui s'est fait descendre par un dealer d'Atlanta. Ce mec était recherché là-bas. Et maintenant il est en taule ici pendant que les gens d'Atlanta réclament son extradition à cor et à cri. Ils tiennent absolument à le récupérer. Ils pensent que c'est le second couteau de l'un des plus gros trafiquants du coin. Ils veulent jouer à « faisons un marché » avec lui, et le plus vite possible. Tu sais que ces truands ont pour manie de mourir prématurément dès qu'ils sont susceptibles de témoigner contre leurs patrons.

— Ouais. Page a l'air de croire que ça va plus loin que ça. Elle pense qu'il a été envoyé pour réduire au silence le témoin, au cas où celui-ci changerait d'avis. Elle pense que c'est Terence qui a monté le coup.

— Avec une petite merde comme Terence, tout est possible. Ça se pourrait bien qu'il ait commandité l'exécution. Je ne croyais pas qu'il avait atteint ce niveau, mais enfin…

— Tu veux bien te pencher là-dessus ? Essaie d'apprendre jusqu'où Terence est capable d'aller. Page aimerait bien le coincer pour subornation, intimidation… Peu importe, du moment qu'elle le fait tomber.

Fitz se leva et s'étira, pointant sa vaste bedaine vers le plafond.

— D'accord, je vais lui causer, et voir ce qu'il en est avec un ou deux de mes indics. Je vais tâcher de savoir ce qui se dit dans la rue. Mais il faut que je te prévienne : Terence commence à s'isoler sérieusement du reste du monde. Ce qu'il prépare, c'est peut-être pire que ce qu'on imagine.

— Je te demande de rompre cet isolement, Fitz. Les trafiquants et les gangs sont assez puissants comme ça par ici, on n'a pas besoin de nouveaux caïds dans le secteur. Branche-toi avec la brigade des mœurs, ou avec d'autres collègues. Mais reste discret.

Elle mâcha son crayon un instant et reprit :

— Page pense que la source de la corruption pourrait être plus profonde. Au sein du tribunal lui-même.

Fitz éclata de rire.

— Je ne m'en fais pas pour ça. Terence n'en est pas encore là. En plus, Hamilton était remonté contre Page parce que le jury l'a acquitté l'autre jour. J'ai entendu dire qu'il cherchait à avoir sa peau.

— Ouais, c'est ce que j'ai pensé aussi. Mais vois avec Page ce qu'on peut faire pour les témoins et les jurés. Recueille des renseignements, travaille tes sources, essaie d'en tirer quelque chose.

— T'inquiète pas, ma belle. Je préfère m'occuper d'un criminel que je comprends. Les dealers, les maquereaux, la racaille habituelle de Nashville, ça me connaît. Mais, par contre, je déteste ces affaires merdiques de tueurs en série.

Taylor rassemblait ses affaires tout en mettant un peu d'ordre dans son bureau lorsque le téléphone sonna.

— Lieutenant Jackson à l'appareil.

— Taylor, c'est Mitchell. J'ai besoin que vous me rendiez un service.

— Etant donné que vous êtes mon patron, vos désirs sont des ordres.

Les répliques de Taylor ne manquaient pas d'amuser Mitchell, et, cette fois encore, il rit de bon cœur.

— Je sais bien que vous êtes ma subordonnée, mais j'ai l'impression que vous l'oubliez souvent. On m'a dit que vous étiez sur les lieux de l'accident où Whitney Connolly a perdu la vie?

— En effet. Je buvais un café avec Sam à deux pas de là,

alors je l'ai accompagnée. Pourquoi, il y a quelque chose qui ne va pas ?

— Non, rien de spécial. Mais je voudrais que vous alliez rendre une visite à Quinn Buckley. Il s'agit de la sœur de Whitney Connolly.

— Je sais qui c'est, patron. Je suis allée à l'école avec elles pendant deux ans. Elles ont changé d'école après leur « accident ». En outre, je crois que tout le monde, à Nashville, sait qui sont Quinn et Whitney.

— Ouais, eh bien, ça fait longtemps et ces filles ont subi une épreuve terrible. Et maintenant, voilà que Whitney est morte, et c'est un grand choc pour Quinn, d'après ce qu'on m'a dit. Ce n'est pas seulement une sœur qu'elle a perdue, mais une jumelle identique… Apparemment, Quinn a du mal à surmonter son chagrin, ce qui n'est pas surprenant. J'ai entendu dire que les jumeaux ont entre eux des rapports spéciaux, qui n'existent pas entre les autres frères et sœurs… Bon, je m'éloigne du sujet. Elle a dit aux policiers qui sont venus lui apprendre l'accident que Whitney avait essayé de la joindre — « frénétiquement », c'est le mot qu'elle a employé. Je crois que vous devriez aller là-bas pour voir ce que « frénétiquement » veut dire à Belle Meade.

— Ce sera avec plaisir. Ça fait longtemps que je n'ai pas visité les beaux quartiers. Et leur affaire, ça en est où ? Est-ce que le type a obtenu une liberté conditionnelle ?

— Non. Il est toujours en taule et il y restera pendant un bon bout de temps. Je ne crois donc pas que la requête de Quinn ait un rapport avec cette vieille affaire. Il ne s'agit que du présent. Mais si vous pouviez y aller pour voir ce qu'il en est plus précisément, je vous en serais reconnaissant.

— Pas de problème.

— Vous en êtes où avec les viols ?

— Lincoln et Marcus ont interrogé la victime qui croit reconnaître son agresseur. Mais elle n'est pas très nette. Je ne suis pas sûre que ce soit une source fiable. Sinon, les gars m'ont dit quelque chose d'intéressant. Elle prétend que c'est un policier qui l'a violée.

Il y eut un silence dans l'écouteur.

— Vous pensez que c'est le cas ? finit par dire Mitchell. C'est peut-être de là qu'est venue la fuite après le viol de Betsy. Si c'est l'un des nôtres, il aura pu facilement le faire savoir aux médias.

— Bien raisonné, capitaine, mais je crois qu'il est encore un peu tôt pour échafauder de telles hypothèses. Je suis toujours convaincue que la fuite est venue d'ailleurs que de cet immeuble. Lincoln et Marcus s'en occupent. Je viens de les envoyer rendre visite à Betsy. On fera toute la lumière là-dessus, je vous le promets.

Après avoir raccroché, Taylor termina de rassembler ses affaires. Elle emprunta la sortie de secours et s'arrêta un instant sur le palier où les mégots s'entassaient dans un seau orangé rempli de sable. Elle inspira profondément et poursuivit son chemin, mais s'arrêta vingt pas plus loin et fouilla dans sa poche pour en extirper un paquet de Camel Light. En alluma une avec un briquet jetable. Puis se justifia pour la millionième fois : « Dès que cette affaire est terminée, j'arrête de fumer pour de bon ».

Elle s'installa dans son 4x4, baissa la vitre et mit la voiture en prise. En soufflant la fumée à l'extérieur, elle se dirigea vers Broadway avant de tourner à droite vers West End.

Elle n'avait pas pensé à l'affaire Connolly depuis longtemps. Cette sombre histoire s'était déroulée quand elle n'avait que treize ans et, à l'époque, ses parents l'avaient préservée autant que possible, évitant d'évoquer la mésaventure des jumelles pour que Taylor ne prenne pas peur. Mais, comme tous les enfants de la ville, elle avait été abreuvée de rumeurs — et si le gros de l'histoire était bien connu, personne n'en savait le détail.

Un après-midi, les jumelles avaient disparu en revenant de l'école. Elles fréquentaient Harpeth Hall, le collège très huppé de Belle Meade. L'école était proche de leur maison et elles y allaient généralement à pied ou à vélo, sanglées dans leurs uniformes. Le quartier était si sûr que nul ne s'en inquiétait. Leurs parents avaient fini par appeler la police ce soir-là, étant sans nouvelles de leurs filles. Dans un temps où les alertes-enlèvement et l'information vingt-quatre heures sur vingt-quatre n'existaient pas, la nouvelle ne s'était pas trop ébruitée. Taylor ne se souvenait pas d'en avoir entendu parler à la télévision ou dans les journaux — ses seules informations sur cette affaire venaient du bouche à oreille. Les filles avaient été enlevées, mais on les avait retrouvées quelques jours plus tard. Elles avaient réussi à échapper à leur ravisseur, un homme étrange du nom de Nathan Chase. D'après les rapports officiels, elles étaient en bonne santé quand elles étaient revenues à la maison. Le moulin à rumeurs avait cependant tourné à plein régime.

L'apparition des sœurs Connolly au lycée catholique du père Ryan, l'établissement de fin d'études secondaires que fréquentaient alors Sam et Taylor, n'avait pas produit beaucoup de remous ; les jeunes filles bien élevées et leurs riches parents avaient fait en sorte que les jumelles soient accueillies à bras ouverts et ne soient jamais tracassées à propos de leur mésaventure. Pas ouvertement, du moins. En réalité, les potins circulaient discrètement et l'on chuchotait les détails de leur histoire dans les vestiaires des clubs de sport ou de majorettes. Les commentaires abondaient derrière les murs du country club de Belle Meade, même si l'on changeait de sujet dès que survenait un proche de la famille Connolly.

Mais les jumelles furent acceptées de bon cœur et invitées à toutes les réceptions de la bonne société. Elles sortaient avec des garçons brillants issus des meilleures familles, obtenaient d'excellentes notes à l'école et s'intégraient parfaitement à ce petit monde de privilégiés. Telles étaient du moins les apparences. Leur mésaventure, au lieu de les affecter, semblait les avoir aidées à se construire.

Le ciel estival s'obscurcissait avec la venue d'un orage. Taylor ouvrit le toit pour profiter de la fraîcheur qui précédait la pluie. En passant par l'autoroute 40, elle constata que la circulation était languissante. En remontant les rues tranquilles de West End, elle arriva au croisement de Harding Road et de White Bridge Road. Son rendez-vous au Starbucks avec Sam, le matin même, lui semblait dater de plusieurs jours. Elle était parvenue à oublier toutes les émotions qu'elle avait éprouvées au cours des deux derniers jours. Mais, en passant devant le Starbucks, elle se remémora la succession de nouvelles contradictoires qui l'avaient mise dans tous ses états. Elle avait senti le vent du boulet.

Elle se dit qu'il lui faudrait parler avec Baldwin de la fausse alerte — apprendre à son homme comment elle l'avait échappé belle, en s'efforçant d'en plaisanter. Elle tenait trop à cette relation pour risquer de la gâcher par des maladresses. Mais à présent, tout allait pour le mieux. Elle était heureuse. Elle l'aimait, il l'aimait aussi. Point barre. Elle ne courait pas après ce que bien d'autres femmes recherchaient désespérément. Un mec bien, un amant merveilleux, une relation pas trop étouffante : cela lui suffisait amplement. Il n'y avait pas de place dans sa vie pour deux gosses et un chien à dorloter. Elle n'avait jamais été mariée, ne s'était jamais fiancée. Avant Baldwin, elle s'était contentée de prendre son plaisir au gré des circonstances, évitant toute liaison compliquée. Des aventures discrètes et sans lendemain. Le sexe, pas l'amour. Etrangement, elle n'avait jamais souffert de sa solitude.

Elle ralentit en arrivant à l'entrée de Belle Meade. Les traces de l'accident avaient été nettoyées et la rue était de nouveau ouverte à la circulation, mais il subsistait des débris de verre sur la chaussée et sur la pelouse du terre-plein central. Les automobilistes franchissaient le carrefour en fonçant sans s'en soucier, oublieux des quatre êtres humains qui avaient perdu la vie à cet endroit même. Un frisson lui parcourut l'échine et elle remonta la vitre, attribuant cette réaction à la fraîcheur croissante de la brise. Elle tourna à gauche et entreprit de remonter le boulevard paisible et élégant.

Elle n'eut pas même un regard pour la rue adjacente, où elle avait pourtant grandi.

Elle aperçut enfin l'allée qui menait à la demeure de Quinn Buckley. Elle l'emprunta et parvint à un portail en fer forgé noir. Elle s'arrêta devant un Interphone fixé à hauteur de poitrine à sa gauche. Elle ouvrit sa vitre et tendit le cou vers le boîtier.

— Taylor Jackson, pour Mme Buckley, s'il vous plaît, s'annonça-t-elle.

Il n'y eut pas de réponse, mais, au bout de quelques instants, les grilles massives pivotèrent pour lui laisser le passage. Après avoir franchi le portail qui donnait sur un sentier étroit, Taylor s'enfonça dans une véritable forêt, à la fois attirante et menaçante. L'allée serpentait à travers les arbres feuillus sur une bonne centaine de mètres. A la sortie d'un virage, elle aperçut enfin le domaine des Buckley. Même pour Belle Meade, l'endroit était impressionnant. La maison à colonnade se dressait sur deux niveaux, bâtie en briques blanchies dans le style colonial des plantations du Sud. D'épais piliers délimitaient un espace ombragé qui avait été aménagé en une terrasse élégante. Quatre cheminées en pierre s'élançaient vers le ciel. Deux ailes jouxtaient à l'est et à l'ouest le bâtiment central, et Taylor aperçut dans une dépendance un garage assez grand pour abriter cinq voitures, séparé de l'aile est par une véranda couverte de lierre. L'aile ouest s'enfonçait dans le bois voisin, l'architecte ayant habilement tiré le meilleur de la beauté naturelle du site. Les fenêtres étaient tendues de noir en signe de deuil et l'air sembla plus lourd, plus moite tandis que Taylor s'approchait de la bâtisse, donnant l'impression que c'était la maison elle-même qui pleurait la mort d'un proche.

Elle se gara devant une fontaine de style Renaissance, non sans remarquer le soin nécessaire à l'entretien du jardin qui entourait la maison. Cet endroit puait le fric. Taylor appuya sur le bouton d'une sonnette au bas du perron et attendit. Elle entendit marcher à l'intérieur. Au moment où elle commençait à s'impatienter, la porte à double battant finit par s'ouvrir et Quinn Buckley apparut.

Cela faisait très longtemps que Taylor n'avait pas vu Quinn. Si elle avait passé plus de temps à lire les magazines chic de Nashville, elle l'aurait reconnue instantanément. Mais elle ne vit que le visage de la sœur de Quinn. Whitney Connolly était là, devant elle, et Taylor dut secouer légèrement la tête pour chasser cette illusion. En gravissant les marches du perron vers la porte d'entrée, elle put mieux distinguer les traits de Quinn. Elle nota les infimes différences qui permettaient de distinguer les deux jumelles. Quinn était moins bien faite que Whitney, sa bouche, quoique charnue, n'était pas aussi pulpeuse. Taylor se demanda brièvement dans quelle mesure Whitney avait eu recours à la chirurgie esthétique au fil des ans.

Quinn Buckley avait le même regard que sa sœur, sans le moindre doute. Mais tandis que Whitney Connolly se montrait sur les écrans de télévision comme une femme élégante et soucieuse de son apparence, Quinn Buckley respirait la distinction et la richesse. Avec son jean et ses santiags, Taylor se sentit mal fagotée face à cette femme vêtue en Prada. Elle remarqua la coupe de cheveux parfaite de Quinn et, instinctivement, passa la main dans sa propre queue-de-cheval, mais se reprit aussitôt, se redressa, toisant la riche patricienne de son mètre quatre-vingts, et gravit les marches d'un pas décidé.

Quinn tendit à Taylor une petite main manucurée au moment où cette dernière parvenait à la porte.

— Lieutenant Jackson ? demanda Quinn.

Même sa voix différait de celle de Whitney. Elle était

plus douce, un peu plus aiguë, et son accent du Sud était plus prononcé. Comment deux femmes pouvaient-elles se ressembler autant et pourtant être si différentes ?

Taylor serra la main de Quinn et hocha la tête.

— C'est bien moi. Comment allez-vous, madame Buckley ? Ça fait des années que nous ne nous sommes pas vues. Je suis vraiment désolée que nous nous retrouvions dans de telles circonstances. J'étais une admiratrice de votre sœur.

Le visage de Quinn se ferma un instant, puis elle afficha un sourire gracieux.

— Bien sûr. Donnez-vous la peine d'entrer.

Elle se tourna et conduisit Taylor dans un vaste vestibule d'où partait un escalier double. Taylor sentit son cœur se serrer légèrement. Cet agencement était similaire à celui de la maison de ses parents, et elle se souvint des glissades qu'elle faisait, enfant, sur la rampe d'escalier. Quinn s'aperçut de son trouble et lui adressa un regard interrogateur.

— Ça me rappelle… Oh ! ça n'a pas d'importance !

Taylor avait déjà senti ce genre de regard se poser sur elle, et l'attitude de Quinn lui fit éprouver une sorte de gêne. Comme si elle n'avait jamais mis les pieds dans une maison de riches. Alors qu'elle venait elle aussi de ce monde. Elle faillit éclater de rire en réaction au regard hautain dont la gratifiait Quinn. Parmi ses parents et leurs proches, Taylor provoquait toujours la même réaction. Ses géniteurs avaient de l'argent, et pourtant elle avait choisi de faire carrière dans la police plutôt que de mener la vie de nantie qu'à l'évidence Quinn Buckley s'était construite. La plupart de ces privilégiés ne comprenaient tout simplement pas que l'argent ne comptait pas pour elle.

— Oui, je vois. Suivez-moi, je vous prie. J'ai pensé qu'on pourrait bavarder dans le bureau.

Quinn tourna à gauche et entra dans une pièce immense, magnifiquement arrangée. L'odeur puissante du cuir vint chatouiller les narines de Taylor, et elle perçut également le parfum fugace de la citronnelle. En pénétrant plus avant dans la pièce, elle eut un instant le souffle coupé au spectacle qu'offrait l'endroit. Un bureau… tu parles ! C'était l'une des plus belles bibliothèques qu'elle ait jamais vues. Les murs étaient tapissés de livres de bas en haut, le mobilier était chaleureux — elle aurait pu s'enfermer dans un tel endroit pendant des années. On n'y trouvait pas la froideur superficielle qui avait frappé Taylor au rez-de-chaussée. Cette bibliothèque était un havre de paix et de confort, un refuge. Un endroit où tout oublier pour se laisser aller, se retrouver, loin de la folie du monde. Elle regarda Quinn et vit que les lèvres de cette dernière frétillaient de plaisir.

— Vous devez aimer lire ? demanda Quinn.

Elle traversa la pièce, s'arrêta devant les étagères en châtaignier et choisit un livre un hasard.

— Moi aussi, reprit-elle. Whitney était une grande lectrice, dans le temps, mais elle a arrêté à l'adolescence. Quant à moi, je ne connais pas de meilleure façon de passer un après-midi qu'en me plongeant dans un bon livre.

— Je suis un peu comme ça aussi. Mais je ne dispose pas d'un endroit aussi magnifique pour lire. Cette pièce est vraiment merveilleuse.

Quinn lui adressa pour la première fois un sourire sincère.

— C'est mon jardin secret. Je demande aux autres membres

de la famille de me laisser en paix quand je suis ici. C'est ici que j'échappe aux tourments du monde extérieur.

Elle dit cela d'un ton si las que Taylor en éprouva de la compassion. Quinn venait de perdre sa sœur et Taylor s'extasiait comme une gamine dans une confiserie. Elle reprit le contrôle de ses émotions et se composa un visage mêlant, comme il se devait, deuil et préoccupation professionnelle pour se tourner vers Quinn. Elle se demanda brièvement pourquoi Quinn faisait ainsi pénétrer la police dans son sanctuaire — cela ne lui ressemblait pas. Quinn n'était pas exactement une adepte des familiarités.

— Je suis vraiment désolée pour Whitney. Mon supérieur m'a dit qu'elle avait essayé de vous joindre.

Quinn s'accroupit sur un fauteuil, pelotonnée comme un chat.

— « Essayer », c'est peu dire. Elle a dû appeler vingt ou vingt-cinq fois en moins de vingt-quatre heures. Sur mon téléphone portable, sur mon téléphone fixe… Elle a même laissé des messages au country club.

Ah, songea Taylor, le country club de Belle Meade… Le terrain de jeux favori des riches indigènes de cette enclave de luxe.

— Excusez ma question, mais où étiez-vous ?

Quinn lui adressa un regard indéchiffrable, puis se leva et se mit à arpenter la pièce, effleurant au passage les meubles et les livres comme pour se rassurer en se disant qu'ils étaient encore en sa possession.

— J'étais juste… en vadrouille. Je faisais des courses. Rien de spécial. J'exerce de nombreuses responsabilités et j'ai tendance à circuler dans cette ville. J'oublie souvent de recharger mon téléphone portable. Parfois, j'oublie même de relever les messages sur mon répondeur. Et comme Jake était en ville, je n'allais certainement pas répondre au téléphone. Mon mari passe pas mal de temps hors de la ville et j'essaie de lui accorder le plus de temps possible quand il est ici. Nous avons donc dîné agréablement et nous nous sommes couchés tôt. Ce matin, je suis allée me promener sans emporter mon téléphone portable. Le temps que je revienne et que je constate que tous les appels que j'avais reçus venaient de Whitney, il était trop tard. L'accident avait déjà eu lieu.

La voix de Quinn se brisa légèrement et elle se tourna vers la porte vitrée. Taylor lui accorda un instant pour reprendre sa contenance avant de lui poser la question suivante :

— Madame Buckley, étiez-vous très proche de votre sœur ? Vous vous appeliez tous les jours, une fois par semaine… ?

Quinn avait retrouvé son air digne.

— Non, lieutenant, nous n'étions pas si proches que ça. C'est étrange, pour de vrais jumeaux, mais nous menions des vies séparées depuis l'adolescence.

Ses yeux se mirent à luire — une larme ou l'émotion du souvenir — et Taylor se dit qu'il faudrait se renseigner sur les raisons de cette séparation.

— Je suis navrée, lieutenant, de me montrer aussi impolie. Vous voulez boire quelque chose ? Un café, un thé ? Je crois que j'ai du Coca Light, si vous aimez ça.

— Oui, ce serait parfait. Merci.

Quinn se tourna vers sa table de travail et y ramassa une clochette en cristal. Taylor dut réprimer un rire tant cela lui parut incroyablement prétentieux. Quinn agita la clochette et un instant plus tard une jeune femme brune fit irruption dans la pièce.

— *Si, signora Buckley?*

Quinn la gratifia d'un sourire chaleureux qui démentait la nature hiérarchique de leur relation.

— *Gabriella, possiamo avere due Coca Light, per favore? Grazie.*

Gabriella s'éclipsa et Quinn se tourna vers Taylor.

— Elle est merveilleuse. Une Italienne. Sa famille est de Florence. Elle voulait venir travailler aux Etats-Unis pour améliorer son anglais et suivre des cours à la fac. Nous avions besoin d'une jeune fille au pair pour s'occuper des jumeaux et remplir quelques tâches dans la maison. Ils l'adorent. Ils parlent italien mieux que moi, maintenant. Ce n'est pas difficile, d'ailleurs.

Cette explication était venue un peu trop vite. Taylor eut l'impression que Quinn lui cachait quelque chose. Intéressant.

Et ces jumeaux? Taylor savait que Quinn avait des enfants, mais elle n'avait pas pensé à lui demander combien elle en avait, si c'étaient des filles ou des garçons. Elle oubliait souvent les amabilités d'usage. Quinn répondit bien volontiers à cette question muette.

— Les jumeaux, Jillian et Jake Junior, sont à l'école en ce moment. Ils ont presque quatre ans et sont vraiment malins. J'ai été bénie, de ce côté-là.

— A l'école? Aussi jeunes?

— Eh bien, il n'est jamais trop tôt pour bien faire. Ils vont à l'école maternelle trois fois par semaine. Vous avez des enfants, lieutenant?

La question prit Taylor par surprise. Comment était-elle censée répondre ?

« Voyons voir, il y a deux jours, on m'a dit que j'étais enceinte, hier j'ai appris que c'était faux. Je n'en ai pas parlé à mon amant, et il faut que j'aie une longue conversation à ce sujet quand il aura fini de traquer un tueur en série d'une région du Sud à l'autre. » Elle faillit éclater de rire avant de se reprendre et de répondre aussi sincèrement qu'elle le put.

— Non, pas encore, mais ma meilleure amie va avoir des jumeaux. Elle vient de l'apprendre. Vous vous souvenez de Sam Owens ? Elle s'appelle Sam Loughley, maintenant. Elle était dans la même classe que moi.

« Bien joué, Taylor, se dit-elle, bien botté en touche. »

— Oui, je me rappelle Samantha. Elle est médecin légiste à présent. Ça doit être un métier intéressant. Eh bien, c'est merveilleux. Les enfants apportent tant de joie dans une maison. Jake et moi, on était si heureux quand on a appris… Oh ! lieutenant, je ne devrais pas vous faire perdre votre temps avec ces bavardages ! Cela ne me rendra pas ma sœur.

Gabriella interrompit la conversation, apportant les boissons sur un plateau d'argent, avec des verres en cristal remplis de glace pilée.

— *Grazie con tanto, Gabriella. Lascili prego sulla tabelle.*

La fille posa le plateau sur une table surmontée d'une plaque de marbre avant de quitter la pièce.

Quinn prit la canette de soda, ignorant les verres. Taylor haussa un sourcil et en fit autant. Le geste semblait un peu décontracté pour une dame aussi soucieuse des apparences. Peut-être Quinn Buckley n'était-elle pas aussi coincée qu'elle paraissait l'être.

Elles s'installèrent dans une paire de fauteuils devant l'âtre, de façon à se retrouver face à face. Taylor sortit son calepin.

— Bien. Madame Buckley, pouvez-vous me dire ce qui rendait Whitney aussi nerveuse ?

— Ce sera plus facile pour moi de vous en laisser juger par vous-même.

Elle tendit le bras et appuya sur un bouton. Taylor se rendit compte que le répondeur se trouvait sur le bureau juste derrière elles.

Ah, ah… Voilà pourquoi l'entretien avait lieu dans le sanctuaire de Quinn.

— Vous avez parlé de votre répondeur, tout à l'heure. Vous en avez un autre ?

— Oh ! on a un petit système de messagerie pour toute la famille ! Ce répondeur-là est branché sur ma ligne privée.

Elle n'ajouta aucune autre explication.

La machine ronronna pendant un moment avant de se mettre en mode lecture. Une voix emplit la pièce.

— Quinn ? Quinn, tu es là ? Décroche ton téléphone, merde ! Il faut que je te parle. Je suis en route vers chez toi. Il s'agit d'une urgence. Si tu entends ce message, attends-moi à la maison. Et puis, Quinn, fais bien attention, pour l'amour de Dieu.

La voix était déformée par l'hystérie et Taylor sentit un frisson lui parcourir l'échine.

— Tous les messages étaient-ils comme celui-là, madame Buckley ?

— Oui, la plupart. Mais elle n'a jamais dit ce qui était assez important pour la faire foncer comme une folle vers chez moi et oublier toute prudence au volant. Ce serait plus facile si elle m'avait dit quel était le problème. Et à quoi je suis censée faire attention. Car, enfin, ce n'était pas son genre de se mettre dans tous ses états comme ça.

Elle tripota le galon doré du coussin moelleux sur lequel elle était assise.

— Je voudrais que vous vous penchiez sur cela, lieutenant. Peut-être en étudiant les sujets qu'elle préparait. Elle est peut-être tombée sur quelque chose qui peut me concerner ou l'un des membres de ma famille.

Elle se racla la gorge et ajouta :

— Peut-être Whitney est-elle tombée sur quelque chose de… d'embarrassant. A part ça, je ne vois vraiment pas quoi ajouter.

Taylor demeura silencieuse pendant un moment avant de se lancer :

— Madame Buckley…

— Appelez-moi Quinn. Nous sommes du même âge, après tout. « Madame Buckley », ça me fait toujours penser à la mère de Jake.

Taylor hocha la tête et obtempéra.

— Quinn, vous m'avez dit que votre mari voyageait pas mal. Puis-je vous demander quel est son métier ?

— Ça alors, on peut dire que vous ne vous tenez pas beaucoup au courant, lieutenant.

— Appelez-moi Taylor, je vous en prie. Pas au courant ?

— Eh bien, votre père, Win… C'est un ami de Jake.

Ah, Win Jackson. C'était un sujet qu'elle n'avait guère envie d'aborder.

— Mon père et moi, nous ne nous voyons presque jamais. Alors, dites-moi quel est le métier de Jake.

— Il est vice-président de Health Partners. Votre père siège au conseil d'administration de cette société.

— Oh ! dit Taylor d'une voix faible.

Comme si cela voulait dire quelque chose pour elle. Quinn avait dû surprendre son regard perplexe car elle poursuivit son explication.

— Health Partners contrôle le plus important réseau de petits hôpitaux du pays. Jake doit visiter les différents sites en permanence pour s'assurer que ces établissements sont bien gérés. Health Partners a des intérêts dans de nombreux hôpitaux du Sud-Est et dans certains autres, situés dans le Nord-Est. Cette société est en pleine croissance et le travail de Jake consiste à s'assurer que le choix de ses implantations est judicieux.

Quinn avait l'air de s'ennuyer, comme si elle lisait un rapport d'activités annuel. Son regard s'était éteint et Taylor en déduisit que Quinn ne s'intéressait guère au travail de son mari, en dépit des nombreux avantages qu'un tel poste pouvait offrir. Ce couple-là ne manquait certes pas d'argent.

— D'accord, je vois le tableau. Je vais vous dire ce qu'on va faire. Je suis sûre que vous aimeriez jeter un coup d'œil sur les affaires de votre sœur. Je vais vous accompagner chez elle pour voir ce qu'on peut y trouver. Ça vous va ?

— Très bien. Quand est-ce que cela vous arrangerait d'y aller ?

Taylor remarqua que, tant que Quinn avait évoqué les affaires son mari, toute chaleur humaine avait disparu de sa voix. Et à présent qu'elle parlait de nouveau de sa sœur, elle semblait plus animée.

— Quand vous voulez. Vous aimeriez qu'on y aille maintenant ?

— Je préférerais demain matin. J'ai quelques affaires à régler et je n'ai pas réussi à joindre mon frère cadet, Reese. Il est au Guatemala, en mission avec d'autres médecins de Vanderbilt. Il est le plus jeune interne à avoir été envoyé dans une de ces interventions humanitaires. Ils passent quinze jours à pratiquer des interventions chirurgicales : fentes palatales, articulations… Toutes les opérations que ces pauvres gens n'ont pas les moyens de se payer. La mission de Reese consiste à recevoir les patients en consultation préalable et postopératoire. Quoi qu'il en soit, il ne sera pas rentré avant la semaine prochaine. Je vais essayer de le joindre, mais il m'a prévenue qu'il serait difficile de le contacter. Il doit être débordé de travail.

Taylor lui tendit une carte de visite et dit :

— Quand vous voudrez, demain matin. Appelez-moi et je vous retrouverai sur place.

Ensuite, elles conclurent l'entretien par quelques amabilités et Taylor se hâta de prendre congé. Il y avait quelque chose d'éminemment triste chez Quinn Buckley — et ce n'était pas entièrement dû au fait que sa sœur jumelle venait de mourir.

De retour dans sa voiture, Taylor décida d'aller faire un saut chez Betsy Garrison. Elle composa le numéro de sa collègue et ce fut Brian Post qui répondit.

— Salut, Post. Je peux me pointer ? Je voudrais voir si Betsy va bien. Peut-être lui parler un peu de l'affaire.

— Tu sais quoi, Taylor ? Ce serait peut-être mieux de reporter ça à demain. Elle vient à peine d'émerger, après tous les médicaments qu'elle a ingurgités. C'est seulement maintenant qu'elle se rend bien compte de ce qui lui est arrivé et elle est furax. Le fait que les médias parlent de son histoire n'arrange pas les choses. Je ne tiens pas à ce qu'elle en parle avec d'autres gens pour l'instant, tu vois ce que je veux dire ?

— Bien sûr. Pas de problème. Dis-lui de m'appeler quand elle se sentira prête à en parler. Entre-temps, tu veux que je te fasse un compte rendu ?

— J'en ai déjà parlé avec Lincoln et Marcus. On dirait qu'il va falloir se mettre à chercher dans nos propres rangs, hein ?

— Eh bien, il y a toutes sortes de services de police dans cette partie de l'Etat. Ce n'est peut-être pas un flic de Nashville.

— Ce serait génial, dit-il d'un ton sarcastique. Voilà ce qu'on va faire : j'appelle tes adjoints demain matin et je vois ça avec eux.

— Bonne idée. Embrasse Betsy de ma part. J'ai l'impression qu'elle a de la chance de t'avoir à ses côtés.

— Merci, Taylor. A plus tard.

27.

Baldwin reçut l'appel dans sa chambre d'hôtel étouffante, près d'une minute avant que la nouvelle de dernière minute ne s'inscrive sur l'écran du téléviseur.

— C'est Grimes. Il y a eu une nouvelle disparition.

— Tu plaisantes ? Il ne s'est pas écoulé vingt-quatre heures depuis la découverte du dernier corps.

Baldwin se sentait pleinement éveillé, à présent.

— De qui s'agit-il ? demanda-t-il.

— Une fille du coin, Christina Dale. Elle n'est pas venue au travail, ce matin. La ville tout entière est en alerte, parce qu'on est venus ici pour s'occuper de Marni. Alors, quand ses collègues ont vu qu'elle était absente, ils ont tout de suite appelé. Et puis il y a autre chose. Il y a des fuites dans la presse.

Baldwin vit quelque chose clignoter au coin de son œil. Il regarda le téléviseur. La nouvelle de dernière minute était bien en train de défiler sur l'écran — une photo d'une jolie brune qui ouvrait de grands yeux s'y étalait.

« Il y a des fuites dans la presse. » C'était un euphémisme et il le dit à Grimes.

— Je sais, je sais. Je ne vois pas qui ça peut être. Personne à qui je transmets des infos, ça, c'est sûr. En tout cas, il faut qu'on se mette à travailler sur cette nouvelle victime. On peut se voir vite ?

— Donne-moi le temps de prendre une douche vite fait. Disons dans quinze minutes dans le hall de l'hôtel, ça te va ?

— D'accord, à tout à l'heure.

Grimes raccrocha et Baldwin s'assit sur le bord de son lit plein de bosses en secouant la tête. Trop rapide. Beaucoup trop rapide. Ce tueur allait de plus en plus vite, alors que Grimes et lui étaient loin d'avoir le moindre indice permettant de lui mettre la main dessus. Il fallait qu'ils passent à la vitesse supérieure, eux aussi. Il se leva pour aller dans la salle de bains, ôtant son caleçon au passage. Mais il ne se faisait pas d'illusions : ils avaient besoin d'un coup de pouce du destin qui les mène sur une piste. D'un gros coup de pouce.

— On a une piste, cette fois, murmura Grimes en s'approchant de Baldwin dans le hall de l'hôtel.

Grimes avait l'air d'aller un peu mieux, ce jour-là. Pas frais et dispos, mais il y avait une lueur dans ses yeux qui était de bon augure.

— On a une piste, répéta-t-il à voix basse en posant la main sur l'épaule de Baldwin comme pour l'inciter à sortir plus vite de l'hôtel.

Baldwin attendit qu'ils soient dehors pour se tourner vers lui.

— Laisse-moi deviner : les gars du labo ont trouvé de l'ADN sur le fragment de capote.

Grimes prit un air vaguement déçu.

— Non, rien d'utilisable de ce côté-là. Ils ont bien récupéré des cellules épithéliales, mais elles provenaient d'une femme. C'était un faux espoir, en fait.

— Merde, lâcha Baldwin. C'était notre indice le plus tangible.

— Tu vas changer d'avis après ce que je vais te dire. On a reçu un appel anonyme disant que Christina Dale avait été vue dans un motel la nuit dernière. Un motel miteux, à deux ou trois kilomètres d'ici. On y va tout de suite pour procéder à l'examen de la chambre. Elle y est peut-être encore. Il y aura des maîtres-chiens aussi. Si elle n'y est plus, les chiens pourront peut-être suivre la trace de son odeur.

Ils montèrent dans la voiture et Grimes boucla sa ceinture en même temps qu'il démarrait et actionnait le levier de vitesse.

— Une piste, voilà ce qu'il nous faut, mec. Une piste…

— Ouais, c'est sûr. Celle-ci s'annonce bien, Grimes.

Baldwin était sceptique ; il ne s'attendait guère à retrouver la fille dans une chambre de motel, avec tous les indices permettant de mettre le tueur hors d'état de nuire. Il lui semblait improbable que l'Etrangleur du Sud ait décidé de prendre une chambre dans un motel pour y assassiner sa dernière victime. Baldwin se reprit mentalement. « On ne sait pas si elle est morte, mec. » Mais, si elle l'était, et qu'il avait laissé quelque chose derrière lui qui permette de remonter sa piste, eh bien, ce serait une avancée. Cette chambre de motel, c'était à la fois une opportunité et un casse-tête. Trop de résidus divers et variés pour distinguer rapidement ceux qui pouvaient leur être utiles. Mais enfin, ils pouvaient tomber sur quelque chose d'important.

Grimes était encore en train de marmonner lorsqu'ils

pénétrèrent dans l'allée d'un motel bon marché qui avait vu des jours meilleurs. La peinture se détachait par lambeaux des murs grisâtres, qui avaient dû être blancs cinquante ans plus tôt. Le panneau « Chambres disponibles » clignotait — Baldwin se demanda s'il avait jamais été éteint. Des voitures étaient en train de se garer dans le parking et Baldwin tenait à être le premier sur place.

— Retiens-les, dit-il à Grimes en sautant de la voiture.

Il se dirigea d'un pas vif vers le bureau et referma la porte derrière lui. Un ventilateur brassait de l'air chaud dans la pièce, rendant la chaleur d'autant plus accablante. Un homme, dont la dent unique semblait saillir hors de sa bouche, le dévisagea d'un œil torve. Baldwin lui montra son badge du FBI en espérant que cela l'impressionnerait. Ce qui ne fut pas le cas.

— On a reçu un appel nous informant que Christina Dale a été vue ici la nuit dernière. Pouvez-vous me dire quelle chambre elle occupait ?

L'homme le fixa d'abord d'un air hostile avant de sembler se raviser, comme s'il venait d'avoir une révélation.

— Ouais, elle est venue ici. Pas vu avec qui. Elle s'est pointée complètement bourrée, comme d'habitude. Je lui ai donné la clé de la chambre du fond. Elle ne l'a pas encore rapportée ce matin. C'est quoi, ce cirque ?

— Vous êtes allé voir dans la chambre ?

— Y a qu'une clé. J'vous ai dit qu'elle l'a pas rapportée ce matin. Qu'est-ce qui se passe ? Elle a fait une connerie, Christina ? Elle a des ennuis avec les flics ?

Le crâne chauve et luisant ainsi que l'absence presque totale de dentition donnaient à l'homme un aspect rabougri, comme si un sorcier réducteur de tête venait de lui jeter un sort. Baldwin ne put s'empêcher de le dévisager avec une sorte de stupeur, avant de se reprendre et de lui demander :

— Et vous êtes… ?

— Appelez-moi Ishmael[1], gloussa l'homme.

Baldwin le dévisagea jusqu'à ce qu'il retrouve son sérieux et ajoute :

— Jones.

— Monsieur Jones, vous avez vu avec qui elle est arrivée ? C'était un homme ?

— Mais vous la prenez pour une gouine, ou quoi ? Bien sûr que c'était un homme. Chaque nuit ou presque, elle se pointait avec un nouvel homme.

L'abject bruit de succion qu'il fit avec sa dent fit frissonner Baldwin.

— Monsieur Jones, essayez de vous souvenir de l'apparence de l'homme avec qui elle est venue hier soir, s'il vous plaît.

Jones soupira.

— Sans doute un jeunot, un beau garçon. On dirait qu'elle préfère les bruns à peau laiteuse, elle en ramène plus que des blonds.

— Des hommes qui ont les cheveux bruns, c'est ça que vous voulez dire ?

— Aussi noirs que du charbon. Bien sûr, j'espionne pas mes clients, moi.

— Quelle idée…

« Vieux menteur de merde. » Baldwin aurait voulu lui fracasser sa dernière dent d'un coup de poing bien ajusté.

— Ils sont arrivés dans la voiture de Christina ?

1. Premiers mots de *Moby Dick*, d'Herman Melville, (NdT).

— Non. J'me rappelle pas bien ce que c'était, cette bagnole. Longue et sombre, c'est tout. P'têt'argentée. Moi, les grosses bagnoles, ça me passionne pas. J'préfère les grosses fesses et les gros nichons.

Baldwin observa le ventilateur un instant en se mordant la lèvre. Si le vieil homme était aussi ravagé par les ans, il devait être aussi grincheux.

— Vous ne vous souvenez de rien d'autre, monsieur Jones ? Vous avez remarqué à quelle heure la voiture est partie ?

— Non, j'peux pas dire ça. Je dors dans une chambre juste au-dessus de ce bureau, au cas où des clients sonnent s'ils ont besoin de moi. J'me souviens pas d'avoir entendu la sonnerie, après l'arrivée de Christina. Mais enfin, qu'est-ce qu'elle a fait, celle-là ?

— Je ne sais pas, monsieur. Merci pour votre aide. Ça vous dérange si on défonce la porte au cas où elle serait fermée à clé ?

— Je me fous royalement de ce que vous faites, du moment que vous me remboursez. D'ailleurs, nos portes sont pas bien solides, vous aurez pas beaucoup de mal à l'ouvrir…

— Très bien, monsieur Jones. Restez donc ici pendant qu'on s'occupe d'ouvrir la porte.

Il sortit de la pièce avant que l'homme n'ait le temps de lui poser des questions ou de changer d'avis, et rejoignit Grimes sans tarder. Le vieil homme se précipita derrière lui mais resta sur le pas de la porte du bureau pour observer le remue-ménage.

— Chambre 3. Pas de clés, il va falloir forcer la porte. Le type, là-bas, c'est le gérant. Un drôle de lascar. Il a l'air de s'en foutre. Il a juste voulu savoir si Christina avait des ennuis avec la police. Il l'a vue arriver avec quelqu'un qui conduisait une « longue » voiture. Tu crois que c'est le gérant qui a appelé ?

— Je ne sais pas qui a appelé, on m'a juste dit qu'il s'agissait d'un appel anonyme. C'est un policier du bureau du shérif qui m'a prévenu, lequel avait reçu un appel de la station de télé locale.

Baldwin évalua l'homme. « C'est du travail bâclé, Grimes, franchement bâclé », songea-t-il. Grimes aurait dû connaître dans le détail ce qui les avait conduits dans cet hôtel. Il manquait de plus en plus de recul.

— Il faut faire attention de ne pas se laisser manipuler. Allons-y et commençons par frapper à la porte.

Ils arrivèrent devant la porte de la chambre et frappèrent. Pas de réponse. Baldwin tourna la poignée. La porte était verrouillée de l'intérieur. Il fit signe à un adjoint du shérif qui était muni d'un bélier. La porte était branlante. L'homme s'approcha, donna un seul coup et elle s'ouvrit en grand.

Baldwin regarda à l'intérieur de la chambre et fut assailli par une forte odeur cuivrée. Il leva la main pour signifier qu'il voulait que personne d'autre que lui pénètre dans la pièce. Puis il balaya les lieux du faisceau de sa lampe de poche. Le spectacle était sinistre.

Il s'aperçut immédiatement qu'il n'y avait personne dans la chambre. Celle-ci était minuscule, avec juste assez de place pour un lit et une table, sur laquelle trônait un vieux téléviseur cabossé. A sa droite, une porte ouverte donnait sur une salle de bains, et Baldwin vit dans le miroir le reflet d'un W.-C. et d'une baignoire. Il constata que le lit défait était taché de sang, en quantité assez abondante pour lui donner d'emblée une idée de ce qui s'était passé. Si cette chambre était bien le dernier lieu de résidence connu de Christina Dale, il était plus que probable que cette dernière n'était plus de ce monde.

Il se tourna vers les policiers qui attendaient sur le parking et secoua la tête pour leur faire savoir que Christina n'était pas dans la chambre. Il dit à Grimes :

— Il me faudrait des gants et des chaussons, et un technicien de la police scientifique pour prélever d'éventuels indices. Tu as un appareil photo dans la voiture ? Il faudrait prendre quelques clichés.

Grimes alla chercher un appareil numérique dans la voiture.

— Tu peux te servir de ça, dit-il en revenant. Le technicien devrait avoir son propre appareil, mais je ne me sépare jamais de celui-là, au cas où.

Il tendit une paire de gants à Baldwin, ainsi que des chaussons pour couvrir ses chaussures, avant d'en enfiler à son tour. Ils étaient prêts à aller constater ce qui s'était passé dans cette petite chambre banale.

Baldwin fit un pas à l'intérieur et perçut aussitôt l'énergie négative qui imprégnait la pièce, une sorte de pesanteur étouffante qui faillit lui couper le souffle. Peut-être parce que c'était la première scène de meurtre qu'ils découvraient dans cette affaire, il lui trouvait une différence presque palpable — une présence plus intense du mal. Il espérait qu'ils pourraient en apprendre plus sur l'homme qu'ils traquaient — il en attendait beaucoup. Nombre de ses collègues spécialisés dans les sciences du comportement ne jugeaient pas nécessaire de se trouver physiquement sur les lieux d'un crime. Leur métier consistait à tirer des conclusions concernant les comportements individuels des déviants, pas à travailler sur le terrain.

Baldwin ne partageait pas cette vision de leur profession. Il estimait que sa présence sur les scènes de crime lui en apprenait plus sur les tueurs. Se trouver dans la même pièce l'aidait à comprendre de manière plus profonde ce qui s'était vraiment passé. Voir avec ses propres yeux le sang, sentir ce goût de cuivre au fond de la gorge, avoir l'odorat en éveil, tout cela lui permettait mieux d'imaginer ce que pensait et ressentait le tueur au moment de commettre son crime.

Il pointa sa lampe de poche sur les murs de la chambre et aperçut l'interrupteur près de la porte. Il ne voulut pas prendre le risque de détruire une éventuelle empreinte et décida de laisser la lumière éteinte et de se débrouiller avec sa lampe torche. Il ramena le faisceau vers le lit. Les draps étaient trempés de sang. Il éclaira les murs et vit partout des éclaboussures écarlates. Tout ce sang… Le tueur avait changé de comportement, plus aucun doute là-dessus. Christina était encore vivante lorsqu'il l'avait amputée des deux mains. L'intuition de Baldwin lui soufflait qu'elle était morte, à présent.

Il éclaira le reste de la pièce. Une feuille de papier posée sur le téléviseur attira son attention. Il avança à pas de loup vers l'appareil et lut le message à voix haute sans y toucher.

— « Ses bras m'entourèrent à demi
Elle me pressa d'une étreinte timide ;
Puis, renversant la tête, elle leva les yeux
Et scruta mon visage.

L'amour pour une part, pour une autre la crainte
Et, pour une autre, un pudique artifice
Voulaient me faire sentir plutôt que voir
Se soulever son cœur. »

— Putain, ce mec aime les classiques, remarqua Baldwin en glissant la feuille dans une chemise en plastique. Celui-là est de Coleridge. Il est intitulé *Amour*.

Il jeta un coup d'œil à Grimes et hocha la tête puis se remit à fouiller du regard la petite chambre en quête d'autres indices. Il n'en remarqua aucun et recula lentement vers la cour poussiéreuse du motel. C'était désormais aux techniciens de la police scientifique d'achever le boulot. Il espérait que ces derniers seraient compétents.

— Je me demande s'il ressentait de l'amour pour cette fille, dit Grimes.

— Non, Grimes, il n'éprouve aucun sentiment pour ses victimes, rien qui ressemble à de l'amour, en tout cas. Elle n'était qu'un pion dans son jeu. Rien de plus. Pour lui, ces poèmes ont une signification. Mais je ne suis pas sûr qu'ils en aient une pour nous. Commençons par faire contrôler cette chambre. Nos gars vont peut-être y découvrir de quoi établir un lien entre Christina Dale et les autres victimes.

Ils discutaient ainsi sur le bitume du parking. Sur le pas de la porte de son bureau, Jones était entouré de toute une petite cour : les gens du voisinage étaient venus aux nouvelles. Les gyrophares balayaient les alentours, une petite foule commençait à se former. Un adjoint du shérif, que Baldwin avait déjà vu la veille à l'endroit où Marni Fischer avait été retrouvée, entreprit de dérouler le ruban jaune interdisant l'accès à la scène du crime au tout-venant, l'accrochant à chaque objet pouvant servir de piquet.

Tandis que Baldwin observait toute cette activité, un 4x4 noir vint se garer dans le parking et il laissa échapper un soupir de soulagement. Grimes avait eu la présence d'esprit de faire appel à une équipe de techniciens du FBI. Les flics du coin ne seraient pas autorisés à toucher quoi que ce soit sur la scène du crime. C'était plus sûr, en effet.

Les chiens arrivèrent ensuite. Ils bondirent en se bousculant hors d'un pick-up blanc, menés par un homme vêtu d'une combinaison et coiffé d'une casquette de base-ball. Il y avait deux chiens de saint-hubert et un bluetick. D'excellents limiers.

Dès que les policiers du coin avaient été prévenus de l'absence de Christina par ses collègues, un adjoint du shérif était allé chez Christina Dale pour s'assurer qu'elle ne s'y trouvait pas. Constatant sa disparition, le policier avait pris l'initiative d'emporter deux ou trois vêtements appartenant à la jeune fille. Pressentant que cette tentative serait vaine, Baldwin regarda les chiens renifler l'étoffe. Le maître-chien leur colla une culotte couleur crème sous le museau et les bêtes se mirent à japper et à grogner, tirant sur leurs laisses, impatients. Le maître-chien donna ses ordres et ils partirent comme des flèches. Les chiens coururent sur environ vingt mètres vers l'est en aboyant, puis ralentirent et se mirent à marcher en reniflant le sol et en décrivant des cercles, de plus en plus perplexes. Le maître-chien regarda Baldwin et haussa les épaules. Il avait dû la mettre dans une voiture. Rien d'étonnant.

Baldwin regarda autour de lui et sentit que la scène ne lui apprendrait plus grand-chose. Il était temps de se renseigner sur la dernière victime.

28.

L'homme était en sueur. Il était fatigué. C'était une rude besogne que de transporter un cadavre au bon endroit. Mais il avait terminé, à présent, et il recula d'un ou deux pas pour admirer son ouvrage en se frottant les yeux avec la manche de sa chemise. « Bientôt, pensa-t-il. Bientôt, ce sera fait et tu auras tout ce dont tu as toujours rêvé. Tu auras le monde à tes pieds et je serai à tes côtés. » Il sourit et revint dans la voiture. Il lui restait de la besogne à accomplir.

Il gloussa.

— Et des kilomètres à parcourir avant de dormir. Oui des kilomètres à parcourir avant de m'endormir.

29.

La maison de Whitney Connolly était située dans un quartier résidentiel cossu de Bellevue, un secteur de Nashville qu'on appelait West Belle Meade. Les rues étaient bordées d'arbres majestueux, les demeures étaient pour la plupart de grandes maisons en brique sur deux niveaux, généralement pourvues de vastes jardins. Des enfants jouaient dans la rue et dans les jardins, insouciants sous le soleil qui baignait leurs ébats.

Taylor roulait lentement dans ce quartier paisible en se demandant si elle ne devrait pas envisager d'acheter une maison dans le secteur. Les enfants semblaient y abonder et les demeures étaient massives et élégantes, offrant bien plus d'espace que son logis actuel. Elle avait déjà caressé une ou deux fois l'idée de vendre sa cabane. A présent qu'elle hébergeait Baldwin, elle commençait à se sentir à l'étroit. La solution se trouvait peut-être là : acheter une maison, emménager officiellement avec Baldwin et laisser ainsi les collègues découvrir la nature de leur relation — le fait qu'elle couchait avec un type du FBI. Car enfin les membres de son équipe commençaient à percer son secret et aucun d'entre eux ne paraissait y trouver à redire. Le problème venait peut-être d'elle : c'étaient ses propres préjugés qui l'empêchaient d'assumer cette relation. Il n'y avait rien dans le règlement qui lui interdise d'avoir un petit ami, après tout.

Elle avait fait le décompte, la nuit dernière. Cela faisait quatre mois qu'ils vivaient ensemble — juste assez pour que s'émousse l'impression de nouveauté des débuts de leur liaison. Il n'avait jamais officiellement emménagé chez elle, il avait simplement cessé d'habiter dans sa propre maison. Elle ne l'avait jamais encouragé à quitter celle-ci. Ils avaient adopté des habitudes pendant qu'elle était en convalescence — il faisait les courses, lui préparait des petits plats pour le dîner, ils parlaient de leur travail et cela se finissait au lit. C'était le bonheur. Rien n'est plus susceptible de ruiner une relation heureuse que d'avoir à en parler. Elle savait que c'était ce qu'il ressentait aussi et il n'y avait donc aucune raison de s'étendre là-dessus.

Une femme qui promenait un labrador sable passa devant Taylor et lui adressa un signe amical. Taylor soupira et s'accorda un moment de rêverie avant de revenir au réel. Elle trouverait le temps de rêver plus tard.

Elle tourna à gauche et s'enfonça plus profondément dans le quartier avant de s'arrêter devant une grosse maison en brique rouge, à colonnes blanches. Quinn Buckley l'attendait sur le perron, les bras croisés comme si elle grelottait, les traits tirés. Elle avait l'air terriblement fatiguée et mal à l'aise. Cette maison était loin d'être aussi luxueuse que la sienne et elle se sentait peut-être dépaysée.

Taylor se réprimanda en silence. Ce n'était pas une pensée très charitable. Cette femme venait de perdre sa sœur, il fallait lui accorder le bénéfice du doute. Elle sortit de la voiture et traversa la pelouse qui la séparait du perron. Elle vit que Quinn avait déjà ramassé deux numéros du *Tennessean* et les tenait à la main. Elle les porta à son visage en tremblant légèrement, faisant bruisser l'emballage en plastique des journaux.

— Il va falloir que j'annule son abonnement… Il va falloir que je m'occupe de plein de choses, par ici.

Quinn adressa un faible sourire à Taylor, que la froideur de son regard bleu démentait.

Taylor hocha la tête.

— C'est toujours difficile, après la mort d'un proche. Il n'y a personne d'autre qui puisse vous aider ? Whitney avait un petit ami, quelqu'un qui était au courant des choses de la vie quotidienne ?

Quinn ne put retenir un petit rire amer.

— Non, Whitney n'avait pas le temps d'avoir un petit ami. Elle n'avait de temps que pour elle-même. Je suis navrée d'avoir à le dire, lieutenant, mais ma sœur était l'une des personnes les plus égoïstes qui puisse se rencontrer. Toute son existence tournait autour d'elle-même et de son plan de carrière, de ses ambitions. Il n'y avait pas de place dans sa vie pour un compagnon.

Elle se tourna et glissa une clé dans la serrure.

— Elle la laissait sous le paillasson pour la femme de ménage. Elle me l'avait dit il y a quelque temps et, en effet, c'est là que je l'ai trouvée. Allons-y.

La porte en chêne s'ouvrit et Taylor fut assaillie par l'odeur d'encaustique et d'eau de Javel. Son cœur se serra.

— La femme de ménage vient de passer ? demanda-t-elle à Quinn.

— Je crois qu'elle vient une fois par semaine, mais je ne

sais pas quel jour exactement. En milieu de semaine, je crois. Quel est le problème ?

— Ce n'est pas forcément un problème. Si j'enquêtais sur un crime, il y en aurait un, mais comme il s'agit d'un accident, ça ne change rien. En tout cas, j'aimerais bien trouver ce qui a incité votre sœur à s'affoler comme elle l'a fait. Mais il n'y a peut-être rien de spécial à découvrir. C'est ce qu'on va voir en jetant un coup d'œil.

Quinn hocha la tête et conduisit Taylor vers le vestibule. La maison était magnifiquement décorée, à quelques détails près. Le parquet de l'entrée menait à une vaste cuisine abritant les équipements les plus en vogue — un comptoir en granit noir bordé de marbre de Carrare, des placards blancs et des appareils électroménagers en Inox. Un coin bureau et un coin repas séparaient la cuisine d'un salon spacieux. Des fenêtres à meneaux, percées tout le long du mur arrière de la maison, permettaient à la lumière naturelle d'inonder la pièce. Tout était bien à sa place, aucune trace de désordre n'était visible. L'endroit était très accueillant et néanmoins un peu trop aseptisé. Comme si un décorateur avait décidé que ce serait au goût de Whitney sans la consulter. Taylor songea que si celle-ci avait été aussi débordée qu'elle en avait eu l'air, elle n'aurait guère trouvé le temps de s'en occuper elle-même.

Taylor parcourut lentement le rez-de-chaussée. La femme de ménage s'était montrée efficace : tout était impeccablement rangé. « Mince, se dit-elle, cela rend les choses d'autant plus difficiles. » En tournant pour se rendre dans le salon, elle aperçut une serviette et un ordinateur portable. L'appareil, flambant neuf, trônait sur une table intégrée dans un meuble à étagères, et la serviette gisait au pied d'une chaise. Taylor ouvrit avec précaution la serviette mais n'y trouva rien de notable. Whitney ne rapportait pas beaucoup de paperasse chez elle.

Elle tira la chaise et s'assit devant l'ordinateur. Elle l'ouvrit en grand et sa curiosité fut récompensée par une liste de courriels qui s'affichaient sur l'écran. Whitney n'avait pas pris le temps de se déconnecter quand elle était partie en catastrophe pour se rendre chez sa sœur. Taylor consulta attentivement la liste des courriels. Elle constata que plusieurs d'entre eux étaient arrivés dans la matinée : ils étaient datés d'« aujourd'hui » et leurs en-têtes étaient en gras, indiquant qu'ils n'avaient pas été lus. Elle remarqua que certains de ces en-têtes de messages étaient précédés d'un drapeau rouge. Elle avait déjà vu Sam procéder de même avec ses courriels — elle en recevait tant qu'il lui fallait les trier par ordre de priorité. Taylor n'avait pas besoin d'organiser de la sorte la réception de son courrier électronique car elle ne passait pas assez de temps en ligne pour que cela en vaille la peine.

Elle entreprit de vérifier les messages pourvus d'un drapeau rouge, histoire de s'assurer que rien ne semblait louche. Elle remarqua que certains messages avaient déjà été lus mais n'en conservaient pas moins leur drapeau rouge. Elle se tourna vers Quinn.

— Vous me donnez l'autorisation de lire les courriels de Whitney ?

— Bien sûr, faites ce que vous pensez devoir faire. Je vais faire quelques pas dans le jardin, si ça ne vous dérange pas.

Quinn sortit par la porte vitrée, tournant le dos à Taylor. « Ce n'est pas plus mal », songea cette dernière. Elle-même n'aurait pas aimé qu'une inconnue lise son courrier si elle venait à casser sa pipe brusquement.

Elle se mit à regarder de plus près les courriels préalablement pourvu d'un drapeau et les compara à des courriels sans drapeau et non lus. Deux ou trois d'entre eux n'avaient rien de mystérieux — des messages en provenance de sites d'informations. Mais il y avait une adresse qui revenait souvent et dont l'objet était toujours le même : « Un poème pour S. W. » Elle décida d'ouvrir le dernier en date des courriels provenant de cette adresse.

La fenêtre s'ouvrit et quelques lignes apparurent sur l'écran. Taylor les lut à voix haute :

— « Ses bras m'entourèrent à demi
Elle me pressa d'une étreinte timide;
Puis, renversant la tête, elle leva les yeux
Et scruta mon visage.

L'amour pour une part, pour une autre la crainte
Et, pour une autre, un pudique artifice
Voulaient me faire sentir plutôt que voir
Se soulever son cœur. »

Elle ferma le message en ayant l'impression d'être une voyeuse. Et Quinn qui croyait que sa sœur n'avait pas de petit ami… Elle fit défiler la liste et constata qu'il y avait cinq autres courriels de ce mystérieux correspondant — cm1855195c@yahoo.com. Elle les ouvrit et les parcourut hâtivement. Chaque message se limitait à un court poème, comme le premier. Elle aurait aimé que Baldwin lui envoie des poèmes d'amour anonymes.

Elle compulsa le reste de la messagerie électronique mais

ne remarqua rien de spécial. Il était temps d'informer Quinn du résultat de ses recherches.

— Quinn ? appela Taylor par-dessus son épaule.

Et Quinn apparut presque aussitôt.

Taylor lui montra la liste des courriels.

— J'ai tout regardé et je n'ai rien vu de louche. Ce sont un peu toujours les mêmes correspondants qui lui envoient des courriels. Vous devriez regarder ça à votre tour pour voir si rien ne vous frappe.

— Je ne crois pas que ce soit nécessaire, lieutenant. Les courriels de ma sœur ne m'intéressent tout simplement pas. Et j'ai du mal à imaginer qu'il y en ait un seul qui me concerne.

— Eh bien, vous devriez quand même y jeter un bref coup d'œil. J'ai trouvé des poèmes d'amour qui semblent lui être adressés. Vous m'aviez dit qu'elle n'avait pas de petit ami.

La voix de Taylor n'était que légèrement accusatrice. Elle commençait à douter que Quinn connaisse quoi que ce soit d'important au sujet de la vie de sa sœur.

— Des poèmes d'amour ? Il faut que je voie ça.

Quinn se pencha tandis que Taylor ouvrait le message le plus récent. Lorsque Quinn lut les vers, Taylor remarqua qu'elle semblait profondément troublée.

— Il y a quelque chose qui vous paraît bizarre ?

Quinn parut s'attendrir et ses yeux étaient humides.

— Non, ce n'est rien, je vous assure.

Taylor n'était pas disposée à laisser passer cela. L'expression qu'affichait Quinn lui apprenait que le poème avait touché une corde sensible.

— Je crois que ce poème peut nous apprendre quelque

chose. Il y en a plusieurs autres. Vous êtes sûre qu'ils n'évoquent rien pour vous ?

Taylor dévisagea Quinn, qui essayait de détourner le regard. Taylor s'aperçut que les épaules de Quinn tremblaient légèrement et elle eut la surprise de voir une larme couler sur la joue du joli visage de cette dernière.

— Qu'est-ce qui ne va pas ? demanda-t-elle doucement. Ce poème vous touche à ce point ?

Quinn rit entre deux sanglots.

— Non, rien de ce genre. J'aimais ma sœur et je suis complètement abattue par sa mort. Mais ces poèmes n'ont rien à voir avec mes sentiments pour elle. Mon mari m'envoyait des poèmes dans le temps… Il ne le fait plus.

Elle se tourna et tenta de reprendre contenance en traversant la cuisine pour y prendre une feuille de papier essuie-tout qu'elle arrosa d'eau avant de s'essuyer les joues. Lorsqu'elle se retourna vers Taylor, ses yeux luisaient encore mais elle avait retrouvé son sang-froid.

— C'est vraiment idiot de ma part… Penser à Jake dans une telle situation. Je crois qu'en découvrant que Whitney avait un admirateur, je me suis dit que j'aimerais que Jake fasse preuve de la même tendresse à mon égard.

Et, sur ces paroles, elle quitta la pièce. Taylor l'entendit aller et venir dans la maison et décida de la laisser tranquille pendant un moment.

Taylor examina le reste de la maison, en quête de quelque chose qui puisse lui apprendre pourquoi Whitney Connolly cherchait aussi désespérément à joindre sa sœur. Si seulement la femme de ménage n'avait pas tout rangé, tout nettoyé ! Il n'y avait plus moyen de savoir si Whitney avait écrit un message ou d'autres notes instructives juste avant son départ. Puis elle eut une idée.

— Quinn ! appela-t-elle. Les policiers qui sont intervenus après l'accident vous ont-ils remis des effets personnels ayant appartenu à Whitney ?

Quinn revint dans la cuisine.

— Non, je suis censée me rendre à la morgue pour les récupérer. Ils m'ont dit qu'il y avait quelques affaires à elle dans la voiture… Oh ! quelle idiote je fais ! Nous aurions dû passer là-bas avant de faire tout ce chemin pour venir ici.

Taylor contint un rire railleur… Comme si Bellevue, à moins de cinq minutes en voiture de Belle Meade, se trouvait à l'autre bout de la Terre !

— Ce n'est pas grave. On peut y aller tout de suite, si vous voulez… On verra bien si ces affaires nous en apprennent plus que ce que nous avons trouvé ici.

— D'accord. Je peux vous rédiger une procuration pour que vous effectuiez cette démarche sans moi, si vous n'y voyez pas d'inconvénient.

Taylor la dévisagea un instant.

— Je peux faire ça, en effet. Mais je pensais que vous auriez aimé être présente.

Elle hésita puis décida qu'il serait idiot de ne pas poser la question qui lui brûlait les lèvres :

— Quinn, vous ne pensez pas que cela puisse avoir un rapport avec Nathan Chase ?

Le visage de Quinn devint blême.

— Oh ! mon Dieu ! Vous ne croyez quand même pas qu'il… qu'il aurait pu entrer en contact avec Whitney d'une manière ou d'une autre ?

— Eh bien, je n'en sais rien. Il a déjà essayé de vous contacter, vous ou votre sœur ?

Quinn se mit à arpenter la moquette, en se serrant la gorge d'une main pâle et manucurée. On aurait dit qu'elle allait se briser en mille morceaux dans le vestibule.

— Non. Nous n'avions aucun contact avec lui. Et il est toujours en prison, Dieu merci. Je le sais parce que je me renseigne à son sujet de temps en temps, histoire de m'assurer qu'il n'est pas sur le point d'être relâché. A ma connaissance, il n'obtiendra pas de liberté conditionnelle avant quinze ans.

Taylor digéra l'information pendant un instant. L'enlèvement était certes un crime grave. Mais Chase avait été condamné à une peine incompressible de trente ans. Elle songea qu'il lui faudrait se renseigner pour connaître exactement la nature du crime pour lequel il avait été condamné. Cela n'avait probablement pas grand-chose à voir avec la mort de Whitney, mais enfin ce serait peut-être utile d'en apprendre davantage sur ce passé obscur.

— D'accord, Quinn. Je vais aller à la morgue pour examiner les effets personnels de Whitney qui s'y trouvent. Si je tombe sur quelque chose de spécial, je vous en aviserai.

— Merci. Dites-moi, quand est-ce que le corps sera rendu à la famille ? Il faut que je m'occupe des obsèques.

— Appelez le bureau du médecin légiste. On vous y donnera cette information. Cela ne devrait pas tarder, croyez-moi.

Tandis qu'elles se dirigeaient vers la porte, elles n'entendirent pas le signal sonore de l'ordinateur, indiquant que Whitney venait de recevoir un nouveau courriel.

30.

Le cas de Christina Louise Dale, que ses proches appelaient Christy, était plutôt triste. Agée de dix-neuf ans, petite et brune, Christy était toujours sur la brèche. Elle n'était pas assez riche pour s'inscrire à l'université, ni assez bien notée au lycée pour obtenir une bourse qui lui aurait ouvert les portes d'une faculté. En conséquence, elle travaillait dur et fréquentait les étudiants de la région de Roanoke aussi souvent que possible. Elle était autodidacte et quand elle se disait telle, la plupart de ses amis étudiants ne comprenaient même pas le sens de ce mot. Certes, tous trouvaient scandaleux qu'étant si instruite elle ne puisse pas suivre des études supérieures en même temps qu'eux. Mais en son for intérieur, elle se délectait de se savoir plus brillante que ses camarades.

Elle persistait à vouloir s'instruire et lisait le plus possible pendant son temps libre. Elle avait trouvé un emploi susceptible de lui offrir les opportunités qui lui avaient été refusées jusqu'alors. La société qui contrôlait le petit hôpital local finançait un programme permettant de décrocher une bourse à ceux de ses employés qui manifestaient la volonté et les aptitudes nécessaires à la poursuite d'études supérieures, mais uniquement dans le domaine médical. Cela convenait parfaitement à Christy. Elle envisageait de rester encore quelque temps au service de cette société avant de trouver mieux plus tard.

Christy attendait son heure. C'était une employée zélée, même si ce qu'elle faisait en dehors de son travail prêtait plutôt à caution. Elle reconnaissait qu'elle buvait un peu trop. Et, en effet, elle buvait trop et elle fumait trop. Et il lui arrivait d'absorber certaines substances illicites. Rien de bien méchant… Des drogues « douces », telles qu'on en trouve sur tous les campus. Elle se disait qu'elle expérimentait les mêmes choses que les étudiantes de son âge. La boisson, la drogue, les garçons. Ah oui, les garçons. Elle aimait beaucoup les garçons. Mais ce n'était pas un vice, du moins pas à ses yeux. Son corps lui appartenait, et elle ne s'en laissait pas conter à ce propos. Le fait qu'elle pouvait coucher avec des types qui cherchaient rarement à la revoir ensuite ne lui posait aucun problème. D'ailleurs, si elle avait voulu les revoir, elle se serait débrouillée pour y parvenir.

Elle s'habillait donc d'une manière un peu trop provocante, buvait un peu trop, faisait l'amour à droite à gauche. Et alors ?

Baldwin savait tout cela, et davantage, et lorsqu'il se trouva en présence du corps sans vie de Christy — balancé sur le bord de la route à Asheville en Caroline du Nord —, il ne put s'empêcher de se demander si Christy avait eu conscience des dangers auxquels elle s'exposait en couchant avec des inconnus, en montant dans leurs voitures et, plus encore, en les amenant dans un motel pour éviter que sa mère ait connaissance de ses dévergondages.

Mais la mère de Christy n'en ignorait rien. Elle savait tout ce que faisait sa fille, et soit elle ne s'en préoccupait pas assez, soit elle pensait que ses remontrances n'y changeraient rien. Lorsque Baldwin s'était assis face à elle, quelques heures après qu'il eut acquis la certitude que ce n'était que morte que Christy avait quitté la chambre 3 du motel Happy Roads, Charlie Dale ne parut pas surprise.

Charlie Dale fuma cigarette sur cigarette tout au long de l'entretien. Baldwin crut qu'il allait étouffer dans la pénombre de son mobile home, se demandant si une fenêtre avait jamais été ouverte dans ce modeste logis. L'endroit était bourré de linge sale, de détritus, de crasse et de cendriers pleins de mégots nauséabonds — toute la saleté du monde semblait se concentrer entre ces quatre murs. Charlie n'était certes pas une ménagère modèle, et elle s'en excusa auprès de Baldwin. Il sourit et fit comme si tout était en ordre, ainsi que Charlie devait le faire elle-même depuis au moins dix ans.

Elle n'avait pas grand-chose de sympathique à dire au sujet de sa fille. Christy était arrivée par surprise dans la vie de Charlie, alors que celle-ci avait quinze ans et était folle amoureuse d'un garçon de Roanoke. Lorsqu'elle s'était retrouvée enceinte, elle n'avait plus jamais entendu parler de lui. Elle avait élevé sa fille seule, depuis le début. Et cette fille n'aurait jamais rien pu faire de bon, selon elle, à force de courir les garçons et de picoler. Ce qui avait été bon pour la mère n'était pas, aux yeux de celle-ci, bon pour la fille. « J'aurais aimé que Christy mène une autre vie, avait-elle confié à Baldwin, mais je n'ai jamais su comment lui en procurer les moyens. »

Tandis que Baldwin fixait le corps de Christy, il ressentit une tristesse qui provenait autant de la mort de cette malheureuse que des vicissitudes de l'existence qu'elle avait dû affronter.

Quand ils avaient reçu l'appel les prévenant qu'un corps

avait été retrouvé à Asheville en Caroline du Nord, Baldwin n'avait pas cillé. Le tueur agissait dans l'instant. A présent qu'il se savait traqué, il ne perdait pas de temps : en deux temps, trois mouvements, il fondait sur ses proies, les tuait et les balançait dans la nature. Il se donnait vraiment à fond. Cela faisait à peine une journée que Christy avait été portée disparue, et Baldwin était déjà en train d'examiner son corps meurtri, les estafilades sur la poitrine, les poignets sanguinolents, se demandant où l'on retrouverait sa main, à celle-là… La main soigneusement manucurée de Marni Fischer était à quelques mètres de là. Baldwin se demanda où pouvaient bien se trouver les mains restantes.

Ce tueur en série, méthodique et prudent, était devenu un maniaque sanguinaire. A première vue, l'Etrangleur du Sud essayait de les attirer, telle une grosse araignée, au cœur de la toile de sa démence. Mais au fur et à mesure qu'il accélérait le rythme de ses meurtres, la toile commençait à se déchirer. Un tueur en série organisé pouvait gérer sa psychose et se contenter de tuer une fois par an. Or, celui-ci devenait de plus en plus fou, de plus en plus dangereux.

Du point de vue de l'homme de science, cette évolution était fascinante. Baldwin possédait au plus haut point cette aptitude à séparer les victimes et leur vie des crimes en eux-mêmes. Psychologiquement, le problème était simple. Le message du tueur ne passait pas, ce qui le frustrait et l'incitait à prendre de plus en plus de risques, à s'inquiéter de moins en moins des conséquences de ses actes. La fin de la partie était en vue, pour lui.

*
* *

La police scientifique s'en donnait à cœur joie dans la chambre du motel. Il était évident que Christy avait été poignardée à plusieurs reprises et le sang de ces blessures-là était venu s'ajouter à celui qui avait giclé des veines des poignets au moment de l'amputation des mains, ce qui donnait un surcroît de travail aux experts dépêchés sur place pour passer l'endroit au peigne fin. La chambre n'avait pas été nettoyée et les empreintes digitales y abondaient, à tel point qu'il était difficile d'en prélever une dans son intégralité. Baldwin supposait que le tueur portait des gants, car les enquêteurs n'avaient encore jamais réussi à prélever une seule empreinte pouvant lui être attribuée.

Pour la première fois, ils trouvèrent une infime quantité de sperme mêlé au sang qui maculait les draps. Dans une affaire moins atypique, cette découverte aurait été accueillie avec enthousiasme. Mais comme on n'avait pas retrouvé de matière organique sur le fragment de préservatif à la suite du dernier meurtre, on n'avait pour l'instant aucun ADN avec lequel comparer le résidu séminal. C'était cependant une nouvelle indication de ce que le tueur était en train de perdre son sang-froid. Il commençait à commettre des maladresses.

Baldwin avait sollicité les services de la police scientifique afin de soumettre l'ADN de cette trace de sperme à l'expertise du logiciel CODIS, dans l'espoir qu'il correspondrait à un ADN répertorié dans cette banque de données. Mais il ne se faisait guère d'illusions. Quelque chose lui disait que cette série de meurtres n'avait pas eu de précédent. Le profil qu'il était en train d'établir suggérait que ces meurtres étaient les premiers crimes graves de l'homme qu'il traquait — et que son casier judiciaire, si toutefois il en avait un, ne devait comporter que des peccadilles. Plus Baldwin avançait dans cette enquête et plus le rythme des meurtres s'accélérait, plus cette hypothèse lui paraissait fondée. Ne pas trouver d'ADN concordant ne ferait que confirmer l'un des aspects du profil.

Baldwin avait demandé à Grimes d'envoyer des hommes dans le bar que fréquentait Christy, afin d'y demander si personne ne l'avait vue parler à quelqu'un ou, mieux encore, quitter l'établissement en compagnie de quelqu'un. Mais Grimes lui avait dit que personne n'avait rien vu de spécial. L'un des serveurs était allé jusqu'à en plaisanter, affirmant que pour faire le décompte des hommes en compagnie de qui Christy avait été vue, il aurait fallu mobiliser tous les flics de la région Son humour ne fut pas très apprécié et il s'était excusé aussitôt, ajoutant que, sérieusement, elle aurait pu être avec n'importe qui car, dans ce bar, personne n'aurait prêté d'attention particulière à une fille un peu fofolle venue pour draguer et picoler.

Sans trop d'illusions, Baldwin avait fait demander par Grimes si aucun employé ne se souvenait d'un jeune homme brun, mais la question ne rencontra que des rires. C'était un bar à étudiants, près de la moitié des clients correspondait à une description aussi vague. Le personnel du bar n'avait remarqué personne dont le comportement aurait paru étrange.

Ils n'avaient donc pas grand-chose à se mettre sous la dent. Baldwin indiqua qu'il fallait à présent transporter le corps de Christy sur une civière vers un tiroir réfrigéré de la morgue d'Asheville, pendant qu'il se tournait les pouces, l'air perplexe, sans avoir la moindre idée de la manière dont on pouvait arrêter ce tueur imprévisible.

Il était temps de trouver une chambre en ville, de boire un verre et d'essayer d'y voir plus clair. Préférablement en appelant Taylor. Il s'était rendu compte, ces derniers temps, que le simple fait de parler à Taylor lui clarifiait les idées. Et son esprit avait grand besoin d'être éclairci. Il lui fallait faire le point sur sa stratégie, tout déballer et voir ce qui manquait. Car il y avait quelque chose d'énorme qui lui échappait, et le tueur profitait de cette lacune.

Il observa du coin de l'œil la dépouille de Christina Dale se faire emballer dans un grand sac. Les brancardiers posèrent leur fardeau macabre sur une civière qu'ils hissèrent sur un lit à roulettes. Un policier poussa le tout à l'arrière de la camionnette beige de l'institut médico-légal local. Baldwin trouva les arbres bien verdoyants dans le coin, la brume qui venait des monts lui parut plus mauve qu'ailleurs. Le vent d'été était étonnamment frais et pur, à peine vicié par les miasmes de la mort. Tout semblait plus imposant, plus réel, et cela donnait la migraine à Baldwin. L'air de la montagne lui faisait toujours cet effet.

Baldwin sortit de la douche et alluma le téléviseur. Il faisait une chaleur suffocante dans sa chambre d'hôtel et il s'assit nu sur le bord du lit pour regarder les infos locales. La découverte du corps de Christina Dale constituait la principale information du jour. La journaliste en énumérait tous les détails portés à la connaissance des médias, ce qui n'était pas grand-chose car Baldwin avait fait en sorte qu'ils ne filtrent pas trop. Elle dressa ensuite l'historique des crimes précédents du tueur au cours des dernières semaines, et elle termina son laïus en avertissant toutes les jeunes femmes d'Asheville :

— Il est demandé à toutes les femmes du secteur d'Asheville de ne pas rester seules, de verrouiller leurs portes et de fermer leurs fenêtres. Mesdames, mesdemoiselles, si vous devez sortir, ne sortez pas seules. Ne parlez pas aux gens que vous ne connaissez pas et munissez-vous d'une bombe de gaz paralysant. Surtout, soyez sur vos gardes. Assurez-vous que vos téléphones portables sont chargés et à portée de main. Ne montez pas dans la voiture d'un inconnu. Passez la consigne dans votre entourage.

C'était une bonne mise en garde, sans grande originalité mais prononcée avec une telle conviction qu'elle devrait inciter les téléspectatrices à rester vigilantes. Malheureusement, aucune opération de communication ne pouvait garantir aux femmes d'Asheville une sécurité absolue.

Il se détourna du téléviseur et sortit ses dossiers de sa serviette. Il les étala sur le lit dans l'ordre chronologique et entreprit de compulser leur contenu, en commençant par le cas de Susan Palmer. Il y avait des points communs évidents entre les victimes. Elles avaient toutes les cheveux et les yeux bruns, et étaient toutes âgées de dix-huit à vingt-huit ans. Les caractéristiques morphologiques étaient également similaires ; elles étaient toutes robustes et athlétiques. Et surtout elles travaillaient toutes dans le secteur médical. Avait-on affaire à un médecin détraqué qui avait pété un câble ? C'était une hypothèse qui en valait une autre.

Il commençait à ressentir de l'impuissance. Ce tueur allait de plus en plus vite et, même s'il était aisé de discerner un mode opératoire spécifique dans ses actes, il n'y avait pas moyen de prédire dans quelle ville il s'apprêtait à frapper. Il n'y avait pas d'autre solution que de lui mettre la main dessus. Et rien n'indiquait qu'ils en auraient bientôt l'occasion.

Il avait déjà vu des cas semblables, où la célérité de l'assassin déjouait le zèle des enquêteurs. Mais il était plus habitué aux tueurs qui prenaient leur temps. Il fallait généralement plusieurs semaines pour déterminer un mode d'action applicable à tel ou tel tueur — voire plusieurs mois. En quelques jours, c'était presque impossible. Ce type était parti pour tuer plus fréquemment et plus sauvagement. Et les meurtriers de ce genre étaient les plus dangereux. Mais ils finissaient presque toujours par commettre une erreur qui leur était fatale. Il était, en revanche, plus que rare qu'ils se déplacent d'Etat en Etat pour y enlever leurs proies et pour y déposer des corps amputés des deux mains.

Cette escalade était en fait une bonne chose. A cette cadence, il allait forcément commettre une erreur. Aucun tueur n'était assez génial pour accélérer ainsi le rythme de ses crimes sans trébucher. Laisser par mégarde de l'ADN sur les lieux du crime constituait une première bévue — et Baldwin espérait que les erreurs de ce type allaient se multiplier.

Son téléphone portable se mit à sonner pendant que le numéro du FBI, destiné à d'éventuels informateurs et délateurs, s'affichait sur l'écran du téléviseur. Il éteignit la télévision et consulta l'écran de l'appareil pour savoir qui l'appelait. C'était Taylor.

— Salut, ma chérie, dit-il doucement.

— Ça va, Baldwin ? J'ai regardé les infos. Tu dois être épuisé.

— Ouais. Le devoir n'attend pas. Cette situation ne cesse d'empirer. Chaque fois qu'on a l'impression de le rattraper, le voilà reparti de plus belle. Je n'ai pas la moindre idée de ce qu'il va faire maintenant.

— Tu veux qu'on en parle ? Peut-être qu'il te faudrait un regard neuf, ou plutôt des oreilles…

— Ouais, c'est peut-être une bonne idée. Mais, d'abord, est-ce que tout va bien, de ton côté ? Cette histoire de viol, ça avance ?

Il écouta le silence de Taylor pendant un instant et eut l'impression d'entendre les pensées de son amie se succéder dans l'écouteur. Lorsqu'elle finit par répondre, il crut discerner dans sa voix un certain découragement.

— Tout va bien. Tu as vu les infos ? Les médias nationaux font leurs choux gras de l'affaire du Violeur de la Pluie. Il y a là ce que les journalistes prisent par-dessus tout : un vrai mystère. Et puis un violeur en série, les gens adorent ! Pour couronner le tout, on se retrouve avec une victime qui croit que son violeur est un flic, ce qui n'arrange rien. Et puis, oh… Tu es au courant, pour Whitney Connolly ?

— Chérie, je n'ai pas eu un moment de libre ici. Whitney Connolly, de Channel Five ? Qu'est-ce qui lui est arrivé ?

— Elle a trouvé la mort dans un accident de voiture, hier, ainsi que trois autres personnes. Un truc assez atroce. Je me suis rendue sur les lieux avec Sam avant d'apprendre qu'il s'agissait de Whitney. Depuis, ça n'arrête pas. On ne peut pas mettre les infos locales sans tomber sur des hommages à « cette grande figure du journalisme ». Je suis chargée d'aider sa sœur, Quinn Buckley, à vérifier que les circonstances de l'accident ne sont pas liées à une enquête sensible qu'elle aurait été en train de mener. Elle est morte en se rendant chez sa sœur pour la mettre en garde contre un danger inconnu. J'ai examiné ses effets personnels toute la journée, d'abord chez elle, puis à la morgue où se trouve ce qu'on a retrouvé dans sa voiture. Pour l'instant, je n'avance pas beaucoup.

— Eh bien, elle m'a toujours paru un peu frivole…

— John Baldwin, j'espère que tu n'es pas en train de me dire que tu as couché avec elle ? Monsieur a ses petits secrets ? Tu m'avais pourtant dit que tu ne connaissais pas les sœurs Connolly.

Taylor n'avait pas connu Baldwin au lycée catholique du père Ryan, mais lui, il avait amplement entendu parler d'elle. Il était impossible d'ignorer qui était Taylor Jackson — sa propension à se lier d'amitié avec les élèves de tout horizon, son insouciance singulière face aux risques comme aux conformismes.

— Je n'ai pas couché avec elle. Je ne lui ai même jamais adressé la parole. Je dis simplement qu'elle me paraissait un peu frivole. Et je me suis toujours demandé ce qu'il en était vraiment de cet enlèvement…

— Justement, j'ai mentionné le nom du ravisseur devant Quinn, pour voir si les craintes de Whitney avaient un rapport avec lui. Elle m'a affirmé qu'il était toujours incarcéré et qu'il ne pourrait obtenir de liberté conditionnelle avant une quinzaine d'années. J'ai voulu en savoir plus et j'ai consulté le dossier. Ce n'est pas seulement pour enlèvement que Nathan Chase est en taule. Agression sexuelle sur mineures, violences sexuelles, viol aggravé et sodomie. Ces filles ont subi un peu plus qu'un simple enlèvement. Je ne sais pas comment elles sont parvenues à maintenir le secret sur leur affaire.

— Je me souviens que ça n'avait pas fait trop de vagues,

à l'époque. La famille Connolly avait beaucoup d'influence. Peter Connolly, leur père, était un avocat puissant, si mon souvenir est exact. Il avait le bras assez long pour faire en sorte que l'affaire ne s'ébruite pas trop. Elles étaient également protégées par leur statut de mineures. Il n'y a pas eu de ragots quand elles ont débarqué chez le père Ryan ?

— Si, pas mal, au début. Mais sans plus. Les profs se montraient sévères avec quiconque plaisantait au sujet de cette affaire, et puis les gens ont cessé d'en parler. Je crois que c'était plus facile pour les jumelles de se retrouver dans un nouvel environnement, où personne ne s'intéressait vraiment à elles. J'en suis d'autant plus persuadée à présent que je sais qu'elles ont vécu un véritable enfer.

— Donc, Whitney essayait de contacter Quinn quand elle a eu cet accident ? Et tu n'as rien trouvé de louche ?

— Non. Rien dans sa voiture, à part son portable et son sac à main. Pas de dossier, pas de notes, rien.

— Tu as vérifié la fonction bloc-notes de son portable ? Je m'en sers, des fois, quand je conduis et que je ne veux pas m'arrêter pour noter mes pensées sur mon calepin.

Taylor éclata de rire.

— Tu es génial, tu sais ? Je vais vérifier ça dès que possible. Je te parie que personne n'y a pensé. Je m'en occupe et je te rappelle.

— Tu ferais mieux d'aller te coucher, mon chou. Il est presque minuit. Je suis sûr que cette vérification peut attendre demain. Il faut que tu reprennes des forces. Allez, au lit !

Il constata avec stupéfaction que Taylor ne chercha pas à

le contredire. Elle admit que ce serait une bonne idée et lui promit qu'elle le rappellerait le lendemain matin.

Ils échangèrent leurs « je t'aime » rituels et raccrochèrent. Baldwin revint à son dossier. Il étala les photos des victimes sur le lit et les examina longuement, fixant leurs regards accusateurs. Le lien le plus tangible entre elles consistait en leur appartenance, à un degré ou à un autre, aux professions médicales. Leur assassin avait peut-être été traumatisé par une infirmière brune dans son enfance. Baldwin avait cependant du mal à croire que c'était aussi simple que ça.

Il décida de réorganiser ses dossiers. Ce serait plus facile de pointer les différences et les points communs si tous les cas étaient rassemblés dans un seul dossier, constitué de sous-dossiers. Dans quel genre de restaurants elles aimaient manger, dans quelles salles de sport elles allaient faire de l'exercice… Toutes les informations de ce type furent triées de façon thématique et regroupées dans de nouvelles chemises. Baldwin commença par se pencher sur le thème de l'emploi : et s'il vérifiait le nom de leurs employeurs, plutôt que de s'en tenir au secteur économique dans lequel elles travaillaient au moment de leur mort ?

« Allons-y », se dit-il. Susan Palmer venait de se faire embaucher par l'hôpital communautaire de Huntsville. Jeanette Lernier était en stage dans une société de marketing. Jessica Porter était standardiste à l'hôpital communautaire de Jackson. Shauna Davidson travaillait… Merde, ce n'était pas indiqué. Il était seulement dit qu'elle suivait un séminaire à l'université d'Etat du Tennessee. Marni Fischer était interne à l'hôpital communautaire de Noble. Christy était standardiste à l'hôpital communautaire de Roanoke.

Baldwin ouvrit son téléphone portable et appela Grimes. Il tomba sur la messagerie et laissa un message. « Grimes, c'est Baldwin. Est-ce que tu as les antécédents professionnels de Shauna Davidson ? Ils ne figurent pas dans le dossier. Rappelle-moi dès que tu les as. »

Il raccrocha et se mit à arpenter la pièce. Jeanette Lernier ne correspondait pas au profil, elle travaillait dans le marketing. Toutes les autres travaillaient dans le secteur médical. Hôpital communautaire... Hôpital communautaire. Hum.

Il était grand temps de prendre une initiative. Il ouvrit de nouveau son téléphone et composa le numéro des renseignements. Lorsque l'employée décrocha, il demanda le numéro d'un hôpital communautaire à Jackson dans le Mississippi. Après un silence, la femme lui répondit qu'elle avait trouvé une liste de numéros au nom de l'Hôpital communautaire de Jackson, avec une majuscule. Jusqu'à présent, Baldwin avait cru que le terme « hôpital communautaire » désignait de manière générique l'établissement en question, et pas son nom propre. Eh bien, tant pis. Il remercia l'employée des renseignements et raccrocha tout en pianotant sur le clavier de son ordinateur portable. Il entra le terme « Hôpital communautaire de Jackson » dans le moteur de recherche Google et le résultat ne se fit pas attendre.

Il parcourut la page d'accueil du site en question et vit un lien tout en bas : « A propos de Health Partners ». Alors qu'il s'apprêtait à activer le lien, son téléphone portable se mit à sonner. C'était Grimes qui le rappelait, enfin.

— Shauna Davidson suivait des cours d'été de microbiologie et d'immunologie. Elle devait effectuer un stage pratique de quelques semaines. C'est tout ce que j'ai trouvé.

— Mais, Grimes, son stage se déroulait dans quel établissement ?

— A l'hôpital local. L'Hôpital communautaire de Nashville. Pourquoi, Baldwin ? Tu es sur une piste ?

— Peut-être. Je te dirai ça plus tard.

Il raccrocha et revint au site qui s'affichait sur l'écran. Il cliqua sur le lien Health Partners.

Il accéda ainsi à un portail élégant et clair. Quelqu'un avait prodigué bien des efforts pour qu'il en soit ainsi. Il comprit bien vite que Health Partners était la maison mère d'un réseau d'hôpitaux communautaires. Il lut toute l'information que fournissait le site, glanant des noms et des liens avec d'autres sites. Cette société contrôlait des hôpitaux dans plusieurs Etats, le long de la côte atlantique et dans le Sud profond. Mauvaise nouvelle. Si le tueur faisait une fixation sur les hôpitaux dépendant de cette société, il allait falloir déclencher des alertes du Delaware à la Floride.

Baldwin referma son ordinateur portable, découragé. Le lien se trouvait là, à coup sûr, mais cela ne faisait qu'élargir le champ de ses investigations.

Il composa le numéro de Grimes et tomba de nouveau sur la messagerie. Merde, il dormait déjà, ou quoi ? Il venait de lui parler et lui avait bien dit qu'il le rappellerait. Baldwin consulta la pendule. Il était 2 heures du matin. Il avait passé plus de deux heures sur internet. Grimes devait donc dormir, en effet. Ce qu'il avait à lui demander pouvait attendre jusqu'au lendemain matin. La démarche la plus judicieuse consistait à dresser une liste de tous les employés des hôpitaux communautaires des villes où les filles avaient été enlevées, en espérant qu'une anomalie lui sauterait aux yeux. Il devait bien y avoir un autre indice.

Baldwin décida de dormir quelques heures. Peut-être trouverait-il une solution dans ses rêves.

31.

Noelle Pazia arrêta de pédaler, posa un pied sur le gravier et toussa pendant ce qui lui parut une éternité. Cela faisait une semaine qu'elle toussait comme ça, et les médecins du dispensaire universitaire, constatant que le problème dépassait leurs faibles ressources, avaient fini par lui prescrire un examen radiologique des poumons. Elle était asthmatique et avait recours à un inhalateur en cas de crise. Mais la Ventoline était sans effet sur cette mauvaise toux. Elle avait donc enfourché son vélo pour se rendre à l'Hôpital communautaire d'Asheville, avait patienté deux heures dans une salle d'attente et avait subi ses examens avant de revenir vers le campus. Avec sa bronchite aiguë ou sa pneumonie — quelle que soit la nature exacte de la maladie qui lui faisait souffrir mille morts —, le vélo n'était pas vraiment conseillé. Elle crut entendre son père, avec son fort accent italien, qui la morigénait : « Noelle, tou sais bien que tou ne dévrais pas faire dou vélo, avec toutes ces côtes, quand tou né té sens pas bien, *cara*. » Elle le savait bien, mais elle n'avait pas de voiture et elle n'avait pas voulu demander à l'une de ses amies motorisées de l'emmener.

En toussant et en tentant de reprendre son souffle, elle souhaita être de retour à Washington, elle aurait voulu être assise à l'arrière du restaurant de ses parents en train d'observer son père, Giovanni, mettre la dernière main à un plat de *pasta e faglioli*, une soupe traditionnelle de pâtes et de haricots dont Noelle se délectait lorsqu'elle était malade. Quand elle était petite, son père, au premier coup d'œil à son visage pâle, filait dans la cuisine. Pas de médecins, pas de médicaments : un grand bol de *zuppa* pour la remettre d'aplomb. Le remède était presque toujours efficace. La seule fois où cela n'avait pas été le cas, c'était après qu'elle eut contracté la varicelle auprès d'un petit garçon du voisinage qui jouait avec elle dans son jardinet. Là, la soupe n'avait servi à rien.

Mais elle était loin de chez elle. Elle était sur une route de Caroline du Nord, malade comme un chien, et il n'y avait pas un bol de soupe en vue. Il fallait qu'elle rentre à la fac pour rejoindre son groupe d'étude à la bibliothèque. Même malade comme elle l'était, elle se sentait obligée de suivre les cours et n'aurait pour rien au monde raté ce séminaire. Ses condisciples avaient déjà presque tous la « crève », elle ne risquait donc pas de la transmettre. Elle avait un emploi du temps des plus chargés à présent qu'elle travaillait en contrôle continu — et si cela signifiait qu'elle devait renoncer à quelques heures de sommeil, elle y était prête. Elle écarta sa frange humide pour y voir plus clair, remonta sur la selle et se remit à pédaler.

Le souvenir de la soupe de son père en amena d'autres. Elle se remémora le compromis qu'elle avait fait avec son père. Giovanni était un homme austère qui travaillait dur. Il avait émigré avec sa famille en Amérique. Il avait laissé derrière lui sa ville natale de Sestriere afin que ses six enfants puissent fréquenter des universités américaines. Noelle était la benjamine, la dernière à entrer à la fac. Elle aurait voulu aller dans le Colorado pour y étudier la climatologie et se livrer aux joies du ski et du VTT dans les hautes montagnes du pays. Mais Giovanni avait trouvé que le Colorado était trop loin. Ils s'étaient donc mis d'accord sur le département des Sciences atmosphériques de l'université de Caroline du Nord, à Asheville. Elle pouvait ainsi profiter de la montagne et Giovanni était plus tranquille de la savoir à quelques heures de route de Washington, et non pas à trois jours.

Pour Noelle, calme et sérieuse, Asheville était un rêve devenu réalité. Elle adorait ses professeurs, sa compagne de chambre et le cadre du campus. Elle s'était inscrite au club de cyclisme et s'était fait de nombreux amis. Elle avait même intégré un groupe d'étudiants catholiques qui allaient à la messe hors du campus, et elle se joignait à eux autant que possible. Elle était en seconde année, à présent, et elle se sentait vraiment chez elle. Elle attirait l'attention des garçons du campus, aussi. Elle mesurait un mètre soixante-dix et pesait cinquante-cinq kilos, tout en muscles. Ses cheveux bruns soyeux et ses grands yeux latins ajoutaient à son charme. Mais c'était une fille qui obéissait à son père et elle déclinait toutes les invitations du sexe opposé pour se conformer aux vœux de son géniteur. Cela ne lui manquait guère car elle avait beaucoup de travail, et les rendez-vous galants ne figuraient pas parmi ses priorités.

Elle franchit les portes de la fac, traversa le campus et se dirigea vers la résidence universitaire où elle logeait, West Ridge Hall. Elle rangea son vélo dans le râtelier, ferma l'antivol et entra dans le bâtiment. En remontant le couloir qui menait à sa chambre, elle se demanda si elle ne devrait pas annuler sa participation au groupe d'étude en climatologie, tant elle avait du mal à respirer. Elle arriva devant sa porte, la déverrouilla et pénétra dans la pièce. Elle et sa compagne de chambre ouvraient toujours les stores en grand ; leur fenêtre donnait sur de splendides montagnes, et elles adoraient s'allonger sur leurs lits pour admirer le paysage. Noelle posa son sac à dos sur le plancher et s'étira sur son lit double.

Ah ! ça faisait du bien ! Trop de bien. Elle savait qu'il fallait qu'elle se remue pour rejoindre ses condisciples. Ce n'était pas parce qu'elle était malade qu'il fallait qu'elle rate son cours. Elle parvint à se lever, enfila un blouson, ramassa ses livres et sortit de sa chambre douillette.

La bibliothèque était située au centre du campus, et la marche lui fit du bien. L'activité physique la revigorait quand elle était malade, et la bibliothèque n'était pas loin. Elle remonta des allées tranquilles qui y menaient, saluant au passage des étudiants de sa connaissance, et pénétra dans la bibliothèque.

Ils y travaillèrent pendant deux heures et Noelle commençait à se sentir vraiment exténuée. Au moment où ses compagnons décidèrent de faire une pause, son téléphone portable se mit à sonner. Noelle s'excusa et se dirigea vers l'entrée latérale de la bibliothèque. Elle se refusait à emporter son téléphone en cours ; elle trouvait grossiers les gens qui téléphonaient au restaurant et au supermarché. Elle sortit donc par respect pour ses condisciples, et d'ailleurs elle avait besoin d'air frais.

C'était une amie du club de cyclisme qui lui proposait de faire du vélo avec elle le lendemain matin. Elle dut se résigner à décliner l'invitation : tant que durait son traitement aux antibiotiques, il n'aurait pas été prudent d'effectuer trop d'efforts physiques. Elles bavardèrent un petit moment tandis que

Noelle sortait de la bibliothèque et s'asseyait sur les marches de l'entrée. La nuit était déjà tombée et, en raccrochant, elle crut voir une ombre se glisser le long du mur latéral du bâtiment. Elle ne s'y attarda pas — il y avait tant de gens qui fréquentaient le campus et cela aurait pu être n'importe qui. Cependant, elle décida de rentrer dans la bibliothèque. Elle avait entendu parler de cette pauvre fille en Virginie et, comme elle se dirigeait vers la porte, un frisson lui parcourut la nuque. Elle regarda derrière elle et s'aperçut que l'ombre était devenue un homme, mais elle faillit rire en s'apercevant que ce n'était qu'un étudiant comme elle. En tout cas, il était trop jeune et trop mignon pour être autre chose. Elle lui adressa un sourire et lui tint la porte.

Il lui rendit son sourire, et ce fut le dernier souvenir de Noelle.

32.

Taylor se réveilla avec détermination. Promptement lavée, habillée et nourrie, elle ramassa sur son perron le numéro du jour du *Tennessean* et s'affala sur le canapé. Lee Mayfield, une journaliste spécialisée dans les affaires criminelles avec laquelle Taylor ne s'entendait pas bien, avait rédigé un article sur l'affaire du Violeur de la Pluie. Taylor l'avait lu en ricanant. Comme à son habitude, Mayfield se trompait au sujet des détails. Ce n'étaient d'ailleurs pas seulement les policiers qui lui étaient hostiles, la plupart de ses confrères en avaient aussi ras le bol de son incompétence. Elle était réputée pour débarquer à la fin des conférences de presse ou quand tout était emballé sur les lieux d'un crime, copiant la matière de ses articles sur les autres médias plutôt que de faire son boulot correctement.

Taylor ne prit même pas la peine de terminer la lecture de l'article, ni le reste du journal, d'ailleurs. Dégoûtée, elle le jeta par terre et entreprit de s'occuper d'affaires sur lesquelles elle avait quelque prise. Le téléphone portable de Whitney Connolly. Faisant défiler les options, elle trouva la fonction bloc-notes et appuya sur la touche lecture. La voix de Whitney se mit à flotter dans la pièce, énumérant une liste de tâches à accomplir. La dernière de celles-ci était intéressante et Taylor la repassa à plusieurs reprises.

« Parler à Quinn des messages. »

Et c'était tout. Pas de véritable indice, pas de nouvelle piste. Même la dernière phrase ne paraissait pas si importante. Faisait-elle allusion aux courriels ?

Taylor prit son téléphone et appela Quinn Buckley. Quinn répondit à la première sonnerie.

— Quinn ? C'est Taylor. J'ai examiné les effets personnels de Whitney qui ont été retrouvés dans sa voiture, et j'ai récupéré le téléphone portable de votre sœur. Elle avait enregistré un pense-bête sur cet appareil. J'aimerais vous le passer pour que vous me disiez ce que vous en pensez. Vous êtes prête ? C'est parti…

Elle tendit son téléphone portable vers celui de Whitney et repassa le pense-bête. La voix de Whitney résonna comme un coup de feu. Taylor ne pouvait s'empêcher d'en avoir la chair de poule. Elle n'avait pas l'habitude de communiquer avec les défunts. Ça, c'était le boulot de Sam. Elle porta l'écouteur à son oreille et entendit Quinn pleurer doucement.

— Oh ! mince, Quinn ! Je suis navrée. J'aurais dû vous avertir que ce serait sa voix.

— Ça ira, dit Quinn en reniflant dans l'écouteur. Je n'étais pas vraiment préparée à entendre sa voix, comme ça. Il n'y a rien d'autre ?

Taylor secoua la tête et répondit :

— Non, Quinn, rien d'autre. Vous savez à quels messages elle fait allusion ?

— Comment savoir, avec Whitney ? Je devais lui faire imprimer des cartes de correspondance… Il s'agit peut-être de ça. Elle a dû changer d'avis sur l'en-tête ou sur le style... J'espérais qu'on en apprendrait davantage.

— Désolée... Je ne sais pas quoi vous dire. Je continue à me renseigner. Je ne vous aide pas beaucoup.

— Non, Taylor, vous faites de votre mieux. Merci pour votre aide. Nous allons récupérer le corps de Whitney aujourd'hui. La cérémonie aura lieu la semaine prochaine. Il faut que je m'occupe de l'organisation du service religieux, et il faut que j'arrive à joindre mon mari et mon frère. Ils sont tous deux en déplacement. Cela me ferait plaisir si vous pouviez venir aux obsèques.

— Bien sûr. Laissez-moi un message pour m'indiquer la date, l'heure et le lieu. J'y serai.

Elles raccrochèrent et Taylor se sentit mal à l'aise. La sœur de cette femme venait de mourir, son mari était constamment en vadrouille pour affaires et elle n'arrivait même pas à contacter son jeune frère pour pouvoir organiser les obsèques. Pour une privilégiée, elle semblait très seule.

Taylor décida que le mieux serait d'aller au bureau. Elle lia ses cheveux encore humides en une queue-de-cheval, ramassa une canette de Coca Light et ses clés.

Le téléphone sonna au moment où elle s'apprêtait à franchir la porte. Elle posa ses affaires et décrocha. La voix de Baldwin résonna dans l'écouteur comme s'il se trouvait dans la pièce à côté, et elle éprouva un sentiment d'intense solitude. « Ne sois pas si bête, se gronda-t-elle, il va bientôt rentrer. »

— Salut, chéri. Tout va bien, là-bas, en Caroline du Nord ?

— Pour l'instant, aucune disparition n'a été signalée, ce

matin. Il y a donc du mieux. Je n'arrive pas à prévoir ce qui va se passer avec ce tueur, et ça me rend dingue.

— Alors, assieds-toi et écris-moi un poème d'amour, le taquina-t-elle. Ça devrait te détendre et te changer les idées... Et te faire penser à moi.

La galéjade fut accueillie par le plus morne silence. Taylor ne se sentit pas exactement blessée, mais un peu vexée quand même. D'ordinaire, Baldwin lui aurait dit des mots tendres. Mais avant qu'elle ne puisse ajouter un mot, il dit d'un ton étonné :

— Qu'est-ce qui te fait dire ça ?

— Excuse-moi, chéri, je blaguais. Cette histoire de poème me turlupine depuis que j'en ai vu chez Whitney Connolly. Elle avait un petit ami, ou un admirateur, qui lui envoyait des poèmes d'amour par courriel. Et j'en ai lu un ou deux en examinant le contenu de son ordinateur. Rien d'extraordinaire.

Mais Taylor pouvait sentir l'intensité de l'attention que prêtait Baldwin à ses propos.

— Taylor, tu te souviens du contenu de ces poèmes ? Rien de particulier à signaler ?

— Non, je n'ai pas vraiment fait attention. Pourquoi, Baldwin ? Qu'est-ce qui se passe ?

— On n'en a pas encore parlé à la presse, donc je voudrais que tu tiennes ta langue à ce sujet. Le tueur laisse des poèmes chez ses victimes. Des poèmes d'amour. Des classiques de Wordsworth, de Coleridge, de Yeats. Il faut que tu me montres les poèmes que tu as lus sur l'ordinateur de Whitney Connolly.

— Il laisse des poèmes chez ses victimes ? Je ne me rappelle pourtant pas en avoir vu chez Shauna Davidson.

— L'un des subordonnés de Grimes en a trouvé un dans un tiroir. Ils semblent parfaitement anodins et si on ne sait pas quoi chercher, on ne les remarque pas.

— Merde, Baldwin, si tu me l'avais dit plus tôt, je t'aurais transmis ces poèmes hier ! Moi, ça ne m'a pas frappée. J'en ai juste parcouru un ou deux. Je n'y ai vu que des balivernes…

Taylor sentit la tête lui tourner, comme si elle allait se détacher de son corps. Elle adorait ça, la montée d'adrénaline — quand on tombe sur un indice décisif. Les choses avaient plus de sens, désormais. Les messages…

— Baldwin, Whitney essayait désespérément de joindre sa sœur, hier, tu te souviens ? Le pense-bête de son téléphone portable, je l'ai vérifié comme tu me l'avais conseillé. Elle avait pris note qu'il lui fallait joindre sa sœur au sujet de certains messages. On a pensé que c'était quelque chose d'anodin, du genre des cartes de correspondance. Mais on s'est peut-être trompées. Qu'est-ce que tu en penses ?

— Je ne veux pas tirer de conclusions hâtives. Mais je veux que tu retrouves ces poèmes et que tu me les lises, histoire de voir s'ils correspondent à ceux qu'on a trouvés chez les victimes. Le tueur est peut-être un admirateur de Whitney Connolly, qui sait ? Tu as accès à cet ordinateur ?

— Ouais. J'appelle tout de suite Quinn Buckley pour lui demander l'autorisation de retourner chez sa sœur. Je te rappelle dès que je suis en mesure de te les lire.

Baldwin regarda les informations télévisées, afin de connaître l'état de l'opinion publique à l'égard de l'enquête.

Les meurtres continuaient d'être le principal sujet : le fait que toutes les victimes étaient liées au milieu médical, la frénésie avec laquelle le tueur multipliait ses crimes — tout cela laissait les commentateurs perplexes et horrifiés. Les ventes d'armes étaient en hausse et les serruriers faisaient de bonnes affaires dans tout le Sud-Est. Très bien. C'est bien connu : plus le public panique, plus les enquêtes avancent. Et comment les journalistes avaient-ils appris tant de détails ? Seuls quelques fonctionnaires du FBI, triés sur le volet, étaient au courant du rapport avec les milieux médicaux. La fuite se situait donc à un haut niveau. Il faudrait qu'il s'occupe tôt ou tard de cet aspect des choses.

Désemparé, Baldwin s'assit quelques instants sur le bord de son lit. Puis une pensée lui traversa l'esprit. Il ouvrit son ordinateur portable et se rendit sur le site de Health Partners. Il avait négligé nombre d'informations, la nuit précédente, mais l'une d'elles lui titillait le cerveau. Il navigua un peu sur le site avant de trouver un menu intitulé « Contactez-nous ». Il l'activa et tomba dessus : le siège social de Health Partners était situé à Nashville.

Il continua à parcourir le site mais ne trouva pas d'autre information intéressante. La société devait avoir une liste de ses cadres et employés, mais elle n'était pas disponible en ligne. Pas grave, c'était une information qu'un simple coup de fil pouvait lui fournir.

Il composa le numéro indiqué sur le site de Health Partners pour les contacts téléphoniques. Une agréable voix à l'accent sudiste lui répondit, mais Baldwin s'aperçut rapidement que ce n'était qu'un service de messagerie vocale. Merde, il avait espéré tomber sur une secrétaire. L'automate lui proposa de taper zéro pour obtenir une personne en chair et en os, et c'est ce qu'il fit. De la musique d'ambiance se fit entendre dans l'écouteur. Il y avait décidément quelque chose d'affreux dans un morceau d'Aerosmith joué au synthétiseur. Le hard rock de *Dude (Looks Like a Lady)* ne fonctionnait pas très bien comme musique d'ascenseur.

Au bout de quelques minutes, la musique s'interrompit et une vraie voix vint au bout du fil.

— Health Partners. Je peux vous aider?

Il se racla la gorge et répondit sans se perdre en amabilités :

— Oui. Je suis l'agent spécial John Baldwin du FBI. J'ai besoin de me procurer l'organigramme de votre société.

— Il y a un problème, monsieur?

Formidable : il avait réussi à tomber sur quelqu'un que n'impressionnaient ni son statut ni sa voix de flic.

— Non, madame, il n'y a pas de problème, mais j'ai besoin d'en savoir plus sur vos employés. Vous pouvez me renseigner?

— Oui, c'est possible. Mais pourquoi le FBI s'intéresse-t-il à nous? Faisons-nous l'objet d'une enquête? Je crois que je ferais mieux de vous passer Louis Sherwood, notre directeur général. Il devrait être en mesure de satisfaire votre requête. Ne quittez pas.

La musique d'ambiance reprit de plus belle — cette fois c'était le *Rock You Like a Hurricane* des Scorpions qui était allègrement édulcoré. Baldwin laissa échapper un petit rire. Le type qui avait eu l'idée de transformer des standards du hard rock en mélodies suaves était vraiment fou à lier.

Il lui semblait qu'il patientait depuis une heure — en réalité sans doute pas plus de cinq minutes — lorsqu'une nouvelle voix se fit entendre dans l'écouteur.

— Je suis Louis Sherwood. En quoi puis-je vous être utile, agent Baldwin ?

— Voilà, monsieur : j'aimerais obtenir certaines informations sur vos cadres, en particulier ceux qui se déplacent beaucoup. Je participe à une enquête et le nom de votre société est apparu comme étant en rapport avec cette enquête. Accepteriez-vous de me fournir certains renseignements ?

Sherwood n'hésita pas.

— C'est au sujet de l'Etrangleur du Sud, hein ?

— Oui, monsieur, il s'agit bien de l'enquête que je mène. Vous êtes au courant de cette affaire ?

La question était idiote, et il le savait. Tous les gens qui avaient la télévision ou un autoradio, la planète tout entière avaient entendu parler de l'Etrangleur du Sud. Telles étaient les vertus des médias modernes.

— Je suis au courant et je suis content que vous nous ayez contactés. Je crois savoir que trois des victimes étaient au service de notre société, à des postes différents. Je crois que cela mériterait une conversation de vive voix, pas vous ?

Baldwin appréciait cette disposition à coopérer — dans cette ténébreuse affaire, tout ce qui pouvait apporter un peu de lumière avait de l'importance.

— Absolument, monsieur. Quand est-ce qu'on peut se voir ?

— Quand vous voudrez. Vous êtes en ville ?

— Non, monsieur. Je me trouve actuellement en Caroline du Nord. Mais je compte rentrer à Nashville aujourd'hui.

On peut donc se rencontrer au plus vite, si rien d'inattendu ne me retient par ici.

Comme l'enlèvement d'une nouvelle victime, par exemple.

— Rentrer à Nashville, dites-vous ? Vous avez des attaches dans notre ville ?

— Oui, en fait, j'y habite. Je travaille à l'agence locale du FBI mais je participe à des enquêtes dans tout le pays, au besoin. Je peux rentrer à Nashville en fin d'après-midi. Vous serez disponible à ce moment-là ?

— Je vous attendrai. Vous avez besoin que je vous indique comment venir ici ?

Baldwin nota les indications et remercia Sherwood. Cela lui faisait du bien de faire du travail de police à l'ancienne — cela le changeait des cadavres gisant dans la nature et des autopsies. Il lui fallait prendre connaissance des poèmes qu'avait trouvés Taylor, puis il serait temps de revenir à Nashville. Il se dit qu'il pouvait aussi bien louer une voiture plutôt que de reprendre l'avion. Grimes devait rester à Asheville, de toute façon, pour assister à l'autopsie de Christina Dale et superviser les autres aspects de l'enquête sur place. Baldwin avait besoin d'accorder un peu de temps à la réflexion, et les quatre heures de trajet entre Asheville et Nashville lui en offriraient l'occasion.

Il appela Grimes, lui annonça ses intentions et lui parla de son rendez-vous avec Louis Sherwood. Grimes se montra enthousiaste et demanda à Baldwin de le tenir au courant. Baldwin ne lui parla pas des poèmes que Taylor avait trouvés parmi les courriels de Whitney Connolly. Il se dit qu'il valait mieux avoir confirmation de leur importance avant.

Après avoir raccroché, Baldwin appela la réception de son hôtel et demanda à l'employé de lui louer une voiture. Ce dernier lui répondit qu'il aurait plus vite fait de s'en occuper lui-même, l'agence de location étant juste en face de l'hôtel. Il l'admit bien volontiers et rendit les clés de sa chambre. Moins de dix minutes plus tard, il était au volant d'une voiture et roulait vers sa ville.

33.

Taylor était assise devant l'ordinateur portable de Whitney, lisant l'un après l'autre les courriels qui s'étaient accumulés depuis que cette dernière avait trouvé une mort tragique, deux jours auparavant. Elle était anxieuse. L'enquête de Baldwin piétinait mais il y avait une chance pour que ces messages offrent une clé. Elle avait parcouru plus de deux cents courriels — certains barbants et d'autres plus croustillants, la plupart sans aucun rapport avec sa recherche. Elle finit par retrouver les six messages contenant les poèmes d'amour. Elle les imprima afin que Baldwin dispose d'une version papier.

Elle s'apprêtait à refermer l'ordinateur lorsqu'elle remarqua un septième courriel portant la même adresse d'envoi que les poèmes. Elle avait dû le rater en examinant la liste. Ce message était en gras, ce qui indiquait qu'il était arrivé depuis la visite de Taylor et de Quinn la veille.

Elle ouvrit le courriel et tomba sur un nouveau poème. Elle l'imprima à son tour. Sachant à présent qu'il se pouvait que ces messages soient des copies de ceux qu'on avait retrouvés chez les victimes, elle était anxieuse et troublée. Et Baldwin ne lui en avait pas assez dit à ce sujet pour qu'elle en tire la moindre déduction. Elle estima qu'elle ferait mieux de les réexpédier à l'adresse électronique de Baldwin, afin qu'il en juge par lui-même.

Elle se mit à réexpédier les courriels et décida de les envoyer aussi sur son propre ordinateur, à son domicile. Et puis merde, pourquoi ne pas carrément emporter l'ordinateur portable de Whitney ? Elle n'avait plus rien à faire dans cette maison qui la mettait mal à l'aise. En tout état de cause, c'était la meilleure initiative qu'elle puisse prendre car, si Whitney continuait à recevoir ces courriels, il valait mieux que cet ordinateur se trouve chez elle, ce qui lui éviterait de se déplacer chaque fois qu'il faudrait effectuer une vérification sur cette machine.

Elle trouva vite la sacoche servant à transporter l'ordinateur qui ne pesait pas lourd. Elle le débrancha et le glissa dedans. En fouillant dans les tiroirs du bureau, elle trouva une chemise en papier kraft et y rangea les copies imprimées des poèmes. Elle s'accorda une pause pour lire le dernier, celui qui avait été envoyé après la mort de Whitney.

« *Observe cette puce et vois combien*
Ce que tu me refuses n'est qu'un petit rien.
Elle m'a sucé avant de te sucer
Et dans cette puce, nos sangs se sont mêlés. »

Ce poème-là, Taylor le connaissait. C'était une œuvre de John Donne, *La Puce*. C'était assez facile de s'en souvenir car il avait eu beaucoup de succès lorsqu'elle l'avait étudié au lycée. Tous les garçons de sa classe étaient devenus rouges comme des pivoines, au troisième vers, lorsque le professeur de lettres, une jolie jeune femme, l'avait récité devant ses élèves. Bon, Baldwin avait dit que les poèmes laissés par le tueur étaient des œuvres classiques. Il fallait à présent déduire ce qu'ils pouvaient bien vouloir dire aux yeux de Whitney et de son correspondant anonyme. Taylor sortit son téléphone portable de son étui et composa le numéro de Baldwin. Elle tomba sur la messagerie et lui demanda de la rappeler dès que possible. Elle ne pouvait rien faire de plus pour l'instant. Elle prit l'ordinateur portable et l'apporta dans sa voiture, puis revint dans la maison pour s'assurer qu'elle n'avait rien oublié. Soulagée de constater qu'elle n'aurait plus à y retourner, elle quitta les lieux, sans oublier de verrouiller la porte et de laisser la clé sous le paillasson.

— Il faut que je dise à Quinn que j'ai emporté l'ordinateur de sa sœur », pensa-t-elle à haute voix.

Une voisine, qui promenait un petit chien blanc au pelage duveteux, lui adressa un regard perplexe. Taylor la gratifia d'un sourire et d'un petit geste cordial, avant de monter dans son 4x4 et de démarrer. Elle appellerait Quinn plus tard, après avoir étudié les courriels de Whitney avec Baldwin.

Baldwin traversait l'est de l'Etat du Tennessee, il profitait de la beauté du paysage tout en faisant le point sur son enquête. Six filles avaient été assassinées et il n'avait toujours aucun suspect en vue. Il espérait avancer après son entretien avec le directeur général de Health Partners. Ou peut-être après avoir pris connaissance des poèmes envoyés à Whitney Connolly. Son sixième sens lui soufflait que ces deux aspects étaient liés. Il fallait juste découvrir quel était le lien.

Il avait quitté Asheville assez tôt et roulait à bonne allure. Il était en train de contourner Crossville par l'autoroute 40 lorsque son téléphone portable se mit à sonner. Il n'était plus qu'à une heure de route de Nashville, mais comme il était sorti à plusieurs reprises des zones de réception, il se gara sur le bord de la route, tout heureux d'avoir un téléphone portable. En consultant l'écran, il constata que c'était Taylor qui appelait.

— Salut, ma chérie, comment…

— Baldwin, ça fait un moment que j'essaie de te joindre. Tu es où ?

— Je suis sur la 40, à la sortie de Crossville. J'ai loué une voiture et je suis en route vers Nashville, où je dois vérifier un ou deux détails. Je serai là dans une heure, s'il n'y a pas trop d'embouteillages. Pourquoi, il y a du nouveau ?

— Je suis allée chez Whitney Connolly pour récupérer les courriels. Il y en avait un autre, qui a dû arriver hier soir ou ce matin, après ma visite d'hier avec Quinn. Si ces courriels et tes poèmes sont identiques, il y a peut-être une nouvelle victime.

Baldwin serra les dents. Merde ! Il était fort possible qu'une autre fille ait été enlevée à Asheville, sans que la disparition ne soit signalée.

— C'était quoi, ce poème ?

— Celui-là, je l'ai reconnu. C'est un extrait de *La Puce* de John Donne. Tu le connais ?

— Oui, je le récitais souvent aux filles, au lycée. Bon, je voudrais que tu me rendes un service. Tu as les poèmes devant les yeux, en ce moment ?

— Ouais, en fait, j'ai rapporté l'ordinateur portable chez moi. Au cas où d'autres courriels arrivent de la même adresse, j'ai pensé qu'il valait mieux l'avoir à disposition.

— Bien, je vais reprendre la route. Reste en ligne. Si je sors d'une zone de réception, je te rappellerai plus tard.

Il démarra et se remit à rouler sur l'autoroute.

— Bon. Je veux que tu me lises ces courriels, en commençant par le premier dans l'ordre chronologique.

Il entendit Taylor feuilleter des pages. Les poèmes étaient identiques, il le savait déjà. Il commençait à sentir qu'ils étaient en train de faire un grand pas en avant. La voix de Taylor revint dans l'écouteur.

— Le premier est daté d'il y a un mois. Je vais te le lire :

« Une femme parfaite, noblement disposée
A prévenir, consoler et commander ;
Et pourtant pleine d'esprit, brillante
Avec une sorte de lumière angélique. »

— Et, attends un peu, reprit-elle. Il y a un post-scriptum que je n'avais pas remarqué en le lisant sur l'écran : « On a retrouvé ces vers sur les lieux du crime. »

Elle resta silencieuse un instant avant d'ajouter :

— Baldwin, elle savait tout. Elle était au courant et elle n'est pas venue nous voir. Cette conne de journaliste…

Le cœur de Baldwin se mit à battre plus fort.

— On a retrouvé ce poème dans le sac de sport de Susan Palmer, mais sans le post-scriptum, bien sûr, dit-il calmement.

— Bien. Le suivant est arrivé il y a quinze jours. Je te le lis :

« Un être ne goûtant guère les nourritures
Ordinaires de la nature humaine :
Les chagrins éphémères et les artifices grossiers,
L'éloge et le blâme, l'amour et les baisers, les pleurs et les sourires. »

— Il est lui aussi suivi d'un post-scriptum : « Cela vient de LA », précisa-t-elle.

— C'est celui de Jeanette Lernier. Et merde ! Ce mec envoyait à Whitney Connolly les poèmes qu'on a retrouvés sur chacune des scènes d'enlèvement. Ce deuxième post-scriptum laisse penser qu'elle n'avait pas encore compris le lien entre les meurtres et les poèmes et qu'il la mettait sur la bonne piste. Taylor, ma chérie, tu es vraiment la meilleure. Continue.

— Le poème suivant date de dimanche, juste après la découverte du corps de Jessica Porter :

— « Un bruit soudain : un grand battement d'ailes
Au-dessus de la fille chancelante, lui caressant les cuisses
Entre ses pieds palmés, la nuque dans son bec,
Impuissante il la tient, fragile contre sa gorge.
P.-S. : As-tu enfin compris ? »

Baldwin était gagné par l'excitation.

— C'est le poème qu'on a retrouvé dans les affaires de Jessica. Bravo, Taylor ! Heureusement que tu es tombée là-dessus. Ensuite ?

Taylor lui lut un autre poème :

— « Comment ces vagues doigts terrifiés pourraient-ils
Des cuisses affaiblies repousser tant de gloire ?
Comment un corps, sous cette ruée blanche,
Ne sentirait-il pas battre l'étrange cœur ?
P.-S. : De ton jardin. »

— Ça, c'est celui de Shauna Davidson. Il y en a d'autres ?

— Je te lis le suivant :

— « De la sorte saisie,
Domptée ainsi par le sang brut des airs,
Prit-elle au moins sa science avec sa force
Avant qu'indifférent le bec l'eût laissée choir ? »

Taylor se tut un instant avant de demander :

— Marni Fischer ?

— Ouais. Pas de post-scriptum ?

— Non, là, il n'y a que le poème. Ça veut dire quoi, à ton avis ?

— Je ne sais pas. Soit il estimait s'être fait comprendre de Whitney, soit il était trop pressé. Il y en a un autre ?

— L'avant-dernier date d'il y a deux jours :

— « Ses bras m'entourèrent à demi
Elle me pressa d'une étreinte timide ;
Puis, renversant la tête, elle leva les yeux
Et scruta mon visage.

L'amour pour une part, pour une autre la crainte
Et, pour une autre, un pudique artifice
Voulaient me faire sentir plutôt que voir
Se soulever son cœur. »

Taylor entendit dans l'écouteur ce qui semblait être un froissement de papier. Elle eut une vision de Baldwin en train de se frotter la tête.

— C'est ce qu'on a trouvé dans la chambre de motel où Christina Dale a été assassinée. Mais tu m'as dit que *La Puce* est arrivée cette nuit ?

— Il faudrait que je vérifie la date d'envoi, mais je suis

certaine qu'il est arrivé après ma visite d'hier. Pas de disparition signalée à Asheville quand tu en es parti ?

— Non. Mais si le tueur continue d'opérer de la même manière, cela indique qu'il a enlevé une autre fille. Merde, ce mec est en train de mettre les bouchées doubles ! Il faut que j'en parle à Grimes, même si on ne peut pas être absolument certains qu'il a frappé à Asheville même. Il peut aussi avoir enlevé une femme dont personne n'a encore remarqué la disparition. Ecoute, dès que j'arrive à Nashville je dois aller à un rendez-vous. Je dois m'entretenir avec le directeur général de la société qui possède certains des hôpitaux où trois victimes travaillaient. Ça s'appelle Health Partners. Il doit me fournir…

— Répète ce que tu as dit, l'interrompit-elle.

— Je dois rencontrer le directeur général de Health Partners, dit-il en sentant la respiration de Taylor accélérer.

— Baldwin, dit-elle doucement, le mari de Quinn Buckley travaille pour Health Partners. C'est un des cadres dirigeants de l'entreprise. Il est vice-président. Il doit y avoir un rapport avec ce que Whitney Connolly avait découvert et qui l'affolait. Tu ne crois pas que…

— Tu dis qu'il est vice-président ? Je te parie qu'il se déplace souvent. Il faut qu'on se voie avant que je parle au directeur. On peut se retrouver à ton bureau ? J'y serai dans moins de trente minutes.

— Dépêche-toi, Baldwin.

34.

Il dépassa à toute allure la voiture que conduisait l'agent du FBI. Comme c'était amusant ! C'était cet homme qui le traquait dans tout le Sud-Est et, s'il avait regardé sur sa gauche, il aurait aperçu le visage souriant de l'assassin qu'il recherchait. Quel dommage, vraiment : les flics n'avaient pas la moindre idée de ce qu'il préparait.

Il avait déjà épié cet agent du FBI. Il l'avait vu se pencher tranquillement sur le corps de Christina, à la fois pensif et bouleversé. Ce flic n'aurait bientôt plus besoin de se casser la tête. Le grand moment approchait.

Il fronça le nez. L'odeur devenait insupportable dans la voiture. Il allait devoir nettoyer son véhicule. Laver le coffre à grande eau, ça, c'était certain. Acheter de la glace pour la glacière. Heureusement qu'il avait des vitres teintées : l'expression qui devait se lire sur son visage aurait attiré les regards. Il y avait le sac sur le plancher, au pied de la banquette arrière. Un sac plutôt banal, en fait — c'était son contenu qui aurait fait jaser…

L'homme sourit. Tout se passait trop bien. Il lui restait un crime à commettre. Ensuite, il n'aurait plus qu'à revenir pour assister à son triomphe, tranquillement, de chez lui. Il espérait seulement qu'elle avait bien compris. Il savait qu'elle était futée. Après cela, tout irait pour le mieux.

35

Taylor était assise à sa table de travail, tapotant des doigts sur le bois blanc. Baldwin se faisait attendre. L'enthousiasme de ce dernier avait été contagieux au téléphone et elle tentait de réfléchir à l'affaire. Mais elle manquait d'informations précises et sa frustration n'en était que plus grande. Elle aurait voulu être en train de poursuivre le tueur plutôt que de rester assise dans son bureau. Elle savait qu'elle s'était déjà rendue utile en découvrant les poèmes chez Whitney, mais elle aurait préféré traquer le prédateur, l'arme au poing.

Lincoln et Marcus entrèrent dans le bureau, interrompant son fantasme — loger une balle entre les deux yeux du tueur. Elle sursauta et leur sourit. Pendant au moins une heure, elle avait complètement oublié Betsy Garrison et le Violeur de la Pluie. Elle chercha à donner le change.

— Salut, les gars. Vous voilà enfin. Vous avez attrapé un violeur ?

— Il était facile de courtiser cette dame, il suffisait de déposer un félon à ses pieds et de le nommer violeur, dit Lincoln qui sourit en déclamant de travers cette citation de Shakespeare.

— Dois-je prendre ça pour une réponse négative ?

— On a fait chou blanc. L'empreinte que vous avez

recueillie appartient à Brian Post. Fausse piste, donc, de ce côté-là. Marcus et moi, on a vérifié les dossiers des policiers du secteur. On cherchait un flic habitant dans les environs et susceptible de fréquenter la salle de sport et le supermarché en question. On s'est renseignés sur la salle de sport et on a appris que certains collègues étaient des habitués, en effet. Le problème c'est qu'aucun d'entre eux ne correspond à la description que nous en a donnée la dernière victime. Et puis on est allés voir Betsy et elle nous a assuré que ce n'était aucun de ces gars. Elle les connaît tous et elle pense que ce n'est pas la peine de continuer à enquêter sur eux.

Taylor désigna d'un geste les deux fauteuils qui faisaient face à sa table de travail, leur proposant ainsi de s'asseoir. Ce qu'ils firent tandis qu'elle se calait dans le sien.

— Marcus, qu'est-ce que vous en pensez? Vous croyez vraiment que c'est un flic?

— Non, en fait. En tout cas, il ne s'agit pas de quelqu'un de la police de Nashville. A part ça, il est possible qu'elle se soit trompée d'uniforme ou de voiture. Que ce soit la voiture d'un flic du comté de Williamson ou d'ailleurs. Nous n'avons pas le droit de mettre notre nez dans leurs archives, pour l'instant. Par ailleurs, on s'est renseignés sur la victime. Elle a été arrêtée pour outrage à agent et conduite en état d'ivresse. Je me demande si elle n'est pas en train de faire porter le chapeau au flic qui l'a arrêtée, de manière consciente ou inconsciente. Elle a déposé une demande d'injonction d'éloignement visant un type nommé Edward Hunt, pour harcèlement. On va aller lui rendre visite, à celui-là. On va voir s'il continue de la harceler. Peut-être qu'elle a des hallucinations. Un viol, c'est traumatisant, ça peut avoir des conséquences psychiques.

Ce qui serait bien, ce serait d'avoir les résultats de l'analyse ADN, mais je suppose que ça va prendre encore un bon bout de temps.

— Bon, on dirait que vous avez un plan. C'est bien. Mettez la pression sur le labo. Moi, je vais travailler avec Baldwin jusqu'à la fin de la journée. Si vous avez besoin de moi, vous pouvez m'appeler.

Ils la dévisagèrent d'un même regard puis haussèrent les épaules. C'était son droit de faire des heures supplémentaires. Ils prirent congé et Taylor ouvrit l'ordinateur portable de Whitney puis cliqua sur l'icône de la messagerie électronique. Il n'y avait rien de nouveau et Taylor quitta le logiciel pour parcourir les fichiers que contenait le disque dur. Il y en avait un dont le nom était « Poèmes » et dont la dernière date de modification remontait au jour de la mort de la journaliste.

Taylor ouvrit le fichier et tomba sur un fatras de remarques et d'annotations. Whitney prenait des notes dans une sorte de sténographie qui évoquait le langage des SMS échangés par les adolescents. La syntaxe était improbable et les mots abrégés, mais les six poèmes s'y trouvaient dans leur intégralité, ainsi que les post-scriptum. La lettre Q revenait souvent. Il y avait quelques QJB, une abréviation où elle crut déceler les initiales de Quinn et Jake Buckley. Mais le reste était trop embrouillé pour qu'elle y comprenne quoi que ce soit. Elle savait que certains journalistes avaient pour coutume de prendre des notes de façon délibérément obscure, afin de protéger leurs sources et leurs informations — et il était clair que Whitney en faisait partie.

Elle referma ce fichier et se mit à en parcourir d'autres.

Tout ce que Whitney écrivait, à peu de chose près, était rédigé dans cette sorte de code. Mieux valait attendre que Baldwin ou l'un des collègues de Whitney essaie de déchiffrer ce charabia.

Juste au moment où elle pensait à lui, Baldwin fit son apparition sur le pas de la porte, comme si elle l'avait fait surgir du fin fond de son âme en invoquant son nom. Son cœur se figea un instant lorsqu'elle se rendit compte de sa présence. Elle se leva et lui fit signe d'entrer et de refermer la porte derrière lui. Elle le serra dans ses bras avec passion.

Baldwin embrassa longuement Taylor, qui se laissa faire de bonne grâce, avec une sorte de reconnaissance, même. Il sentit aussitôt qu'elle lui avait caché quelque chose, et qu'elle le lui cachait depuis quelques jours. Mais il la connaissait assez bien pour lui laisser l'initiative d'en parler, quand elle serait prête. En attendant, il fallait qu'il apprenne si une nouvelle disparition avait été signalée.

Taylor interrompit le baiser et gratifia Baldwin d'un sourire, en lui caressant la nuque d'une manière qui donna envie à son amant d'arrêter de penser à son enquête et de lui faire l'amour, là, sur sa table de travail. Mais elle cessa de le câliner, lui adressa un sourire entendu et tendit la main pour tourner l'ordinateur portable face à l'un des deux fauteuils destinés aux visiteurs. Elle repoussa doucement Baldwin de façon à ce qu'il s'affale dans le fauteuil et elle poussa l'ordinateur vers lui.

Il inspira profondément, se redressa et afficha une expression plus professionnelle.

— Ce sont les courriels de Whitney Connolly?

— Oui. J'ai compulsé les messages et j'ai essayé de lire les notes qu'elle prenait, mais elle se servait d'une sorte de code et je n'y comprends rien. Ce que je sais de façon certaine, c'est que le mari de Quinn Buckley est le vice-président de Health Partners alors que tu m'as dit que trois des victimes étaient au service de cette entreprise. Je sais aussi que Whitney reçoit les mêmes poèmes que ceux qu'on retrouve chez les victimes. Comme tu m'as dit que personne n'était au courant de l'existence de ces poèmes, j'en déduis que le tueur l'a choisie pour entrer en contact avec elle. Je n'ai pas demandé à ce que la voiture soit examinée pour y déceler des traces de sabotage, car on dirait bien qu'elle a été victime d'un véritable accident. Mais si tu me le demandes, je peux faire procéder à un examen approfondi du véhicule. Par ailleurs, je crois qu'il faudrait se renseigner sur les déplacements de Jake Buckley, pas toi ?

Baldwin était en train de pianoter sur le clavier de l'ordinateur portable. Il se mordillait la lèvre, faisait travailler sa matière grise.

— Le dernier courriel est arrivé après l'accident de Whitney, c'est bien ça ?

— Oui. Tu peux vérifier l'heure d'envoi précise, mais c'était forcément après sa mort. Pourquoi, Baldwin ? A quoi penses-tu ?

— Je pense que le tueur ne sait pas encore que Whitney est morte. Ce qui veut dire qu'il ne se trouve pas à Nashville, parce que je suppose qu'il y a eu beaucoup de battage autour de sa mort depuis quelques jours.

— Il y a eu beaucoup de larmes de crocodile et d'hommages. L'histoire de sa vie, sa carrière de journaliste, et tout le tralala. Mais pas un mot sur l'enlèvement dont elle a été victime avec sa sœur. Des anecdotes édifiantes, des témoignages éplorés. On aurait cru qu'elle était la meilleure amie de tout le monde, à Nashville. Donc, oui, il y a eu pas mal de battage.

— Mais ils n'en ont pas parlé aux infos nationales, hein ?

— Ça, je ne peux pas en être sûre. On peut appeler les grands réseaux pour leur demander si le sujet a été traité hors du Tennessee. Pourquoi me demandes-tu ça ?

— Ce n'est pas très important. J'ai parlé avec Garrett en venant ici. Le profil géographique, établi d'après les déplacements du tueur, indique que Nashville pourrait être l'une de ses trois bases probables, qui sont à moins d'une journée de route de chacun des lieux de crime. Si ce profil est exact et que le tueur réside à Nashville, mais qu'il ignore la mort de Whitney, cela expliquerait pourquoi il a envoyé ce courriel. Il faudrait qu'on essaie de localiser son adresse électronique. Mais, d'abord, il faut que j'aille au siège de Health Partners pour interroger Louis Sherwood. Tu as eu Quinn au téléphone ?

— Non. Je ne voulais pas tout lui raconter avant qu'on en sache davantage.

— Essaie de la joindre et d'en apprendre plus. Ne lui dis pas tout. Essaie simplement de lui tirer les vers du nez. On se retrouve à la maison, après mon rendez-vous.

Il se pencha pour lui donner un baiser — un baiser plein de promesses — puis il se dirigea vers la porte. Son téléphone portable sonna avant qu'il n'atteigne le couloir. Il vérifia le numéro de son correspondant. C'était Grimes.

— Baldwin, on a reçu un rapport nous signalant la découverte d'un corps à Louisville, dans le Kentucky.

— Alors que personne n'a signalé de disparition à Asheville, si je ne m'abuse ?

— Non, personne. Et on espère que cette découverte n'a aucun rapport avec notre affaire. Mais Louisville fait partie des villes où Health Partners contrôle l'hôpital communautaire. Je crois donc qu'il faut vérifier ce qu'il en est.

— Ouais. Il a peut-être enlevé une fille à Asheville pour l'emmener à Louisville… Ou enlevé une habitante de Louisville.

— Je n'en sais rien. A toi de te pencher sur ce problème. Tu vas à Louisville ? Tu veux que je te retrouve là-bas ?

— Pour l'instant, je dois rester à Nashville pour démêler certaines questions. Le profil géographique indique que Nashville pourrait être sa base. Je crois que le tueur pourrait habiter ici. Je crois qu'il a contacté une journaliste locale. J'attendais d'avoir plus de précisions pour te tenir au courant. Je voulais être certain que les poèmes qu'on a retrouvés sur les lieux d'enlèvement correspondaient à ceux qu'il envoyait par courriel à cette journaliste. C'est bien le cas. C'est là que l'histoire se complique. La journaliste, Whitney Connolly, craignait pour la sécurité de sa sœur jumelle et essayait désespérément de la contacter. Mais elle a été tuée dans un accident de voiture avant de pouvoir révéler à sa sœur ce qu'elle avait à craindre. Nous avons appris que le mari de ladite sœur, Jake Buckley, est vice-président de Health Partners. Il y a donc une vraie piste, là. Et il faut qu'on aille au fond des choses, reprit-il. Le tueur a envoyé un autre poème à Whitney Connolly, un poème que nous n'avons pas encore retrouvé sur un lieu d'enlèvement. Il y a un cadavre à Louisville. Il y a de fortes chances pour qu'il y ait un rapport avec le poème, mais on ne peut en être sûr qu'en connaissant l'identité de la victime.

— Je ne sais pas, Baldwin, je suis dans le brouillard. Cette enquête me dépasse... nous dépasse tous. Tu sais quand il a envoyé ces poèmes ? Après les avoir enlevées ? Ou après les avoir tuées ? D'où les envoie-t-il ? Est-ce qu'il a un ordinateur portable ?

— Je ne connais pas les réponses à toutes ces questions, Grimes. Tu as vérifié auprès de l'hôpital communautaire d'Asheville pour savoir si aucun employé n'est absent ?

— Oui, et ils sont au complet. Je ne peux pas faire grand-chose d'autre tant qu'une disparition n'aura pas été signalée.

— Et tu as essayé l'université ? Il y a plusieurs facultés à Asheville. Nous savons que Shauna Davidson ne travaillait pas pour un hôpital Health Partners, mais qu'elle y suivait seulement un stage. Peut-être qu'il y a des étudiants qui accomplissent telle ou telle tâche à l'hôpital...

— Baldwin...

— Je sais, mec. Je cherche une aiguille dans une botte de foin. J'essaie simplement de gamberger...

— Baldwin, attends. Je crois que j'ai une idée. Les centres de soins pour étudiants... Il est rare qu'ils disposent de laboratoires d'analyse. Peut-être qu'ils dirigent leurs patients sur l'hôpital communautaire.

— Grimes, voilà une très bonne idée. Commence par l'université de Caroline du Nord d'Asheville. C'est la fac la plus proche de l'hôpital. Vérifie bien que personne ne manque là-bas. Après ça, file à Louisville, pendant que, moi, je vérifie certains détails ici.

La déception de Grimes était évidente.

— Ah, bon… D'accord. J'attends d'avoir plus d'infos pour aller à Louisville, et, en attendant, je vais vérifier auprès des facs d'Asheville. Dès que tu as du nouveau, tiens-moi au courant.

— Tu peux compter sur moi. Va d'abord voir dans les facs. Quelque chose me dit que ça pourrait être utile.

36.

Grimes franchit en roulant au pas les grilles de l'université de Caroline du Nord à Asheville et fut tout de suite frappé par la beauté du campus. C'était l'endroit idéal pour passer quatre ans de sa vie. Il remonta l'allée jusqu'à un grand panneau sur lequel était tracé un plan de l'endroit. Il repéra l'emplacement du dispensaire et s'y rendit.

Il sortit de sa voiture et pénétra dans le bâtiment. Au bureau d'accueil, il demanda à une jolie blonde s'il pouvait s'entretenir avec le responsable du centre de soins. Elle le pria de patienter et s'éclipsa. Pendant qu'il attendait, il feuilleta une brochure qui vantait les mérites du système de santé universitaire local.

Quelques minutes plus tard, une femme sortit d'une pièce au fond du hall. Ses cheveux noirs étaient parsemés de gris et ses lèvres pincées étaient bordées de rides.

— Je suis désolée, monsieur, mais vous êtes dans un centre de soins réservé aux étudiants de cette université, et je dois vous demander de partir.

Il exhiba son badge du FBI, blanc rayé de bleu. Elle ne parut pas très impressionnée.

— Je suppose que vous souhaitez nous interroger au sujet de cette malheureuse qu'on a retrouvée morte en ville. Eh bien, ce n'était pas une de nos étudiantes et nous n'avons rien à voir dans cette tragédie. J'aimerais donc que vous partiez.

— Vous avez fini votre numéro, ma petite dame ? Parce que j'ai quelques questions à vous poser et j'aimerais que vous la boucliez pendant que je parle, et puis j'aimerais que vous y répondiez.

Une telle grossièreté plongea la dame dans un silence choqué et Grimes profita du répit.

— J'ai besoin de savoir si vous envoyez vos étudiants faire des analyses ailleurs qu'à l'hôpital communautaire d'Asheville.

La femme le dévisagea un instant.

— En cas de besoin, c'est en effet à cet hôpital que nous les adressons. Cet établissement offre des prestations que nous n'assurons pas ici, dans quelques cas. Quelques cas très rares. Notre centre de soins est très complet, vous savez, se vanta-t-elle.

— Donnez-moi un exemple. C'est quand la dernière fois que vous avez envoyé un étudiant à l'hôpital ?

— Eh bien, nous avons dû y envoyer une étudiante, hier, pour des radios des poumons. Notre machine est en panne. Elle tousse beaucoup et le médecin a pensé qu'il fallait s'assurer que ce n'était pas une pneumonie.

Grimes se pencha vers le visage de la femme.

— Comment s'appelle la fille que vous avez envoyée ?

— Ça, je ne peux pas vous le dire. Ce sont des informations privées. Je…

— Dites-moi de qui il s'agit, ma petite dame, ou je vous coffre sur-le-champ. Je n'ai pas le temps d'écouter votre baratin. Alors, qui c'était ?

La femme prit un air indigné.

— Bon, bon, pas besoin de crier. Elle s'appelle Noelle Pazia. Voilà, vous êtes content ?

— Non. Dites-moi comment contacter Noelle.

— Eh bien, je suppose que je peux l'appeler, si vous insistez.

Il posa une main sur l'épaule de la responsable du dispensaire et la poussa vers la porte de son minuscule bureau.

— Allons-y ensemble. Ma mission est de m'assurer qu'une de vos étudiantes n'est pas dans le pétrin.

Le nez frémissant de peur, la femme lui adressa un regard qui lui rappela le lapin nain de sa fille, puis elle décrocha son téléphone. Elle composa le numéro d'un autre poste, demanda à parler à Noelle Pazia et leva le doigt pour indiquer qu'elle avait été mise en attente.

— La standardiste est en train de rediriger l'appel, murmura-t-elle alors qu'il n'y avait aucune raison de parler à voix basse.

Grimes fit quelques pas dans le bureau jusqu'à ce que la femme se remette à parler :

— Est-ce que Noelle Pazia est là ? C'est Mme Brooks, l'infirmière chef du centre de soins. Non ? Quand est-ce que vous l'avez vue pour la dernière fois ? Vous savez qu'elle est très malade, elle doit rester au lit. Ah bon ? Eh bien… Oui, ma chère, merci.

Elle raccrocha et gratifia Grimes d'un regard qu'il eut du mal à situer, entre colère et triomphe.

— Elle n'est pas dans sa chambre. Elle n'y a pas dormi cette nuit, selon sa compagne de chambre. Je pense que cela veut dire qu'elle a passé la nuit avec l'un de ses condisciples du sexe opposé.

L'infirmière chef renifla d'un air outragé, exprimant ainsi sa désapprobation.

— Beaucoup de filles font ça, ici, vous savez.

— Vous êtes sûre que Noelle a un petit ami ?

— Euh, non, c'est juste que…

— Rappelez ce numéro, il faut que je parle à sa compagne de chambre. Dites-lui qu'on arrive, tout de suite. Allez-y, rappelez-la. Ensuite, emmenez-moi au bâtiment où se trouve sa chambre.

La femme décrocha le téléphone à contrecœur. Elle demanda à la compagne de chambre de Noelle de l'attendre à l'entrée de sa résidence. A l'instant où elle raccrochait, Grimes la prit par le bras et l'entraîna vers la porte avant qu'elle n'ait le temps de protester. Elle se retrouva dans la voiture de Grimes et lui indiqua comment se rendre à la résidence. Pressentant le pire, Grimes sentait son cœur se serrer. Il commençait à redouter sérieusement que Noelle Pazia ne se trouve pas dans la chambre de son prétendu petit ami, mais sur le bord d'une route de Louisville, sans vie et mutilée.

Il sortit de la voiture et fonça vers l'entrée de la résidence universitaire. Une très jolie rouquine l'y attendait, emmitouflée dans une longue écharpe multicolore dont les franges balayaient ses genoux. Elle avait l'air inquiète et dès qu'elle fut à portée de voix, il l'entendit demander :

— Où est Noelle ?

— Je n'en sais rien. Je pensais que vous pourriez m'aider à répondre à cette question.

— J'ai passé la nuit dans la chambre de mon petit ami.

L'infirmière chef renifla de nouveau d'un air scandalisé et Grimes dut se tourner vers elle pour lui faire signe de ne pas s'en mêler.

— Continuez, dit-il à la rouquine.

— Il habite en ville, c'est un artiste. Noelle n'était pas dans notre chambre lorsque je suis rentrée ce matin, vers 8 heures. Son lit était fait, mais, bon, elle met un point d'honneur à le faire tous les matins et c'est une lève-tôt, donc je n'ai pas trouvé ça anormal. J'ai pensé qu'elle était allée prendre son petit déjeuner. Mais elle n'est pas revenue dans la chambre depuis.

— Quand est-ce que vous l'avez vue pour la dernière fois ?

— Hier matin. Elle devait passer au centre de soins pour qu'on lui prescrive des médicaments. Elle a un programme très chargé ce semestre, et elle passait beaucoup de temps à étudier, en groupe ou seule. Elle devait avoir un cours à la bibliothèque. Il faudrait demander aux étudiants qui y ont assisté. Tenez, voilà leurs numéros sur une liste que Noelle avait accrochée au frigo. J'espère que ce n'est pas grave. Son père va devenir dingue s'il lui est arrivé un malheur. C'est vraiment une fille exemplaire, franche et loyale. Elle ne fume pas, elle ne sort jamais avec des garçons. Elle est ici pour étudier, point barre.

Grimes adressa un regard mauvais à l'infirmière chef. « Tu vois, ma vieille, elle n'était pas avec son petit copain, en fait. » Grimes commençait à en avoir assez de sa compagnie.

— Rendez-moi un service. Retournez au centre de soins. Je vous contacterai si j'ai besoin de vous.

— Avec joie, grommela-t-elle avant de tourner les talons.

Grimes prit la liste des condisciples de Noelle. Il s'appuya contre le capot de sa voiture et ouvrit son téléphone portable. La rouquine fit glisser son doigt sur la liste et pointa le dernier nom, lui indiquant qu'il fallait commencer par celui-là.

Grimes tomba sur une messagerie vocale avant qu'un jeune homme à l'accent indien ne lui réponde.

— Harish à l'appareil ?

Il parlait de telle manière que chacune de ses phrases semblait être une question.

— Agent spécial Grimes, du FBI. Avez-vous vu Noelle Pazia aujourd'hui ?

— Noelle ? Non, je ne l'ai pas vue ? Pas depuis qu'elle a quitté la bibliothèque, où notre groupe d'étude se réunissait hier soir ? Je ne l'ai pas revue après la pause ? Il lui est arrivé quelque chose ?

La dernière phrase était une vraie question et Grimes perçut de l'inquiétude dans la voix du garçon.

— A quelle heure était la pause ?

— Vers 9 heures et demie ? Noelle ne se sentait pas bien, elle avait l'air souffrante ? Nous lui avons conseillé de rentrer à la maison, mais elle a dit qu'elle tiendrait jusqu'à la fin du cours ? Nous avons fait une pause, elle a reçu un coup de téléphone et puis elle est sortie ? Je ne l'ai plus revue depuis ?

— C'était vers 21 h 30, vous dites ? Elle a reçu un appel, et puis qu'est-ce qu'elle a fait, au juste ?

— Eh bien, Noelle est une fille très polie ? Elle ne voulait pas parler au téléphone dans la bibliothèque, surtout pendant le cours de groupe, et elle est sortie ? Elle a demandé à son correspondant de ne pas quitter et elle est sortie de la bibliothèque par l'entrée latérale ? Elle avait son sac sur le dos et, ne la voyant pas revenir, nous avons pensé qu'elle était allée se coucher ? C'est ce qu'elle avait de mieux à faire, parce qu'elle avait vraiment l'air souffrante ?

Grimes le remercia et raccrocha. Sortie par l'entrée latérale. Merde. Il se tourna vers la rouquine.

— Vous avez une photo récente de Noelle ?

Elle hocha la tête.

— Oui, dans la chambre. Attendez-moi ici, je vous l'apporte. Vous croyez qu'elle a disparu, c'est bien ça ?

— Je ne sais pas, mais j'ai vraiment besoin de cette photo. Merci.

La fille courut vers l'escalier pendant que Grimes composait le numéro de Baldwin. Celui-ci répondit dès la première sonnerie. Grimes le mit au courant de la situation, sans omettre le fait que la fille était allée le jour même faire des radios des poumons à l'Hôpital communautaire d'Asheville, parce que le matériel du centre de soins universitaire était en panne. Tandis qu'il achevait son rapport, la compagne de chambre de Noelle revint avec une photo.

Grimes fixa les grands yeux bruns de la disparue, remercia la rouquine et promit de l'appeler une heure plus tard, quand il en saurait plus. Il remonta dans sa voiture et démarra. Il s'apprêtait à quitter le campus lorsqu'il aperçut la bibliothèque à sa droite et ralentit. Le poème. Baldwin avait dit qu'un poème avait été envoyé à une journaliste de Nashville, ce qui pouvait indiquer qu'une nouvelle fille avait été victime de l'Etrangleur du Sud. Il décida de vérifier si rien de ce genre ne se trouvait dans la bibliothèque. Si c'était le cas, cela confirmerait qu'ils avaient affaire au même tueur. « Putain, se dit-il, je deviens vraiment nul… J'aurais dû y penser plus tôt. »

Il se gara et marcha jusqu'à ce qu'il jugea être l'entrée latérale du bâtiment. Il observa le sol aux abords du bâtiment, puis la porte, et ne constata rien d'anormal. Il remarqua un grand panneau d'affichage juste à côté de la porte, protégé des intempéries par une feuille de plastique transparent. Il y alla et parcourut les annonces qui tapissaient le panneau. Des cours particuliers en trigonométrie… Non, ce n'était pas ce qu'il cherchait. Pas plus qu'une balle et un tapis de yoga, état neuf… Il finit par dénicher ce qu'il redoutait de trouver. Entre deux bouts de papier coloré, il repéra une feuille de papier blanc, fixée au panneau par une punaise. Il souleva la feuille de plastique et, à l'aide de son stylo, écarta les autres bouts de papier. Pas de doute. Le poème était affiché pour que tout un chacun puisse le lire — là en plein milieu du panneau. Ah ! le fils de pute !

Grimes lut le poème à haute voix :

— « Observe cette puce et vois combien
Ce que tu me refuses n'est qu'un petit rien.
Elle m'a sucé avant de te sucer
Et dans cette puce, nos sangs se sont mêlés. »

Merde. Le tueur avait remis ça, à coup sûr. Grimes regarda autour de lui d'un air éperdu, comme si l'assassin était encore là et l'épiait en savourant le spectacle. Mais il ne remarqua rien de louche.

Il n'avait pas apprécié d'avoir été laissé seul ici pendant que Baldwin, la gloire du FBI, suivait une piste sérieuse à Nashville. Au petit soldat Grimes les corvées… Mais enfin c'était bien lui qui avait trouvé le dernier poème.

Une étudiante coiffée d'un bonnet de laine passa devant lui et ne put réprimer un sourire à la vue de ce dingue qui marmonnait tout seul. Il balaya l'air à hauteur de son visage, comme pour écarter le regard de la jeune fille. Il sortit un sachet de sa poche, fit jouer la punaise qui fixait la feuille dans le liège du panneau et parvint à fourrer celle-ci dans le sachet sans la toucher. Il prit la feuille par un coin et la glissa à son tour dans le sachet. Il y aurait peut-être des empreintes sur celle-là. C'était improbable, mais il fallait faire feu de tout bois.

Grimes revint à sa voiture et sortit du campus pour se diriger vers son hôtel. Il avait étalé la photo de Noelle sur le siège du passager. Les yeux de Noelle le fixaient, accusateurs, tristes et esseulés. Et il songea au destin probable de cette petite avec horreur. Il serait bientôt définitivement fixé à ce sujet.

Il ouvrit son téléphone portable et composa un numéro qu'il connaissait par cœur. Un homme lui répondit.

— C'est moi, dit Grimes.

— Salut, papa, ça va ? Tu as du nouveau pour moi ?

— Oui. Je viens de me rendre compte qu'une fille a disparu à Asheville. Elle s'appelle Noelle Pazia. On a aussi retrouvé un corps à Louisville, dans le Kentucky. Tout laisse penser que c'est le sien. Pour le reste, à toi de te débrouiller.

— Merci, papa, merci beaucoup. Il faut que je file. Je peux annoncer ça tout de suite.

Et la communication fut coupée.

« C'est comme tout le reste, dans ma vie, songea Grimes. Ne pas remarquer ces maudits poèmes, la seule piste tangible dans cette enquête… Ma femme qui s'est fait la malle, il y a quatre mois… Ma fille gâtée pourrie qui ne m'adresse la parole que pour me demander du fric… Et mon fils qui se sert de moi parce que je peux lui fournir des informations confidentielles susceptibles de donner un coup de fouet à sa carrière de journaliste débutant à New York… Baldwin ne me pardonnerait jamais s'il savait d'où venaient les fuites… Eh bien, je t'emmerde, monsieur le roi des profileurs. »

Il se gara dans le parking de son hôtel. Muni de la photo de Noelle, il se présenta à la réception. L'information qu'il attendait de l'antenne de Louisville devait être arrivée. Et peut-être que Baldwin, ce prodige du profilage, lui avait transmis quelques-uns de ses précieux conseils.

— Vous avez reçu un fax pour moi ? Au nom de Grimes, du FBI ?

L'homme assis derrière le comptoir lui adressa un regard hostile.

— Oui, monsieur, et je dois vous demander d'éviter de vous faire envoyer ce genre d'images sur notre ligne de télécopie. C'est vraiment répugnant. Je trouve ça inacceptable, et je suis sûr que le gérant sera de mon avis…

— Fermez-la et donnez-moi ce fax.

Grimes était à bout de nerfs, et il faillit frapper ce réceptionniste trop bavard. Il songea furtivement qu'il formerait un beau couple avec l'infirmière chef du centre de soins universitaire.

L'homme se leva d'un air indigné et disparut dans une pièce attenante. Il en sortit un moment plus tard en tenant à la main une chemise en papier kraft.

— Voilà, lâcha-t-il d'un ton dramatique.

Grimes le gratifia d'un sourire et glissa la chemise sous son bras. Il alla droit au bar et commanda un scotch. Sitôt servi, il en but une gorgée, histoire de retrouver son calme. Il ne voulait pas apprendre que Noelle Pazia était morte. Il ne voulait pas imaginer que ses yeux bruns pleins de vie étaient à jamais ternes et gris. Mais il n'avait pas le choix. Il ne pouvait quand même pas demander au barman de comparer les photos à sa place.

Il prit donc son courage à deux mains et sortit la photo que la compagne de chambre de Noelle lui avait remise puis la posa sur le bar. Il plaça la chemise à côté de la photo et l'ouvrit. Le spectacle lui donna envie de vomir.

Il n'y avait plus l'ombre d'un doute : Noelle Pazia était morte.

Il détourna le regard de la chemise et regarda le barman dans les yeux, lui faisant signe de remplir son verre de nouveau. L'homme fit glisser la bouteille sur le comptoir, comme s'il estimait que ce n'était pas à lui de remplir ce verre maintes et maintes fois. Grimes le remercia d'un hochement de tête et se remplit un verre à ras bord. Ses mains tremblèrent lorsqu'il porta le whisky à ses lèvres. Il fallait qu'il appelle Baldwin, pour lui confirmer que c'était bien le tueur qui avait encore frappé. Alors qu'il s'apprêtait à le faire, son téléphone se mit à sonner.

La conversation ne dura pas longtemps. Mais, en raccrochant, tandis qu'il fixait son téléphone d'un air incrédule, la volonté de prévenir Baldwin l'avait entièrement abandonné. Il posa le téléphone sur le comptoir en plaqué chêne. Il sortit son badge du FBI, les yeux rivés sur le bouclier emblématique qui l'ornait. Tout ce que cela signifiait pour lui — la fidélité, la loyauté, le courage. Ah! quelle putain d'enquête…

Tout ce qu'il souhaitait, c'était boire encore quelques verres et partir à la dérive.

Rien à foutre de l'Etrangleur du Sud.

Rien à foutre de Baldwin, et même du FBI.

Rien à foutre que sept jeunes femmes aient été assassinées par ce détraqué. Ce coupeur de mains. Mais pourquoi, bordel de merde ?

Noelle le fixait de ses yeux bruns de bébé et il l'entendait dire : « Tu es ivre mort, Grimes. T'en fais pas. Pas la peine de te miner. Ce genre de chose arrive. Tu sais bien. Ça arrive et tu n'y peux rien. Il faut seulement que tu essaies d'attraper le type qui m'a fait ça. Qui nous a à toutes fait ça. Tu comprends ce que je te dis ? Il faut que tu l'attrapes et que tu le mettes hors d'état de nuire. Parce que, sinon, il va recommencer. »

Les grands yeux bruns se mirent à verser des larmes et Grimes referma brusquement la chemise. Et merde… Il n'en pouvait plus.

Qu'est-ce qu'il cherchait à prouver, ce monstre ? Et dire qu'il envoyait ses poèmes à une journaliste. Voulait-il que toute la presse en parle ? Ou avait-il simplement le béguin pour cette nana ? Est-ce qu'il voulait l'impressionner ? « Eh bien, mon pote, songea Grimes, tu vas avoir du mal à l'impressionner, maintenant… Elle est morte et tu ne le sais même pas. Il ne te reste plus que son cadavre à baiser en te vantant de tout ce que tu as accompli pour elle, pauvre con. Elle est morte et bien morte, toutes ces filles sont mortes et enterrées, et tu ne peux plus les sauter, espèce de salaud. »

Hystérique, Grimes hurlait en faisant de grands gestes. Ses propos se faisaient de plus en plus incohérents. Il avait déjà vidé plus de la moitié de la bouteille de scotch et il avait l'air au bout du rouleau. Le barman s'en aperçut et essaya de le calmer. Grimes pleurait et sanglotait, renversant du whisky sur le comptoir et sur le tabouret voisin du sien. Il avait posé la main sur son pistolet et lorsque le barman essaya de le raisonner, il brandit l'arme. En pleurant, Grimes demanda à l'homme de dire à Baldwin qu'il était vraiment désolé. Il se colla le pistolet contre la tempe et appuya sur la détente.

37.

Baldwin échappa aux embouteillages de début de soirée pour sortir de la ville et emprunta l'autoroute 65 en direction de Franklin. Il prit ensuite la nationale 96 vers le centre de Franklin, passa devant des rangées de maisons coquettes et une place centrale pittoresque. Il franchit le carrefour giratoire et se retrouva face au siège de Health Partners.

Il se gara et pénétra dans le bâtiment. La climatisation trop fraîche lui donna la chair de poule. Il se présenta à l'hôtesse qui officiait à l'accueil, assise derrière un bureau de verre, sous lequel on apercevait ses jambes juvéniles et souples. Il était attendu. Elle le gratifia d'un sourire charmant qu'il lui rendit. Elle se leva et lui indiqua une porte sur la gauche. En contournant le bureau pour l'y accompagner, elle le frôla de manière provocante. Il sourit — cette fille ne devait pas avoir plus de dix-huit ans. Cela lui faisait plaisir de constater qu'il pouvait encore être séduisant aux yeux des jeunes générations. Mais pas séduit, bien sûr. Avec une femme comme Taylor à la maison, il n'était séduit par personne d'autre qu'elle.

— Je peux faire quelque chose pour vous ? demanda-t-elle.

Il secoua la tête.

— Dommage, dit-elle.

La fille tapa une combinaison de chiffres sur un digicode et la porte se déverrouilla en émettant un cliquetis. Il franchit la porte derrière l'hôtesse, la suivit dans un hall austère qui donnait sur une salle d'attente spacieuse et confortable. Un homme noir de haute taille, aux cheveux crépus, sortit d'un bureau et vint droit sur Baldwin. Il se présenta en lui tendant la main.

— Louis Sherwood. Vous êtes l'agent Baldwin ? Enchanté. Ce sera tout, Darlene, merci.

La fille adressa un regard agacé à son patron et rebroussa chemin.

Sherwood conduisit Baldwin dans un vaste bureau, orné de boiseries en acajou sombre. Exactement le genre de bureau où l'on s'attend à trouver un directeur général. Décoré avec goût et à grands frais, et pourtant sans ostentation — comme pour minimiser la prospérité de l'entreprise. Dans l'ensemble, c'était très réussi.

Sherwood désigna une paire de fauteuils rembourrés en cuir marron, dont les bords étaient garnis de gros clous en laiton. Y avait-il un seul bureau cossu n'abritant pas ce type de fauteuils ? Baldwin s'assit face à Sherwood.

— Vous voulez boire quelque chose, agent Baldwin ? Un thé, un café ?

— Non merci, ça ira.

— Alors, en quoi puis-je vous être utile ?

— Comme je vous l'ai dit au téléphone, j'aimerais vous poser quelques questions sur les déplacements de vos employés.

Sherwood se pencha, empoigna un petit râteau et se mit à ratisser un jardin zen de poche.

— Lequel, en particulier ?

Baldwin dressa l'oreille.

— Il y a un de vos employés dont vous pensez qu'il pourrait m'intéresser plus particulièrement ?

— Non, non. Je me demandais simplement si vous aviez déjà fait un tri. Notre organigramme comporte plus d'un employé amené à se déplacer souvent, comme vous pouvez l'imaginer.

Râteau, râteau, râteau. Baldwin avait l'impression que l'homme tuait le temps.

— Et si on se limitait à ceux qui sont allés récemment dans les villes où certaines de vos employées ont été enlevées ?

— Et quelles sont ces villes, au juste ?

Baldwin fixa un long moment Sherwood, bien droit dans les yeux, avant d'articuler bien distinctement :

— J'aimerais bien que vous arrêtiez cette comédie et que vous me disiez ce que j'ai besoin d'apprendre.

Sherwood se cala dans son fauteuil, jaugeant la situation. Baldwin continua de le fixer.

Au bout d'un moment, Sherwood arbora un large sourire.

— Je ne faisais que vous tester, jeune homme. Je voulais m'assurer que vous étiez bien du FBI. On ne sait jamais, de nos jours. Vous voulez des informations sur nos itinérants ? La plupart sont des femmes. Notre équipe de marketing ne comporte qu'un seul homme.

— Jake Buckley ?

Sherwood ouvrit de grands yeux.

— Oui, tout à fait. Jake est l'un des types les plus remarquables qu'il m'ait été donné de rencontrer. Vous pouvez me croire.

— Super. Est-ce que Jake Buckley s'occupe de vos intérêts en Alabama, en Louisiane, dans le Mississippi, en Géorgie, en Virginie et en Caroline du Nord ? Et est-ce qu'il s'est rendu dans ces Etats récemment ? Je sais déjà qu'il se trouvait à Nashville à certains moments lors de la période qui nous intéresse. C'est tout ce que j'ai besoin de savoir.

Baldwin se cala dans son fauteuil et attendit.

Sherwood pinça les lèvres et dit :

— En fait, je ne crois pas que ce soit sage de le salir comme ça, si vous voyez ce que je veux dire. Il a beaucoup d'amis très haut placés... Mais, bon, ce n'est pas le sujet.

— Monsieur Sherwood, vous n'avez pas l'air de bien me comprendre. Votre position est délicate. Plusieurs victimes de l'Etrangleur du Sud travaillaient pour votre société. Les médias n'ont pas encore fait le rapprochement. Mais vous pouvez être certain qu'ils finiront par le faire.

Sherwood plissa les yeux et Baldwin vit que l'homme était en proie à la panique. Il ramassa un stylo et se mit à le tripoter, évitant le regard de Baldwin dès qu'il se mit à parler. Ce dernier se prépara à entendre quelques mensonges.

— Bon, agent Baldwin, soyez compréhensif. Nous sommes une petite entreprise, nous essayons de rendre le monde plus habitable pour les pauvres, et tous ceux qui ne peuvent se payer ce que nous leur offrons. Vous comprenez cela, jeune homme ? Je vous assure que je suis vraiment triste de savoir que trois de nos employées ont trouvé une mort violente. Mais est-ce que Jake Buckley est impliqué dans ces meurtres ? Il n'y a pas l'ombre d'une chance pour que ce soit le cas, et je pèse mes mots.

Il se pencha vers Baldwin, comme s'il s'apprêtait à lui confier un grand secret. Baldwin demeura immobile.

— Buckley sait à peine comment s'y prendre avec une femme en vie. Je n'arrive pas à imaginer ce qu'il pourrait bien faire avec une morte.

Sherwood se redressa en s'esclaffant.

— Non, ce vieux Jake n'aurait jamais pu commettre un truc aussi horrible. Il est bien trop dévoué à sa bonne femme. Il ne peut pas se permettre de foutre son ménage en l'air. C'est elle qui a l'argent, pas lui. Je suis bien placé pour le savoir, moi qui ne le paie pas assez…

— Au fait, combien vous le payez, monsieur Sherwood ?

Baldwin était dégoûté par le personnage. Au téléphone, il avait pourtant paru disposé à aider les enquêteurs. À présent, il était clair qu'il jouait au con.

— Ah, là, jeune homme, c'est hors sujet. Bon, pas plus de deux cent mille dollars bon an, mal an. Combien on vous paie, au FBI, de nos jours ? Je parie que je pourrais vous faire une offre qui vous épaterait. Qu'est-ce que vous en dites ? Venez travailler pour moi, comme chargé de la sécurité. Vous ne le regretteriez pas.

Cet entretien ne donnait rien. L'homme n'était, à l'évidence, pas disposé à lui dire quoi que ce soit d'utile. Baldwin faillit penser que Sherwood était rusé et qu'il avait accepté de le rencontrer pour se faire une idée de ce que le FBI savait sur l'affaire et sur sa société, mais il rejeta cette idée. Non, ce type était tout simplement un abruti pourvu d'un peu de pouvoir.

— C'est très gentil, monsieur Sherwood, mais je suis

content des fonctions que j'occupe actuellement. Je vous conseille de coopérer avec moi. Je peux obtenir un mandat de recherche dans vos archives en un rien de temps.

Il se leva et marcha d'un pas résolu vers la porte.

Sherwood ne fit qu'en rire.

— C'est ça, revenez avec un mandat, et on pourra poursuivre cette conversation.

— Vous pouvez compter sur moi.

Baldwin ouvrit la porte en grand avant de revenir à l'entrée verrouillée qui donnait sur le hall d'accueil et qu'il franchit précipitamment, pour se retrouver nez à nez avec Darlene. La fille lui sourit d'un air engageant.

En découvrant la colère qui imprégnait le visage de Baldwin, elle arrêta de sourire mièvrement et lui adressa un sourire compatissant. Il se rendit compte qu'elle était plus âgée qu'il ne l'avait d'abord cru — plutôt dans les vingt-cinq ans.

— Sherwood a encore été lourd ? demanda-t-elle en soupirant.

Baldwin hocha la tête.

— Je ne sais pas comment vous faites pour le supporter.

— Justement, je n'y arrive pas. Tenez, j'ai quelque chose pour vous.

Elle lui tendit un dossier qu'il ouvrit. Il lut le mot « Itinéraire » en caractères gras en haut de la première page. « Jake Buckley » était inscrit juste au-dessous. Baldwin parcourut ledit itinéraire rapidement et s'aperçut que les déplacements récents de Jake l'avaient amené à visiter les Etats où les victimes avaient été enlevées, le confirmant ainsi dans ses soupçons. Plus besoin de perdre du temps à demander un mandat.

Baldwin leva la tête et aperçut une larme perler au coin de l'un des yeux de Darlene. Mais sa voix était ferme.

— Coincez-le, s'il est coupable. Faites-le pour moi.

Baldwin hocha la tête, ne sachant que dire. Il eut subitement l'impression que Jake Buckley était un homme à femmes et non un grand timide ou un impuissant, comme l'avait laissé entendre Sherwood.

Il prit la main de la jeune femme, la pressa doucement et lui promit sincèrement que c'était bien ce qu'il comptait faire.

Baldwin rentra à la maison. La température s'était rafraîchie après l'orage. Il s'était douché et avait décongelé une barquette de soupe aux légumes et au bœuf qu'avait confectionnée Taylor. Il s'installa et attendit son retour. Il attendait également des nouvelles de Grimes. Son collègue aurait dû l'appeler depuis longtemps pour lui faire savoir si la disparition d'une jeune femme avait été signalée dans la région d'Asheville. Il avait parlé aux policiers qui avaient découvert un corps à Louisville, et il commençait à penser que ce crime avait peut-être été perpétré par un autre tueur. Même si la fille qu'ils avaient retrouvée était bien brune et qu'elle avait, à première vue, un peu moins de vingt ans, les causes du décès n'étaient pas apparentes et elle n'avait pas été amputée de ses mains. Les policiers de Louisville fouillaient dans leurs bases de données pour savoir si la disparition d'une fille correspondant à la description de l'inconnue avait été signalée dans leur secteur. Mais ils n'avaient encore rien trouvé. Si Buckley était l'assassin qu'il recherchait, il semblait faire une pause.

Baldwin se rendit dans la cuisine, sortit une canette de Guinness du réfrigérateur, l'ouvrit et se versa un verre avant de revenir dans le salon. Il fallait qu'il appelle Grimes, pour voir où il en était.

Il composa le numéro de son collègue et une voix qu'il ne reconnut pas lui répondit :

— Qui est à l'appareil ?

— Je suis l'agent spécial du FBI John Baldwin. Et vous, qui êtes-vous ?

— Je suis celui qui essuie le sang sur ce putain de téléphone pour pouvoir répondre. Vous connaissez un certain Jerry Grimes ?

— Oui. Je travaille sur une enquête avec lui. Je peux lui parler ?

— Hum, je suis navré, monsieur, mais ça ne va pas être possible. Je suis l'inspecteur Moss, Mike Moss, de la police d'Asheville. On dirait que votre ami Grimes a eu un petit accident avec son arme de service. Il s'est tiré une balle dans la tête. Je suis vraiment désolé, mais il est mort.

Baldwin resta silencieux pendant un moment. Accident. Sang. Arme. Tête. Aucun de ces mots ne faisait sens, et il secoua la tête en essayant de décoder.

— Attendez, vous m'avez bien dit que Grimes s'est tiré une balle dans la tête, et non pas qu'il a été abattu par quelqu'un d'autre ?

Baldwin s'était redressé sur le canapé. Cela sentait la catastrophe. La grosse catastrophe.

— Oui, monsieur, il s'est suicidé. Nous nous trouvons dans le bar de l'hôtel où M. Grimes résidait. Il y a beaucoup de désordre. Apparemment, il était au bar depuis deux heures et buvait comme un trou, et il a perdu les pédales. Il s'est mis à hurler et à faire des grands gestes. Le coup est parti à quelques millimètres de sa tempe droite. Je suis prêt à parier que notre médecin légiste trouvera un moyen de classer ça en accident, mais je peux vous le dire : il s'est suicidé. Bon, vous venez ici pour récupérer le corps, ou quoi ?

— Holà ! Calmez-vous, mon vieux. Je dois d'abord vous poser une question, ensuite je déciderai si je dois venir ou pas. Est-ce que Grimes avait une serviette ou des dossiers avec lui ?

Il entendit l'homme se renseigner avant de reprendre la communication.

— Ouais, il y a un dossier sur le comptoir, à l'endroit où il était assis. Une chemise en papier kraft avec ce qui ressemble à des photos de scène de crime. Et il y a une autre photo, aussi, juste à côté, un beau brin de fille… Oh…

Il se tut pendant un moment et reprit :

— La fille, sur cette photo, est sans le moindre doute la même que celle qui figure sur les autres. Il y a également un sachet en plastique et on dirait qu'il y a un texte sur une feuille de papier, ainsi qu'une punaise.

— Vous pouvez lire ce texte ?

Baldwin l'entendit lire les premiers vers de *La Puce*. « Merde, Grimes ! »

— Est-ce qu'il y a un nom avec la photo ?

— On dirait une photo de carte d'étudiant… avec un cachet officiel. Oh ! merde, c'est une étudiante du coin ! Elle va à l'université de Caroline du Nord, à Asheville. Il y a aussi un nom écrit à la main au verso de la photo : Noelle Pazia, 2004. Merde alors, on dirait que j'ai un autre cadavre sur les bras. Vous savez où il a largué son corps ?

Baldwin s'aperçut que le policier pensait que Grimes avait commis le meurtre avant de se suicider.

— Non, non, Grimes n'a pas tué cette fille. Je pense qu'il s'agit de l'identité d'une fille dont on a retrouvé le corps à Louisville, dans le Kentucky. Ce que vous avez sous les yeux, ce sont les photos que la police de Louisville devait envoyer à Grimes. Nous partons de l'hypothèse que le meurtre a été commis par l'Etrangleur du Sud. Ce qui veut dire qu'il faut que je demande à notre antenne de Louisville de s'en occuper séance tenante. Il faut que vous m'envoyiez une copie de ces photos immédiatement. A ce numéro : 615 555 9897. Et Grimes, où l'emmène-t-on ?

— Le décès a été constaté sur place. Il a été transporté à l'institut médico-légal. Vous savez s'il a de la famille qu'il faudrait prévenir ?

— Je vais appeler mon patron. Il s'appelle Garrett Woods. Il va vous téléphoner pour mettre au point les arrangements nécessaires. Grimes était un type bien. Occupez-vous correctement de lui, d'accord ?

— Ne vous inquiétez pas pour ça, monsieur.

Après avoir raccroché, Baldwin s'affala sur le canapé. Qu'est-ce qui avait bien pu se passer ? Il savait que Grimes était stressé, ces derniers temps, et qu'il prenait cette enquête un peu trop à cœur. Baldwin s'en voulut. S'il était resté à ses côtés, il aurait peut-être pu l'empêcher de se suicider. Il entendit la sonnerie du téléphone, puis le télécopieur se mettre en marche. Il se rendit dans le bureau et regarda la photo de Noelle Pazia sortir du télécopieur. Il plongea son regard dans celui de la jeune femme et crut comprendre ce que Grimes avait ressenti, ce qui l'avait poussé à cet acte fatal. Baldwin était passé par là, lui aussi. Mais cette fille… Elle avait l'air si innocente, pleine d'espoir et de vie, ses yeux étaient emplis d'une telle bonté… Et ce n'était qu'une mauvaise télécopie qu'il examinait, et non la personne telle qu'elle avait été de son vivant.

Elle n'avait pas été étranglée. Ses mains n'avaient pas été sectionnées. Si l'Etrangleur du Sud avait fait ça, peut-être s'était-il apitoyé. En tout cas, il ne s'était pas acharné sur elle, ainsi qu'il l'avait fait avec les autres victimes. Baldwin ne comprenait pas tout, mais il se rendait compte que l'innocence de Noelle avait peut-être fait débander le tueur. C'était peut-être pour ça. Il l'avait déjà enlevée mais quand il l'avait regardée de près, il s'était aperçu qu'il ne pourrait pas y arriver. Enfin, le saurait-on un jour ? Ces tueurs en série n'en faisaient qu'à leur tête. Etablir leur profil tenait du jeu de hasard : on ne pouvait jamais savoir de quoi ils étaient capables.

« Bon, se dit-il, retrouvons notre sang-froid. » Il avait besoin de se concentrer, il y avait encore beaucoup à faire. Il entreprit de dresser une liste, tout en composant le numéro de l'antenne du FBI à Louisville. Une femme lui répondit et il demanda à s'entretenir avec le responsable local.

— C'est moi, l'agent spécial en chef Eleanor Walker. En quoi puis-je vous être utile ?

Baldwin se présenta.

— J'ai l'identité de votre brune. Elle s'appelle Noelle Pazia et étudiait à l'université de Caroline du Nord à Asheville. Elle a été enlevée et personne ne s'est aperçu de sa disparition sur le moment. Le meurtre est attribué à l'Etrangleur du Sud, même si les informations que je viens de recevoir ne semblent pas correspondre à son mode opératoire habituel. Vous me confirmez ces informations ?

— Oui, c'est ce que nous avons aussi. Le fait que c'est une fille d'Asheville nous incite à penser que c'est un coup de l'Etrangleur du Sud, mais l'absence de violence est troublante. La cause du décès, d'après le médecin légiste local, serait l'asphyxie. Un niveau très élevé d'histamine dans son organisme, une hémorragie pétéchiale. Il appelle ça une crise d'asthme asphyxiante. Elle a été victime d'une crise d'asthme fatale. Nous allons poursuivre nos recherches dans ce domaine, le dossier est transmis au labo du FBI à Quantico.

Une crise d'asthme. Intéressant. Peut-être était-elle morte avant qu'il n'ait pu la tuer. Cela pouvait expliquer pourquoi elle n'avait pas subi de sévices corporels.

— Je vous remercie, agent Walker. A l'heure qu'il est, je n'en sais pas plus que vous. Je suis sur une piste, ici à Nashville, et je viens d'apprendre que nous venons de perdre un collègue. Je suis complètement débordé.

— Ne me dites pas qu'il s'agit de Jerry Grimes.

— Vous le connaissiez ?

— Oui. La rumeur courait déjà, cet après-midi. Je lui avais parlé un peu plus tôt dans la journée et je lui avais envoyé les photos de la découverte de notre inconnue, dont vous m'apprenez qu'elle se nommait Noelle Pazia. Il avait l'air ivre. Il a eu un accident ?

Baldwin n'était pas disposé à divulguer les causes exactes de la mort de Grimes.

— On pourrait dire ça. On est encore un peu dans le brouillard, à cet égard.

— Merde, en tout cas, c'est bien triste. Ça fait toujours de la peine de perdre un type bien.

Baldwin se sentit accablé. La mort de Grimes allait le hanter.

— Vous avez raison, c'était vraiment un type bien.

— En attendant, j'aimerais que vous me fournissiez davantage d'informations, agent Baldwin. Car voilà que nous avons, nous aussi, une disparition sur les bras. Et celle-là, elle a bien été signalée. Ivy Tanner Clark… Son père n'est autre que Tanner Clark, le magnat de l'élevage de chevaux. Et il fait tant de raffut que je m'étonne que vous n'en ayez pas encore entendu parler à Nashville.

Baldwin se laissa tomber sur le canapé. « Merde ! »

— Bon, écoutez, il faut que vous fassiez la chose suivante. Nous venons de nous apercevoir que le tueur laisse des poèmes sur les lieux où il enlève ses victimes. Il faut que vous cherchiez dans la voiture d'Ivy Clark et dans ses effets personnels. Voyez s'il n'a pas laissé un message écrit.

— Je ne me rappelle pas avoir vu cette information dans nos fichiers.

Elle avait l'air agacée et Baldwin décida de prendre les devants.

— Nous n'avons pas caché cette information. Cela fait seulement deux jours que nous sommes au courant, pour les poèmes. Rendez-moi service et essayez de trouver ce poème, d'accord ? Rappelez-moi dès que vous serez fixée.

Il lui donna rapidement son numéro de téléphone portable et raccrocha.

Il se passa la main dans les cheveux et composa avec

appréhension le numéro de son patron. Garrett n'allait pas être très content de cet appel.

Il répondit à la première sonnerie.

— Je suis déjà au courant, cria-t-il. Vous n'aviez rien vu venir ?

— Eh bien, peut-être… Mais je ne pouvais pas imaginer qu'il en arriverait là.

La voix de Garrett s'adoucit.

— Il va falloir que vous surmontiez ça. J'aurais dû exiger plus tôt que Grimes soit déchargé de cette enquête.

— Plus tôt ? Qu'est-ce que vous entendez par « plus tôt » ?

— J'ai appelé Grimes il y a deux heures. Je lui ai dit de laisser tomber et de venir illico à Washington… pour assister à une audience de la commission de discipline.

— De discipline ?

Baldwin resta songeur un instant puis ajouta :

— Vous plaisantez ?

— Non. J'ai procédé à quelques vérifications. Il se trouve que Grimes bavardait, à notre insu, avec un journaliste new-yorkais… qui n'est autre que son propre fils. Eh oui, c'était Grimes, la source des fuites. Nous avons parlé avec le fiston et il a nié être informé par son papa. Il a refusé de révéler ses sources. Mais un simple contrôle sommaire des appels de Grimes a contredit ses dénégations. Ils n'ont pas arrêté de se téléphoner, depuis le début de l'enquête…

— Je vois que vous ne chômez pas.

— Ouais… Et tout ça, pour quoi ? Pour se retrouver avec un agent mort ! Grimes allait devoir démissionner du FBI, de toute façon. C'est donc davantage ma faute que la vôtre s'il s'est suicidé, Baldwin. Mais il n'y avait pas que ça. Sa vie était en train de se briser. La mort de Grimes nous évite d'aborder certains problèmes. Vous n'avez pas besoin d'en savoir plus pour l'instant. Continuez d'avancer dans votre enquête. Sans penser au passé.

Baldwin lui soumit l'hypothèse Jake Buckley. Garrett convint qu'il était urgent qu'ils aient une conversation avec ce monsieur, et le plus vite possible. Alors que Baldwin s'apprêtait à raccrocher, Garrett ajouta *in extremis* :

— Ne lâchez pas l'affaire, Baldwin. Vous êtes près du dénouement.

38.

Taylor venait de raccrocher après une conversation téléphonique avec Quinn Buckley lorsque Lincoln et Marcus firent leur apparition à la porte de son bureau.

— Du nouveau ? demanda-t-elle.

Lincoln entra et s'assit pesamment, tandis que Marcus restait sur le pas de la porte.

— Du bon et du mauvais. On sort des locaux du Bureau d'investigation du Tennessee. L'échantillon d'ADN prélevé après le viol de Lucy Johnson ne concorde pas avec ceux qu'on a retrouvés dans les cas précédents attribués au Violeur de la Pluie. Et cet échantillon ne correspond à aucun ADN répertorié dans leur base de données.

Lincoln ouvrit un dossier pour consulter ses notes.

— On a parlé au type contre lequel Lucy a demandé une injonction d'éloignement, Edward Hunt. C'est un flic à la retraite, un ancien de la police de Nashville. Il travaille pour une grosse société de sécurité de la ville. C'est lui qui gère la boîte et il gagne dix fois plus que ce qu'il touchait dans la police. Quoi qu'il en soit, il a vécu en couple avec Lucy mais il a rompu avec elle. A l'en croire, cette Mlle Lucy est une vraie dingue.

Marcus intervint :

— D'après ce que Hunt nous a dit, leur relation a été houleuse depuis le début. Il voulait rompre mais elle tenait absolument à ce qu'il reste avec elle. En bref, elle l'a coincé dans un bar, ils ont bu deux ou trois verres, il l'a suivie chez elle et ils ont tiré un coup d'adieu. Ayant officiellement rompu avec elle, il s'est mis à fréquenter une autre femme. Selon Hunt, Lucy s'est mise à le harceler, sans répit. Il a déposé une demande d'injonction d'éloignement, et elle a répliqué en faisant de même. C'est un peu la merde, leur histoire. Lucy a porté plainte contre lui, pour viol. C'est Betsy qui l'a reçue et Lucy a réussi à lui faire croire que c'était le Violeur de la Pluie. On en avait tellement parlé aux infos qu'elle n'a pas eu de mal à être convaincante.

Marcus entra dans le bureau et s'assit, l'air découragé.

— Qui pourra dire l'origine de l'ADN qu'on a prélevé sur elle ? Hunt a accepté de bonne grâce un prélèvement de son propre ADN. Nous avons donc recueilli un échantillon que nous avons transmis au Bureau d'investigation du Tennessee. Ils sont en train de travailler dessus. On courait après un fantôme, en fait.

Lincoln tendit le dossier à Taylor.

— Je crois, dit-il, que vous devriez l'arrêter pour fausse déclaration. Hunt m'a tout l'air d'un témoin fiable. Il veut juste que Lucy arrête de l'importuner. On peut aller tout de suite lui rendre une petite visite et lui montrer les déclarations de Hunt. Si vous voulez qu'on obtienne du parquet un mandat d'arrêt contre elle, c'est comme si c'était fait.

— Alors, faites-le, dit Taylor, furieuse. Elle nous a fait gaspiller d'innombrables heures de travail pour satisfaire sa petite vengeance personnelle. Vous avez remué ciel et terre, vous autres, à cause de ses bobards, sans parler du temps et des efforts que Betsy et son équipe ont consacrés à cette affaire… Et de ceux du Bureau d'investigation du Tennessee. Ouais, allez l'alpaguer. On ne peut pas accepter ce genre de conneries. Et peut-être que ça détournera un peu l'attention qu'accordent les médias à la « mystérieuse » victime. Les journalistes peuvent bien la crucifier vive, cette Lucy, je m'en fiche.

— A vos ordres, lieutenant, dit Lincoln en souriant. Et du côté de l'Etrangleur du Sud ?

Elle grommela.

— Ça avance. Je m'apprêtais à aller retrouver l'agent Baldwin.

Marcus se cala dans son siège.

— Euh, Taylor, à propos de « l'agent Baldwin », comme vous dites, dit-il en se servant de ses doigts pour mimer des guillemets, vous n'êtes pas obligée d'être si cachottière, vous savez. Personne ne vous en voudra si…

Elle l'interrompit d'un regard noir. Il lui sourit en se raclant la gorge.

— Bon, tu viens, Lincoln. Faut qu'on aille chercher ce mandat d'arrêt contre Lucy Johnson.

Taylor les retint un instant.

— Ecoutez, les gars, je compte sur vous pour rédiger un communiqué de presse aussitôt après l'avoir arrêtée. Il faut que les médias sachent que nous avançons. De toute façon, les journalistes sont à l'affût aux portes du tribunal. Ça lui fera les pieds d'être filmée lors de son arrestation.

Ils sortirent du bureau, Lincoln en sifflotant une ritournelle et Marcus en redressant la tête. Ils avaient fait du bon boulot en démasquant l'imposture de Lucy Johnson, et ils en étaient fiers.

Taylor les regarda s'éloigner en se passant la main dans les cheveux. « L'agent Baldwin, comme vous dites… » Elle était incapable de cacher son jeu. Tant pis. Elle se leva et rassembla ses documents. Il était temps de quitter ce bureau. Elle se dirigea vers la sortie, s'arrêtant sur le palier pour allumer une cigarette. Alors qu'elle rangeait le briquet dans sa poche, elle vit Fitz qui montait les marches.

— Ah, Taylor, je suis content de te voir.

— Qu'est-ce qui t'amène, Fitz ? J'allais sortir.

— Je t'accompagne jusqu'à ta voiture. Je viens de parler à Julia Page. Le bruit court que Terence Norton est en train de mettre la main sur tout le trafic de drogue des quartiers est de la ville, mais il va falloir plus que les ragots des indics pour savoir exactement ce qui se passe. Il s'agit de monter une vraie enquête, avec des agents infiltrés et tout le reste. Je ne peux pas faire ça du jour au lendemain, malheureusement.

Ils atteignirent le 4x4 de Taylor. Celle-ci s'appuya contre le capot et finit de griller sa dernière Camel d'un air songeur.

— Fitz, il faut se décharger de cette affaire… Va voir Julia et dis-lui qu'il faut refiler l'enquête au Bureau d'investigation du Tennessee. La brigade des homicides ne peut pas monter une opération contre des trafiquants de drogue. A eux de s'en occuper, si la police de Nashville est débordée. J'en parlerai à Price. Coopération entre les services, et tout le tintouin… Ça te va ?

— Oui, c'est ça qu'il faut faire. De toute façon, je crois qu'on aura bientôt à s'occuper de Terence Norton, pour homicide cette fois, s'il continue sur sa lancée…

Elle lui tapota le bras.

— Je rentre chez moi, je dois travailler sur l'affaire de l'Etrangleur du Sud. Oh! je ne t'ai pas dit, Marcus et Lincoln…

— Ouais, je suis au courant. Aucun rapport avec le vrai Violeur de la Pluie. J'aimerais bien qu'on puisse le boucler, celui-là, pour présenter sa tête à Betsy sur un plateau. On attend toujours les résultats des analyses ADN ?

— Oui, on ne sait toujours pas si ça correspond.

— Si j'ai du nouveau, je t'appelle. Essaie de te reposer, on verra tout ça demain.

Il la gratifia d'un clin d'œil assorti d'une petite tape sur le derrière et s'éloigna d'un pas nonchalant.

39.

Baldwin se déplaçait dans le salon comme un derviche tourneur. Le téléphone portable plaqué contre une oreille, le combiné sans fil du fixe contre l'autre. Son ordinateur portable était ouvert et bourdonnait tandis que celui qui avait appartenu à Whitney Connolly trônait à une place d'honneur, sur la table basse en céramique.

Un nouveau message était en train de clignoter sur l'écran, et il venait de la même adresse que les courriels poétiques envoyés par le meurtrier.

Il entendit Taylor franchir la porte mais releva à peine la tête pour l'accueillir, se contentant de lâcher d'une voix absente un « Salut… » avant de se pencher de nouveau sur l'écran de l'ordinateur. Elle le rejoignit pour voir ce qu'il lisait.

Elle lut les vers à haute voix :

— « Tu sais qu'on ne peut nommer cela
Péché ni vergogne, ni perte de pucelage;
Et l'insecte chaste se délecte pourtant
Et s'enfle, gorgée de nos deux sangs,
Ceci, hélas! est plus que nous n'osons faire. »

Baldwin se laissa tomber dans le fauteuil en se frottant la tête.

— Ça vient d'arriver. L'après-midi a été dur, crois-moi.

— Je vais te faire à manger, tu me feras ton rapport ensuite. Je suis affamée. Pas toi ?

— Ouais. J'ai déjà mis un peu de soupe à chauffer, du potage aux légumes qui était dans le freezer. Ça devrait être prêt.

Elle écrasa ses lèvres contre le front de Baldwin avant d'aller dans la cuisine. Il l'entendit s'affairer et fut frappé par la normalité de la situation. Sa place était ici. Avec Taylor. Il était temps de penser sérieusement à quitter le FBI.

Un cri affreux résonna en même temps qu'un bruit de vaisselle cassée. Il bondit hors du fauteuil et se précipita dans la cuisine.

— C'était quoi, ça ? cria-t-il.

Taylor se tenait dans un coin de la pièce, entre le réfrigérateur et le mur, la main droite sur la crosse de son pistolet et la gauche maintenant le holster de façon à pouvoir dégainer en souplesse. Baldwin regarda autour de lui d'un air affolé, cherchant à découvrir la présence d'un intrus. Taylor était blême, les yeux exorbités. En reprenant son souffle, il constata que personne d'autre ne se trouvait dans la cuisine.

— Il y a quelqu'un dehors ? chuchota-t-il, posant la main sur son arme à son tour.

— Enorme… araignée… évier…, lâcha Taylor entre ses dents.

Baldwin haussa les sourcils avant d'éclater de rire.

— Et tu avais l'intention de la flinguer ?

— Tue-la. C'est tout.

Les bras ballants à présent, elle le fusilla du regard pour avoir osé se moquer de sa frayeur.

— Qu'est-ce que tu ferais sans moi ? dit-il.

Il alla à la porte de derrière, où les journaux s'entassaient depuis une semaine dans un grand panier, prêts à être recyclés. Il prit une feuille, la plia en deux et revint dans la cuisine.

— Je devrais évacuer les lieux, dit Taylor.

Se mordant les lèvres pour contenir son rire, il la regarda.

— Evacuer ?

— Ouais. Aller chercher Sam ou quelqu'un d'autre. Je n'aime pas les araignées.

— J'avais remarqué. Elle est dans l'évier ?

Elle hocha la tête.

— Elle est tombée du plafond… Elle a atterri directement sur l'assiette que je venais de sortir du placard. J'ai balancé l'assiette dans l'évier. Merde, arrête de tergiverser et tue-la, cette sale bête !

Il leva les bras en faisant craquer la feuille de journal dans sa main gauche.

— D'accord, d'accord. Dans l'évier, tu dis ?

— Tu devrais utiliser quelque chose d'autre que ce bout de papier. Je ne plaisante pas, c'est un vrai monstre, cette bestiole.

Baldwin se faufila jusqu'à l'évier et jeta un coup d'œil dedans.

— Eh ben, merde !

— Je te l'avais dit.

Parmi les éclats de faïence blanche se trouvait la plus grosse araignée que Baldwin ait vue depuis un voyage aux Antilles. Il y avait là-bas des araignées des bananeraies pouvant atteindre la taille d'un poing. Mais celle-là était déjà énorme.

Elle faisait la taille d'une petite prune et ses pattes étaient épaisses et velues.

— Je crois que tu lui as fait peur. Elle ne bouge pas. Tu te rends compte que ce serait un rêve pour un entomologiste de tomber sur un tel spécimen. Je n'en avais encore jamais vu d'aussi grosse dans ce pays.

— Ecrase-la, c'est tout ce que je te demande. Et ensuite tu nettoieras l'évier. Je ne veux pas en voir la moindre trace. Merde, qu'est-ce que je déteste les araignées !

Trouvant qu'elle n'avait pas tort à propos de l'insuffisance de la feuille de journal, il sortit de nouveau et ramassa une chaussure de tennis, taille 44.

— Ça devrait faire l'affaire.

Il donna un coup sec dans l'évier, réduisant en bouillie la malheureuse araignée et les débris de faïence.

— Beurk, c'est vraiment répugnant. Mais bon, elle est morte et bien morte.

Il se tourna vers Taylor qui restait immobile dans son coin. Il était stupéfait. Il n'avait pas l'habitude de la voir si effrayée, si vulnérable. Sortant de sa perplexité, il lui lança :

— Chérie, je veux rester avec toi pour tuer toutes les araignées qui te font peur. Pour toujours. A partir d'aujourd'hui. Tu veux…

Le téléphone se mit à sonner, les faisant tous deux sursauter. Taylor regarda Baldwin, mais les mots s'éteignirent dans sa gorge. Le moment était passé.

Baldwin finit par détourner le regard et sourit en changeant de pièce, emportant les restes de l'araignée morte sur la semelle de la chaussure de tennis.

*
* *

En sortant de la cuisine pour se diriger vers l'arrière de la maison, Taylor n'entendit que des bribes de ce que disait Baldwin. Elle sortit son pistolet de son holster et le caressa du plat de la main, comme s'il lui suffisait de dégainer pour en finir avec tous les maux de la planète. Mais ça allait déjà mieux. Elle était encore dure. Encore prête à affronter le monde entier. Elle trouvait étonnant qu'elle se soit montrée si nerveuse, ces derniers jours. Au point qu'une araignée pouvait lui inspirer une terreur mortelle. Elle imagina que c'était ce que devait ressentir Baldwin, lui qui pourchassait un fantôme. Que s'apprêtait-il à dire, un instant auparavant, dans la cuisine ? Quand un homme dit à une femme : « Tu veux… », il n'y a pas cent manières d'interpréter ce qu'il cherche à exprimer, surtout juste après un « pour toujours ». Intéressant.

Elle pénétra dans le bureau, rangea le pistolet dans son coffre à armes, qu'elle ne verrouillait jamais. Personne ne risquait de se blesser par inadvertance avec ce pistolet, à part elle et Baldwin. Elle entendit ce dernier raccrocher simultanément sur les deux téléphones et passa la tête par la porte du salon.

— C'était quoi ?

Baldwin se recroquevilla sur le canapé.

— Tu as surmonté ton traumatisme ? la taquina-t-il.

— Oui. Je vais faire revenir le service de désinsectisation dès que possible. Ils ont dû oublier un coin la dernière fois.

Baldwin évitait son regard et tâchait de ne pas sourire.

— Ouais, ouais, je vais leur demander de venir une fois

par mois. Je n'aime vraiment pas les sales bêtes. Et il va falloir commander quelque chose pour le dîner. Je ne retourne pas dans cette cuisine avant que cette saloperie soit entièrement nettoyée. Bon, maintenant, si tu me disais ce qui se passe ?

Il se passa la main dans les cheveux.

— Pour commencer, Grimes s'est suicidé.

— Tu plaisantes ?

— Eh non. Il était limite depuis le début de cette enquête. Il était effondré parce qu'il avait loupé les poèmes. J'avais demandé à Garrett de se renseigner sur l'origine des fuites. Il s'est avéré que le fils aîné de Grimes est journaliste à New York. C'est comme ça que les médias étaient au courant du déroulement de l'enquête. Grimes racontait tout à son fils. J'aurais dû me douter qu'il n'allait pas bien. Je m'en suis douté, en fait… Je l'ai laissé tout seul en Caroline du Nord, parce que son comportement commençait à nuire à l'enquête. Et il a dû s'en rendre compte. Je me sens vraiment mal à l'aise.

— Tu m'étonnes ! Mais tu sais que ce n'est pas ta faute, Baldwin. C'est une grosse enquête. Il aurait dû s'en retirer de lui-même.

— Il a essayé. Je lui ai dit que ça irait, qu'il surmonterait ses doutes. Je n'aurais pas dû. Mais je ne peux plus rien y faire, maintenant. Je vais parler à sa famille, mais…

Sa voix s'estompa. Il y aurait eu tant de manières de gérer la déprime de Grimes. Il n'était pas près d'oublier ce coup du sort.

— Quoi qu'il en soit, reprit-il, avant de se flinguer, il avait réussi à identifier la fille dont on a retrouvé le corps à Louisville. Une certaine Noelle Pazia, d'Asheville. L'autopsie préliminaire a montré qu'elle est morte d'une crise aiguë d'asthme.

Je parie que le meurtrier l'a enlevée et qu'elle est morte en route, avant qu'il n'ait l'occasion de la tuer lui-même. Si c'est exact, il a dû être furieux de ne pas pouvoir l'étrangler et a dû se mettre immédiatement en quête d'une remplaçante. Je crois qu'il en a trouvé une… Car une nouvelle disparition a été signalée. Ivy Clark, de Louisville. L'agent spécial en chef de Louisville vient de m'appeler pour me dire qu'on avait trouvé un poème dans la voiture d'Ivy Clark. Tu vois que l'après-midi a été mouvementé.

— Du nouveau sur Jake Buckley ?

— Je me suis entretenu avec son patron. Un vrai connard, celui-là. Il prétend qu'il est impossible que Buckley soit impliqué dans les meurtres. Il s'est montré très peu coopératif. Mais une secrétaire m'a refilé en douce l'itinéraire de Buckley.

— Laisse-moi deviner. M. Buckley est allé à Huntsville, Baton Rouge, Jackson, Nashville, Noble, Roanoke et Asheville, au cours de ses déplacements.

Il la regarda, avec stupéfaction. Elle sourit.

— Je viens de faire un brin de causette avec Quinn Buckley. Je lui ai dit que nous aimerions connaître l'opinion de Jake sur les meurtres, étant donné que les victimes ont un lien avec Health Partners. Mais il y a mieux. Il est censé se trouver à Louisville et doit rentrer à Nashville aujourd'hui ou demain. Quinn m'a dit qu'il ne respectait pas toujours son emploi du temps A mon avis, Baldwin, tu devrais poser quelques questions à ce type, et rapidement. Je crois que Quinn est furieuse contre lui. Elle a essayé de le joindre pour lui apprendre la mort de Whitney et elle n'y est pas arrivée. Ça a l'air de coller, tu ne trouves pas ? Il ne sait sans doute pas que Whitney est morte. Je crois que c'est lui, le type qu'on cherche.

— Est-ce que Quinn t'a donné les coordonnées de son véhicule ?

— Bien sûr. Et tu sais quoi ? Il conduit une BMW 740iL, gris métallisé... Voilà le numéro d'immatriculation.

Elle lui tendit une petite feuille de papier.

— Tu veux que j'émette un avis de recherche le concernant ?

— Absolument, Taylor. Et précise bien que la personne recherchée est armée et dangereuse. Ivy Clark se trouve peut-être dans sa voiture. Tu as vu le courriel sur l'ordinateur de Whitney Connolly ? C'est la suite de la première strophe de *La Puce*.

Il récita les cinq vers de mémoire :

« Tu sais qu'on ne peut nommer cela
Péché ni vergogne, ni perte de pucelage ;
Et l'insecte chaste se délecte pourtant
Et s'enfle, gorgée de nos deux sangs,
Ceci, hélas ! est plus que nous n'osons faire. »

— Je ne vois pas très bien ce que le symbolisme de ces vers revêt comme signification, à ses yeux. C'est un gros problème. La poésie, surtout dans cette veine romantique, est un art totalement subjectif. Je peux imaginer que *La Puce* évoque l'acte sexuel alors qu'un autre lecteur peut penser qu'il ne s'agit que d'écraser ou d'épargner un insecte. Tu vois ce que je veux dire. Voilà pourquoi je ne peux même pas me baser sur ces poèmes pour comprendre son psychisme. Mais ce dont je suis certain, c'est qu'il tient à ce que Whitney reçoive ses messages. Je me demande même si ce n'est pas à cause d'elle qu'il s'est mis à tuer.

Taylor lui caressa la nuque.

— Laisse-moi lancer l'avis de recherche. Toi, il faut que tu prennes un peu de repos.

— Tu peux peut-être m'aider à me détendre…

— C'est bien possible…

40.

Confortablement installée sur une chaise longue, Taylor paressait sur une plage chaude et ensoleillée. Les mains en visière pour se protéger de l'éclat du soleil, elle contemplait avec sérénité le mouvement incessant des vagues sur le sable fin. Plus rien au monde ne l'inquiétait. Elle passait de vraies vacances en compagnie de Baldwin. En tournant la tête pour le chercher des yeux, elle eut une vision qui la fit sursauter : deux nains jumeaux, en blazers croisés bleu marine et cravates blanches comme neige, la lorgnaient d'un air mauvais. L'un d'eux tenait un plateau en argent sur lequel était posé un antique téléphone à cadran rotatif. Le téléphone sonna et Taylor chassa les nains identiques d'un geste.

— Je ne prends aucun appel, aujourd'hui, les gars.

Elle voulut changer de position pour se bronzer le dos, mais le nain au téléphone se rapprocha, lui indiquant du regard le plateau. Le téléphone continuait à sonner sans répit, et Taylor finit par tendre la main…

Elle se réveilla et se rendit compte que c'était son propre téléphone qui sonnait ainsi. Elle grogna, se retourna et décrocha en marmonnant un « Allô ! ». Elle tendit l'autre main vers Baldwin mais s'aperçut qu'elle était seule dans son lit. Une voix pleine de zèle se fit entendre dans l'écouteur.

— Lieutenant, c'est le centre d'appel du CJC. On m'a demandé de vous informer qu'une intrusion en cours nous avait été signalée et que votre présence est requise sur les lieux.

— Il y a un mort ?

— Non, madame. Le message qu'on m'a demandé de vous transmettre…

— Alors, fichez-moi la paix. Si personne n'est mort, ce n'est pas à moi de m'en occuper.

— Lieutenant, l'inspecteur Parks se trouve sur les lieux et demande votre assistance. Il a dit qu'il s'agissait peut-être d'un viol et que cela vous concernait.

A ces mots, elle dressa l'oreille. Bob Parks était un ami, et s'il estimait qu'un viol la concernait et demandait son concours alors que ce n'était pas son domaine, cela ne pouvait signifier qu'une seule chose : le Violeur de la Pluie.

Taylor s'extirpa de son lit, coinçant tant bien que mal le téléphone entre son épaule et son oreille pendant qu'elle enfilait un jean. Elle s'aperçut que la télé était allumée — elle vit alors que les nains jumeaux en blazers bleus défilaient sur l'écran dans une grotesque émission publicitaire. Pas étonnant qu'elle ait rêvé d'eux. Et voilà qu'ils lui proposaient d'investir dans des fonds de placement qui allaient lui rapporter des millions de dollars et lui permettre de démissionner de son boulot de dingue.

— Où faut-il que je me rende ? demanda-t-elle.

— Une résidence protégée nommée Middleton, sur Old Hickory Boulevard. Vous connaissez le secteur ?

— Oui, je vois où c'est. Dites aux collègues que j'arrive tout de suite. Prévenez Lincoln Ross et Marcus Wade et dites-leur de me rejoindre là-bas. J'y serai dans dix minutes.

Elle raccrocha, boutonna son jean, enfila ses santiags et son T-shirt. Elle fixa précipitamment son holster à sa ceinture, se regarda furtivement dans la glace et grimaça. Pourvu que cet appel qui la tirait du lit à 3 heures du matin ne soit pas une fausse alerte!

Baldwin somnolait sur le canapé parmi les documents éparpillés sur les coussins et la moquette. Taylor déposa un petit baiser sur son front, lui dit où elle allait et sortit dans la nuit noire. Il crachinait dans l'allée. Merde.

Elle monta dans son 4x4 et posa un gyrophare sur le tableau de bord. Après avoir roulé à toute allure sur Bellevue Boulevard, désert à cette heure de la nuit, elle atteignit Old Hickory en moins de cinq minutes. Elle passa devant le champ de course puis le terrain de golf et repéra un peu trop tard l'entrée de Middleton, illuminée par le gyrophare d'une voiture de police qui stationnait devant. Elle freina doucement afin de ne pas déraper sur l'asphalte humide, fit demi-tour et pénétra dans la résidence. Un policier en faction lui fit signe de s'arrêter. Elle ouvrit sa vitre et le salua d'un geste. L'homme se fit cordial.

— Salut, lieutenant.

— Bonjour. Où est-ce que ça se passe?

— Allez au bout de cette voie puis tournez à droite. Impossible de rater l'endroit, c'est plein de collègues. Qu'est-ce qui vous amène?

Elle ne répondit pas et franchit en vitesse le lourd portail en acier. Les maisons de brique se dressaient de part et d'autre tels des géants silencieux. Les lumières des porches constellaient la nuit. Elle aperçut devant elle les gyrophares bleu et blanc. Elle parcourut la voie privée jusqu'au bout, se gara derrière la camionnette de l'équipe technique et se fraya un chemin parmi la petite foule de curieux pour atteindre le ruban qui délimitait la scène du crime. Elle repéra Bob Parks, dont la silhouette se dessinait sous la lumière d'un réverbère, et le rejoignit.

— Bob, murmura-t-elle à l'oreille de son collègue.

Celui-ci sursauta, se tourna vers elle et lui adressa un sourire en hochant la tête.

— Enfin, te voilà, dit-il. Je savais que tu aimerais voir ça.

Il désigna la maison, une grosse demeure en briques blanchies.

— Qu'est-ce qui se passe ? Le gars du centre d'appel m'a parlé d'une effraction et d'un viol.

— Ouais… Police secours a reçu un appel d'un gosse qui se trouve dans la maison. Il a entendu du bruit au rez-de-chaussée et est descendu voir ce qui se passait. Il a vu sa mère lutter avec un homme masqué. Le type est entré par la porte vitrée de derrière et s'est jeté sur la femme qui dormait sur le canapé. Ce môme est malin, il est retourné tout de suite dans sa chambre et a appelé police secours. Une voiture de patrouille est arrivée sur les lieux quelques minutes plus tard, mais le type avait déjà fini ses saletés et s'était barré.

— Il l'a violée ?

— Ouais. Elle est encore sous le choc, mais elle a réussi à nous dire que le type lui a plaqué un couteau sous la gorge. Tout est allé très vite.

— Et tu crois que c'est le Violeur de la Pluie ?

— Eh bien, il pleut, non ? Et puis le mode opératoire semble correspondre à son profil. Je sais que tu as été chargée de son cas et j'ai pensé que ta présence était nécessaire.

— Le gosse, il va bien ?

— Ouais, lui, ça va. Un peu secoué, mais il a peut-être sauvé la vie de sa mère…

— Merci pour ces précisions. Je ne vois pas bien ce que je peux faire, mais tu as eu raison de m'appeler. Lincoln et Marcus ne vont pas tarder. On va interroger la victime, voir si on ne peut pas en tirer plus de détails utiles. Ensuite, il faudra l'emmener à l'hôpital pour un prélèvement et pour s'assurer de son état de santé. Nos gars sont en train de fouiller les alentours ?

— Oui, avec des chiens. La victime a dit que son agresseur est reparti par la porte de derrière, au moment même où les sirènes se faisaient entendre. Il y a un bois derrière la maison, qui donne sur le parking d'un temple presbytérien.

Taylor scruta la nuit vers le nord.

— Tu as envoyé des hommes sur ce parking ? Il s'est peut-être garé là, avant de faire le reste du chemin à pied.

— Ouais. On y a pensé. Mais aucun signe de lui jusqu'à présent. Comme je t'ai dit, je pensais que tu aimerais savoir ce qui se passait.

Taylor lui effleura le bras.

— Merci, Bob. Tu as bien fait. Pendant que tu fais ce que tu as à faire, je vais attendre Lincoln et Marcus avant de te rejoindre dans la maison.

Parks la salua d'un hochement de tête et se dirigea vers la demeure. La foule commençait à grossir, avide d'assister au spectacle. Des femmes en peignoir de bain et des hommes en pantalon de survêtement formaient une haie et tendaient le cou pour voir ce qui se passait. Taylor se souvint d'un soir où, adolescente, elle avait assisté à l'incendie d'une maison voisine de celle de ses parents. Il lui avait semblé que le voisinage tout entier s'était rassemblé dans la ruelle pour voir le bâtiment partir en fumée. Les gens étaient attirés par la tragédie comme des papillons de nuit par la lumière.

Par réflexe professionnel, elle se mit à scruter les visages un par un. Aucun d'entre eux ne lui parut suspect. Les traits tirés, les regards angoissés, tous les hommes présents dans la foule lui semblaient avoir été tirés de leur sommeil par le vacarme des sirènes. Elle secoua la tête et perçut le bruit d'un moteur qui approchait.

Au volant d'un véhicule de fonction, Lincoln Ross se gara derrière le 4x4 de Taylor. Le règlement interdisait aux policiers d'intervenir sur une scène de crime dans leurs véhicules personnels. Il avait donc trouvé en vitesse une voiture banalisée et avait foncé vers la résidence. Marcus était sur le siège du passager. « Braves garçons », pensa Taylor. Alors qu'elle allait à leur rencontre, une ombre attira son attention. Elle regarda vers la droite, persuadée d'avoir vu quelqu'un se faufiler le long du mur latéral de la maison. Elle se dirigea vers celui-ci, lentement pour ne pas avoir l'air de poursuivre qui que ce soit, mais bien décidée à trouver ce qu'elle avait cru apercevoir.

Lincoln et Marcus se joignirent à elle et ils avancèrent tous trois vers le coin de la maison, plongé dans l'obscurité. Lincoln lui chuchota dans le creux de l'oreille :

— Tu as vu quelque chose?

— Je ne sais pas, murmura-t-elle. Il m'a semblé voir

quelqu'un par là. J'ai vu une ombre se déplacer furtivement. Mais c'est peut-être mon imagination…

— Et peut-être pas, marmonna Marcus.

Il ouvrit son holster, posa la main sur son arme. Taylor et Lincoln l'imitèrent aussitôt.

Ils étaient à trois mètres de la maison. Par-delà le parfum musqué de l'herbe mouillée, Taylor crut sentir une légère odeur d'essence. Elle s'immobilisa à mi-chemin du mur et se tourna vers Lincoln.

— Tu sens ce que je sens ?

— Non, rien du tout.

— De l'essence, dit Marcus. Comme dans un garage.

Ils échangèrent un regard horrifié, partageant aussitôt la même pensée. Est-ce que quelqu'un essayait de mettre le feu à cette maison ? Oubliant toute prudence, Taylor se précipita vers l'endroit d'où provenait l'odeur. En tournant au coin de la demeure, elle aperçut la chaussure d'un homme qui franchissait le mur d'enceinte de la résidence.

— Le voilà ! cria-t-elle en courant vers le mur.

Elle arriva une fraction de seconde trop tard pour empoigner la cheville du fugitif.

— Merde, il a passé le mur d'enceinte. Parks ! hurla-t-elle. Parks, ramène-toi avec tes chiens ! Il a franchi le mur !

Puis elle prit son élan et bondit par-dessus le mur. Elle atterrit brutalement de l'autre côté, le souffle coupé pendant un instant. Elle entendit des bruits de pas et des jurons. Lincoln et Marcus l'avaient rejointe.

— Ça va, lieutenant ? demanda Marcus en l'aidant à se relever.

— Ouais, ouais. Allons-y. Il est parti par là, répondit-elle en désignant le bois touffu et sombre.

Lincoln et Marcus allumèrent leurs lampes de poche. Ils entendirent quelqu'un se frayer un chemin dans les broussailles. Des chiens aboyaient non loin de là, des hurlements déchiraient la nuit. Taylor se rua sur la piste du fugitif.

Des branches lui cinglèrent le visage et elle dut tendre le bras gauche pour s'en protéger dans sa course. La silhouette du fugitif n'avait qu'une quarantaine de mètres d'avance sur eux. Le terrain était semé d'embûches et Marcus trébucha sur une racine, perdant dans sa chute sa lampe de poche. Ils n'avaient plus que celle de Lincoln pour se repérer. Puis, soudain, ils se retrouvèrent hors du bois et se mirent à courir dans un champ. Taylor pouvait voir l'homme qui détalait devant elle. Il commençait à fatiguer et courait moins vite à présent. Taylor gagnait du terrain et entendit les aboiements d'un chien policier qui se ruait vers elle. Elle ne voulait pas être prise pour le suspect par le chien — il ne ferait aucune différence lorsqu'il se mettrait à mordre.

Elle accéléra, allongea sa foulée au maximum. L'homme était à deux mètres, un mètre d'elle… Elle bondit et l'étreignit, le faisant trébucher. Il se débattait et distribuait à l'aveugle coups de pied et de poing en hurlant. Lincoln survint alors et plaqua l'homme aux jambes, lutta avec lui en essayant de l'immobiliser. L'homme dégagea son bras de l'emprise de Taylor, la frappa de toutes ses forces et elle vit soudain trente-six chandelles. L'impact du coup de poing projeta la tête de Taylor en arrière et elle faillit lâcher prise. Mais Marcus les avait rejoints et, avec son aide, ils parvinrent à maîtriser le fugitif. Ils le firent rouler sur le ventre et lui passèrent les menottes. Taylor put enfin respirer, prenant aussitôt conscience d'une extrême douleur au visage.

Le berger allemand se tenait à un mètre de là, grondant furieusement. La cacophonie des cris et des aboiements étouffait presque les hurlements du suspect.

— Lâchez-moi, bande de porcs ! J'ai rien fait. Foutez-moi la paix, enculés !

L'homme ne pouvait que se tortiller lamentablement sous le poids combiné de Lincoln et de Marcus.

Le maître-chien les rejoignit et lança un ordre à son molosse. Le berger allemand aboya une ou deux fois avant de s'immobiliser en grognant, le museau dégoulinant de pluie. Quatre autres hommes survinrent et Lincoln roula sur la droite pour leur permettre d'accéder au suspect. Marcus se releva en soulevant ce dernier. Les policiers hurlaient des ordres contradictoires en bousculant l'homme. Taylor s'accroupit, essayant de reprendre son souffle.

— Je vous dis que j'ai rien fait ! C'est une bavure ! Laissez-moi partir, merde !

— C'est bien lui ? demanda-t-elle.

Le vacarme se calma à ces mots.

— On l'a enfin chopé, ce fils de pute ? reprit-elle.

L'homme était fouillé au corps tandis que pleuvaient les réponses affirmatives.

— Y a un masque de ski, là.

— Et un couteau.

— Il a de la corde dans sa poche. Ta gueule, sale bâtard ! T'es fait comme un rat.

Taylor se leva et se dirigea péniblement vers l'homme qui continuait à se débattre. Lorsqu'il la vit il cessa de remuer et lui adressa un sourire de dément. Taylor avait très mal à l'œil, au crâne et elle ne sentait plus ses jambes à force d'avoir couru. Mais il semblait bien qu'elle avait réussi à coincer l'homme qu'elle traquait depuis le viol de Betsy.

Plusieurs lampes de poche étaient pointées vers lui, ce qui donnait assez de lumière pour un premier examen de sa personne. Elle l'examina brièvement. Il portait un pantalon noir et un T-shirt de la même couleur. Il était maigre, tout en nerfs et pourvu d'avant-bras musculeux. Il était chaussé de bottes de l'armée noires.

— Ma parole, on dirait un vrai ninja… Comment tu t'appelles ?

— Va te faire enculer.

— Sympa. Vous avez trouvé ses papiers ?

Un policier le palpa de nouveau et s'esclaffa.

— Il a son portefeuille dans la poche arrière de son froc. Quel abruti !

Le policier tendit le portefeuille en cuir marron à Lincoln qui l'ouvrit et en extirpa le permis de conduire de l'homme.

— Bien joué, Norville. Les gars, je voudrais vous présenter Norville Turner. Norville, voici les personnes grâce à qui ta vie va devenir un enfer.

Il adressa un regard à Taylor en secouant la tête pendant qu'elle ajoutait :

— Venir avec son portefeuille. Faut le faire !

— Je suis innocent. Vous n'avez aucune preuve, sales flics.

Turner se remit à se débattre mais fut prestement maîtrisé.

Taylor plongea son regard dans le sien. Elle scruta le fond de ses yeux. Elle se rendit compte qu'il était hors d'état de nuire pour longtemps. Elle fronça le nez. Il sentait l'essence.

— Ferme-la, Norville. Ta braguette est ouverte, espèce de crétin.

Il tendit le cou et lui cracha au visage.

— Sale pute, qu'est-ce que tu branles ? J'ai rien fait, je te dis.

Taylor s'essuya la joue, furieuse. Les policiers se remirent à malmener Norville qui se débattait de plus belle, mais elle resta impassible, attendant patiemment que ça se calme. Lorsque la mêlée eut enfin cessé, elle lui adressa un large sourire. Puis elle donna de l'élan à son bras droit et lui expédia de toutes ses forces un coup de poing en pleine mâchoire. La tête de Norville bascula en arrière et ses genoux fléchirent. Les policiers lancèrent des cris de joie et s'esclaffèrent. Marcus et Lincoln vinrent entourer Taylor.

— Quand il se réveillera, dites à ce salaud qu'il est en état d'arrestation.

Les mains tremblantes, elle tourna les talons et quitta les lieux, queue-de-cheval au vent.

Taylor traversa le bois en compagnie de Marcus et de Lincoln. Elle avait des élancements dans la tête et elle n'y voyait plus très clair de l'œil droit. Elle se sentait merveilleusement bien.

De retour devant la maison où avait eu lieu le viol, ils constatèrent que l'agitation était à son comble. Des voitures de police supplémentaires stationnaient dans la rue, une ambulance était garée en diagonale dans l'allée du domicile de la victime, les gyrophares illuminaient la nuit. Une camionnette de la télévision était déjà sur les lieux. Taylor consulta sa montre : il était presque 5 heures du matin. Les journalistes allaient pouvoir diffuser la nouvelle en images et en direct aux infos du petit matin.

— Lincoln, Marcus, essayez de joindre Price au téléphone et racontez-lui ce qui vient de se passer. Moi, je vais aller m'entretenir avec la victime, pour voir si elle tient le coup. Il faut aussi que vous vous occupiez des formalités de la garde à vue. Ensuite, j'aurais besoin d'un jeu de cinq photos de visages ressemblant à celui du suspect. En y ajoutant la sienne, on pourra vérifier si la victime peut l'identifier. Le masque de ski a pu glisser. De toute façon, il faudra suivre la procédure habituelle. Je compte sur vous pour me faciliter la tâche.

— Pas de problème, chef. Je vais appeler pour avoir un jeu de photos réglementaire. Je suis sûr qu'on n'aura pas de mal à trouver cinq photos de types qui ressemblent à cette ordure.

Marcus lui prit le bras et se pencha vers elle pour l'examiner.

— Dans deux heures, vous allez avoir un sacré cocard…

Taylor se palpa doucement le visage. En grimaçant de douleur, elle décida de ne plus se regarder dans la glace ces prochains temps.

— Ouais, eh bien, ce sont les risques du métier…

Lincoln lui tendit une poche de glace artificielle qu'il avait trouvée dans l'ambulance.

— Tenez, appliquez donc ça. Vous avez encore besoin de nous ?

— Non, merci, ça ira. Retournez en ville vous occuper de la procédure.

Elle leur donna congé d'un hochement de tête. Tandis qu'ils s'éloignaient, elle se dirigea vers la maison en plaquant la poche de glace contre son œil meurtri et en tâchant de ne pas remuer la tête. Cela faisait longtemps qu'elle n'avait pas pris un coup au visage et elle avait oublié que ça faisait si mal.

Brian Post sortait de la maison lorsqu'elle atteignit la porte d'entrée.

— Salut, lieutenant. Ça fait plaisir de te voir. On m'a dit que tu avais chopé ce salaud toute seule.

Taylor ôta la poche de glace de son visage. Post émit un long sifflement.

— Oh ! la, la ! Quel cocard ! Ça va aller ?

— Je me porte comme un charme. Comment va la victime ?

Il regarda d'un air perplexe ses cheveux trempés.

— Il te faudrait une serviette.

— Non, ça se calme.

— Bon. Je t'accompagne à l'intérieur.

Ils marchèrent en bavardant. L'adrénaline les tenait tous éveillés. Dans quelques heures, ils seraient épuisés mais, pour l'instant, ils étaient pleins d'énergie.

— Quand on a reçu l'appel, j'ai eu le plus grand mal à persuader Betsy de rester au lit. Elle voulait se pointer ici pour interroger elle-même la victime. J'ai failli la menotter pour l'empêcher de venir.

— Je la reconnais bien, là, dit Taylor en souriant malicieusement. Je n’en attendais pas moins d’elle. C’est une battante.

L’intérieur de la demeure était illuminé comme un arbre de Noël. Toutes les lampes de la maison étaient allumées. Sans prêter attention au décor, Taylor alla tout droit vers une brune, emmitouflée dans un drap blanc. « Bien », se dit Taylor. C’était la règle en cas de viol : la recouvrir d’une étoffe pour être sûr qu’elle ne contamine ou ne perde le sperme de son agresseur avant d’être emmenée à l’hôpital pour les prélèvements d’usage.

La femme leva un œil vitreux vers Taylor.

— Qui êtes-vous ?

— Lieutenant Taylor Jackson, pour vous servir. Je voulais vous voir avant qu’on ne vous emmène à l’Hôpital Baptiste. Ça va ?

— Moi, c’est Nancy. Nancy Oldman. Je… Eh bien, non, ça ne va pas. Mais ça ira mieux, bientôt. Un policier m’a dit que vous aviez arrêté ce type. Le type qui… qui m’a violée ?

Le petit menton pointu de la victime se souleva d’un millimètre. Il lui restait encore un peu de force.

— Nous avons eu une altercation avec un homme, juste de l’autre côté du mur d’enceinte. Vous pouvez me décrire votre agresseur ?

Nancy renifla bruyamment, des larmes perlèrent un instant au coin de ses yeux.

— Je n’ai pas vu son visage. Il portait un masque de ski noir. Mais il puait. Comme une odeur d’essence… Il a été rapide : il m’a coincée, m’a renversée sur le canapé et tout est allé très vite. Je ne sais pas quoi ajouter. Ça m’a semblé n’en plus finir, mais je sais bien que ça n'a pas duré si longtemps que ça. Je veux dire…

Elle se mit à bafouiller puis se tut pour inspirer profondément.

— Mais vous êtes blessée, reprit-elle. Vous vous sentez bien ?

Taylor se baissa pour regarder Nancy dans les yeux.

— Moi, ça va. Nancy, on va avoir besoin de votre coopération. Etes-vous disposée à témoigner contre l'homme qui vous a fait ça, une fois qu'il sera en garde à vue ?

Le menton se souleva d'un autre millimètre.

— Oui, je témoignerai.

— Bravo. L'inspecteur Post va vous accompagner à l'hôpital. Vous êtes formidable, Nancy. Nous aurons bientôt un nouvel entretien, si vous n'y voyez pas d'inconvénient.

Taylor lui tapota le genou maladroitement, faisant crisser l'étoffe.

Elle salua Post d'un sourire et sortit de la maison. Elle avait besoin d'un bon bain chaud et d'un antalgique, histoire d'atténuer la douleur. Mais, au préalable, une nouvelle épreuve l'attendait : essuyer le feu roulant des questions de la presse.

Dès qu'elle eut franchi le portail de la demeure, le chahut commença. Les journalistes se bousculèrent furieusement pour approcher d'elle. Elle s'immobilisa, leva les mains. Des projecteurs braqués sur son visage l'aveuglèrent pendant un instant. Elle entendit une femme lâcher un cri de surprise. Elle ne put déterminer laquelle exactement mais en déduisit qu'elle devait avoir l'air bien esquintée. S'efforçant de reprendre allure humaine, elle se passa la main dans les cheveux et en fit tomber une feuille de chêne. Elle réprima un rire nerveux. La sauvageonne était sortie de la jungle pour s'adresser à la presse.

— Je ferai juste une brève déclaration, dit-elle.

Et les murmures cessèrent dans la petite foule des journalistes.

— Nous avons arrêté un homme de race blanche pendant qu'il fuyait la scène de cette intrusion domiciliaire, et nous l'avons placé en garde à vue. Il est possible qu'il soit l'auteur de ce viol. Je suis sûre que le porte-parole de la police aura d'autres informations à vous fournir, plus tard dans la matinée. Merci.

Elle se tourna pour se diriger vers son 4x4, sous les interpellations des journalistes.

— Lieutenant, est-ce que c'est un coup du Violeur de la Pluie ?

— Vous avez fini par arrêter ce violeur en série ?

— A-t-il été emmené pour comparaître devant un juge ?

— Vous a-t-il frappée, lieutenant ?

Elle décida de répondre à cette dernière question. Elle se tourna vers la meute et tenta de cligner des yeux, mais son œil ne fonctionnait pas normalement.

— Au minimum, il sera mis en examen pour voies de fait sur un policier dans l'exercice de ses fonctions.

Elle leur adressa un sourire, monta dans son 4x4 et se mit en route vers chez elle. Après une nuit de travail bien remplie.

41.

— Nom de Dieu, Ellie, arrête un peu ! Il faut que je reprenne la route et que je rentre chez moi. Ma femme va m'assassiner si je ne rentre pas dare-dare.

Pour toute réponse, la brune sourit et se laissa glisser le long de son corps. Il sentit la chaleur de sa bouche et la masse de cheveux sombres se mit à osciller, de plus en plus vite. Pourquoi se refuser un dernier plaisir, se dit-il, avant de regagner ce monde frigide qu'était sa famille ? Il ne parvenait pas à se souvenir de la dernière fois où sa femme s'était trouvée dans la position d'Ellie. La simple pensée de Quinn à genoux, en train de le sucer, suffit à le faire éjaculer. Ellie sursauta en lui adressant un regard mauvais.

— Excuse-moi, Ellie. J'ai pas pu me retenir. Désolé, dit-il pendant qu'elle allait dans la salle de bains pour se rincer la bouche.

« Les femmes, songea-t-il, toutes les mêmes. »

Il ferma sa braguette et se redressa. Du haut de son mètre quatre-vingt-quinze, il se regarda dans le miroir et constata que ses cheveux blond-roux étaient décoiffés. Il se peigna hâtivement avec les doigts et remarqua la tristesse de son propre regard. Il ne pouvait plus se rappeler depuis quand il se sentait mieux dans une chambre d'hôtel avec une quasi-inconnue que chez lui avec sa femme et ses deux enfants — mais enfin, c'était devenu la norme. Chaque fois, cela le prenait quand il avait terminé l'une de ses visites professionnelles mais ne souhaitait pas rentrer chez lui tout de suite. Il préférait s'attarder avec une représentante en matériel médical ou accepter l'invitation à dîner d'une responsable du marketing — et c'était d'ailleurs ainsi que son adultère en série avait commencé.

C'était amusant, au début. Cela le flattait de coucher avec des femmes qui s'offraient à lui et le cajolaient, même s'il savait bien que c'était dû au fait qu'il était leur supérieur et qu'elles cherchaient à tirer avantage de leurs charmes. Mais, après que Quinn eut découvert le fameux rouge à lèvres sur son col de chemise (sauf que, dans son cas, c'était sur son caleçon), tout espoir de réconciliation avec son épouse l'avait abandonné. Ils continuaient d'habiter dans la même maison, élevaient ensemble leurs enfants mais s'adressaient à peine la parole, sauf pour donner le change ou par simple politesse.

Il aurait voulu revenir en arrière et se réconcilier avec sa femme. Si seulement il pouvait effacer ce moment où les choses avaient mal tourné! Quinn lui avait confié un secret qui l'avait consterné. Il n'avait pas bien réagi et Quinn avait tout simplement cessé de lui accorder ses faveurs. Il avait essayé de lui faire entendre raison, de la convaincre que sa réaction était due à la surprise et non à la répulsion. Mais elle n'avait rien voulu savoir. C'est ainsi que son exil sexuel avait commencé et, avant qu'il ne puisse y remédier, il était trop tard : son mariage avait tourné au désastre.

Sa compagne sortit de la salle de bains et enfila ses habits moulants. Elle fit glisser une fermeture Eclair le long de sa hanche droite, secoua sa chevelure et le dévisagea d'un air impatient. Il voulut lui dire quelque chose, n'importe quoi — mais ne trouva rien à ajouter. Il était épuisé, voilà tout. Cela faisait des semaines qu'il était sur la route, effectuant une grande tournée du Sud-Est et, tout à coup, il avait hâte de retrouver son épouse légitime.

Ellie demeura face à lui encore quelques instants avant de se rendre compte que son amant d'une nuit n'allait pas lui déclarer sa flamme. Il n'allait pas la prendre dans ses bras pour l'installer dans sa grosse BMW. Elle sortit de la pièce d'un air boudeur tandis qu'il laissait échapper un soupir de soulagement. Tant pis. Elle n'était pas son genre, de toute façon. Et puis il y en aurait d'autres. Pour l'heure, il avait le temps de prendre une douche rapide, de charger la voiture et de boire une bière ou deux au bar de l'hôtel avant de reprendre le chemin de Nashville.

La BMW était garée dans la pénombre, à l'écart des réverbères qui éclairaient le parking de l'hôtel. Sans les clés, c'était plus difficile, mais ce n'était pas un vrai problème. Après s'être assuré que personne ne le regardait, il ouvrit la portière côté conducteur et actionna la tirette d'ouverture du coffre. Il contourna sans tarder le véhicule et ouvrit le coffre. Le vaste espace qui s'offrait à lui le fit sourire. Ce n'était pas la place qui manquait.

Il souleva la moquette et mit au jour une cavité destinée à ranger la roue de secours. Celle-ci n'y était plus car il l'avait enlevée longtemps auparavant afin d'y faire de la place pour entasser toutes les saloperies qui l'accompagnaient dans ses trajets. Ce qui en faisait la cachette idéale. Il posa le sac dans le logement avec délicatesse puis replaça la moquette du coffre par-dessus. Après avoir jeté un dernier coup d'œil aux alentours, il marcha jusqu'au bord du parking, là où il avait laissé la fille. Il la prit dans ses bras, surpris, comme d'habitude par le poids que pesaient ces femelles dès lors qu'elles étaient mortes. Vivantes, elles lui semblaient légères comme des plumes quand il les tenait dans ses bras, mais après qu'elles avaient cessé de respirer, elles devenaient lourdes comme du plomb. Il souleva le cadavre et le balança par-dessus son épaule avant de franchir péniblement, lesté de son fardeau macabre, les quelques mètres qui le séparaient de la BMW. Il la projeta dans le coffre et contempla en souriant son visage blême et sa chevelure abondante. Il ne pouvait rêver mieux. Il avait accompli un sans-faute.

Bon. Il était temps de rentrer à la maison.

42.

Baldwin se passa les doigts dans les cheveux, si nerveusement qu'on aurait dit un punk aux cheveux hérissés. Il avait passé une nuit d'insomnie, incapable de trouver un vrai repos. La mort de Grimes, un tueur sans visage, des corps sans vie avaient troublé ses rêves. Il avait fini par se lever du canapé à 3 heures du matin, juste après le départ précipité de Taylor, pour allumer son ordinateur portable. Il lut et relut ses notes inlassablement, essayant d'articuler les faits entre eux.

Le transport des corps des victimes l'intriguait au plus haut point. Il y avait des délais qui ne collaient pas dans l'emploi du temps de Buckley. A bien y regarder, il était clair que ce dernier avait dû effectuer plusieurs trajets en voiture et non en avion. Bien sûr, les itinéraires d'un homme d'affaires pouvaient changer au dernier moment, Buckley avait pu rater un vol, se retrouver hors délai pour retirer une voiture réservée dans une agence d'aéroport. Baldwin avait demandé aux services techniques du FBI de passer au peigne fin les véhicules que Buckley avait loués à son nom — mais cette démarche mènerait peut-être à une impasse. Les collègues devraient avoir achevé ces vérifications dans la journée.

Il entra dans la cabine de douche, tendit le cou face au jet brûlant et remarqua qu'il était temps de changer le filtre du pommeau de la douche. Cette pensée incongrue interrompit ses cogitations. Alors que la mort et l'horreur rôdaient autour de lui, il s'inquiétait du manque de pression de l'eau.

Il laissa l'eau couler encore quelques minutes avant de fermer les robinets et d'émerger de la cabine de douche. Il voulait une nouvelle maison, avec une baignoire et une douche séparées, mais il ne savait pas trop comment aborder le sujet avec Taylor. Il savait combien elle aimait cette cabane rustique, ce sanctuaire qu'elle avait façonné à sa convenance et où elle l'avait accueilli. Mais l'endroit était un peu exigu pour deux personnes — et carrément insuffisant s'ils se mariaient et faisaient des enfants. Dans ce cas, il leur faudrait une maison plus spacieuse, à moins qu'ils ne fassent dormir leur progéniture au grenier dans des hamacs, tendus au-dessus de la précieuse table de billard de Taylor. Cette idée le fit rire en son for intérieur. Tout ce qu'il savait, c'est qu'il voulait passer le reste de ses jours avec elle et lui donner tout ce qu'elle désirait. Des gosses, une maison, des chiens ou des chats — tout ce qu'elle voulait.

Il espérait seulement qu'elle ressentait la même chose et qu'elle était disposée à recevoir tout cela de lui. Taylor avait du caractère, mais Baldwin était trop amoureux pour imaginer qu'elle refuserait de rester avec lui pour toujours. En tout état de cause, il fallait bien commencer par le commencement, et la demande en mariage venait en premier. Il avait déjà acheté la bague — c'était cette sale affaire qui l'avait contraint à ajourner cette initiative telle qu'il l'avait projetée. Il avait failli parvenir à articuler sa proposition, la veille, après l'intrusion de l'araignée velue dans la cuisine. Résultat : elle l'avait évité avec méfiance tout le reste de la soirée, comme s'il avait été une bombe près d'exploser. Il éclata de rire et se promit qu'à l'instant où ce salaud serait sous les verrous, il trouverait le courage de la demander en mariage. Cette pensée affermit sa résolution et il s'habilla rapidement puis revint dans le bureau.

Jake Buckley ressemblait de plus en plus à un suspect plausible. Un avis de recherche, concernant sa BMW, avait été lancé ; les aéroports avaient reçu des télécopies de sa photo au cas où il tenterait de prendre l'avion. Les employés des gares routières et ferroviaires disposaient également de son portrait. Et pourtant sa présence n'avait été signalée nulle part. Aucune trace d'Ivy Clark n'avait été découverte, non plus. Il consulta sa montre : il était presque midi. Sept filles étaient mortes et une autre venait de disparaître. Il secoua la tête. Certains jours, ce boulot était vraiment stressant. Il savait conserver le recul nécessaire. Mais Grimes n'y était pas parvenu, et Baldwin était attristé par le sort de son défunt collègue. Quoi qu'ait pu en dire Garrett, Baldwin n'aurait pas pu faire grand-chose pour éviter à Grimes de sombrer ainsi. Il pensait cependant qu'il aurait dû voir venir le geste fatal de Grimes. Mais enfin ce n'était pas le moment de se miner à ce sujet. Il restait trop de choses à accomplir.

Baldwin revint à l'essentiel — l'emploi du temps exact de Buckley, les localités où il avait fait étape, afin de déterminer s'il s'était trouvé dans les environs des lieux où les filles avaient été portées disparues. En tant que vice-président de Health Partners, chargé du marketing et du développement du groupe, Jake Buckley voyageait beaucoup, allant d'hôpital en hôpital pour visiter de futures acquisitions ou vérifier le bon fonctionnement de tel ou tel établissement. Sa mission consistait également à évaluer et à réajuster les problèmes de main-d'œuvre et d'équipement que connaissaient les hôpitaux récemment implantés. Ses responsabilités étaient considérables.

Baldwin commença par comparer l'itinéraire officiel de Buckley avec le calendrier des enlèvements et des meurtres. Ce dernier s'était rendu dans chacune des villes où les victimes résidaient, et ce à la même date que leur disparition, et il s'y trouvait encore lorsque les corps déplacés d'un Etat à l'autre y avaient été abandonnés par le tueur. Les deux chronologies coïncidaient donc. Il avait utilisé son propre véhicule pour plusieurs de ces déplacements professionnels, mais, dans certains cas, il avait pris l'avion. Voilà pourquoi Baldwin avait demandé à ce qu'on enquête auprès des agences de location de voitures. C'était plutôt aléatoire, mais il fallait tout vérifier, dans les moindres détails.

Il avait commencé à rassembler ses dossiers lorsque le téléphone sonna. Il consulta l'identité de son correspondant sur l'écran de l'appareil et vit que c'était Taylor. Il répondit d'une voix fatiguée mais souriante.

— Salut, chérie.

— Ça va, tu progresses ?

— Pas vraiment. Je viens de comparer la chronologie des déplacements professionnels de Buckley avec celle des enlèvements et des meurtres. Elles coïncident parfaitement. Et toi, ça va ?

— On a enfin mis le grappin sur le Violeur de la Pluie. C'était ça, le coup de fil de cette nuit. Il est entré chez une femme et l'a violée. Mais on l'a arrêté juste après.

Baldwin perçut de la fierté dans la voix de Taylor.

— Et cette victime que Lincoln et Marcus sont allés interroger ?

— Ah oui, j'ai oublié de t'en parler hier soir. Je peux affirmer avec certitude qu'on a été abusés par les élucubrations d'une femme délaissée. Elle a inventé toute l'histoire pour se venger d'un ancien amant. Elle a puisé assez de détails sur le Violeur de la Pluie dans les journaux pour se faire passer pour une de ses victimes, mais l'empreinte ADN différait de celle qu'on avait trouvée dans les cas précédents. On l'a bouclée pour faux témoignage. Entre-temps, cette ordure a voulu se payer une nouvelle tranche de bon temps. On l'a arrêté alors qu'il fuyait les lieux de son dernier viol. Ça a été super.

— Tu es vraiment une dure. Il n'y a que toi qui puisses trouver « super » une arrestation, la taquina-t-il.

— Quoi qu'il en soit, ce n'est pas pour ça que j'appelle. La chaîne Fox News s'apprête à diffuser une interview conjointe de Tanner Clark et d'une amie d'Ivy. J'ai pensé que tu voudrais la regarder.

— Certainement.

Baldwin se leva et se mit à chercher la télécommande du téléviseur.

— Tu peux me dire où tu as rangé la télécommande de la télé du bureau ? demanda-t-il.

Taylor éclata de rire.

— Ah oui... Je l'ai planquée. Je ne regarde jamais la télé dans le bureau. Excuse-moi.

— C'est pas grave. Ce n'était qu'une simple question... Tu rentres quand ?

— Bientôt, j'espère, sauf événement inattendu. Brian Post est en train d'interroger le violeur. Tu seras là ?

— J'y compte bien, sauf s'il y a du nouveau. Je te ferai un bon petit plat.

— C'est sympa de ta part de me proposer un dîner en tête à tête alors que tu te débats avec cette enquête de merde. Où est passé le flic macho dont je suis tombée amoureuse ?

— Mets-la en sourdine. Je t'en dirai plus quand tu reviendras.

— A vos ordres. Au fait, tu pourrais mettre une poche à glace dans le congélateur ? Ce salopard m'a collé un coup de poing au moment de son arrestation. Je ressemble à une moitié de raton laveur.

— Tu souffres ?

— Je vais très bien, mon cœur. Ça fait des semaines que je ne me suis pas sentie aussi bien…

— Alors, tout va bien. Je t'aime.

Baldwin raccrocha après que Taylor lui eut dit à son tour qu'elle l'aimait. Il se demanda ce qu'il pourrait bien lui cuisiner de bon. Cette femme adorait la nourriture, et son métabolisme lui permettait de manger de tout et en grande quantité sans prendre un gramme.

Baldwin dénicha la télécommande, cachée derrière une fougère en pot sur une étagère de la bibliothèque, et ne put réprimer un petit rire. Il aurait pu jurer que Taylor l'avait cachée juste pour le faire enrager. Il alluma le téléviseur et sélectionna le numéro de canal de Fox News.

Il était pile à l'heure. La présentation de l'interview était en cours et le présentateur du journal télévisé, un blond à lunettes rondes, s'appliquait à fournir des détails de dernière minute aux téléspectateurs.

— La police estime qu'Ivy Tanner Clark pourrait être la

huitième victime du tueur en série surnommé l'Etrangleur du Sud. Ivy a disparu depuis vingt-quatre heures, déjà. Nous sommes en liaison satellite avec son père et sa meilleure amie, en direct de Louisville dans le Kentucky. Monsieur Clark, vous m'entendez bien ?

L'écran se scinda en deux parties et l'image d'un bel homme aux cheveux argentés, chaussé d'une paire de lunettes de soleil Ray-Ban Orb, apparut à côté de celle du présentateur. Les verres polarisés de ses lunettes paraissaient jaunes sous les projecteurs du studio de Louisville. Il ressemblait davantage à un acteur de Hollywood qu'à un père éploré. Vêtu d'un jean délavé, l'homme croisait les jambes, la cheville droite posée à plat sur la cuisse gauche, exhibant ses coûteuses santiags Tony Lama en daim marron. Sa chemise en lin blanc ouverte au col laissait entrevoir une peau bronzée. L'homme suintait le fric et le sexe, il était l'incarnation de l'éleveur de chevaux relooké par Ralph Lauren. A ce spectacle, Baldwin comprit pourquoi Tanner Clark était considéré comme le parrain du monde des courses hippiques.

— Je vous entends très bien.

La voix de l'homme était tonitruante, impérieuse et le présentateur ne put réprimer un sourire. L'interview promettait d'être retentissante.

— Monsieur Clark, poursuivit le présentateur, nous savons que vous êtes persuadé que votre fille a été enlevée par l'Etrangleur du Sud. Pouvez-vous nous dire ce qui vous a mené à cette conclusion ?

— Ma petite fille a disparu et je voudrais supplier son ravisseur de me la rendre. Je suis prêt à verser une récompense de cent mille dollars pour toute information pouvant mener à son retour, saine et sauve, dans sa famille. C'est une fille adorable, elle ne ferait pas de mal à une mouche. Je vous en supplie, relâchez-la.

Il plongea la tête dans ses mains et ses épaules se mirent à trembler. Un bras menu apparut à sa gauche et un travelling arrière permit de découvrir une jeune fille qui le réconfortait. La prétendue meilleure amie, à n'en pas douter.

La fille paraissait jeune, plus jeune qu'Ivy Clark qui avait vingt et un ans, mais les caméras sont trompeuses dans le domaine de l'âge. Aux yeux de Baldwin, elle aurait pu avoir quatorze ans comme le double. La manière dont elle réconfortait Tanner Clark l'amena à s'interroger sur la nature exacte des relations entre l'amie d'Ivy et son papa multimillionnaire. Un montage photo emplit l'écran pendant que l'homme s'effondrait devant les caméras. Ivy à cheval; Ivy en robe de bal; Ivy en jean, santiags et bustier rose, en compagnie d'un jeune homme qui ressemblait étrangement au prince William d'Angleterre.

Le présentateur était comblé par le plan montrant le père éploré, mais le silence s'était fait à l'antenne et il lui fallait poursuivre l'entretien.

— Mademoiselle Simone, c'est bien ça?

— Oui, je m'appelle Serene Simone.

Elle parlait avec un léger accent, que Baldwin prit pour français sans en être absolument certain.

— Je suis la meilleure amie d'Ivy. Elle est comme une sœur pour moi et je voudrais simplement faire écho à la supplique de M. Clark. Tout ce que nous voulons, c'est qu'Ivy nous revienne saine et sauve.

— Pouvez-vous nous en dire davantage sur Ivy, mademoiselle Simone ?

Tandis qu'elle répondait à la question, un nouveau montage apparut à l'écran. Ivy Clark était une fille d'une grande beauté qui avait l'air d'aimer s'amuser. Elle souriait sur tous les clichés et Baldwin remarqua l'éclat d'un petit diamant sur sa narine droite. Sur une photo d'elle en robe dos nu, on apercevait une paire de tatouages sur son épaule. Sur une autre photo prise de derrière, on distinguait un autre tatouage dans le creux de ses reins. Baldwin tira le rapport de disparition du dossier et le posa devant lui pour le lire en détail. Un symbole chinois sur la cheville droite, un petit dragon au-dessus du pubis, une rose sur le cou-de-pied, un papillon sur l'omoplate droite et d'autres symboles chinois sur les reins. On n'aurait aucun mal à identifier son corps si les tatouages étaient intacts.

Il leva les yeux vers l'écran, sans accorder d'attention aux propos lénifiants de Serene Simone, et se concentra sur le visage d'Ivy. Son petit sourire malicieux et son regard coquin lui en apprirent davantage. Cette fille était si pleine de vie qu'on avait du mal à l'imaginer morte. Mais Baldwin savait qu'il était probable qu'elle le soit. Morte et bien morte, comme les autres. Il fallait mettre la main sur Buckley. Merde, pourquoi n'avait-on pas obtenu davantage d'informations sur ce type ?

Mais le temps filait et le présentateur décida de mettre un terme à l'entretien.

— Désolé d'avoir à vous interrompre, mais nous avons déjà dépassé le temps qui nous était imparti. Nous allons passer une nouvelle fois le numéro d'urgence à l'écran. Si vous avez des informations sur l'endroit où se trouve Ivy Tanner Clark, qui a disparu à Louisville dans le Kentucky, appelez ce numéro. On se retrouve après la pub.

Un numéro vert emplit écran, que Baldwin reconnut comme étant celui d'une des lignes du FBI. Ce numéro avait déjà suscité des centaines d'appels ne menant nulle part. Il était temps que ça change, il fallait passer à l'action.

Cent mille dollars, cela pouvait aider, bien sûr. Mais cela pouvait aussi être nuisible, parce que le FBI serait submergé d'appels et aurait à vérifier une multitude de fausses pistes.

Baldwin revint à ses dossiers. Il examina une nouvelle fois la liste des déplacements de Jake Buckley les deux derniers mois. L'homme voyageait aux frais de son entreprise et était passé par plus d'une trentaine de villes au cours du dernier mois. Mais les villes qui intéressaient les enquêteurs prédominaient dans cette liste. Huntsville, dans l'Alabama ; Baton Rouge, en Louisiane ; Jackson, capitale du Mississippi... Retour à Nashville. Ensuite il était parti pour Noble, en Géorgie, puis s'était rendu à Roanoke, en Virginie, puis à Asheville, en Caroline du Nord, et enfin à Louisville. Il était prévu qu'il rentre faire une pause d'une semaine à Nashville. Peut-être qu'il avait arrêté de tuer, peut-être pas... Mais il allait d'abord rentrer chez lui, là où Baldwin espérait le cueillir enfin.

D'ailleurs, selon son emploi du temps, Buckley aurait dû revenir la veille au soir à Nashville. Il n'était pas rentré et c'est pour cela qu'un avis de recherche avait été émis. Et pourtant personne n'avait repéré sa voiture entre Louisville et Nashville. Baldwin se dit qu'il était temps qu'il ait un entretien avec Quinn Buckley. Il avait besoin d'avoir une meilleure idée du personnage auquel il était confronté.

43.

Il creusa la terre aride avec l'insouciance d'un enfant, en chantonnant :

— Un petit, deux petits, trois petits Indiens... Quatre petits, cinq petits, six petits Indiens... Je n'ai pas le septième, ni le huitième petit Indien... Mais ça ira bien, pour l'instant !

Il versa le terreau gras et fertile dans chacun des trous puis s'épousseta les mains et ouvrit un paquet de graines de pissenlit, acheté dans un magasin de jardinage des environs. En semant les minuscules ferments de vie, il se mit à rire. Les pissenlits par la racine... Littéralement... Il savait être si drôle, parfois.

Il se leva, ôta la terre qui collait à ses genoux et empoigna un tuyau d'arrosage à brumisateur. Il ouvrit le robinet et recula pour admirer son nouveau jardin, fraîchement ensemencé. Il le trouva mignon comme tout.

44.

Quinn Buckley commençait à s'inquiéter sérieusement. Jake aurait dû rentrer depuis la veille et il n'était toujours pas là. Le FBI cherchait à le joindre et un avis de recherche avait été lancé dans tout le pays. Or, il ne donnait aucun signe de vie. Elle était assise dans la solitude de sa cuisine vide, sirotant une tasse de thé tiède, en proie à la plus profonde affliction. Elle n'était pas parvenue à contacter son frère depuis plusieurs jours, et elle avait été incapable d'organiser les funérailles de sa sœur. Les enfants étaient partis jouer chez des copains. Elle ne se souvenait pas leur en avoir donné l'autorisation, mais elle avait trouvé un mot laconique de la main de Gabriella lui annonçant que les jumeaux avaient été invités à jouer par des petits camarades du voisinage. Elle se sentait complètement perdue dans sa grande demeure silencieuse et morne.

Elle savait que Jake Buckley était incapable d'avoir tué ces pauvres filles. On pouvait reprocher beaucoup de choses à Jake — c'était indubitablement un fieffé poltron, un mari adultère, un époux lamentable… Oui, il était tout cela. Mais pas un assassin. Non. Et lorsqu'elle avait reçu l'appel de ce John Baldwin, du FBI, elle avait volontiers accepté de le recevoir pour s'entretenir avec lui de « certains aspects » de la vie de Jake Buckley sur lesquels il avait besoin de davantage de précisions. Peut-être la solitude lui pesait-elle, tout simplement… Oui, voilà, elle avait besoin d'un peu de compagnie, de se confier à quelqu'un qui l'écoute et la comprenne.

Elle se rendit dans son bureau, le seul endroit de la maison où elle se sentait vraiment chez elle. La lecture d'un bon livre pouvait lui redonner un peu d'entrain. Aussitôt dans la pièce, elle eut un choc. Au beau milieu de son antre se tenait Reese, son petit frère. Elle sursauta et laissa échapper un petit cri de surprise. Il se contenta de la dévisager et elle lut dans ses yeux une insondable tristesse.

— Mon Dieu, Reese, tu m'as fait une peur bleue ! Comment es-tu entré dans la maison ? Je n'ai même pas entendu la sonnette. Mais ça fait du bien de te voir. Depuis quand es-tu revenu à Nashville ?

Elle se précipita pour l'embrasser. Reese était très grand. Comme Jake, il mesurait près d'un mètre quatre-vingt-quinze. Ses cheveux bouclés étaient bruns, ses yeux bleus comme l'océan. Son menton s'ornait d'une fossette qui rendait son sourire d'autant plus malicieux. Son nez aquilin était finement ciselé et sa large mâchoire attestait de sa force de caractère. Quinn ne put s'empêcher de le contempler, admirative. Il était vraiment beau garçon. Et si jeune, encore. Elle se sentit fière de lui.

— Mon chou, ça fait plusieurs jours que j'essaie désespérément de te contacter.

— Désolé, Quinn. Je t'avais dit qu'il serait difficile de me joindre pendant mon voyage. C'était super. Vraiment super. J'ai appris beaucoup de choses. Je suis rentré tard hier soir. Je n'ai eu ton message que ce matin. Mais pourquoi cherchais-tu à me joindre ?

Quinn ne savait pas comment aborder le sujet. Elle n'ignorait pas que Whitney et Reese n'étaient pas très proches l'un de l'autre. Mais ils appartenaient à la même famille, après tout, et cela comptait, quelque part. Elle lui prit la main et le conduisit vers le siège le plus proche, un énorme fauteuil à bascule en cuir garni de clous décoratifs. Elle l'invita à s'asseoir et s'installa sur une ottomane en velours en face de lui. Elle prit ses deux mains dans les siennes et regarda droit dans ses yeux splendides.

— Mon chou, Whitney a eu un accident. Elle est morte. C'est arrivé… Eh bien, elle était en route pour ici… Je ne savais pas si quelqu'un d'autre avait réussi à joindre un des médecins avec qui tu étais parti. Je voulais te l'annoncer moi-même.

Reese ne réagit pas, et Quinn se sentit désemparée. Il ne pouvait quand même pas la détester à ce point ! Reese lui jeta un regard perplexe.

Quinn lui serra les mains.

— Je sais, mon chou, je sais. C'est affreux. Et ce n'est pas tout. La police a saisi l'ordinateur de Whitney. Il semble qu'elle était impliquée d'une manière ou d'une autre avec ce monstre qui tue des filles dans tout le Sud-Est. Je ne sais pas si tu as entendu parler de ce monstre… Toute la presse en parle. Tu es au courant ? Reese ? Reese ?

Reese fixait le vide sans ciller, le visage pâle comme un linge. Une larme unique perla au coin de son œil droit et coula le long de sa joue blême. Il secoua la tête, incrédule. Quinn se remit à jacasser, rompant le silence gêné.

— C'est vraiment incroyable. Whitney, en relation avec un tueur en série ? Je ne vois pas comment ça pourrait être possible et la police ne me tient pas vraiment informée. Je pense qu'elle avait l'intention de faire un reportage sur cette affaire. Et je sais qu'elle essayait de me joindre en urgence, la veille de sa mort…

Sa voix se brisa et elle dut rassembler ses esprits avant de répéter :

— La veille de sa mort… Oh ! Reese, qu'est-ce qu'on va faire ?

Reese finit par la regarder dans les yeux, tout en retirant doucement ses mains de l'emprise de Quinn.

— Alors, elle ne savait pas ?

— Elle ne savait pas quoi, mon chou ?

Reese se leva et marcha vers la bibliothèque. Il tendit un long doigt fin et caressa nerveusement le dos d'un livre rare, délicatement ouvragé.

— Tout ce travail…, murmura-t-il.

Quinn l'entendit chuchoter, sans comprendre ce qu'il disait au juste.

— Qu'est-ce que tu dis ? Je n'ai pas entendu, mon chou. Tu es sûr que tu vas bien ?

Il se tourna vers elle, arborant un pâle sourire, l'œil luisant.

— Tout mon travail. Elle n'en savait rien.

Il se mit à rire, et Quinn ne sut trop que faire. Certes, le chagrin pouvait prendre bien des formes et, même si elle savait que Reese n'avait pas beaucoup d'affection pour sa sœur, elle trouva que ce rire était une réaction étrange et déplacée à la nouvelle du décès de Whitney.

— Ecoute, Reese Connolly, je ne sais pas ce qui te prend.

Je viens de t'annoncer que ta sœur est morte et tu éclates de rire. C'est quoi, ton problème ?

Il riait de plus belle à présent, il riait aux larmes.

Il fit un pas vers Quinn, l'embrassa rudement sans un mot et quitta la pièce sans cesser de rire. Quinn entendit ce rire s'estomper et la porte d'entrée claquer. Le vrombissement d'un moteur s'ensuivit, puis le bruit d'une voiture qui fonçait dans l'allée.

Elle s'affala dans le fauteuil dans lequel elle était assise avant l'étrange réaction de Reese à l'annonce de la mort de sa sœur. Qu'est-ce que cela pouvait bien signifier ? Quinn secoua la tête. Cela la dépassait complètement. Elle était certaine qu'il ne pouvait pas savoir la vérité, mais peut-être se trompait-elle. Il était possible, après tout, que Reese ait caché son jeu depuis le début.

La sonnette de la porte d'entrée retentit. Elle inspira profondément, se leva et alla ouvrir. Elle trouva sur son perron Taylor Jackson, accompagnée d'un homme qu'elle présuma être l'agent du FBI qui lui avait téléphoné. Taylor arborait un œil au beurre noir et un sourire pincé. L'agent du FBI avait l'air inquiet.

— Entrez, entrez, je vous en prie.

Elle leur fit signe de la suivre dans le vestibule et les regarda attentivement pendant qu'ils franchissaient la porte. Il se passait quelque chose. Mais quoi donc, encore ? La police avait saisi l'ordinateur de sa sœur et recherchait son mari. Son petit frère avait éclaté de rire en apprenant la mort de Whitney. Sa vie se désintégrait lentement et elle n'y voyait aucun remède.

Taylor et Baldwin s'installèrent dans la bibliothèque,

observant Quinn qui voletait autour d'eux comme une plume au vent. Elle finit par s'asseoir en face d'eux puis avala une grande bouffée d'air.

— Je vous en prie, dites-moi tout. Pour quelle raison mon mari est-il recherché par le FBI ?

Baldwin se pencha vers elle, les mains sur les genoux.

— Madame Buckley, nous avons toutes les raisons de croire que votre mari est impliqué dans plusieurs crimes sur lesquels nous enquêtons depuis quelques semaines.

Quinn releva la tête et éclata de rire.

— Laissez-moi deviner : vous pensez que Jake est l'Etrangleur du Sud. Monsieur Baldwin, je puis vous assurer que mon mari n'est pas plus un assassin que je ne le suis. C'est quelque chose qui n'est tout simplement pas possible. Il est incapable de tuer. Il est capable de coucher avec toutes les femmes qui passent à sa portée, ça, c'est incontestable. Mais tuer ? Impossible.

Baldwin ne se découragea pas.

— Madame Buckley, vous n'avez pas l'air de comprendre. Votre mari est passé par tous les endroits où les victimes ont été enlevées, au moment même de leur disparition. Il a également fait étape dans toutes les localités où leurs corps ont été retrouvés après avoir été transportés d'un Etat à l'autre. Cela constitue un indice sérieux susceptible de l'incriminer… Il vous a donné de ses nouvelles, aujourd'hui ?

— Non, aucune. Mais ça ne veut rien dire. Jake est souvent absent plusieurs jours d'affilée sans se manifester. La plupart du temps, je n'ai aucune idée de l'endroit où il peut se trouver…

Sa voix s'estompa. Elle fixa la fenêtre un long moment avant de reprendre :

— Vous parlez sérieusement, hein ? C'est pour ça que vous avez emporté l'ordinateur de Whitney. Vous pensez que c'est Jake qui lui a envoyé ces messages, ces poèmes… Mais pourquoi aurait-il fait une chose pareille ? Jake n'envoie jamais de poème à personne…

Elle s'interrompit, avant d'ajouter d'une voix brisée :

— Du moins, pas depuis longtemps…

Elle ouvrit de grands yeux et s'exclama :

— Ce fils de pute ! Il couchait avec Whitney, c'est ça ? Il lui envoyait des poèmes d'amour, comme à moi, dans le temps… Ce serait un comble. Mais ça serait logique. Mon mari, cet homme parfait, aurait eu une aventure avec ma sœur, si parfaite elle aussi… C'est à mourir de rire, vous ne trouvez pas ?

Baldwin rangea cette information dans un coin de son cerveau avant de tenter de revenir au sujet de leur entretien.

— Madame Buckley, je sais combien ce doit être dur pour vous. Vous venez de perdre votre sœur… Quant à votre mari, eh bien, nous ne savons pas où il se trouve, ni ce qu'il a fait au cours des dernières semaines. J'aimerais que vous me donniez l'autorisation d'emporter quelques effets appartenant à M. Buckley. Nous aimerions procéder à certaines analyses, afin de vérifier…

Quinn s'anima brusquement, crachant des flammes.

— Vous avez perdu la raison ? Vous croyez vraiment que je vais vous remettre quoi que ce soit qui puisse incriminer mon mari ? Revenez avec un mandat de perquisition, monsieur

Baldwin. Je ne vais pas vous aider à piéger mon mari, alors qu'il est innocent.

Taylor intervint.

— Quinn, vous savez aussi bien que moi que ce que vous avez de mieux à faire, c'est de nous laisser emporter quelques objets. Ça pourrait permettre de l'innocenter. Et ça serait plus facile pour tout le monde si vous coopériez avec nous, dès maintenant. Réfléchissez bien, Quinn. Sept jeunes femmes ont été assassinées. Une huitième a disparu. Votre mari est dans la nature, Dieu sait où. Votre sœur est morte alors qu'elle essayait de vous prévenir que vous étiez en danger. Tout semble s'articuler. Aidez-nous. Aidez-nous à aider votre mari.

Quinn secoua la tête en laissant échapper un sanglot.

— Non. Pas question. Maintenant, j'aimerais beaucoup que vous sortiez d'ici.

Elle se leva, les bras croisés, les yeux luisants et gonflés par des larmes de colère qui ne demandaient qu'à couler.

Baldwin et Taylor se levèrent aussi. En se dirigeant vers la porte qui donnait dans le vestibule, ils entendirent une sorte de miaulement. Quinn le perçut aussi et elle se précipita dans l'entrée dallée de marbre. Gabriella, la jeune fille au pair italienne, se tenait près de la porte, la tête entre les mains, effondrée et gémissante. Quinn se radoucit un instant.

— Gabriella, ne vous en faites pas. Tout ira bien. *Sarà tutto il di destra, cara. Non si preocupi.*

Gabriella releva la tête et dévisagea Quinn.

— Non, ça ne va pas du tout. Vous ne pouvez pas comprendre. Il est impossible que le *signor* Buckley ait commis ces actes horribles. J'en suis certaine.

Elle se mit à pleurer à chaudes larmes, laissant échapper un torrent de mots italiens :

— *Sti facendo l'amore con il signor Buckley per parecchi mesi. Siamo nell'amore. Non significo danno a voi. E il mio amante. E il vostro difetto, signora Buckley. Non è di destra voi non lo ama come.*

Gabriella se redressa et Taylor comprit aussitôt la situation : une femme amoureuse. Pas comme Quinn Buckley, qui était résignée mais fière. Cette jeune femme était follement amoureuse de son employeur et elle trouvait bon de le faire savoir à sa femme.

Taylor regarda Quinn. Elle semblait avoir rapetissé de dix centimètres et ses bras croisés étaient encore plus crispés autour de son buste svelte.

— Quinn, qu'est-ce qu'elle vient de dire ? demanda Taylor d'une voix légèrement inquiète.

De femme à femme. Peut-être en apprendrait-on ainsi davantage.

Quinn fixa la jeune fille au pair d'un œil assassin. Elle inspira profondément et finit par réagir, sans quitter Gabriella des yeux.

— Elle a dit qu'elle a eu une liaison avec Jake. Qu'ils sont amoureux l'un de l'autre. Que c'est ma faute, parce que je n'aime pas assez Jake. C'est ça, hein, Gabriella ? Je n'aime pas assez mon mari, alors vous vous croyez autorisée à l'aimer à ma place ? Sortez de chez moi. *Voi poco squaldrina ! Voi sorca !*

Gabriella ouvrit de grands yeux, et Taylor se rendit compte que Quinn avait dû lui adresser une terrible insulte en italien. La fille poussa un petit cri, rejeta ses longs cheveux en arrière et sortit en courant du vestibule.

Quinn s'effondra dans un fauteuil ancien qui paraissait trop frêle pour supporter son poids. Elle avait l'air si menue, si fragile que Taylor ne put s'empêcher de tendre la main pour effleurer son épaule d'un geste qu'elle voulait réconfortant. Quinn se raidit. Taylor ôta sa main.

— Je suis désolée, Quinn. Je sais que c'est dur pour vous, tout ça. Vous êtes sûre que vous n'avez rien d'autre à nous dire ?

Elle prononça ces paroles d'une voix douce et consolante, comme si Quinn avait été un chat apeuré, tapi sous un canapé, qu'elle tentait de faire sortir de sa cachette. Quinn demeura immobile un moment avant de lâcher un profond soupir. Elle avait perdu toute combativité.

— Retournons dans la bibliothèque. Je vais essayer de vous aider.

Le trio revint dans la bibliothèque. Taylor et Baldwin se rassirent dans leurs fauteuils respectifs et regardèrent Quinn qui arpentait la pièce à grands pas. Ils ne l'interrompirent pas lorsqu'elle se décida à parler.

— Ça fait pas mal de temps que notre couple bat de l'aile. Deux ans, en fait. Nous nous sommes disputés de manière vraiment affreuse il y a deux mois, un dimanche soir. Jake se préparait à partir pour un voyage d'affaires… Vous savez qu'il est toujours sur la route, à cause de son travail. Je voulais qu'il reste à la maison. Qu'il préfère rester avec moi plutôt que de partir en vadrouille pour le compte de sa société. C'est là qu'il m'a avoué qu'il me trompait. Il avait couché avec une stagiaire dans une boîte de marketing qui travaille en partenariat avec Health Partners. Cette liaison n'a pas duré. Deux jours, seulement… Je ne savais pas comment réagir.

Quelle femme peut admettre sereinement que son mari ne l'aime plus ? J'ai fait la seule chose qu'il me restait à faire : j'ai constitué un dossier de demande de séparation de corps. J'ai montré ces documents à Jake lundi dernier, dans la soirée. C'est pour ça que je n'ai pas répondu aux appels de Whitney. J'étais en train de dire à mon mari qu'il pouvait me dire adieu ainsi qu'à ses enfants, sa maison et mon argent. Il est parti d'ici furieux et je ne l'ai pas revu depuis.

Baldwin tapota le bras de son fauteuil.

— Il avait une liaison avec une stagiaire ? Vous pouvez nous dire si c'était ici, à Nashville, ou bien dans une autre ville ?

— J'ose croire que Jake a assez de bon sens pour se livrer à ses frasques loin d'ici…

Elle s'interrompit un instant et reprit :

— Mais, bien sûr, je me trompe. Gabriella et Whitney… Sous mon nez… Mon Dieu, que je suis bête !

— Mais non, vous n'êtes pas bête. Ces choses-là arrivent tous les jours, la rassura Baldwin. Je suis désolé d'avoir à insister, mais cette aventure avec cette stagiaire… vous savez où… ?

— Je pense que c'était à La Nouvelle-Orléans, pendant le carnaval ou quelque chose dans ce genre…

— Il a mentionné le nom de son amante ?

— Oh ! c'était un prénom à consonance française, qui commence par un J…

— Jeanette Lernier ? demanda Baldwin.

Quinn fit un geste désabusé de la main.

— Ça se peut bien. Je n'ai pas trop insisté pour avoir des détails croustillants…

Elle se tut, réfléchit un instant et ajouta :

— Attendez, là… Vous connaissiez son nom… C'est que vous saviez déjà qu'il avait eu une liaison avec elle. Comment se fait-il… ? Non je ne veux pas le savoir.

Taylor et Baldwin échangèrent un regard. Quinn avait besoin de savoir. Baldwin inspira profondément et lâcha :

— Jeanette Lernier a été la deuxième victime de l'Etrangleur du Sud.

Quinn baissa la main et ouvrit de grands yeux. Elle commençait à comprendre.

— Mon Dieu, marmonna-t-elle.

Le temps filait. Taylor se racla la gorge avant de dire :

— Jake n'a pas appelé ici, cette semaine ? Aucune nouvelle de lui ?

— Non, lieutenant, aucun signe de vie.

Elle éclata d'un rire nerveux et ajouta :

— Peut-être que je m'y suis mal prise avec lui. J'aurais dû tout lui raconter au moment où on s'est rencontrés. J'aurais dû lui dire la vérité…

— Quelle vérité, madame Buckley ? demanda Baldwin à voix basse.

Elle le dévisagea un instant d'un œil froid avant de détourner le regard.

— La vérité sur ce qui nous est arrivé, à Whitney et à moi, quand on était enfants. La vérité sur le simulacre qu'a été notre vie. Vous devez vous en souvenir, dit-elle à Taylor d'un ton accusateur. Vous devez connaître toute l'histoire, puisque vous êtes dans la police…

A cet instant, le téléphone de Taylor se mit à sonner, les

faisant sursauter tous les trois. Elle fut tentée de le laisser sonner mais savait qu'il lui fallait répondre.

— Je suis désolée, mais il faut que je réponde. Non, je ne connais pas toute l'histoire, Quinn. Les rapports de police et les minutes du procès ne disent pas tout. J'aimerais connaître votre version. Auparavant, il faut m'excuser un instant.

Elle jeta un coup d'œil au numéro de son correspondant. C'était Fitz. Elle décrocha et sortit de la pièce.

— Jackson à l'appareil.

Fitz se mit à parler et Taylor n'en crut pas ses oreilles.

Après avoir raccroché, elle revint dans la bibliothèque. Baldwin et Quinn étaient sombres et silencieux. Taylor inspira un grand coup avant de prendre la parole. La nouvelle qu'elle s'apprêtait à annoncer allait briser la vie de Quinn de manière irrémédiable.

— Quinn, écoutez-moi. J'ai des nouvelles de Jake.

Quinn s'affala avec dignité dans un fauteuil, les mains crispées sur ses cuisses.

— Allez-y. Aujourd'hui, plus rien ne peut m'atteindre.

— Quinn, Jake a été arrêté. Sa voiture a été repérée sur l'autoroute 65, alors qu'il roulait en direction de Nashville. Il y avait…

Sa voix fléchit un instant avant de reprendre de la force.

— … il y avait un corps dans le coffre de sa BMW. Nous pensons qu'il s'agit de celui d'Ivy Tanner Clark, la fille qui a disparu à Louisville hier.

Baldwin se leva d'un bond, prêt à la bombarder de questions, mais elle l'arrêta d'un geste.

— Jake a été transféré au Centre de justice criminelle, dans le centre-ville. L'agent spécial Baldwin et moi-même devons nous y rendre sur-le-champ. Il faut que nous l'interrogions dès qu'il sera placé officiellement en garde à vue. Vous avez compris ce que j'ai dit, Quinn ?

Les lèvres de Quinn crispées et exsangues barraient son visage déconfit d'un trait minuscule. Elle secoua la tête et demanda :

— Dois-je lui trouver un avocat ?

— C'est son droit. Ou bien il peut attendre et se confier à nous. Venez avec nous au Centre, vous prendrez votre décision là-bas.

— Non.

La voix de Quinn n'avait pas semblé aussi ferme depuis le début de l'entretien.

— Non, merde, non. Qu'il crève ! Si c'est lui le coupable, il ne faut pas qu'il compte sur moi pour l'aider.

Elle sortit de la pièce précipitamment et Taylor entendit le bruit de ses pas dans l'escalier. Elle haussa les épaules et se tourna vers Baldwin.

— Il faut qu'on y aille, dit-il. Je veux avoir un petit tête-à-tête avec M. Buckley.

45.

Taylor et Baldwin firent leur entrée au CJC d'un pas léger. Après une journée effroyable, L'Etrangleur du Sud semblait être tombé entre leurs mains, grâce à du bon travail de police — et à un peu de chance. Sans parler de l'enquête sur le Violeur de la Pluie, qui s'était également conclue par l'arrestation du principal suspect. Taylor se sentait grisée par le succès : son nom allait être lié à l'arrestation de deux criminels tristement célèbres dans le pays tout entier. Au-delà des perspectives de carrière que ces prouesses lui ouvraient, mais qu'elle ne recherchait pas, elle éprouvait toujours davantage de satisfaction à l'égard de son travail lorsque les événements lui souriaient.

Ils traversèrent en bavardant le hall d'entrée du CJC pour se rendre dans les locaux de la brigade des homicides. Là, ils tombèrent sur Lincoln, Marcus et le capitaine Price qui les attendaient en faisant grise mine.

— Qu'est-ce qui vous arrive, les gars ? A voir vos têtes, on dirait que la fête est finie, alors qu'elle ne fait que commencer. Où est Buckley ?

Taylor jeta un coup d'œil vers les salles d'interrogatoire et constata que l'une d'entre elles était éclairée. Jake Buckley, l'Etrangleur du Sud, se trouvait derrière la porte. Elle sentit une vague d'excitation lui parcourir le corps.

Ce fut Price qui répondit, l'air morose :

— Il réclame son avocat. Il ne sait rien dire d'autre qu'avocat, avocat, avocat… Mais il a besoin d'un téléphone pour l'appeler, son avocat, et, euh… on n'a pas encore dégoté de téléphone en état de marche…

— Bien joué, capitaine. Vous devriez nous laisser essayer de le convaincre de parler. Sa femme nous a fourni pas mal d'informations sur ses infidélités. On va voir si le remords peut l'inciter à se montrer plus loquace.

— C'est pour ça qu'on vous attendait. Allez-y. Mais s'il insiste encore pour appeler son avocat, on sera obligés d'accepter. D'ailleurs, ça ne m'étonnerait pas qu'il y en ait un qui se pointe d'un moment à l'autre. Vous étiez avec sa femme quand on a appelé, pas vrai ? Elle est peut-être en train d'en appeler un en ce moment même.

Baldwin secoua la tête.

— Je ne crois pas que Quinn Buckley soit disposée à se décarcasser pour venir en aide à son mari, en ce moment. Cette dame est très contrariée.

— Bon, alors, d'accord, tentez le coup. Le corps a été transporté à l'institut médico-légal. « Réduit en lambeaux », selon l'expression du policier qui a procédé à l'arrestation.

— Réduit en lambeaux ? demanda Taylor en se tournant vers Price.

— Apparemment, elle a été lardée de coups de couteau et égorgée. Deux fractures ouvertes. Massacrée, quoi.

— Et les mains ? demanda Baldwin.

— Intactes. Ça ressemble à un meurtre frénétique. Il se

peut qu'il ait été interrompu avant de pouvoir l'amputer. Et qu'il ait décidé de charger le corps dans le coffre de sa voiture et de se tirer vite fait. Je ne sais pas. Et voici une autre bonne nouvelle : on a trouvé un sac dans le logement de la roue de secours, sous la moquette du coffre. Toute la panoplie du meurtrier. De la corde, de la bande adhésive, un couteau des commandos de l'armée, des scalpels... Les techniciens sont en train de répertorier tout ce matériel. Il y a des empreintes en pagaille dans ce sac. Et puis regardez ça.

Price tendit à Taylor une chemise verte. Baldwin regarda par-dessus son épaule pendant qu'elle tournait les pages que le dossier contenait. Sur la première photo figurait le corps ensanglanté d'Ivy Clark, étendu dans le coffre de la BMW. En feuilletant le dossier, Taylor s'arrêta sur la photo d'un sac de voyage. Un sac en cuir noir banal, plein à craquer d'ustensiles de mort.

Price eut un sourire amer et précisa :

— Tout était là-dedans. Mais ce n'est pas tout. Regardez ces gros plans.

Elle passa à la photo suivante. On y distinguait très nettement un monogramme, frappé dans le cuir du sac et formé des initiales J-W-B en lettres dorées. Taylor secoua la tête d'un air stupéfait.

— Son nécessaire d'assassin personnel avec son propre monogramme. C'est pratique. Bon, il faut que je le voie, ce lascar. On va voir ce qu'on peut en tirer.

Elle échangea un regard avec Baldwin en lui demandant :

— Prêt ?

— Plus que jamais.

— Allons-y, alors.

Price désigna la porte de la salle d'interrogatoire.

— On sera de l'autre côté de la glace sans tain. Bonne chance.

Taylor ouvrit la porte et fit irruption dans la pièce. Elle était plutôt petite et pouvait à peine contenir une table et quatre chaises. Les murs blafards étaient peints en bleu pâle et ornés d'un unique miroir. Elle donna le temps à Price et aux autres de s'installer de l'autre côté de ce miroir tandis que Baldwin s'asseyait face à l'homme au regard hagard. Taylor le dévisagea. Il avait à peu près le même âge qu'elle, dans les trente-cinq ans, mais son aspect débraillé ajoutait une dizaine d'années à ses traits émaciés. Il était mal rasé, ses cheveux étaient hirsutes. Une tache de sang maculait le coin de sa bouche. Taylor estima qu'il y avait là l'occasion d'une bonne entrée en matière pour le pousser à parler. Elle consulta Baldwin du regard, et celui-ci l'approuva d'un hochement de tête. Elle menait la danse, à présent. Il n'interviendrait dans l'interrogatoire que si cela s'avérait nécessaire.

Les yeux luisants de haine, Jake Buckley la regarda pendant qu'elle s'installait. Il avait soudainement l'air moins abattu qu'un moment auparavant. Taylor prit un air indigné, sortit de la pièce et revint avec une boîte de pansements. Elle lui en tendit un qu'il accepta et colla contre sa lèvre.

— On dirait que vous avez été un peu rudoyé, monsieur Buckley. Vous m'en voyez désolée. J'espère que tout ça n'est qu'un fâcheux malentendu et qu'aucun de nos collègues n'avait vraiment l'intention de vous faire du mal. Quoi qu'il en soit, ce n'était pas très professionnel de leur part, et j'en parlerai avec le policier qui vous a arrêté… Et je veillerai à ce que ça figure dans le dossier. Qu'en dites-vous, monsieur ?

Il leva les yeux vers Taylor qui crut y discerner une lueur d'arrogance. Le terme « monsieur » l'avait remis en selle. Il était riche et influent — et il méritait d'être traité avec respect, nom de Dieu ! Cela lui convenait parfaitement d'être interrogé par une femme soumise. Taylor s'y prenait à merveille.

Elle s'appuya contre le mur en souriant, les bras croisés.

— Bon, monsieur Buckley, vous voulez boire quelque chose ? Un café ? Un soda ? Un peu de glace, peut-être, pour appliquer sur cette plaie ? On dirait que c'est en train d'enfler.

Buckley la dévisagea.

— Un café. Sans lait, avec deux sucres. La glace ne sera pas nécessaire. On dirait que c'est plutôt vous qui en auriez besoin.

Taylor ignora la raillerie à propos de son œil au beurre noir.

— Pas de problème, monsieur Buckley. Je vais aller vous chercher un peu de café.

Elle sourit de nouveau, rassurante comme une copine et non menaçante comme un flic.

Dès qu'elle eut mis un pied au-dehors de la salle d'interrogatoire, Lincoln vint à sa rencontre, une tasse fumante à la main. Elle lui lança un clin d'œil puis revint dans la pièce.

Elle tendit la tasse Buckley à puis s'assit en face de lui, à côté de Baldwin, mais veilla à se distancier de ce dernier en écartant sa chaise de quelques dizaines de centimètres.

— Voilà, monsieur Buckley. Je suis vraiment navrée que vous vous retrouviez dans cette situation. On m'a prévenue que vous refuseriez de me parler, mais j'aimerais beaucoup entendre votre version de ce qui vous est arrivé. Dites-moi donc comment vous avez été blessé à la lèvre. C'est un policier qui vous a fait ça ?

— N'allez pas vous imaginer que je ne vois pas clair dans votre jeu, ma petite dame, lui dit Buckley d'un ton hargneux. Vous essayez de me faire avouer quelque chose dont je ne sais absolument rien. Tout ce que je sais, c'est qu'un flic m'a demandé de me garer sur le bord de la route, qu'on m'a traîné hors de ma voiture sans ménagement, que j'ai été frappé par un des héros exemplaires de la police de Nashville et qu'on m'a amené ici. Merde, vous vous prenez pour qui ? Je vous promets que je vais tout faire pour vous faire virer, tous tant que vous êtes.

Il lui lança un regard noir, à la fois hostile et arrogant. Taylor vit alors en lui un tueur, et cette pensée lui glaça les sangs. Elle faillit renoncer à son rôle du bon flic et jeter à la face de ce salopard tout ce qu'elle pensait vraiment de lui. Mais elle s'en garda bien et se contenta de hocher la tête en croisant les jambes.

— Je vous comprends parfaitement, monsieur Buckley. Je vous prie de recevoir mes excuses, au nom de toute la brigade. Nous sommes vraiment désolés de vous avoir causé ces désagréments. Je suis sûre que vous comprenez notre embarras. Il y a simplement un petit point à éclaircir et ensuite nous ferons de notre mieux pour vous faire sortir d'ici. Pour que vous retrouviez Mme Buckley. Quinn, c'est bien son prénom, hein ? Je suis sûre qu'elle s'inquiète pour vous en ce moment, monsieur. Ce serait normal, vu qu'on parle de vous aux infos, et tout ça. Elle est sans doute chez elle en ce moment, pleurant toutes les larmes de son corps à cause de ce qui vous arrive. Vous souhaitez lui passer un coup de fil ?

— On parle de moi aux infos ? C'est quoi ce cirque ?

Taylor choisit de gagner du temps.

— Dites-moi, monsieur Buckley, votre femme nous a dit que vous aimiez la poésie.

— Qu'est-ce que vous racontez, bordel ?

— Oh ! je crois que vous le savez mieux que moi ! Des poèmes d'amour. Mme Buckley nous a confié que vous lui en envoyiez dans le temps. Vous avez conservé cette habitude, monsieur Buckley ?

— Qu'est-ce que ça change ? Bon, d'accord, il m'est arrivé d'envoyer des poèmes d'amour à ma femme. Qu'est-ce que ça a d'extraordinaire ?

— Et quand vous en envoyez à la sœur de votre femme, ça n'a rien d'extraordinaire ?

— Envoyer des poèmes à Whitney ? De quoi m'accusez-vous, au juste, inspecteur ?

— Appelez-moi lieutenant. Je suis en train de vous demander si vous aviez une liaison avec votre belle-sœur. La sœur jumelle de votre épouse. Une femme qui n'est plus de ce monde aujourd'hui.

Jake ouvrit la bouche, la referma, inspira et répondit d'un ton menaçant :

— Je ne suis pas au courant de la mort de Whitney. Je vous ferai virer, lieutenant. Je ne suis pas avocat, mais je sais reconnaître une diffamation. C'est ça que vous avez raconté à ma femme ? Que je la trompais avec sa propre sœur ? Vous me prenez pour un monstre, ou quoi ?

— Vous en êtes peut-être un.

— Et peut-être que j'aimerais savoir pourquoi on parle de moi aux infos ?

Il était temps d'en venir au fait. Taylor leva les mains, comme pour l'implorer de conserver son calme.

— Eh bien, cher monsieur Buckley, je suis sûre que vous savez que nous vous recherchons depuis deux jours. Et il y a ce petit détail qui nous pose problème. Monsieur, comment expliquez-vous que nous ayons retrouvé le corps en décomposition d'une jeune femme dans le coffre de votre voiture ?

Buckley ouvrit de grands yeux et ravala pendant un instant son arrogance.

— Quelle jeune femme ? De quoi parlez-vous, bordel ?

— Et le sac plein de couteaux, de corde, de bande adhésive ? Votre boîte à outils, bourrée de preuves physiques ?

Buckley se dandina sur sa chaise.

— Je n'ai pas la moindre idée de ce dont vous me parlez…

Taylor se leva, prête à lui rentrer dans le lard. Elle se mit à arpenter la pièce.

— Tiens, tiens… Personne ne vous a parlé de ce cadavre qu'on a trouvé dans le coffre de votre BMW, monsieur Buckley ? Une fille nommée Ivy Tanner Clark ? Vous l'avez rencontrée à Louisville ? Bon, d'accord, monsieur Buckley, je sais comment ça se passe, ces rencontres…

Elle fit un pas vers lui et poursuivit :

— Vous rencontrez une jeune femme, vous vous liez d'amitié avec elle. Peut-être que vos ébats deviennent un tantinet brutaux et, tout à coup, boum ! elle est morte… Et vous ne savez pas quoi faire. Alors vous la mettez dans le coffre de votre voiture et vous prenez la route du retour, en vous disant que vous trouverez un endroit où vous débarrasser du corps en chemin. C'est comme ça que ça s'est passé, monsieur Buckley ? C'est ça que vous faisiez depuis deux mois ? Vous rencontriez des jeunes femmes au fil de vos déplacements, vous les draguiez et vous les persuadiez de vous accompagner quelque part ? Vous vous sentiez d'humeur libertine, peut-être un peu trop libertine, et vous vous retrouviez avec des cadavres sur les bras ?

Taylor s'immobilisa à quelques dizaines de centimètres de Buckley. Il eut un mouvement de recul instinctif, comme s'il avait été frappé au visage.

— Non, non et non ! C'est impossible ! C'est faux. Je n'ai jamais tué de fille. Je n'ai aucune idée…

Taylor l'interrompit et il n'y avait plus aucune trace de complaisance ou de légèreté dans sa voix.

— Mais oui, mais oui, monsieur Buckley. C'est ça que vous faisiez. C'était ça, votre petit voyage romantique dans le Sud-Est. Vous vous branchiez avec des filles, vous les assassiniez et vous trimballiez leurs corps. Ou est-ce que ce détail est sorti de votre esprit ? Et les mains, monsieur Buckley ?

Taylor n'était plus qu'à quelques centimètres du visage de Buckley, à présent, et ses paroles étaient plus tranchantes que la lame d'un rasoir. Buckley paraissait terrifié.

— Qu'est-ce que tu as fait des mains, Jake ? Ça te dérange si je t'appelle Jake ? Tu leur dis ton nom avant de les tuer, Jake ? Tu voulais juste tirer un petit coup mais ça a tourné mal, une fois ? Tu t'es aperçu que tu aimais ça, pas vrai ? Tu prenais ton pied à les forcer, à les étrangler. Et ensuite tu leur administrais le coup de grâce, pas vrai, Jake ? Tu leur coupais les mains, tu en emportais une pour la laisser près du corps de la victime suivante. Ça s'est passé comme ça, hein, Jake?

Sa voix était cassante, sonore, et Buckley recula un peu plus, en secouant la tête. Il répondit d'une voix rauque et lugubre :

— Non, non, non, non, NON! Non, je n'ai rien fait de tout ça. Je le jure! Je suis peut-être un coureur, mais je ne suis pas un tueur. Je n'ai jamais tué personne. Ecoutez-moi, bordel! Je veux un avocat. Tout de suite! hurla-t-il les yeux égarés par la panique.

Taylor tourna les talons et sortit de la pièce, suivie de Baldwin. Ils laissèrent Jake Buckley sangloter comme un enfant dans la salle d'interrogatoire et rejoignirent le reste de l'équipe.

Ses quatre collègues vinrent l'accueillir en souriant dans le hall.

— Joli numéro, lieutenant, la félicita Price. Vous lui avez flanqué une telle peur qu'il en a oublié de demander son avocat avant la fin. Bien joué, ma fille.

— Merci. Mais il faudrait l'amener à dire autre chose que : « C'est pas moi! » Ton avis, Baldwin?

Baldwin fixait le sol, perdu dans ses pensées.

— Baldwin?

Il leva les yeux vers elle.

— Il y a un truc qui cloche, chez ce type.

— Ça, on est au courant. Un mec normal ne prend pas son pied à zigouiller ses amantes après les avoir baisées.

— Non, il s'agit d'autre chose. Il faisait le malin tant que tu lui as laissé croire qu'il maîtrisait la situation. Mais à l'instant où tu as changé de registre, il s'est recroquevillé comme un chien battu. Le tueur ne se comporterait pas comme ça. Les messages qu'il envoie, la dimension sensationnelle de ses crimes… Je pense qu'il s'en vanterait. Je ne crois pas qu'il t'aurait laissée le malmener comme ça.

— Allons, allons, monsieur l'agent du FBI… Reconnaissez qu'elle s'y est prise comme un chef. Elle peut revenir dans la pièce et lui faire cracher tout ce qu'elle a envie d'entendre, dit Fitz.

Il grognait presque, prêt à en découdre.

— C'est bien possible. Et pourtant, je ne suis pas sûr que ce soit lui. Il faut procéder aux analyses des empreintes physiques, prélever un échantillon de l'ADN de Buckley. On peut l'obliger à s'y prêter tout de suite, hein ?

Taylor hocha la tête.

— Alors, faisons-le. On pourra comparer avec le sperme recueilli sur les lieux où Christina Dale a été retrouvée. Je n'arrive pas à me persuader que c'est lui, le tueur. A cause de la manière dont il s'est dégonflé quand Taylor lui a mis la pression. C'est peut-être un simple complice. Merde, je n'en sais rien. Commençons par trouver des preuves.

Fitz regarda Baldwin d'un air effaré, comme si ce dernier avait été un extraterrestre.

— Baldwin, ce mec se trimballait avec le corps d'Ivy Clark dans le coffre de sa bagnole. Il roulait à toute allure vers Nashville pour se débarrasser du corps. On a trouvé un sac plein de matériel dans sa bagnole, avec les initiales de ce mec dessus. Qu'est-ce qu'il vous faut de plus ?

Il leva sa grosse patte et ajouta :

— Non, ne m'en dites pas plus. Je vais prélever l'échantillon et le faire analyser.

Il s'éclipsa.

Baldwin se tourna vers Taylor, qui avait cessé de sourire. Elle était pourtant sûre de la culpabilité de Buckley.

— Laissons-le mijoter un petit moment, dit-il. Je voudrais consulter le dossier sur le kidnapping de Whitney et de Quinn.

46.

Baldwin s'installa dans une salle de réunion qui faisait face à la salle d'interrogatoire où se morfondait Jake Buckley. Les documents constituant le dossier concernant l'enlèvement de Quinn et de Whitney étaient étalés sur la table devant lui. Il lut le tout très attentivement, enregistrant les informations au fil de sa lecture. L'histoire était, hélas! plutôt banale.

A l'âge de douze ans, Whitney et Quinn étaient des fillettes vives et intelligentes. Le jour où elles avaient été portées disparues, elles jouaient dans la rue — deux sœurs qui profitaient d'un après-midi de temps libre après l'école, sans avoir à se soucier de rien d'autre que de leurs jeux enfantins et innocents. Elles étaient toutes deux blondes et heureuses de vivre. C'est ce que Baldwin put déduire des photos qui figuraient dans le dossier. Des photos d'avant le kidnapping.

Les photos prises après — alors que les filles venaient d'être retrouvées et emmenées au centre de police tandis que leurs parents étaient prévenus — étaient tout autres. Les yeux des gamines étaient pleins de tristesse, elles ne souriaient pas et fixaient l'objectif d'un air hagard. Les deux jumelles avaient été frappées, elles avaient chacune un œil au beurre noir et la lèvre de Quinn était fendue. Le seul moyen de les distinguer l'une de l'autre consistait à consulter la petite étiquette blanche qui était collée au bas de chacun des clichés. Il y en avait un de Whitney qui regardait vers l'objectif comme si elle n'avait pas conscience d'être photographiée. Il n'y avait plus trace d'innocence dans son regard. Elle avait les yeux d'une adulte ayant subi toutes les épreuves imaginables. Les dégâts que trois jours d'horreur avaient pu leur infliger étaient impressionnants.

Elles faisaient du vélo ce jour-là. Elles avaient parcouru un sentier qui partait de la limite du domaine de leurs parents et qu'elles venaient de découvrir. Ce sentier traversait une zone boisée et menait à une clairière qui bordait Belle Meade Boulevard. Il était caché de la route par une longue rangée de magnolias. L'un des pneus de la bicyclette de Whitney avait crevé. Au lieu de rentrer chez elles par le bois, elles avaient décidé de prendre le chemin le plus long et de pousser leurs vélos sur le boulevard.

Il feuilleta les pages et s'arrêta sur la photo de leur ravisseur. Sur la fiche figurait son identité : Nathan Chase, trente-sept ans, ouvrier du bâtiment, souvent au chômage. Il avait abordé les fillettes, leur avait offert des crèmes glacées qu'elles avaient volontiers acceptées en cette chaude journée d'été. Puis il leur avait proposé de les raccompagner chez elles en voiture, pour leur éviter d'avoir à pousser leurs vélos sous le soleil brûlant.

C'était avant l'instauration des plans d'alerte-enlèvement, avant qu'on ne rebatte les oreilles des enfants pour les convaincre d'éviter tout contact avec des inconnus. En ces jours d'innocence, les fillettes avaient accepté. Elles étaient sur le boulevard, après tout. Elles avaient traîné leurs vélos jusqu'à la camionnette de Nathan Chase. Après que celui de

Quinn eut été rangé dans le coffre et qu'elle fut montée dans la cabine du conducteur, Chase avait empoigné Whitney et l'avait poussée derrière sa sœur. Puis il avait démarré en trombe, laissant le vélo de Whitney sur place. Et elles étaient parties. Disparues. Volatilisées.

Mais leur mésaventure s'était conclue par une fin heureuse. Trois jours plus tard, les fillettes avaient réapparu sur Charlotte Avenue, débraillées, crasseuses, sanguinolentes — mais vivantes. Un bon Samaritain les avait vues marcher, épuisées et éperdues, et avait appelé la police.

Ce fut Whitney qui expliqua aux policiers comment, ayant constaté que Nathan s'était endormi après avoir bu un coup de trop, elles avaient saisi l'occasion et avaient réussi à s'échapper.

Ce fut aussi Whitney qui identifia Chase et sa camionnette. Elle fit une description détaillée de son logis, un minuscule bungalow crasseux de Charlotte Avenue. Les filles avaient passé leur captivité à huit kilomètres de chez elles. Quinn, quant à elle, ne fournit pas la moindre information aux enquêteurs, se contentant de confirmer les dires de sa sœur d'un hochement de tête. Elle était victime du syndrome de stress post-traumatique. Elle avait subi un tel choc qu'elle resta muette pendant des semaines après le kidnapping, selon le dossier. Après avoir raconté leur histoire et décrit tous les détails dont elle se souvenait, Whitney s'était assise tranquillement dans un coin en attendant que ses parents viennent la récupérer. C'était la plus solide des deux jumelles.

Grâce aux indications fournies par Whitney, la police n'avait eu aucun mal à localiser Nathan Chase. Il avait été trouvé dans son salon, en train de siroter une Budweiser et de regarder un film à la télévision. Il avait souri lorsqu'on lui avait passé les menottes puis avait refusé de confirmer les accusations qui pesaient contre lui, sans toutefois nier.

Il avait été jugé et condamné sur la foi du témoignage de Whitney. Quinn avait refusé de venir au tribunal, mais cela n'avait pas empêché le jury de déclarer Nathan Chase coupable, sans l'ombre d'un doute — en moins de deux heures de délibération. Il avait été condamné à trente ans de prison, une peine plutôt lourde pour un simple enlèvement au début des années 1980. Il purgeait encore sa peine à Riverbend, une prison de haute sécurité construite en 1989. Il passait ses journées à regarder la télévision, à lire, à travailler à la bibliothèque de l'établissement et à jouer au prisonnier modèle.

Baldwin se cala dans son siège en se frottant les yeux. Nathan Chase… Quel genre d'homme peut être capable d'enlever deux fillettes et de les maltraiter puis de les laisser filer aussi facilement ? Et d'attendre ensuite tranquillement chez lui, en buvant une bière, que les flics viennent le ramasser ?

Baldwin feuilleta une nouvelle fois la liasse de documents. Le dossier ne signalait pas d'agressions sexuelles subies par les fillettes. Elles parlaient de mauvais traitements, de coups et de nuits sans sommeil. Selon elles, il leur avait parlé, il leur avait raconté des histoires, avait essayé de les distraire. Or, Taylor avait confié à Baldwin qu'elles avaient subi des sévices sexuels et Baldwin se décida à la consulter à ce sujet. Elle se trouvait dans son bureau, consultant un rapport de police en buvant un Coca Light.

— Qu'est-ce que tu fabriques ? lui demanda-t-il.

Baldwin s'attarda sur le pas de la porte, contemplant la beauté de sa dulcinée. Elle aurait dû avoir l'air complètement épuisée car il était très tard et cela faisait de longues heures qu'ils travaillaient ainsi. Mais elle était assise sereinement à son bureau, les yeux grands ouverts. On aurait dit qu'elle venait de s'éveiller après une bonne nuit de sommeil. Sauf pour l'œil au beurre noir, bien sûr, qui lui donnait un petit air canaille. Il l'imagina brièvement au lit, dans ses bras, et ne put réprimer un sourire. Elle lut ses pensées coquines dans son regard et se mit à rire, tout en refermant le dossier qu'elle consultait.

— Lincoln vient de me faire un topo sur le Violeur de la Pluie, Norville Turner. Il travaille comme mécanicien à la station-service du commissariat, il s'occupe des voitures de patrouille. Apparemment, ce n'est pas exactement une psychose qui le poussait à commettre ces viols. C'est un fana de la police qui n'est pas parvenu à se faire engager. Il a échoué quatre fois au concours d'entrée à l'académie de police… Alors il essaie de se venger. Il pensait qu'en donnant à ses crimes un style bizarre et mystérieux, il attirerait l'attention des médias. En fait, ce n'est qu'un violeur comme un autre. La bonne nouvelle, c'est qu'il a avoué, ce qui est un excellent début. Maintenant, il faut qu'on se tape toutes les corvées, les comparaisons d'empreintes ADN et ainsi de suite. Mais enfin on dirait bien qu'on le tient.

— Voilà une bonne nouvelle, chérie.

— Ouais, je suis bien contente que ce soit fini. Et toi, tu en es où ?

— J'essaie de comprendre pourquoi le dossier sur l'enlèvement de Whitney et de Quinn ne mentionne pas d'agression sexuelle.

— Ah bon ? C'est étrange. Tu n'as rien trouvé dans le dossier sur cet aspect de l'affaire ?

— Rien du tout. Le rapport médical, établi à l'hôpital juste après leur évasion, ne mentionne pas de prélèvement de preuves physiques tel qu'il se pratique après un viol. Aucune des deux filles ne semble avoir été examinée.

— Là, il y a quelque chose qui cloche. Chase a été expédié en prison après avoir été condamné pour enlèvement et agression sexuelle. Je l'ai lu de mes yeux dans le dossier pénal. Il doit te manquer une partie de la documentation.

Elle se mit à fouiller dans ses tiroirs, ne trouva rien d'utile et sortit du bureau pour pénétrer dans le local commun à toute la brigade des homicides. Elle examina les documents étalés sur la table de Fitz et trouva une chemise étiquetée « Connolly ».

— Tiens, là, il y a quelque chose. On dirait que Fitz a oublié de te donner ça. Voyons voir.

Elle ouvrit la chemise et parcourut le document.

— Il est dit là-dedans qu'une seule des deux filles a été violée. C'est pour ça que ça ne figure pas dans le rapport de l'hôpital. Elles n'en ont pas parlé sur le moment, quand elles ont été retrouvées. C'est venu quelques semaines plus tard. Hum… Ça, c'est bizarre : ce rapport n'indique pas laquelle des deux filles a été violée.

Elle tendit la chemise à Baldwin et reprit :

— C'est quand même étrange, tu ne trouves pas ? C'est le médecin de famille des fillettes qui a établi ce rapport, mais il a omis d'identifier laquelle des deux a été victime du viol. Bon, d'accord, c'était il y a vingt ans. Mais quand même, c'est anormal, non ?

Ils retournèrent dans le bureau de Taylor. Baldwin s'assit dans le siège du visiteur et étendit ses jambes sur la table de travail.

— Tu m'avais parlé de rumeurs concernant les jumelles après leur arrivée au lycée du père Ryan…

— Ça, c'est sûr, ce ne sont pas les rumeurs qui manquaient, répondit Taylor en se frottant la tempe. Mais ce n'étaient que des rumeurs. Elles sont arrivées en troisième pendant que j'étais en seconde, et je n'en savais pas beaucoup sur leur compte. Avant, elles allaient à l'école à Harpeth Hall et je crois me souvenir qu'on disait qu'elles avaient passé une année sans être scolarisées avant d'être inscrites au lycée du père Ryan. Je crois également me souvenir que leur mère était enceinte à cette époque. Elles ont eu un petit frère. Comment s'appelle-t-il, déjà ? Ah oui, Reese. Reese Connolly. Quinn m'a dit qu'il était médecin, en internat à Vanderbilt.

Baldwin haussa les sourcils.

— La chronologie est troublante, tu ne trouves pas ? Elles cessent d'aller à l'école pendant un an, au cours duquel la famille s'agrandit d'un petit frère…

Taylor fut prise de court.

— Tu crois que l'une d'entre elles était enceinte des œuvres de Nathan Chase ? Et qu'elle a accouché de Reese, mais que leurs parents ont couvert la chose ? Mon vieux, ça, c'est tordu. Elles n'avaient que douze ans. Mais, dans ce cas, ce serait laquelle des deux ?

— Voilà ce qu'il faudrait savoir. En attendant, je veux savoir si Nathan Chase a reçu des visites, récemment. J'ai l'impression que ce qui est arrivé à Whitney et Quinn, il y a vingt ans, pourrait avoir un rapport avec ce qui se passe aujourd'hui. Rappelle-toi que Quinn nous a dit qu'elle aurait dû dire la vérité à Jake dès le début de leur relation. Tu crois qu'elle a essayé de lui confier qu'elle avait eu un enfant et qu'il a eu une réaction de rejet ?

— Ecoute, Baldwin, pour l'instant, ce sont encore des hypothèses hasardeuses. Rien n'indique que c'est la réalité.

— Peut-être, mais je veux quand même obtenir une liste des visiteurs de Nathan Chase. On s'en occupera dès demain matin. En attendant, rentrons à la maison. Je suis trop fatigué pour réfléchir. Rien de nouveau sur l'ordinateur de Whitney ?

Baldwin avait, un peu plus tôt dans la soirée, apporté ledit ordinateur dans le bureau de Taylor.

— Non, rien depuis qu'on a arrêté Jake Buckley. C'est peut-être un signe. Bon, partons d'ici.

Taylor hocha la tête et ils entreprirent de rassembler leurs affaires et de ranger le bureau avant de quitter les locaux de la brigade. Cinq minutes après leur départ, le voyant de réception se mit à clignoter sur l'ordinateur de Whitney Connolly pour les informer, tous tant qu'ils étaient, qu'elle avait reçu un nouveau message.

47.

Le téléphone de Baldwin sonna à 6 heures du matin, le tirant d'un sommeil serein, tel qu'il n'en avait pas connu depuis des semaines. Il s'était couché sans qu'une autre fille portée disparue ne vienne troubler ses pensées, sans se demander quelle nouvelle horreur l'attendrait le lendemain lorsqu'il ouvrirait les yeux. Il avait dormi d'un sommeil de plomb, sans rêves, blotti contre Taylor dans la chaleur du lit, sachant qu'il était près de conclure son enquête.

Même s'il doutait quelque peu de la culpabilité de Jake Buckley, la conversation qu'il avait eue avec Taylor sur le chemin du retour avait atténué son scepticisme. La théorie que lui avait exposée Taylor ne manquait pas de consistance. Quinn Buckley avait dit la vérité à son mari au sujet de ce qui s'était passé lorsqu'elle avait été enlevée avec sa sœur jumelle. Elles avaient été violées, un enfant était né dans le plus grand secret — et la nouvelle avait bouleversé Buckley. Déjà porté sur la débauche, doté d'un tempérament tyrannique et brutal, il avait perdu tout repère et s'était mis à profiter de ses déplacements professionnels pour commettre des meurtres pervers. C'était un peu mince, mais plausible. Mais aujourd'hui ils allaient en avoir le cœur net. L'ADN allait parler, confirmant ou infirmant l'hypothèse de Taylor.

Cet appel téléphonique allait la faire voler en éclats.

— Baldwin à l'appareil, dit-il en bâillant après avoir décroché.

— C'est Garrett. Comment se fait-il que vous dormiez si tard ?

— Il est 6 heures du matin dans notre fuseau horaire, Garrett. Chez vous il est 7 heures, vous l'avez oublié ?

— Non, je m'en souviens très bien. Mais il faut que vous sortiez du lit. On a un problème.

Baldwin grogna et se redressa dans le lit, prenant conscience de l'absence de Taylor. Où était-elle donc passée ? Il s'assit sur le bord du lit en se passant les doigts dans les cheveux, redoutant d'entendre la réponse à la question qu'il s'apprêtait à poser.

— Quel est le problème, Garrett ?

— Les échantillons ADN qui ont été prélevés sur Jake Buckley ne correspondent pas à l'empreinte ADN de l'Etrangleur du Sud. Il est toujours dans la nature.

Baldwin était bien réveillé, à présent.

— Oh ! non, merde… Bordel de merde !

Il lâcha encore quelques jurons, ce qui eut pour effet de faire revenir Taylor dans la chambre. Du regard, elle l'interrogea sur ce qui le contrariait ainsi. Il leva la main pour lui interdire de formuler la moindre question.

— Mais le corps d'Ivy Clark était dans le coffre de la voiture de Buckley. Vous êtes en train de me dire qu'il ne savait pas qu'il s'y trouvait, comme il le prétend ?

— Je ne peux pas répondre à cette question, Baldwin. Il va falloir l'interroger de nouveau, mais sans preuve par l'ADN, il va falloir trouver un autre angle d'attaque. Ce qui est certain, c'est que son ADN ne correspond pas à celui qu'on a trouvé dans la chambre où Christina Dale a été tuée. Je ne peux pas affirmer que ce n'est pas lui qui a tué toutes ces filles, mais il semble probable que ce n'est pas l'homme que nous recherchons.

— D'accord. Laissez-moi m'en occuper. Il faut que j'interroge Buckley. Merde, Garrett, je savais bien qu'il y avait quelque chose qui ne tournait pas rond…

— Comme d'habitude, votre intuition ne vous a pas trahi. Fiez-vous toujours à votre intuition, Baldwin. Maintenant, il faut que vous vous remettiez au boulot pour trouver le vrai coupable avant qu'il ne frappe de nouveau.

Baldwin raccrocha et s'affala dans le lit. Taylor le dévisagea, d'un air inquiet.

— Quelque chose qui ne va pas ?

— C'est incroyable, mais l'ADN de Buckley ne correspond pas à celui du meurtrier de Christina Dale. Bon, il faut qu'on aille dans ton bureau. Il va nous falloir de l'aide…

La moitié de la journée s'était déjà écoulée après qu'ils eurent interrogé Buckley une nouvelle fois pour examiner son emploi du temps — et qu'ils l'eurent renvoyé chez lui, libre et furieux. Taylor doutait qu'il soit bien accueilli par Quinn à son retour, mais elle n'éprouvait aucune compassion à son égard. Ce type était une ordure et elle regrettait même de ne pas pouvoir l'inculper d'autre chose, juste pour lui faire les pieds.

Il était parti en les menaçant de les poursuivre pour forfaiture, et Taylor lui souhaita bon vent en se demandant combien de temps il lui faudrait pour rameuter ses avocats.

Elle revint dans son bureau et jeta un coup d'œil à l'ordinateur portable de Whitney, qui trônait sur un coin de son bureau. Le voyant de réception des courriels était en train de clignoter.

Retenant son souffle, elle souleva l'écran et mit en marche l'ordinateur. La boîte de réception était presque vide, par rapport aux dernières fois où elle l'avait ouverte. Mais il y avait un nouveau message avec un drapeau rouge, et le cœur de Taylor se mit à battre la chamade lorsqu'elle lut l'adresse de l'expéditeur : cm1855195c@yahoo.com. C'était lui, c'était l'Etrangleur du Sud. Et le message avait été envoyé la veille au soir. Merde, cela voulait dire que…

— Baldwin ! hurla-t-elle.

Il se trouvait à deux pas de son bureau et était déjà sur le pas de la porte à la fin de son cri.

— Qu'est-ce qu'il y a ? Un problème ?

Elle fit pivoter l'ordinateur portable de façon à lui montrer l'écran. Il vit tout de suite de quoi il retournait, se précipita dans la pièce et cliqua pour ouvrir le message. C'était un nouveau poème. Il le lut à voix haute :

— « Cruelle et brusque, as-tu déjà
Empourpré ton ongle du sang de l'innocence ?
Quel crime a commis cette puce
Si ce n'est de te prendre une goutte de sang ?
Et pourtant tu triomphes et dis
Que tu ne t'en sens pas ni ne m'en sens plus faible.
C'est vrai : tes peurs étaient donc vaines ;
En cédant, tu perdras tout juste autant d'honneur
Que t'enleva de vie la mort de cette puce. »

— Le reste de *La Puce*, dit-il. Et ce n'est pas tout. Il a ajouté : « J'en ai fini. »

Il s'assit, le visage blême.

— Fils de pute… Fils de pute…, marmonna-t-il.

Il se passa les doigts dans les cheveux, le dos courbé.

Taylor vint le réconforter en lui parlant doucement :

— Il court toujours, Baldwin. Il peut bien nous annoncer qu'il en a fini, je m'en fiche. Ce n'est pas vrai. Un type comme ça n'arrête jamais. Jamais. Il faut lui mettre la main dessus, Baldwin. Il faut le trouver le plus vite possible.

Elle posa une main sur la nuque de Baldwin. Il lui prit la main, plein de reconnaissance pour sa caresse. Il reprit contenance comme s'il venait de prendre une grande décision.

— D'accord, d'accord, allons-y. Ce message ne fait que confirmer que quelqu'un a tenté de piéger Jake Buckley. Quelqu'un qui connaissait son emploi du temps, ses habitudes.

Il se leva et se mit à arpenter la petite pièce.

— Où sont les informations sur Nathan Chase ? J'ai demandé à ce qu'on me transmette un compte rendu des visites qu'il a reçues. Et il faut que Lincoln se remette à pister cette adresse électronique. Peut-être qu'il va trouver quelque chose, cette fois. On a bien mérité un petit coup de pouce du destin.

Il inspira profondément. Il avait recouvré tout son allant. Il décrocha le téléphone tandis que Taylor quittait la pièce en souriant, à la recherche de Lincoln.

Elle le trouva devant son ordinateur, surfant dans une zone du cyberespace qui n'était pas familière à Taylor. Au moment où elle se penchait vers lui, il leva les bras en criant :

— But !

— Encore en train de jouer à des jeux vidéo pendant vos heures de travail, Lincoln ?

Il se tourna vers elle en affichant un large sourire.

— Non, pas à ce genre de jeu. Il s'agit d'une version plus sophistiquée. J'ai bidouillé un lien entre mon ordinateur et l'adresse de Whitney Connolly. J'ai introduit dans le système d'exploitation de sa bécane un « ver », qui me permet de retracer l'origine de tous ses messages, au fur et à mesure qu'ils arrivent dans sa boîte aux lettres électronique. Je l'ai repéré, Taylor. Je sais d'où ce type a envoyé son dernier message.

48.

Taylor, Baldwin et Lincoln se tenaient à l'extérieur d'un café internet nommé Bongo Java, à deux pas du campus de l'université de Belmont. L'endroit était bourré de clients, des étudiants à l'allure bohème, des jeunes cadres en costume, des rockers crados couverts de tatouages… C'était un de ces cafés où se mêlaient toutes les classes et où personne ne s'intéressait à l'origine sociale des usagers du lieu, ni à leurs carrières. C'était un des cafés les plus fréquentés de la ville, précisément parce qu'il était sans prétention d'aucune sorte.

Ils s'étaient fait délivrer rapidement un mandat de perquisition pour éviter les obstacles éventuels. En entrant, Taylor inspira profondément, savourant le parfum capiteux du café. Un café au lait lui ferait le plus grand bien, songea-t-elle.

Ils se rendirent tout droit au comptoir et commandèrent à boire. Baldwin paya en souriant. C'était le FBI qui régalait aujourd'hui, histoire de fêter le fait qu'ils avaient enfin trouvé une piste sérieuse. Taylor et Lincoln exhibèrent leurs badges et demandèrent à voir le gérant. Ce fut le propriétaire de l'endroit qui sortit de son bureau, tout disposé à aider les braves policiers de Nashville.

Pendant que Lincoln lui expliquait ce qu'ils cherchaient à savoir, Taylor regarda autour d'elle. Un panneau d'affichage en liège était couvert d'affichettes et de petites annonces fixées en vrac — concerts à venir, soirées littéraires, recherches de logement… Elle prit soudain conscience que l'Etrangleur du Sud s'était probablement assis à l'endroit même où elle se trouvait, et un frisson lui parcourut l'échine. L'étau se resserrait sur lui, elle le sentait — comme par une réaction viscérale à la présence du mal. Il se pouvait même qu'il se trouve sur place en ce moment même. Elle jeta un coup d'œil. Celui-ci, peut-être, avec sa coupe Iroquois et ses narines percées. Elle détourna le regard lorsque le punk lui adressa un doigt d'honneur. Anarchie, ma vieille… Ou bien était-ce celui-là, cet homme au regard si doux, assis tout seul dans son coin, une serviette ouverte devant lui, qui fixait la fenêtre comme si sa vie venait de chavirer ? Peut-être était-ce le propriétaire lui-même, un quinquagénaire bedonnant, qui avait l'air de plus en plus sombre tandis que Baldwin l'interrogeait. Le mal pouvait prendre plus d'un visage, souvent anodin. Il n'était pas toujours ostensible.

Lincoln s'était installé devant un poste de travail, pianotant sur le clavier, activant une application qu'il venait d'installer dans le disque dur de la machine. Il lui lança un regard affirmatif pour lui signaler qu'il avait trouvé l'ordinateur qu'il cherchait. Il avait retrouvé la trace du tueur dans le cyberespace.

Mais le message ayant été envoyé la veille, de nombreux clients devaient avoir utilisé cet ordinateur depuis que l'Etrangleur s'était assis face à l'écran de cette machine. Les empreintes digitales devaient être brouillées, et il n'y avait pas d'autre moyen de l'identifier. Ils avaient trouvé l'ordinateur dont il s'était servi en dernier, mais cela ne les menait nulle part.

Taylor se joignit à Baldwin et au propriétaire, interrompant leur conversation.

— Y a-t-il quelqu'un dans ce café qui s'y trouvait hier soir ?

Baldwin hocha la tête.

— C'est ce dont on était justement en train de parler. Monsieur ne voit personne qui se trouvait ici hier soir, en dehors des habitués. Il y avait une lecture de poèmes, ouverte à tous. L'assistance était composée d'une cinquantaine de personnes. Il n'a rien remarqué d'anormal.

— Moi, oui.

Une petite voix se fit entendre derrière l'épaule de Baldwin. Une fille minuscule vêtue d'une longue robe rustique et d'une écharpe multicolore dut lever la main pour attirer leur attention. Elle mesurait à peine un mètre cinquante et ses traits étaient d'une délicatesse exquise. Elle leur adressa un sourire triomphant lorsqu'ils se penchèrent vers elle.

— Je veux dire que j'ai vu quelqu'un qui travaillait sur cet ordi hier soir, pendant la lecture. J'étais en train d'observer les gens, vous savez. Il y a toutes sortes de types physiques… Ça m'inspire pour mon travail. Je suis artiste, déclara-t-elle avec fierté.

Taylor réprima un sourire. La fille était si menue, elle était habillée de manière si extravagante qu'elle éprouva tout de suite de la sympathie pour elle. Elle avait toujours admiré les gens qui ne craignent pas d'afficher de manière expressive leur personnalité.

— Mince, qu'est-ce qui vous est arrivé ? demanda la fille à Taylor. Vous êtes salement amochée.

Elle dévisagea Taylor et ajouta :

— Je ne sais pas si je pourrais trouver les bons coloris pour peindre cet œil au beurre noir. Ça fait mal ?

Taylor lui sourit.

— Pas de quoi s'inquiéter, mais c'est gentil de vous en soucier. Dites-nous donc ce que vous avez vu hier soir.

— Allez, jeune fille, on vous écoute, insista Baldwin, les mains crispées par l'attente.

Réalisant soudain que tous les regards étaient tournés vers elle, la fille se redressa et se racla la gorge avant de répondre :

— Il y avait un type devant cet ordi, hier soir. Je l'ai remarqué parce qu'il était vraiment mignon. J'ai failli aller le voir pour faire connaissance, mais dès que j'en ai trouvé le courage, il a éteint l'ordi et s'est tiré. J'étais trop déçue... C'est pas souvent qu'on voit des mecs aussi beaux. J'aurais adoré le faire poser.

Taylor sentit son pouls s'emballer.

— A quoi ressemblait-il ?... Quel est votre nom, au fait ? demanda-t-elle.

— Je m'appelle Isabella. Je viens ici presque tous les soirs. Dans la journée aussi, parfois. Ça dépend de mon inspiration.

— Donc, Isabella, pouvez-vous nous le décrire ? demanda Baldwin, impatient de revenir au sujet.

— Il mesurait dans les un mètre quatre-vingt-quinze, presque aussi grand que vous. Musclé, aussi. Il portait un T-shirt moulant à motifs cachemire, qui mettait en valeur ses muscles. Un vrai adonis. Des cheveux très bruns, bouclés, assez longs. Et des yeux bleus, d'un bleu... Je n'avais encore jamais vu une telle teinte de bleu. Il faudrait un mélange de couleurs très particulier pour le reproduire. Ce n'est pas une couleur qu'on trouve dans les boîtes d'aquarelle.

Elle secoua la tête en fronçant les sourcils.

— Mais je suis bête, j'allais oublier que j'ai fait un croquis de lui.

Elle ouvrit son carton à dessin et feuilleta une liasse de feuilles.

— Tenez, le voilà. Incroyable, vous ne trouvez pas ?

Taylor s'empara avidement du dessin. Elle le prit par un coin tandis que Baldwin en tenait un autre. Ils examinèrent la mâchoire parfaite, le nez finement ciselé, les lèvres pleines qui donnaient un air presque féminin à son adorable minois. Taylor était stupéfaite. Cet éphèbe au visage angélique ne pouvait quand même pas être le tueur qu'ils recherchaient ! Elle croisa le regard de Baldwin et elle s'aperçut qu'il n'était pas moins étonné. Il lui adressa un petit signe de connivence.

— Isabella, pouvez-vous nous laisser emporter ce dessin ? demanda-t-il.

Le regard de la jeune fille s'assombrit un instant, avant qu'elle n'acquiesce d'un hochement de tête.

— Bien sûr... Bien sûr que vous pouvez le prendre. Mais, bon, j'aimerais bien le récupérer par la suite. C'est le meilleur de la série.

Elle piqua un fard et admit :

— J'en ai fait plusieurs.

Taylor serra la main de la jeune fille.

— Je vous promets qu'on vous le restituera. Vous n'en voudrez peut-être plus, d'ailleurs, mais on vous le rendra, ne vous en faites pas.

Elle donna sa carte à Isabella.

— Merci, Isabella. Voilà qui va nous être précieux.

— Je peux vous demander ce qu'il a fait pour que vous vous intéressiez à lui ? Des alertes à la bombe, des trucs comme ça ?

Ses yeux se firent un peu rêveurs à la pensée qu'un homme dangereux puisse être aussi beau garçon.

Taylor secoua la tête.

— Rendez-moi un service : si vous le rencontrez de nouveau, foutez le camp en vitesse. Et appelez-moi sans tarder.

Ils la laissèrent à son ébahissement, tandis qu'elle se creusait la tête pour imaginer quel horrible méfait il avait bien pu commettre pour que la police soit ainsi à ses trousses. Elle finit par hausser les épaules et se remit à siroter son cappuccino.

49.

Taylor et Baldwin s'arrêtèrent devant le portail de la demeure de Quinn Buckley. Ils avaient appelé au préalable pour s'assurer de sa présence et avaient eu la surprise d'entendre Jake Buckley leur répondre au téléphone. Il avait refusé catégoriquement de les recevoir jusqu'à ce que Quinn intervienne sur un autre poste pour lui rappeler que cette maison était à elle et qu'il n'avait plus son mot à dire. Il avait raccroché, vexé, et Quinn les avait invités à venir.

Taylor tendit le bras pour appuyer sur le bouton de l'Interphone, mais le portail s'ouvrit avant même qu'elle n'ait atteint le boîtier. Elle échangea un regard avec Baldwin. A l'évidence, Quinn avait guetté leur arrivée.

Taylor roula jusqu'au perron où les attendait la maîtresse de maison. Ils sortirent de la voiture et franchirent les marches qui menaient à la porte d'entrée.

— Vous avez dit que c'était important. Au sujet de Whitney. Qu'est-ce qui se passe ? leur demanda-t-elle sans prendre la peine de les saluer.

Ses yeux étaient cernés de noir, ses cheveux coiffés à la va-vite et son nez rougi. Elle venait de pleurer. Taylor ressentit un peu de pitié à son égard : Quinn n'avait plus rien de la femme tirée à quatre épingles que la policière avait pris l'habitude de voir.

— C'est au sujet de Whitney. Nous avons là un croquis que nous aimerions vous montrer. Un témoin a vu cet homme utiliser l'ordinateur dont le tueur s'est servi pour envoyer un nouveau poème à Whitney. On peut entrer ?

Quinn les regarda d'un air ébahi, puis haussa les épaules. Elle se tourna pour leur ouvrir le chemin.

Le remue-ménage était évident. Les bagages de Jake Buckley étaient entassés dans le vestibule. Buckley lui-même était assis au bas de l'escalier, l'air méfiant. Taylor se contenta de le saluer d'un geste. Baldwin ne fit aucune attention à lui. Il ne les intéressait plus du tout.

Mais Buckley n'était pas disposé à subir leur présence sans chercher querelle.

— Hé ! vous deux, là ! Quand est-ce que je récupère ma voiture ? J'en ai besoin, vous savez.

Taylor lui répondit du tac au tac :

— On vous rendra votre voiture quand on aura fini de l'examiner, monsieur Buckley. Elle est pleine de preuves et d'indices, et il faut qu'on la passe au peigne fin. Vous serez avisé dans quelques semaines, je suppose.

— Quelques semaines ? Merde, alors ! Mais vous n'avez pas le droit…

Taylor tendit un doigt vers lui.

— J'en ai parfaitement le droit. Je mène une enquête, au cas où vous l'auriez oublié. Le corps d'une jeune femme a été retrouvé dans votre voiture, monsieur Buckley. Et la défunte a droit à un peu de respect, vous ne croyez pas ?

Elle lui tourna le dos, furieuse. Elle entendit Baldwin dire :

« Quel connard… » derrière elle. Il avait prononcé cette appréciation à voix basse, de façon à ce qu'elle seule puisse l'entendre, et elle dut s'efforcer de ne pas pouffer. Elle était on ne peut plus d'accord avec lui.

Ils suivirent Quinn dans la bibliothèque. Elle leur indiqua le canapé d'un geste et referma la porte derrière elle. Ils pouvaient encore entendre Buckley qui fulminait dans l'entrée.

Quinn s'installa dans son fauteuil en cuir et secoua la tête.

— Il est dans tous ses états. J'ai demandé le divorce ce matin. Je le fous dehors, c'est décidé. Mais il ne veut pas déguerpir.

Taylor se pencha vers Quinn.

— Je peux m'en occuper, si vous le souhaitez.

— On verra ça plus tard. Commencez par me montrer votre dessin. C'est un portrait ?

Baldwin sortit le dessin de sa serviette et le tendit à Quinn.

— Est-ce que vous reconnaissez cet homme ? Nous pensons que c'est sans doute lui qui a envoyé les poèmes à votre sœur.

Quinn prit le dessin d'une main ferme, mais elle sursauta au premier regard. Elle laissa choir la feuille comme si elle venait de se brûler à son contact. Son visage perdit toute coloration et elle porta la main à sa bouche.

— Qu'y a-t-il, Quinn ? Vous le reconnaissez ?

Taylor ramassa le dessin qui gisait aux pieds de Quinn. Celle-ci s'était mise à pleurer, doucement d'abord. Puis, vaincue par l'émotion, elle se mit à parler d'une voix entrecoupée de sanglots. Ni Taylor ni Baldwin ne parvenaient à comprendre ce qu'elle disait.

— Quinn, je vous en prie, calmez-vous. Inspirez un bon coup, voilà, comme ça, dit Baldwin d'une voix douce et apaisante.

Il prit la main de Quinn et ajouta :

— Essayez encore une fois. Dites-moi qui c'est.

Elle renifla à plusieurs reprises en tâchant de reprendre son souffle, puis elle déglutit et regarda Baldwin droit dans les yeux.

— C'est Reese...

Taylor se leva.

— Attendez un peu. Vous voulez dire que c'est un portrait de Reese Connolly ? Votre petit frère ?

Quinn hocha la tête. Les deux mots qu'elle venait de prononcer l'avaient vieillie de vingt ans. Sa bouche s'ouvrit et se referma à plusieurs reprises, comme si elle cherchait ses mots. Taylor resta immobile, se gardant de l'interrompre. Quinn se résolut enfin à parler.

— Je ne comprends pas ; mais à quoi pensait-il ? Pourquoi aurait-il envoyé des poèmes de ce genre à Whitney ? Vous croyez qu'il a quelque chose à voir dans cette affaire ? C'est impossible, il était à l'étranger. Il n'est pas possible que Reese... Oh ! mon Dieu !

Elle se leva et sembla près de défaillir. Baldwin se leva aussi et ils formèrent un trio immobile, chacun attendant que l'un d'entre eux prenne une initiative. Ce fut Quinn. Elle s'effondra sur le parquet avec une grâce infinie.

— Merde, elle s'est évanouie ! Baldwin, fais quelque chose...

Baldwin lui adressa un regard désespéré.

— Qu'est-ce que tu veux que je fasse ? Elle est tombée dans les pommes.

— Eh bien, réveille-la. C'est toi le docteur, fais ce qu'un docteur ferait en pareilles circonstances. Il faut qu'elle nous dise où se trouve Reese. Elle doit sûrement le savoir. C'est sa sœur, après tout.

— Je suis psychiatre, Taylor, pas secouriste.

Il s'agenouilla mais Quinn battait déjà des cils et elle leva une main molle en quête de soutien. Baldwin lui saisit le poignet pour prendre son pouls. Ce n'était qu'un évanouissement à la mode des beaux quartiers. Il l'aida à se rasseoir sur le canapé.

Taylor sortit de la pièce, en quête d'une boisson fraîche. Elle revint avec une bouteille d'Evian qu'elle avait dénichée dans le gigantesque réfrigérateur. Quinn avait l'air d'aller mieux mais Taylor lui fit quand même boire un peu d'eau, en l'observant comme si elle était une bombe près d'exploser. Taylor détestait ce genre de faiblesse.

Quinn but quelques gorgées et se cala contre les coussins du canapé, l'air vraiment affligé. Elle marmonnait inlassablement ce nom : « Reese, Reese, Reese… »

Taylor adressa un regard à Baldwin, et il s'assit aussitôt à côté de Quinn.

— Quinn, il faut que vous nous disiez où se trouve Reese. Où habite-t-il ?

Quinn débita une adresse à toute allure. Taylor sortit son téléphone portable et traversa la pièce. Elle composa le numéro de la brigade des homicides et ce fut Fitz qui décrocha.

— Fitz, j'ai l'adresse de l'Etrangleur. Il s'appelle Reese

Connolly… Oui, c'est bien ça, c'est son petit frère… Ecoute, il faut que tu files là-bas dare-dare. Avec un peu de chance… Oui, je te retrouve là-bas. Bon, d'accord. Et fais gaffe, ce mec est dangereux.

Elle raccrocha et rejoignit Quinn et Baldwin. Elle adressa à Baldwin un signe qui voulait dire : « C'est bon, on a l'adresse, il est temps de filer là-bas. » Mais il la fit taire d'un geste. Quinn était en train de lui parler, ou plutôt de déverser un torrent de paroles.

— Je comprends tout, maintenant. Reese était au courant, pour les poèmes. Jake, quand il me courtisait, m'envoyait des petits messages rimés. Il les déposait dans la boîte aux lettres, dans le frigo. Il était d'un romantisme, à l'époque… Reese ne pouvait pas l'ignorer, il habitait avec nous… Il a vécu chez nous jusqu'à ce qu'il entre à l'université. Nous nous sommes mariés dès qu'il a trouvé une chambre dans une résidence universitaire. Vous savez, c'était un enfant exceptionnel. Vraiment brillant… Il est entré à la fac alors qu'il n'avait que quinze ans. Il n'a que vingt et un ans, maintenant, et il est déjà interne à Vanderbilt. Je suis si fière de lui. Je n'arrive pas à admettre qu'il ait pu tuer ces malheureuses. L'envoi des poèmes, oui, ça, je le vois à tout fait faire ça… Même si j'ai du mal à comprendre pourquoi. Mais les meurtres, non… D'ailleurs, il était au Guatemala… C'est impossible.

Elle bafouillait et Baldwin essaya de la guider dans ses pensées.

— Quel moyen y a-t-il d'en avoir confirmation ?

— Eh bien, très simplement. Il suffit que j'appelle un des médecins qu'il a accompagnés là-bas. Attendez une seconde. Je vais retrouver le numéro de ce type. Je n'ai pas pu le joindre pendant qu'ils étaient sur le terrain. C'est pour ça que Reese n'était pas au courant de la mort de Whitney. Mais ils sont rentrés hier… Comme ça, vous verrez que Reese n'a rien à voir là-dedans.

Elle ouvrit un tiroir de son secrétaire et en sortit un agenda en cuir marron. Elle le feuilleta, mit le doigt sur un numéro de téléphone. De l'autre main, elle pianota sur le clavier de son téléphone mobile. Il fallut attendre un moment avant qu'elle n'obtienne son correspondant, puis elle se mit à parler.

— Jim Ogelsby, comment allez-vous ? dit-elle avec grâce et en souriant. Alors, ça s'est bien passé, cette petite excursion ? Ah bon ? Fantastique ! Il faudra que vous me racontiez ça… Non, pas maintenant… Je voudrais seulement vous poser une petite question. Comment Reese s'est-il acquitté de sa mission ? Comment ? Il n'est pas venu ? Il… Vous êtes sûr ? D'accord, eh bien, merci, Jim. Non, on en reparlera plus tard. A bientôt.

Elle raccrocha, les yeux exorbités.

— Jim vient de me dire que Reese ne l'a pas accompagné lors de ce voyage. Il lui a dit qu'il était allergique à certains vaccins, obligatoires pour se rendre au Guatemala. Il a menti.

La surprise qui imprégnait sa voix était pénible.

— Il m'a menti, reprit-elle. Tout ce qu'il m'a raconté était faux. Comment a-t-il pu me faire un coup pareil ? Oh ! mon Dieu ! il n'a pas quitté le pays…

Taylor hocha la tête.

— Est-ce que Reese connaissait les itinéraires de Jake ? Pouvait-il savoir où Jake se trouvait jour par jour ?

— Bien sûr. J'envoyais toujours une copie des itinéraires

de Jake à Reese et à Whitney. La secrétaire de Jake fixe son emploi du temps tous les mois et j'ai pris l'habitude de le leur envoyer.

Une expression d'horreur vint assombrir son visage.

— Vous croyez que Reese a essayé de piéger Jake ?

Baldwin hocha la tête.

— C'est fort possible. Reese connaissait-il les problèmes que rencontrait votre couple ?

Quinn réfléchit pendant une bonne minute avant de répondre :

— J'ai toujours essayé de le cacher, mais j'ai pu me trahir à telle ou telle occasion. Bien sûr, ce sont tous les deux des hommes et les hommes se comprennent bien entre eux, ils ferment les yeux sur ce qui se passe en dehors du foyer.

— Est-ce que Reese détestait Jake ? demanda Baldwin.

Cette question la laissa perplexe pendant un instant.

— Détester Jake ? Franchement, je n'en sais rien. Il m'a toujours paru courtois et respectueux à son égard. Il est vrai qu'ils n'étaient pas très proches.

Baldwin hocha la tête avant de croiser le regard de Taylor.

— Quinn, il faut qu'on sache. Il faut qu'on retrouve Reese. Verrouillez bien la porte après notre départ. Vous serez en sécurité dans cette maison. Ne sortez pas d'ici avant notre appel, d'accord ?

Quinn se redressa, les mains sur les cuisses, raide comme un piquet. Elle était si tendue que Taylor eut l'impression qu'elle retenait son souffle. Quinn finit par lever les yeux vers eux.

— Je ferai tout ce que vous me dites de faire. Je vous en

supplie, ne lui faites pas de mal. Il ne sait pas, il ne peut pas savoir… Ce doit être un énorme malentendu. Je vous en supplie : quand vous l'aurez retrouvé, faites en sorte que je sois la première à lui parler.

— Qu'est-ce qu'il ne sait pas, Quinn ? demanda Taylor en s'agenouillant aux pieds de la jeune femme.

Elle prit la main de Quinn dans la sienne.

— Qu'est-ce qu'il ne sait pas ? répéta-t-elle.

Quinn fixa le plafond, inspira. Puis elle se mit à chuchoter :

— Il ne sait pas qu'il n'est pas notre frère.

50.

— Il n'y a personne dans cette maison.

La voix désincarnée de Fitz résonna dans l'écouteur de Taylor pendant qu'elle et Baldwin commettaient tous les excès de vitesse et toutes les infractions au Code de la route pour atteindre au plus vite la maison de Reese.

— On a inspecté la maison. Il s'est barré, ajouta Fitz.

— Lance un avis de recherche, avec son signalement et le numéro de sa voiture. Il est reparti dans la nature et il ne faut pas prendre le risque qu'il enlève une autre fille.

Elle raccrocha et jeta un coup d'œil à Baldwin, qui parlait dans son téléphone portable tout en griffonnant des notes à toute allure.

— D'accord, merci. C'est ce que je voulais savoir.

Il raccrocha et rendit son regard à Taylor, l'air plus sérieux que jamais.

— Nathan Chase n'a reçu qu'une visite. Une seule. Un individu de sexe masculin qui est venu le voir il y a cinq ans. Tu veux savoir qui c'était ?

— Reese Connolly.

— Exact. Comme ça, tout est logique. Si Quinn nous avait dit dès le début que Reese n'était pas son frère, mais son fils, ça nous aurait facilité la tâche.

— Baldwin, je ne crois pas qu'elle en ait beaucoup parlé autour d'elle. A l'évidence, elle pensait que Reese lui-même n'était pas au courant. Mais il a fini par comprendre, hein ?

— D'une manière ou d'une autre… Rendre visite à son père biologique en prison. Merde ! C'est vraiment… Attends une seconde. Retourne au bureau. Il faut que je vérifie quelque chose.

Ils ne mirent que cinq minutes à regagner le CJC. Taylor se gara dans la rue et ils foncèrent dans son bureau, en passant par la porte de derrière. L'ordinateur portable de Whitney Connolly était encore ouvert sur le bureau de Taylor — objet inanimé qui contenait toutes les réponses qu'ils avaient cherchées, si seulement ils avaient su où les chercher.

Baldwin fit monter le dossier de réception des courriels au premier plan avant de se tourner vers le tableau blanc qui était accroché sur l'un des murs du bureau. Il commença par écrire l'adresse électronique.

« cm1855195c »

Il se mit à séparer les lettres et les chiffres qui la composaient et couvrit rapidement le tableau blanc de symboles auxquels Taylor ne comprenait rien. Baldwin avait l'air aux anges, comme une sorte de savant fou devenu profileur. Il finit par reculer d'un pas pour lui montrer le résultat de ses calculs.

« C/M/1/8/5/5/1/9/5/C
CM/18/5/5/19/5/C
C'est Moi 18 5 5 19 5 C
C'est Moi R E E S E C
C'est Moi Reese Connolly »

Baldwin affichait une expression triomphante, comme s'il venait de résoudre l'énigme la plus obscure qui ait jamais été posée à l'humanité.

— Comment y es-tu arrivé ? demanda Taylor sans vouloir flatter l'ego de Baldwin tout en sachant qu'il était fier de son décryptage.

— J'ai d'abord cru que c'était le numéro de matricule de Nathan Chase en prison. Mais ça ne collait pas. Ce n'est qu'un code très simple, lié à l'ordre numérique des lettres de l'alphabet. R est la dix-huitième lettre, E la cinquième, S la dix-neuvième. Ensuite, c'est assez clair.

Taylor fixa le tableau un long moment puis se leva, prit le marqueur des mains de Baldwin et inscrivit sa propre réponse au-dessous de la sienne. Les mots qu'elle traça sur le tableau les glacèrent d'horreur.

« C'EST MOI REESE CHASE »

— Le fils de son père. C'est à cause de ça, toute cette histoire, hein, Baldwin ?

Baldwin contemplait le tableau en hochant la tête.

— Je crois bien, oui.

51.

Quinn Buckley était avachie sur le canapé de la bibliothèque. Elle n'avait pas bougé depuis le départ des policiers. Elle était restée allongée, privée de toute énergie. Elle était complètement engourdie. Sa sœur était morte. Son mari était parti. Et son fils était recherché pour meurtre.

Pendant tant d'années, Whitney et ses parents s'étaient disputés à ce sujet. Whitney était disposée à endosser la responsabilité de la naissance de Reese, à assumer que c'était son fils. Elle n'avait pas peur du scandale. Elle n'avait peur de rien. Mais les parents avaient eu le dernier mot.

Le bruit s'était répandu dans la bonne société de Nashville : Eliza Connolly avait eu la chance de tomber tardivement enceinte. Un miracle, une bénédiction des dieux — et cette famille ne le méritait-elle pas, après toutes les épreuves qu'elle avait subies ? Car enfin, Peter Connolly avait trouvé le meilleur moyen de réconforter une femme rongée par le chagrin, et avec quel résultat ! Un fils, bien à eux et bien portant. Bien sûr Eliza avait accouché prématurément, avec presque deux mois d'avance, mais personne n'avait ergoté sur ce détail. Cela aurait été indécent, n'est-ce pas ?

Lors de sa venue au monde, Reese Connolly avait fait l'objet de nombre d'interrogations et d'insinuations, mais il n'en sut jamais rien. L'enfant était intelligent, précoce, et d'une telle beauté avec ses boucles sombres et sa bouche de chérubin. Ces yeux splendides auxquels rien n'échappait. Décidément, Reese excellait en tout.

Quinn remua un peu sur son canapé. Sa vie avait été gâchée par son inaptitude à agir courageusement lorsque les circonstances avaient exigé de l'audace et de la détermination. Elle aurait dû chasser Jake de sa vie à l'instant où il s'était mis à l'accabler de reproches, lorsqu'elle avait essayé de lui dire la vérité. Puis quand il l'avait trompée la première fois. Ou après la dixième fois. Ou la douzième… Elle ne tenait plus le compte de ses infidélités. Elle aurait dû s'opposer à ses parents, à l'exemple de Whitney. Elle aurait dû insister pour que Reese apprenne la vérité sur sa naissance lorsqu'il avait été en âge de comprendre. Mais non, elle n'avait jamais trouvé la force que sa sœur possédait en abondance. C'est cela qui les avait séparées. Quinn, son double, sa compagne d'infortune, qui se rangeait en silence du côté des adultes et refusait d'admettre la vérité.

Oui, elle avait choyé Reese pendant que Whitney l'évitait. Elle avait essayé, en prenant de l'âge, de compenser tout ce qu'elle avait négligé de faire pour lui dans le passé. C'est la raison pour laquelle elle l'avait pris sous son aile lorsque ses parents avaient trouvé la mort. Elle avait enfin pu se comporter en mère avec lui, même si elle avait continué de lui cacher les véritables circonstances de sa naissance. Elle avait fait en sorte qu'il ne manque de rien, qu'il aille dans une bonne école. Elle avait financé ses études supérieures, de la prépa à la fac de médecine. Reese avait touché sa part d'héritage mais elle ne voulait pas qu'il se tracasse pour les détails matériels. Et puis, un jour, il n'avait plus eu besoin d'être materné. Il était devenu un homme.

Un homme recherché pour meurtre. Mon Dieu, pourquoi avait-il mal tourné ainsi ? Elle se mit à rire amèrement. N'avait-elle pas commis toutes les erreurs possibles et imaginables avec lui ?

Le téléphone sonna. Elle essaya de l'ignorer, mais l'insistance stridente de la sonnerie finit par la décider à se lever. Elle se traîna lamentablement jusqu'à l'appareil et le ramassa. Quand elle décrocha, le bruit cessa mais personne ne lui rendit son salut.

Elle s'aperçut qu'il faisait nuit dehors. Elle était restée allongée sur le canapé pendant des heures. Une pensée lui traversa l'esprit. Les jumeaux. Etaient-ils avec Jake ? C'était certainement le cas, car elle ne les avait pas entendus de tout l'après-midi. Elle ne se souvenait pas de lui avoir permis de les emmener quand il était parti, un peu plus tôt dans la journée. Elle se dit qu'il valait mieux l'appeler sur son téléphone portable, pour lui demander fermement de les ramener à la maison.

Elle composa son numéro. Elle eut la surprise de l'entendre décrocher à la première sonnerie. Elle s'efforça de rester courtoise.

— Jake, j'aimerais bien que tu ramènes les enfants à la maison avant la nuit. Je ne sais pas où tu es, mais ils ont besoin de dormir dans leurs propres lits… Quoi ? Ils ne sont pas avec toi ? Tu les as déposés quelque part ? Oh ! mon Dieu ! Jake, où sont-ils ?

Elle se mit à courir dans toute la maison en geignant et en les appelant. Aucun signe, ni de l'un ni de l'autre.

Le téléphone sonna de nouveau. Elle se précipita dessus en espérant que c'était Jake qui la rappelait pour lui dire qu'il l'avait fait marcher, juste pour se venger d'avoir été mis à la porte. Mais ce n'était pas lui.

La voix qu'elle entendit dans l'écouteur était si douce, si basse qu'elle pouvait à peine distinguer les paroles de son correspondant.

— Retrouve-moi dans la clairière. Viens voir mourir tes enfants.

52.

Taylor et Baldwin étaient en train de passer au crible la vie de Reese Connolly. Son petit bungalow de deux pièces à West End était simple et propre et recelait très peu d'indices quant à la personnalité du tueur qui y logeait. Des fouilles étaient en cours dans le jardinet. Marcus, après y avoir repéré de la terre fraîchement remuée, avait découvert six petits monticules identiques, parfaitement alignés et disposés avec une symétrie impeccable. En creusant sous le premier, il avait déterré une main de femme en décomposition. On procédait actuellement, avec le plus grand soin, à l'excavation des autres petites sépultures.

Le téléphone portable de Taylor sonna et elle lâcha un soupir avant de décrocher. Toute activité lui semblait épuisante, même la plus banale. Elle n'était pas préparée à ce qu'elle entendit dans l'écouteur.

Quinn Buckley était en pleine hystérie, elle hurlait dans le téléphone. Taylor tenta de la calmer, en vain. Elle ne parvint à distinguer que quelques bribes d'information dans les propos décousus de sa correspondante : ses enfants avaient disparu et elle avait été sommée de se rendre à l'endroit où elle jouait le jour où elle avait été kidnappée avec sa sœur. Pour l'avoir lu dans leur dossier pénal, Taylor se souvint que la clairière était située derrière le terrain de la maison familiale, sur Belle Meade Boulevard.

L'équipe se scinda en deux. Taylor et Baldwin partirent pour le parc et y parvinrent en moins de dix minutes. La maisonnette de Reese n'était pas très éloignée des artères principales du secteur, et ils traversèrent la ville sans encombre.

Taylor et Baldwin étaient tendus, anxieux, sur leurs gardes. Ils n'échangèrent pas un mot mais fonctionnaient en symbiose. Ils se préparaient émotionnellement. Quand les policiers étaient confrontés à des situations impliquant des enfants, ils n'ignoraient pas que les conséquences de leurs actes pouvaient être déchirantes. Ils avaient tous deux déjà assisté à des scènes de violences domestiques. Si ce que Quinn avait dit était vrai, ils devaient concentrer toute leur énergie sur un seul résultat : faire en sorte que les enfants s'en tirent sains et saufs.

Ils tournèrent sur Belle Meade Boulevard, et Taylor se mit à compter les numéros de rue jusqu'à ce qu'ils repèrent la maison qui avait appartenu aux Connolly quand les jumelles étaient gamines. Ils pénétrèrent dans le domaine et furent impressionnés par l'imposante demeure qui se dressait devant leurs yeux. Quinn avait dit que la maison venait d'être vendue mais était encore inoccupée. C'était une chance car les nouveaux habitants des lieux ne seraient pas là pour gêner leurs mouvements.

Taylor recula puis se gara sur le boulevard, juste à l'endroit où débouchait la rue où habitait Quinn. Elle éteignit les phares de sa voiture. La lune était pleine et faisait chatoyer le monde d'ombres qui les entourait. Suivie de Baldwin, elle escalada la clôture et avança à pas feutrés vers la maison. Deux voitures étaient garées dans l'allée circulaire.

Taylor reconnut la Jaguar vert bouteille qu'elle avait déjà vue chez Quinn. L'autre voiture lui était inconnue — une jeep Wrangler décapotable. Elle effectua un contrôle radio de la plaque d'immatriculation. La voiture était enregistrée au nom de Reese Connolly.

Le moment était donc venu. Toutes les pistes, tous les faux pas des deux dernières semaines avaient fini par aboutir à cet instant. Reese Connolly lançait un dernier défi à la face du monde. Et il avait choisi de le faire en capturant deux innocents.

Taylor et Baldwin contournèrent en silence le bâtiment plongé dans l'obscurité. La surprise constituait leur unique chance d'aider Quinn et ses enfants. Reese ne savait pas qu'ils étaient là, prêts à lui mettre la main au collet. Ou pire, si nécessaire.

— Tu veux la jouer comment ? demanda Taylor qui cherchait à se repérer dans la pénombre.

La lune était assez lumineuse pour les aider à se diriger.

— Allons-y doucement, traversons le bois sans bruit. Avec un peu de chance, Quinn a exagéré la gravité de la situation. Allons voir de quoi il retourne. On n'aura peut-être pas besoin de recourir à la force.

Taylor posa la main sur son Glock, comme elle l'avait fait si souvent déjà, prête à dégainer. Elle défit la sangle de son holster, entendit Baldwin faire la même chose à moins d'un mètre d'elle. Elle lui fit un geste pour l'inciter à marcher devant elle. Elle sortit une lampe de poche, en couvrit l'extrémité de la main gauche pour ne pas être vue et avança dans les ténèbres qui environnaient l'arrière de la maison.

— Par là, chuchota Baldwin en désignant un sentier qui perçait le bois. On devrait arriver à la clairière en prenant ce chemin.

Ils pénétrèrent en silence dans le bois, écartant sur leur passage les branches et les toiles d'araignées. Une cinquantaine de mètres plus loin, le sentier s'élargissait avant de déboucher sur la clairière, qui n'était plus qu'à quelques pas d'eux.

Attentive à ne produire aucun son, Taylor sortit du bois la première, suivi de près par Baldwin. Elle ne tarda pas à percevoir la voix de Quinn qui sanglotait et suppliait, et celle plus forte de l'homme qui avait tué à huit reprises.

— Arrête de chialer, Quinn, ça te bouffit le visage. Tu veux avoir l'air belle devant les caméras, pas vrai ? Il faut que tu sois la jolie maman pleine de fraîcheur, que tu affiches ta dignité habituelle en pleurant la mort de tes deux enfants et de ton frère. Mais non, je me trompe... Je ne suis pas ton frère, en fait. Juste un gamin à qui personne n'a voulu dire la vérité. Whitney et toi, vous les avez laissés faire. Vous leur avez permis de monter ce mensonge.

Il y eut un peu de bruit et l'on entendit un bref couinement, frêle et aigu. L'un des enfants avait lâché un cri vite étouffé par la main du ravisseur.

— Reese, dit Quinn d'une voix étranglée par l'émotion, tu ne comprends pas. Tu ne peux pas comprendre. On avait douze ans, Reese. Douze ans... Je t'en supplie, Reese, mes enfants n'ont rien à voir là-dedans. On a beaucoup de choses à se dire, toi et moi. On a perdu notre innocence sur un canapé crasseux qui puait la bière et la sueur. Je ferai tout pour t'aider, Reese. Je te ferai sortir du pays pour que tu ne passes pas en jugement. Mais je t'en prie, relâche mes enfants. Ils sont innocents, ils ne doivent pas être punis pour les péchés de leur mère.

Couverte par la voix éplorée de Quinn, Taylor s'approcha un peu plus et se plaqua contre un arbre, l'arme en main et prête à faire feu. Quinn se trouvait à une quinzaine de mètres d'elle et Taylor pouvait distinguer sa silhouette à la lumière de la lune. Reese, quant à lui, demeurait hors de vue — ce n'était qu'une voix désincarnée qui résonnait dans la nuit. Elle ne pouvait pas voir les enfants non plus. Merde, sa cible était invisible ! Elle ne pouvait rien faire. Pas encore, du moins.

Quinn continuait à essayer de convaincre Reese de lui rendre ses enfants. Elle avait dû se déplacer car, soudain, la voix de Reese se fit entendre, claire et froide.

— N'avance pas d'un centimètre, Quinn. Le couteau que j'applique contre la gorge du petit Jake Junior pourrait bien glisser et la chère petite chose ne s'en remettrait pas.

Quinn leva les mains en signe de soumission et recula de quelques pas. Taylor réalisa que, de là où elle était, Quinn pouvait voir Reese. Elle pouvait voir le couteau pressé contre le cou de son fils.

Quinn renonça à négocier et se mit à questionner Reese. « Très bien, ma fille, songea Taylor. Fais-le parler, qu'on puisse l'entourer et le priver d'une voie de repli. » Elle envoya ce message mental à Quinn en priant pour que celle-ci ait senti sa présence.

Baldwin croisa le regard de Taylor. Il leva une main en écartant les doigts. « Cinq minutes, signifiait-il. Donne-moi cinq minutes pour trouver une position favorable, et on pourra le maîtriser. » Elle hocha la tête et observa Baldwin tandis qu'il se faufilait dans l'obscurité. Si Quinn parvenait à monopoliser l'attention de Reese pendant cinq minutes encore...

Taylor se remit à écouter les propos qu'échangeaient Quinn et Reese.

— Reese, mon chou, je t'en prie. Dis-moi pourquoi. Pourquoi tu as tué ces filles ? Pourquoi tu es devenu dingue comme ça ?

— JE NE SUIS PAS DINGUE ! hurla-t-il.

L'un des enfants se mit à gémir.

— Ta gueule, petite merde ! s'exclama Reese. Ferme-la ou je te saigne, tu m'entends ? Quinn, si tu continues comme ça, tes gosses vont y passer. Mais je vais répondre à ta question : ce que j'ai fait, je l'ai fait pour ma mère.

— Reese, tu ne...

Il l'interrompit.

— Ne me dis pas que je ne sais pas qui est ma mère. Je sais, voilà tout. Je le sais depuis que j'ai quatorze ans. Depuis que j'ai l'âge de comprendre ce genre de trucs. Ma vraie mère a été violée et a eu un enfant. Mon éducation sexuelle était déjà faite, à l'époque. Il suffisait de me dire la vérité. On n'en serait pas là aujourd'hui si tu m'avais dit la vérité, toi ou les autres. Mais tu n'as rien dit, tu avais honte de moi, de ce qui était arrivé.

» Le jour où *tes* parents sont morts, j'ai lu le journal de Whitney. C'est là que j'ai enfin compris. Elle était si courageuse, elle voulait tant que tout le monde sache que j'étais son fils. Même si elle ne l'a jamais admis... moi, je savais. Je le lisais dans son regard. Elle s'est éloignée de moi quand je suis devenu plus âgé. Elle ne voulait pas admettre qu'elle avait eu tort de céder. Mais je lui aurais pardonné, Quinn. J'aurais tout pardonné à ma mère.

Taylor contourna lentement les arbres, cherchant à trouver une position d'où elle pourrait voir Reese. Elle se faufila à pas feutrés entre les troncs, passant d'un arbre à l'autre. Deux minutes plus tard, elle pouvait presque toucher Quinn tant elle s'était rapprochée d'elle. Il lui restait trois minutes.

Reese poursuivit sa diatribe :

— Alors je me suis dit que si maman ne me reconnaissait pas, peut-être que papa le ferait. Et il l'a fait. Tu te souviens de mon papa, Quinn ? De Nathan Chase ? Je suis sûr qu'il a gardé un bon souvenir de toi… Mais ne va pas croire que je trouve ça bien, ce qu'il a fait…

Sa voix se brisa un instant.

— Je ne dis pas non plus que ce que j'ai fait, c'est bien. Mais il le fallait. Il fallait que j'aide ma mère.

Sa voix se raffermit lorsqu'il précisa :

— C'était une très bonne idée. Quelque chose qui puisse attirer l'attention de Whitney. Quelque chose qui puisse la couvrir de gloire. Tu sais combien elle désirait devenir une journaliste de renommée nationale. Tu sais quelles épreuves elle a dû affronter dans sa carrière, le mal qu'elle s'est donné pour être parfaite. Tout ce qui lui manquait, c'était une affaire sensationnelle dont elle aurait eu l'exclusivité. C'est ce que je lui ai apporté sur un plateau.

— Tu es en train de me dire que tu as tué huit êtres humains pour permettre à Whitney de faire les gros titres ?

— Sept… Une de ces petites salopes est morte avant que je puisse m'occuper d'elle. C'était une idée grandiose. Quelque chose dont tout le pays parlerait. Surtout en déplaçant les corps d'un Etat à l'autre et en laissant une main tranchée derrière moi... Je savais qu'ainsi, le FBI serait obligé d'intervenir et que cela dramatiserait toute l'affaire. J'ai trouvé que le coup des mains tranchées était adapté à mon histoire, parce que ma vraie mère ne m'avait jamais pris dans ses bras, ne m'avait jamais caressé de ses mains... J'ai eu du mal au début, mais après c'est venu tout seul...

Le vomi, songea Taylor. Sur la première scène de crime. Il avait été si bouleversé par son acte qu'il avait vomi. Cela expliquait les traces d'hésitation dans l'amputation de la main droite de Susan Palmer que le médecin légiste avait constatées à l'autopsie. Si seulement Reese avait été définitivement dégoûté par son projet délirant à ce moment-là...

Mais il s'en vantait, à présent. Tout espoir de le voir recouvrer la raison semblait vain.

— Ensuite, je suis devenu un expert. Ça commençait même à me plaire. Et j'ai fait porter le chapeau à ton crétin de mari.

Reese parlait comme un enfant, un enfant qui aurait voulu qu'on récompense sa conduite exemplaire.

— Je l'ai fait pour elle, Quinn. Je savais au fond de moi-même que si je l'aidais, elle se remettrait à m'aimer, comme quand on était mômes. Je suis son fils, merde ! Maintenant elle est morte, elle aussi, et je me rends compte que j'ai fait tous ces efforts pour rien... Pour rien !

Son cri de rage résonna dans les ténèbres et Taylor en profita pour sortir de l'ombre, l'arme au poing, pointée vers l'endroit d'où venait la voix de Reese. Un instant plus tard, elle était derrière Quinn et put enfin distinguer la silhouette de ce dernier. Baldwin, qui se glissait dans la nuit sur sa gauche, était également dans son champ de vision. Ils étaient en position, prêts à l'arrêter.

Quinn, qui n'avait rien dit depuis quelques instants, reprit la parole d'une voix résolue, comme si elle venait de prendre une décision irrévocable.

— Rends-moi mes enfants, Reese. Je ferai en sorte que tu n'ailles pas en prison. Que tu t'en sortes. Je suis désolée qu'il ait fallu que tu en arrives à tuer pour attirer notre attention. Je te jure que c'est chose faite, à présent. Tu as été méchant, Reese… Un très vilain garçon… Mais je peux te tirer de ce pétrin. Laisse les jumeaux partir et je t'aiderai.

Quinn se mit à avancer vers Reese. Taylor aperçut furtivement un objet dans la main droite de Quinn. Oh non, merde, pas ça… Quinn voulait jouer les héroïnes. Elle avait trouvé une arme et l'avait apportée pour affronter Reese. Elle continuait à se rapprocher de Reese. Taylor devait intervenir avant que ça tourne mal. Taylor fit un pas pour apparaître tout entière derrière Quinn, et Reese la vit — et paniqua.

— Quinn, c'est qui, celle-là, merde? Tu as prévenu les flics? Je t'avais dit : pas de flics! Je voulais te parler. Maintenant, regarde ce que tu as fait. Je n'ai plus le choix.

Taylor vit briller la lame et cria :

— Lâchez ce couteau! Jetez-le par terre, Reese! Vous ne vous en sortirez pas vivant si vous ne lâchez pas ce couteau et que vous ne relâchez pas ces enfants. Quand vous aurez obtempéré, on pourra causer. Lâchez-le tout de suite, Reese!

Elle se colla contre Quinn. Et ajouta :

— Ne bougez plus, Quinn. Restez où vous êtes. Laissez-nous nous en occuper.

Elle avança lentement, prête à agir, vers Reese. Il avait l'air hébété, confus. Brusquement, la voix de Baldwin se fit entendre derrière lui.

— Vous êtes cerné, Reese. Lâchez le couteau et tout le monde s'en sortira vivant.

Quinn ne tint aucun compte des instructions de Taylor et continua à se rapprocher, cherchant désespérément à sauver ses enfants.

— Reese, tu ne peux pas faire ça. Tu ne peux pas tuer ton propre frère. Reese, écoute-moi. Jake Junior est ton frère. Jillian est ta sœur. Tu comprends ce que je te dis ? Ton frère et ta sœur, Reese… Tu ne peux pas les tuer.

Un rayon de lune vint éclairer son visage noyé de larmes.

— Je t'en supplie, Reese, je t'en supplie.

Reese devenait de plus en plus nerveux. Taylor vit la pointe du couteau s'enfoncer et un mince filet de sang couler le long du cou de Jake Junior. Jillian se mit à gémir. Cette vision d'horreur acheva de bouleverser Quinn.

Elle se précipita et parcourut une demi-douzaine de mètres en quelques brèves secondes. Taylor essaya de l'en empêcher mais Quinn avait été trop rapide, comme une biche débusquée dans un buisson. Bien visible à présent, l'arme qu'elle tenait à la main était braquée sur Reese.

— Non, Quinn, ne faites pas ça ! hurla Taylor.

Mais il était trop tard. Quinn s'immobilisa à deux mètres, visa et appuya sur la détente. Reese s'effondra au moment même où les mots de Taylor cessèrent de résonner dans la nuit. Les enfants coururent vers leur mère et se collèrent contre ses jambes.

Taylor se rua sur Reese. Il était étalé sur le sol et ne bougeait plus. D'un trou sous la clavicule jaillissait un flot écarlate. Taylor réalisa qu'il perdait beaucoup de sang et qu'il ne s'en tirerait pas si les secours n'arrivaient pas au plus vite. Elle alluma sa radio et appela une ambulance en urgence pour porter secours à un individu grièvement blessé par arme à feu.

Baldwin palpa le corps de Reese pour s'assurer qu'il n'avait pas une autre arme. Il empocha le couteau et hocha la tête en direction de Taylor pour lui signifier que le suspect était désarmé. Il ne cessa pas de diriger son pistolet vers Reese, même s'il y avait peu de chances pour que ce soit nécessaire.

Taylor se tourna vers Quinn, qui n'avait pas lâché son arme et continuait de la brandir.

— Donnez-moi ce pistolet, Quinn. Passez-le-moi, voilà, comme ça… C'est bien.

Quinn regarda Taylor comme si elle la voyait pour la première fois. Elle tenait le pistolet mollement et ne résista pas lorsque Taylor s'en empara doucement. Une fois privée de son arme, Quinn fondit en larmes. Elle serra dans ses bras ses deux enfants qui pleuraient eux aussi. Taylor se releva, ôta le chargeur du pistolet et vida les balles dans la paume de sa main. Elle les enfouit dans sa poche et glissa l'arme entre le creux de ses reins et sa ceinture.

Quinn reprit contenance et s'adressa à ses enfants.

— Restez avec cette dame un instant. Il faut que je parle à votre oncle.

Les enfants obéirent, trop terrifiés pour réagir, et se blottirent contre les cuisses de Taylor. Taylor les gratifia d'une petite tape sur la tête sans quitter Quinn des yeux.

Quinn s'approcha de Reese, le surplombant pendant un moment, attendant qu'il lève les yeux vers elle. Il parvint finalement à fixer son regard sur elle. Elle consulta les policiers du regard, en quête de conseils.

— Ne le touchez surtout pas, Quinn. Vous l'avez touché en pleine poitrine, son poumon est déjà atteint. Je ne sais pas s'il va s'en tirer, dit Baldwin.

— Je veux juste lui parler un moment.

Des larmes coulaient sur ses joues. Elle s'agenouilla à côté de Reese et se mit à parler d'une voix aussi calme que ferme.

— Reese, je suis ta mère. Je suis désolée. Tu avais raison, on aurait dû te dire la vérité.

— Non, tu mens, dit Reese d'une voix éraillée, déformée par la douleur. C'était Whitney. Whitney était ma mère.

Il toussa et une bulle de sang apparut au coin de sa bouche. Il était grièvement blessé.

Quinn secoua la tête.

— Non, tu te trompes. C'est bien moi, ta mère. On nous a toutes les deux isolées du monde après l'enlèvement, mais c'était bien moi qui étais enceinte…

Reese tenta de répondre, au prix d'un effort pénible.

— Mais… Nathan… m'a dit… Il m'a dit qu'il avait violé Whitney… pas toi…

— Reese, nous étions de vraies jumelles. Il n'arrivait pas à nous distinguer l'une de l'autre. On ne lui a jamais dit nos noms.

Le son des sirènes se fit entendre, augmentant de seconde en seconde. Taylor demanda aux enfants de ne pas bouger et rejoignit Quinn.

— Laissez-le, maintenant, Quinn. Il faut laisser les secours accéder à Reese pour qu'ils lui administrent les premiers soins.

Taylor remarqua le teint cireux de Reese, la lueur qui vacillait dans ses yeux, sa difficulté à respirer. Chose curieuse, ni elle ni Baldwin n'avaient fait le moindre effort pour lui porter assistance. Elle trouvait qu'il ne le méritait pas.

Quinn était accroupie auprès de Reese, elle lui caressait les cheveux en chuchotant. Le sang coulait toujours à flots sur sa poitrine et Taylor vit la sueur qui luisait sur sa lèvre supérieure. Il murmurait en réponse à Quinn, répétant inlassablement :

— Je suis désolé, je suis désolé…

Les sirènes résonnèrent dans l'obscurité. L'ambulance s'immobilisa sur la chaussée et les secouristes en sortirent en courant vers la clairière. Taylor prit Quinn par le bras pour qu'elle leur laisse la place.

— Laissons-les s'occuper de lui, Quinn. Tenez-vous à l'écart.

Quinn dévisagea Taylor.

— Vous croyez qu'ils vont réussir à le sauver ?

Baldwin apparut dans la lumière et posa une main sur le bras de Quinn.

— Laissez-les faire leur boulot, Quinn. Il faut que vous veniez par ici avec moi.

Baldwin fit un geste à l'intention d'un des policiers en uniforme qui étaient arrivés à la suite de l'ambulance.

— Pouvez-vous conduire Mme Buckley à votre véhicule ? Elle a besoin de se reposer un instant.

L'homme emmena prestement Quinn.

Taylor haussa les sourcils.

— On va être obligés de la mettre en examen ?

— Elle vient de tirer sur un homme. Je crois qu'elle n'aura pas de mal à plaider la légitime défense, mais il faut surtout qu'on l'éloigne d'ici.

Quinn pénétra dans la voiture de patrouille, les yeux baissés. Baldwin fit signe à un autre policier de s'occuper des enfants. Ni l'un ni l'autre n'était grièvement blessé. Une trace de sang maculait le col de Jake Junior. L'un des secouristes vint l'examiner et déclara que ce n'était qu'un petit bobo. Les enfants étaient sains et saufs. On les installa dans la même voiture que leur mère qui les serra dans ses bras et enfouit sa tête dans leurs épaules. Baldwin les observa un instant. Ils se souviendraient de cette nuit toute leur vie, de ça il était certain. Il revint à la scène.

Les secouristes avaient installé Reese sur une civière et s'apprêtaient à l'emmener à l'hôpital. Taylor les rejoignit et demanda à l'un d'eux :

— Il va s'en tirer ?

Le sang de Reese dégoulinait sur les mains du secouriste.

— Ouais, on devrait arriver dans les temps à l'hôpital. Un centimètre plus bas et il était cuit. Ce fils de pute a eu de la chance.

— Alors, attendez un instant, s'il vous plaît.

Elle sortit sa paire de menottes de sa poche arrière et saisit le bras de Reese. Il grognait et jurait. La douleur le rendait incohérent et la perte de sang l'avait considérablement affaibli. Elle lui passa une des menottes au poignet et fixa la seconde au cadre de la civière.

— Il est en état d'arrestation. Ne lui enlevez surtout pas ces menottes, compris ?

Le secouriste voulut protester.

— Mais on ne peut pas faire ça…

— N'essayez pas de discuter avec moi. Une voiture de patrouille va vous escorter. Je vous retrouve à l'hôpital. Maintenant, allez-y.

Elle franchit les quelques mètres qui la séparaient de Baldwin en arborant un large sourire.

— On l'a eu.

53.

Taylor et Baldwin étaient assis sur la terrasse, buvant des bières à la bouteille. Reese Connolly devait être mis en examen ce jour-là.

La semaine précédente s'était écoulée dans une sorte de brouillard. Reese était arrivé à temps à l'hôpital. Après qu'il eut passé plusieurs heures entre la vie et la mort, les médecins étaient parvenus à réparer les dégâts causés par la balle et avaient déclaré qu'il allait survivre à sa blessure. Taylor en éprouva une immense satisfaction. Ce salaud allait payer pour ses crimes, il allait passer en jugement. La prédiction de Reese s'était accomplie : sa sanglante épopée — que sa tante aurait tant voulu relater en exclusivité — avait fait les gros titres de la presse nationale. Ironie de l'histoire, c'est de façon posthume que Whitney Connolly avait enfin accédé à la célébrité qu'elle recherchait avec tant d'âpreté de son vivant.

Quinn ne voulait pas en démordre : elle insistait sur le fait que Reese avait été égaré par la haine et que son erreur quant à l'identité de sa mère lui avait fait perdre la raison. Elle prétendait donc qu'il ne pouvait être tenu pour responsable de ses actes lorsqu'il avait perpétré les crimes atroces qui avaient tenu le Sud-Est en haleine pendant tout un été.

Le procureur avait décidé de ne pas la mettre en examen. Elle avait engagé le meilleur avocat pénaliste de Nashville et remuait ciel et terre pour étayer la défense de son fils aîné et plaider la folie.

Baldwin avait passé un long après-midi à la prison de Riverbend où il était allé rendre une visite à Nathan Chase afin de tenter d'assembler les dernières pièces du puzzle. Nathan avait admis bien volontiers ses crimes passés et manifesté une réelle fierté à l'égard des exploits de son fils, ainsi qu'il nommait la série de meurtres qu'avait commis Reese.

Reese, pour sa part, cherchait à gagner la sympathie du public et faisait tout pour qu'on admette qu'il n'était pas responsable de ses crimes. A l'hôpital, après être passé sur le billard, il avait expliqué en détail aux enquêteurs ce qu'il avait fait. Comment il avait filé Jake Buckley, comment il avait compris que ce dernier cocufiait sans répit Quinn — ce qui l'avait décidé à en faire le bouc émissaire de ses propres crimes.

Reese avait admis qu'il s'était trouvé à court de temps et s'était mis à tuer ses victimes en route plutôt que de les ramener chez elles pour les égorger plus tranquillement. Des traces de sang — celui de Marni Fischer — avaient été découvertes sur une aire d'autoroute à soixante kilomètres de Roanoke. Baldwin avait vu juste à propos de la crise d'asthme qui avait été fatale à Noelle Pazia. Elle était morte asphyxiée dans le coffre de la voiture de Reese et la réaction de rage de celui-ci l'avait conduit à franchir un pas supplémentaire dans l'horreur avec Ivy Clark.

On ne tue jamais pour de bonnes raisons. Mais aux yeux de Reese, c'était exactement ce qu'il avait cru faire. Il cherchait du soutien de la seule façon qu'il connaissait, en essayant d'obtenir l'approbation et l'affection qu'on lui avait refusées pendant si longtemps. Il n'avait jamais admis que c'était Quinn qui l'avait materné et lui avait, de fait, procuré l'amour et les soins dont il croyait avoir manqué.

Son avocat, un ténor du barreau habile et expérimenté, disait à qui voulait l'entendre que Baldwin avait extorqué à son client des aveux par la contrainte, puisque ce dernier se trouvait encore sous l'influence des neuroleptiques que les médecins lui avaient administrés à la suite de son opération. Il s'évertuait à faire classer l'affaire sans suite pour vice de procédure. L'affaire tournait à la farce judiciaire, telle que Nashville n'en avait pas connu depuis longtemps.

Baldwin se prélassait tranquillement au soleil, en cette fin d'après-midi. Les journées commençaient à tiédir et les soirées apportaient un peu de fraîcheur à l'atmosphère. L'automne approchait.

— Taylor, dit-il doucement.

Elle le regarda d'un œil souriant.

— J'ai eu Garrett au téléphone, ce matin, poursuivit Baldwin. Je lui ai annoncé ma démission.

Taylor se tourna vers lui en mettant ses mains en visière sur son front pour se protéger de l'éclat du soleil couchant.

— Tu rigoles ?

Il secoua la tête.

— Non, c'est sérieux. Je veux voler de mes propres ailes, rompre avec le FBI. Je songe à créer ma propre boîte de consultants dans le domaine de la sécurité. Tu pourrais travailler avec moi.

— Je ne suis pas encore prête à quitter la police, Baldwin. Tu le sais bien.

— Alors, tu pourrais m'apporter une aide ponctuelle, dans certains cas. De toute façon, c'est fait. J'envoie ma démission par la poste demain matin. Je veux rester ici, Taylor. Avec toi.

Il se leva pour la rejoindre, posa les mains sur les bras de son amour, courba la tête pour déposer un baiser sur son front.

— J'en ai marre de la vie que je mène. Marre d'assister à tous ces crimes, marre d'attendre que le prochain tueur en série se manifeste. Il me faut autre chose. Je veux être avec toi. Pour toujours. Taylor, je veux que tu sois mon épouse.

Il posa la main gauche de Taylor dans la sienne et elle sentit un objet glisser le long de son annulaire. Elle examina sa main, ébahie par l'éclat du diamant.

Taylor était stupéfaite. Non pas tant par la proposition elle-même que par l'émotion qui la submergeait. Son épouse… Le mot ne lui était pas familier. Elle n'y avait jamais songé, pas sérieusement en tout cas. Elle savait que Baldwin l'aimait, et c'était réciproque. Mais de là à passer le restant de ses jours en sa compagnie…

Ils affrontaient tous les jours de tels dangers. Le mal gangrenait leur vie, les confinait dans l'obscurité. Dans ces conditions, le mariage semblait être une proposition illusoire. Le bonheur était un luxe qu'ils ne pouvaient pas se permettre.

— Baldwin. Je… Je ne sais pas quoi dire…

Le regard qu'il lui adressa suffit à lui briser le cœur.

— Ce n'est pas que je veuille te dire non. C'est juste que je n'y ai jamais pensé. Enfin, jamais sérieusement… Je…

Baldwin, je tremble à l'idée de te perdre. J'ai peur de te perdre si on se marie.

— Taylor, tu délires. Je ne te quitterai pas. Et personne d'autre ne viendra jamais gâcher notre bonheur. Je veillerai sur toi. Et sur moi-même…

Elle sentit des larmes perler au coin de ses yeux. Baldwin avait reculé de quelques dizaines de centimètres et la regardait comme si elle allait exploser. La pure vulnérabilité qu'elle lisait dans son regard la tétanisait. Il crut que c'était un signe de refus et fit un pas vers la maison pour la laisser en paix. Taylor lui saisit le bras. Il lui prit la main, la porta à ses lèvres. Les larmes coulaient à présent, ruisselant le long de ses joues. Elle les essuya du revers de la main, sourit et le contempla au travers de la brume qui lui voilait les yeux. Elle l'attira contre sa poitrine, le retint. Elle pressa ses lèvres contre les siennes.

— Non, je t'en prie, ne t'en va pas, fit-elle.

Elle inspira profondément et ajouta :

— Ma réponse est oui.

REMERCIEMENTS

L'écriture de ce roman fut un travail d'équipe. Un nombre incroyable de personnes m'ont offert leur temps et leur expertise. J'aimerais remercier :

Mon extraordinaire éditrice, Linda McFall, de Mira Books, toute l'équipe de Mira et tout particulièrement Margaret Marbury, Dianne Moggy et Tara Kelly.

Mon agent Scott Miller, de Trident Media Group, pour avoir donné sa chance à une inconnue, et Holly Henderson Root, pour son aide et ses conseils éditoriaux avisés.

Le détective David Achord, du département de police des homicides de Nashville, qui a été une source inépuisable de détails pour ce livre. Merci d'avoir été à mes côtés.

L'officier Carl Stocks, le détective Mike Mann et tout le département des homicides de Metro Nashville pour m'avoir apporté leur aide et avoir répondu à toutes mes questions. Merci également au Dr Michael Tabor et à Kris Rinearson, qui furent une source inépuisable d'informations.

L'aide et le soutien de ma famille et de mes amis ont été essentiels pendant le processus d'écriture. Tous mes remerciements à Janet, Mary, Rai, Cecelia, Peggy, mon oncle Del Tinsley et J.B. Thompson. Cette histoire n'aurait pas vu le jour sans vous ! Merci également à Joan Huston d'avoir relevé les petites erreurs, et à Linda Whaley, toujours là pour moi. Merci à mes amis du Bellevue Post Office, qui m'ont constamment soutenue.

Et, bien évidemment, merci à mes merveilleux parents, qui m'ont constamment rappelé que je peux réussir ce que j'entreprends, et à mes frères, qui m'ont toujours soutenue.

Enfin, merci à Randy. Ton amour, ta patience, ton indulgence m'ont fait avancer.

DANS LA MÊME COLLECTION
Par ordre alphabétique d'auteur

BEVERLY BARTON	*Dans l'ombre de l'assassin*
OLGA BICOS	*Nuit d'orage*
OLGA BICOS	*La mort dans le miroir*
LAURIE BRETON	*Ne vois-tu pas la mort venir ?*
BARBARA BRETTON	*Le lien brisé*
JAN COFFEY	*La dernière victime*
JAN COFFEY	*L'accusé*
JASMINE CRESSWELL	*La Manipulatrice*
JASMINE CRESSWELL	*Le secret brisé*
JASMINE CRESSWELL	*La mort pour héritage*
JASMINE CRESSWELL	*Soupçons mortels*
JASMINE CRESSWELL	*Je saurai te retrouver*
CAMERON CRUISE	*La perle de sang*
MARGOT DALTON	*Amnésie*
MARGOT DALTON	*Kidnapping*
MARGOT DALTON	*Le sceau du mal*
MARGOT DALTON	*Crimes inavoués*
WINSLOW ELIOT	*L'innocence du mal*
ANDREA ELLISON	*Elles étaient si jolies*
LYNN ERICKSON	*Le Prédateur*
SUZANNE FORSTER	*Le cercle secret*
SUZANNE FORSTER	*Secrets*
TESS GERRITSEN	*Présumée coupable*
TESS GERRITSEN	*Crimes masqués*
TESS GERRITSEN	*Ne m'oublie pas*
HEATHER GRAHAM	*L'invitation*
HEATHER GRAHAM	*L'ennemi sans visage*
HEATHER GRAHAM	*Le complot*
HEATHER GRAHAM	*Soupçons*
HEATHER GRAHAM	*La griffe de l'assassin*
HEATHER GRAHAM	*Prémonition*
HEATHER GRAHAM	*L'ombre de la mort*
HEATHER GRAHAM	*Danse avec la mort*
HEATHER GRAHAM	*Noires visions*
HEATHER GRAHAM	*Nuits blanches*
HEATHER GRAHAM	*Apparences*
HEATHER GRAHAM	*La crypte mystérieuse*
HEATHER GRAHAM	*Sombre présage*
HEATHER GRAHAM	*Hantise*
HEATHER GRAHAM	*Dangereuse vision*
GINNA GRAY	*Le voile du secret*
GINNA GRAY	*La cavale*
GINNA GRAY	*Les bois meurtriers*

.../...

DANS LA MÊME COLLECTION

Par ordre alphabétique d'auteur

CAROLYN HAINES	*Les fiancées du Mississippi*
KAREN HARPER	*Testament mortel*
KAREN HARPER	*Le saut du diable*
KAREN HARPER	*L'œuvre du mal*
KAREN HARPER	*Les portes du mal*
KAREN HARPER	*Une femme dans la nuit*
KAREN HARPER	*Mortel mensonge*
KAREN HARPER	*Intention mortelle*
KATHRYN HARVEY	*La clé du passé*
BONNIE HEARN HILL	*La disparue de Sacramento*
BONNIE HEARN HILL	*Mortelle perfection*
CHRISTIANE HEGGAN	*Miami Confidential*
CHRISTIANE HEGGAN	*L'Alibi*
CHRISTIANE HEGGAN	*Intime conviction*
CHRISTIANE HEGGAN	*Labyrinthe meurtrier*
CHRISTIANE HEGGAN	*Par une nuit d'hiver*
CHRISTIANE HEGGAN	*Troublantes révélations*
CHRISTIANE HEGGAN	*Intention de tuer*
CHRISTIANE HEGGAN	*Meurtre à New York*
METSY HINGLE	*Le masque de la mort*
METSY HINGLE	*La fille de l'assassin*
METSY HINGLE	*Noces noires*
GWEN HUNTER	*Faux diagnostic*
GWEN HUNTER	*Virus*
GWEN HUNTER	*Les mains du diable*
GWEN HUNTER	*Le triangle du mal*
GWEN HUNTER	*La piste du mal*
LISA JACKSON	*Noire était la nuit*
LISA JACKSON	*Dans l'ombre du bayou*
LISA JACKSON	*Les disparues de la nuit*
CHRIS JORDAN	*L'étau*
PENNY JORDAN	*De mémoire de femme*
PENNY JORDAN	*La femme bafouée*
R.J. KAISER	*Qui a tué Jane Doe ?*
ALEX KAVA	*Sang Froid*
ALEX KAVA	*Le collectionneur*
ALEX KAVA	*Les âmes piégées*
ALEX KAVA	*Obsession meurtrière*
ALEX KAVA	*Le Pacte*
RACHEL LEE	*Neige de sang*
RACHEL LEE	*Le lien du mal*
RACHEL LEE	*Secret meurtrier*
DINAH McCALL	*Le silence des anges*
DINAH McCALL	*Les disparus de l'hiver*

.../...

DANS LA MÊME COLLECTION

Par ordre alphabétique d'auteur

HELEN R. MYERS	*Mortelle impasse*
HELEN R. MYERS	*Les ombres du doute*
HELEN R. MYERS	*Mort suspecte*
HELEN R. MYERS	*Suspicion*
HELEN R. MYERS	*La marque du diable*
CARLA NEGGERS	*L'énigme de Cold Spring*
CARLA NEGGERS	*Piège invisible*
CARLA NEGGERS	*La dernière preuve*
CARLA NEGGERS	*Le voile noir*
CARLA NEGGERS	*La nuit du solstice*
CARLA NEGGERS	*Noirs desseins*
BRENDA NOVAK	*L'étrangleur de Sandpoint*
BRENDA NOVAK	*Noir secret*
MEG O'BRIEN	*Le piège*
MEG O'BRIEN	*En lettres de sang*
MEG O'BRIEN	*Pluie de sang*
MEG O'BRIEN	*La déchirure*
MEG O'BRIEN	*Spirale meurtrière*
SHIRLEY PALMER	*Zone d'ombre*
SHIRLEY PALMER	*Le bûcher des innocents*
EMILIE RICHARDS	*Le refuge irlandais*
EMILIE RICHARDS	*Mémoires de Louisiane*
EMILIE RICHARDS	*Le testament des Gerritsen*
EMILIE RICHARDS	*L'héritage des Robeson*
EMILIE RICHARDS	*L'écho de la rivière*
EMILIE RICHARDS	*Promesse d'Irlande*
EMILIE RICHARDS	*Du côté de Georgetown*
NORA ROBERTS	*Possession*
NORA ROBERTS	*Le cercle brisé*
NORA ROBERTS	*Et vos péchés seront pardonnés*
NORA ROBERTS	*Tabous*
NORA ROBERTS	*Coupable innocence*
NORA ROBERTS	*Maléfice*
NORA ROBERTS	*Enquêtes à Denver*
NORA ROBERTS	*Crimes à Denver*
NORA ROBERTS	*L'ultime refuge*
NORA ROBERTS	*Une femme dans la tourmente*
NORA ROBERTS	*Clair-obscur*
NORA ROBERTS	*Le secret du bayou*
FRANCIS ROE	*L'engrenage*
FRANCIS ROE	*Soins intensifs*
KAREN ROSE	*Le lys rouge*
KAREN ROSE	*Et tu périras par le feu*
KAREN ROSE	*Je te volerai ta mort*
KAREN ROSE	*Le cercle du mal*
KAREN ROSE	*Le sceau du silence*

... / ...

DANS LA MÊME COLLECTION

Par ordre alphabétique d'auteur

M. J. ROSE	*Le cercle écarlate*
M. J. ROSE	*La cinquième victime*
M. J. ROSE	*Rédemption*
JOANN ROSS	*La femme de l'ombre*
SHARON SALA	*Sang de glace*
SHARON SALA	*Le soupir des roses*
SHARON SALA	*Meurtre en eaux troubles*
SHARON SALA	*L'œil du témoin*
SHARON SALA	*Expiation*
SHARON SALA	*Si tu te souviens*
SHARON SALA	*Dans les pas du tueur*
MAGGIE SHAYNE	*Noir paradis*
MAGGIE SHAYNE	*Un parfait coupable*
TAYLOR SMITH	*Le carnet noir*
TAYLOR SMITH	*La mémoire assassinée*
TAYLOR SMITH	*Morts en série*
ERICA SPINDLER	*Rapt*
ERICA SPINDLER	*Black Rose*
ERICA SPINDLER	*Le venin*
ERICA SPINDLER	*La griffe du mal*
ERICA SPINDLER	*Trahison*
ERICA SPINDLER	*Cauchemar*
ERICA SPINDLER	*Pulsion meurtrière*
ERICA SPINDLER	*Le silence du mal*
ERICA SPINDLER	*Jeux macabres*
ERICA SPINDLER	*Le tueur d'anges*
ERICA SPINDLER	*Collection macabre*
ERICA SPINDLER	*Et vous serez châtiés*
AMANDA STEVENS	*N'oublie pas que je t'attends*
AMANDA STEVENS	*La poupée brisée*
AMANDA STEVENS	*Juste après minuit*
TARA TAYLOR QUINN	*Enlèvement*
ELISE TITLE	*Obsession*
CHARLOTTE VALE ALLEN	*L'enfance volée*
LAURA VAN WORMER	*La proie du tueur*
GAYLE WILSON	*Les disparus du Mississippi*
GAYLE WILSON	*Rumeurs*
KAREN YOUNG	*Passé meurtrier*

5 TITRES À PARAÎTRE EN JANVIER 2010

MIRA

Composé et édité par les
*éditions*Harlequin

Achevé d'imprimer en Allemagne
par GGP Media GmbH, Pößneck
en octobre 2009

Dépôt légal en novembre 2009
N° d'éditeur : 14581